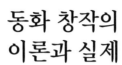

동화 창작의
이론과 실제

초판 1쇄 발행 ㅣ 2002년 9월 10일

개정 1쇄 인쇄 ㅣ 2024년 4월 20일
개정 1쇄 발행 ㅣ 2024년 4월 30일

著 ㅣ 박상재

펴낸이 ㅣ 오세기
펴낸곳 ㅣ 도담소리
주   소 ㅣ 경기도 고양시 덕양구 꽃마을로 34, 1416호(DMC스타펠리스)
전   화 ㅣ 02)3159-8906
팩   스 ㅣ 02)3159-8905
이메일 ㅣ daposk@hanmail.net

편집디자인 : 공간디앤피

등록번호 ㅣ 제2017-000040호
ISBN 979-11-90295-33-8   03800

동화 창작 길라잡이

동화 창작의 이론과 실제

박상재

도담소리

동화 창작의 즐거움을 맛보는 책

　동화는 여러 문학 양식 중에서도 가장 매력적인 장르이다. 동화는 작가의 상상력을 바탕으로 쉬운 문장으로 쓰여져 어린이나 어른 모두가 흥미 있게 접할 수 있는 문학이다. 또한 인간의 원초적 심성인 동심을 바탕으로 하여 소설과 시의 특성을 아울렀기 때문에 문학의 총아로 자리매김할 수 있다. 그래서 혹자는 동화를 가리켜 '문학의 왕자'라느니 '문학의 꽃'이란 말로 그 위상을 높여 주고 있다. 물론 풍자와 상징, 메타포를 적절히 품고 있어서 어른과 어린이 모두가 읽어도 감동과 미적 쾌락을 느낄 수 있는 작품일 때 그 위상은 정립될 수 있다.

　동화는 동심을 기조로 하여 지은 이야기체 형식으로 서사 장르의 일종이다. 동화는 인간 상상에 내밀하는 환상과 꿈과 동경이 있는 보물창고이며, 이 점에서 신화의 본질과도 통한다. 동화가 지향하는 것은 옛이야기, 민담, 신화, 전설 같은 설화 종류의 재구성이 아니라 시 정신에 입각하여 인간 보편의 진실을 구현하려는 데 있다. 그러므로 동화 속에는 우주의 삼라만상을 동질체로 보고 생각하고 느끼는 동심을 바탕으로, 사람은 물론 동식물 등 삼라만상이 구체적으로 생활하는 모습을 그려 보이게 된다.

동화의 독자는 어린이에 국한되지 않는다. 성인이 되면 고향이 그리워 고향을 찾고 싶어 한다. 수구초심(首丘初心)이란 말이 있다. 여우가 죽을 때 제가 살던 굴이 있는 언덕 쪽으로 머리를 둔다는 뜻으로, 고향을 그리워하는 마음을 이르는 말이다. 어른들은 나이가 들수록 자신이 태어나 자랐던 마을을 그리워하고 마음의 고향인 동심으로 돌아가고 싶어 한다. 이 동심을 구현하는 문학이 동화이므로 어른들도 나이가 들수록 동화 읽기를 좋아한다.

　오늘날 한국 아동문학의 위상은 세계적으로 주목받고 있다. 2020년 이후 한국 아동 도서가 세계 무대에 널리 알려지게 되었다. 백희나 작가가 2020년 스웨덴예술위원회 주관 린드그렌상을 수상했다. 이수지 작가는 국제아동청소년도서협의회(IBBY) 주관 2022년 국제안데르센상 그림 부문 상을 받았다. 이금이 작가는 2024 국제안데르센상 글 부문 최종 후보 6명에 올랐다. 비록 수상은 좌절되었지만 언젠가는 그 주인공이 되리라 확신한다.

한국의 아동 도서, 특히 K-그림책은 해외로 많이 수출되고 있다. 볼로냐 라가치상 등 세계적인 상을 수상하면서 대한민국의 문화산업을 이끄는 K-콘텐츠의 주역으로 성장해 왔다. 1966년에 제정된 볼로냐 라가치상은 아동문학계의 노벨상으로 불릴 만큼 그 권위를 인정받는 상이다. 이 상은 볼로냐 아동도서전에 출품된 도서 중에서 예술성과 창의성이 우수한 책에 수여하는 상이다. K-그림책은 2004년 첫 입상을 시작으로 거의 매년 라가치상을 수상하면서 전 세계에 저력을 알려 왔다.

2024년은 우리나라 아동 도서와 관련하여 특별한 해이다. 3월에는 국립어린이청소년도서관에서 '2024 어린이 책의 해' 출범식이 있었다. 이 행사 추진단은 어린이들이 참여할 수 있는 다양한 프로그램을 기획했다. '한국동화 100년, 우리동화 100선'이라는 주제로 100년 간의 한국 동화를 돌아보고, 좋은 동화 100선을 추리는 작업도 한다.

부산에서는 우리나라에서 처음으로 국제아동도서전이 열린다. 제1회 부산국제아동도서전은 11월 29일부터 12월 1일까지 3일 간 부산 벡스코 제1전시장 2홀에서 열린다. 문화체육관광부와 부산광역시의 후원을 받아 출판협회가 주최하는 국제아동도서전이다. 도서전에서는 그림책 작가와 어린이 독자들이 함께하는 개막 프로그램을 시작으로 도서 전시, 국내외 작가 강연, 체험 행사 등이 이어진다. 특히 그림책, 만화, 교육 3개 분야를 대상으로 '세계에서 가장 좋은 어린이책 상'을 제정해 시상과 함께 특별 전시회도 개최한다.

2002년 집문당에서 『동화창작의 이론과 실제』라는 동화 창작 길라잡이 책을 출간했었다. 그동안 동화작가 지망자나 문학 창작을 전공하는 학생들의 교재로 많이 사랑 받아 왔다. 또한 동화 사숙을 하는 모임에서도 많이 애독하던 책이 절판되어 아쉬워했었다. 이번에 개정판을 새롭게 내어 다시 독자들 곁으로 찾아간다. 이 책이 한국 동화문학 발전에 조금이라도 보탬이 되기를 바란다. 이 책을 재출간해 준 도담소리에도 고마운 마음을 전한다.

2024년 어린이 책의 해에
박상재

[목차]

제1부 동화의 본질과 특성

제2부 동화 창작의 이론과 실제

제1부　동화의 본질과 특성

제1절
아동문학의 성격

1. 아동문학의 정의

아동문학(Children's literature; Juvenile literature)이란 어린이와 순수한 동심을 향유하려는 어른을 위하여 창작되어지는 문학 양식이다. 시, 소설, 희곡 등과 같은 일반 문학의 양식이 형태에 따라 구분되는 것과는 달리 아동문학은 그것을 향유하거나 수용하는 대상에 따라 생겨난 명칭이라고 할 수 있다.

이재철은 아동문학이란 "작가가 아동이나 동심을 가진 아동다운 성인에게 읽히기 위해 쓴 모든 저작으로, 문학의 본질에 바탕을 두면서 어린이를 위해 어린이가 함께 갖는, 어린이가 골라 읽어 온, 또는 골라 읽어 갈 특수문학[1]이라고 하였다. 석용원도 아동문학을 "작가가 아동이나 동심의 고향으로 돌아가고 싶어하는 어른에게 읽힐 것을 목적으로 창조한 시, 동화, 소설, 희곡 등의 총칭"[2]이라고 정의하고 있다.

아동문학의 가장 큰 특질은 동심을 바탕으로 창작되어지는 문학 양식이라는 데 있다. 동심이란 문자 그대로 어린이의 마음이다. 그것은 가식이 없고 꾸밈이 없는 진실성과 순수성을 특징으로 한다. 어린이의 삶이 어른들의 그것에 비해 순수한 것은 어린이의 심성이 인간의 원초적 심성과 가장 가깝기 때문이다. 따라서 인간의 원초적 심성인 순진무구한 심성을 동심이

---

1) 이재철, 「아동문학의 정의」, 『아동문학개론』, 서문당, 1990, 9쪽.

2) 석용원, 「아동문학이란 무엇인가」, 『아동문학원론』, 학연사, 1998, 12쪽.

제1절 아동문학의 성격 ● 13

라고 할 수 있다. 따라서 아동문학이란 작가가 동심을 바탕으로 어린이와 동심을 향유하고 싶어하는 어른을 위하여 창작한 시, 동화, 소설, 희곡 등을 총칭한 것으로 정의할 수 있다.

넓은 의미의 아동문학은 어린이를 위하여 씌어진 문학작품 일체를 말한다. 창작물은 물론 번역물, 개작품, 전래 작품까지도 포함한다. 또한 성인을 위해 창작된 작품이라 하더라도 아동이 읽어 부담없이 소화해 낼 수 있는 개작품이라면 아동문학의 범주에 넣을 수 있다. 뒤마 페르의『몽테크리스토백작』이나『삼총사』, 세르반테스의『돈키호테』, 하워드 파일의『로빈후드의 모험』, 스위프트의『걸리버 여행기』, 스토우의『엉클 톰스 캐빈』등이 이에 속한다.

동화를 흔히 어린이를 위한 이야기 정도로 간주하기 쉽다. 하지만 그런 견해는 결코 타당하지 않다. 아동문학이 일차적으로 어린이에게 주로 읽히고 그렇게 간주되는 것이 보통이나 어른에게도 읽혀질 수 있으며 그들에게도 기대 이상의 큰 감동을 주기도 하는 것이다.

어른들이 어린 시절의 추억을 그리워하고 어린이들의 순진무구한 행위에서 다정다감함을 느끼는 근원은 구연 전승되어 온 동화 속에 내재한 것이라고 말할 수 있을 것이다. 어린 시절 할머니나 어머니로부터 들었던 옛날이야기들을 어른이 되어서도 간직함으로써 마음의 고향으로 삼는 경우를 발견할 수 있다. 이것은 어린이를 위한 문학이 어제의 어린이였던 오늘의 어른에게 남아 있는 원초적 사랑을 발양하게 하는 독자의 이중 수용 구조를 갖는 증거가 될 수 있다.

2. 문학 속의 동화의 위상

　동화는 스토리가 있다는 점에서 소설에 가깝고, 시적 환상과 고도의 상징성, 압축된 풍자, 유려한 문체를 특성으로 한다는 점에서는 시적인 특성을 지니고 있는 문학 양식이라고 할 수 있다. 하지만 서사적인 이야기글이라는 점에서 산문 문학임에는 틀림없다.

　문학(literature)이라는 용어는 라틴어 Litera에서 온 말이다. 원래의 뜻은 문법, 기록된 지식, 독서의 능력 등을 포함하는 말로, 오늘날 literature라는 뜻보다는 넓은 의미로 쓰였다.

　영국의 포스넷은(H. M.Posnett)은 문학을 "산문과 시를 막론하고 반성보다는 오히려 상상의 결과로서 교훈이나 실제적 효과보다 될 수 있는 한 많은 쾌락을 주는 것을 목적으로 하고, 또한 특수한 지식이 아니라 일반적 지식에 호소하는 저술을 말한다."고 정의했다. 이것은 문학에 있어서 상상과 미적인 쾌락, 보편적 지식을 강조한 말이다.

　또 헌트(T. W. Hunt)는 "문학이란 상상과 감정, 그리고 취미를 통해 사상이 담겨진 표현이며, 더욱이 그것은 모든 사람에게 쉽게 이해되고, 또 흥미를 끌 수 있는 비전문적 형식으로 표현된 것이다."라고 했다. 이는 포스넷의 상상의 개념에 감정과 취미를 덧붙임으로써 개념을 더욱 명백히 했다. 동화 역시 상상과 감정의 표현이며 어린이나 어른 모두에게 쉽게 이해되고 흥미를 끌 수 있는 형식으로 표현된다는 점에서 모든 문학 양식의 중심이 될 수 있다.

　동화는 인간의 원초적 심성인 동심을 바탕으로 하여 소설과 시의 특성을 아울렀기 때문에 문학의 총아로 자리매김할 수 있다. 그래서 혹자는 동화를 가리켜 '문학의 왕자'라느니 '문학의 꽃'이란 말로 그 위상을 높여 주고 있다. 물론 어른과 어린이 모두가 읽어도 감동과 미적 쾌락을 느낄 수 있는 동화일 때 그 위상은 정립될 수 있다.

동화는 어린이와 동심을 향유하려는 어른을 위한 문학으로 동심을 기조로 하여 지은 이야기체 형식으로 서사 장르의 일종이다. 동화는 인간 상상에 내밀하는 환상과 꿈과 동경이 있는 보물창고이며, 이 점에서 신화의 본질과도 통하는 것이다.

동화가 지향하는 것은 옛이야기, 민담, 신화, 전설 같은 설화 종류의 재구성이 아니라 시정신에 입각하여 인간 보편의 진실을 구현하려는 데 있다. 그러므로 동화 속에는 우주의 삼라만상을 동질체로 보고 생각하고 느끼는 동심을 바탕으로, 아동이나 성인은 물론 동식물 등 삼라만상이 구체적으로 생활하는 모습을 그려 보이게 된다.

3. 아동문학의 산문적 갈래

아리스토텔레스는 〈시학〉에서 문학의 양식을 운문류의 서정 양식, 소설류의 서사 양식, 희곡류의 극 양식 등 세 갈래로 나누었다. 이와 같은 분류는 전통적으로 널리 통용되어 오고 있는데, 오늘날에는 거기에 수필이나 비평과 같은 글을 지칭하는 주제 양식(교술 양식)을 넣어 4분법으로 분류하기도 한다.

아동문학도 이러한 4분법으로 분류할 수 있지만, 이 책에서는 산문적 갈래만 언급하고자 한다.

1) 옛이야기
독일어의 메르헨(Märchen)이나 영어의 Fairy tale을 비롯한 신화, 설화, 전설, 전래동화 등을 말한다.

신화는 신성시되는 이야기를 말하며 신화의 전승자는 신화를 진실하며 신성하다고 인식하고 있다. 신화의 주인공은 신이며, 그의 행위는 신이 지닌 능력을 발휘한다. 여기서 신은 보통사람보다 탁월한 능력을 지닌 존재이지 인간과 전적으로 구별되는 존재라는 것은 아니다. 따라서 다분히 초현실적이고 환상적이면서도 동심을 바탕으로 한 친화적인 이야기가 주종을 이룬다.

신화는 민족의 범위에서 전승되므로 민족적인 범위에서 진실성과 신성성이 인정되고 있다. 씨족적 신화나 부족적 신화가 민족적인 것으로 확대될 때 신화로서의 생명이 길고, 그 영향도 확산된다. 민족적 신화가 종교와 결합할 때는 그 종교가 전파되는 지역으로 확산된다. 이스라엘의 민족 신화인 구약성경이 기독교와 결합되어 세계적인 신화가 된 것이 그 예이다.

전설은 전승자가 진실되다고 믿고, 실제로 있었다고 주장하며, 구체적인 시간과 장소가 제시되고, 특정의 개별적 증거물을 갖는 이야기이다. 전설은 증거물의 성격상 대체로 지역성을 갖는데, 일정한 지역을 발판으로 그 지역 주민들에게 지역적인 유대감을 갖도록 하고 애향심을 불러일으킨다. 그 때문에 남녀노소를 불문하고 폭넓게 전승되며, 특히 순진무구한 어린이들에게 파급 효과가 크다.

민담은 민중들 사이에 전승되는 이야기로, 장소나 시대, 인물이 특정되지 않고, 필연성이 전제되지도 않는 흥미 본위의 이야기이다. 민담은 허구적인 이야기 자체로 완결되며 증거물이 제시되지 않는다. 이러한 허구성과 흥미성 때문에 민담 속에는 전래동화가 많이 들어 있다.

전래동화는 신화, 전설, 민담을 총칭하는 설화에 속한다. 따라서 전래동화에는 신화도 있고, 전설이나 민담도 있다고 할 수 있다. 전래동화 중에는 처음부터 어린이를 위하여 창작된 것도 있고, 성인을 위하여 창작된 것도 있지만, 대부분이 동화적 요소를 갖추고 있어서 어른과 어린이가 함께 즐기는 이야기가 많다.

2) 동화

작가가 동심을 바탕으로 창작한 픽션으로 주로 판타지적 요소가 많다. 환상성을 특질로 예술성을 강조한 순수동화(본격동화)와 생활 속에서 소재를 취하는 생활동화, 그리고 특별히 유년을 대상으로 한 유년동화로 나눌 수도 있다.

생활동화는 원래 일본 프로문학이 지향한 생활주의 동화에서 온 것으로 동화의 소재를 어린이들의 생활 주변에서 찾는 것이다. 생활동화는 분위기나 토운은 동화의 수법을 취하나 환상이나 초자연적 요소를 배제하고 어린이들의 생활 이야기를 동화적 분위기로 형상화한 것이다. 환상의 요소를 가미할 때에는 꿈이나 공상, 상상 등으로 끌고 가므로 합리적이고 사실적이며 현실에 기초한 이야기인 것이다.

유년동화는 유치원이나 초등학교 1, 2학년 정도의 아동을 대상으로 지어진 창작동화를 말한다. 유년동화는 특별히 사건이 중시되어야 하며 등장인물은 평범하지 않고 개성이 뚜렷하게 설정해야 한다. 또한 플롯은 복선을 깔지 말고 단순 명쾌하게 구성해야 한다. 문장의 길이는 짧고 율동적일수록 좋고 의성어, 의태어 등을 사용하는 등 지적인 면보다는 감성에 호소하는 요소를 구비하도록 해야 한다.

3) 아동소설

현실적인 소재와 사실적인 표현 수법을 특징으로 하는 어린이를 위해 창작된 소설이다. 소년소설, 또는 소년소녀소설이라고도 한다. 동화가 상징성과 환상성을 갖추고 있다면 아동소설은 보다 현실적이고 사실적인 스토리를 근간으로 한다.

아동소설은 현실적 소재를 사실적으로 묘사한 것으로 고학년 어린이를 대상으로 한 아동산문문학이다. 아동소설은 작품의 길이에 따라 장편과 단편으로 나눌 수 있다. 또 내용에 따라 순정소설, 명랑소설, 탐정소설, 역사소설, 전기소설, 공상과학소설, 해양(바다)소설, 모험소설 등으로 나누기도 한다. 이 밖에도 가정소설, 학교소설 등으로 세분할 수 있다.

4) 아동 극본

어린이를 대상으로 하는 아동극 공연을 위해 쓰여지는 대본이다. 아동극이란 아동을 위한 아동에 의한 모든 형태의 연극을 말한다. 아동 극본을 창작할 때에는 극본의 특성을 인지하고 동심을 바탕으로 흥미성과 교육성을 염두에 두어야 한다.

아동극의 주제는 어린이들의 정신적 성장에 도움을 줄 수 있는 것이 바람직하다. 또한 등장인물은 이미지가 선명한 개성적이거나 전형적인 인물을 설정해야 한다. 하지만 지나치게 개성적이거나 전형적일 경우 현실감의 결여라는 문제에 부딪치게 된다. 그러므로 등장인물은 평범하면서도 개성을 지닌 생동하는 인물을 설정하는 것이 관객들의 호응도 면에서 더욱 효과적이다.

연극을 위한 희곡, 영화 대본인 시나리오, 어린이 방송 극본 등이 넓은 의미의 아동 극본에 속한다.

5) 개작동화(재화)

설화나 일반 문학(세계명작) 작품 중에서 어린이들이 이해하기 쉽도록 재구성한 글을 개작동화 또는 재화(再話)라고 한다. 세르반테스의 『돈키호테』나 스위프트의 『걸리버 여행기』, 위고의 『레 미제라블』 같은 성인용 작품을 어린이용 책으로 만든 것이 그 예이다. 이처럼 장편을 축약해서 어린이용으로 만드는 것은 원작에 대한 개작이다. 그러나 일반적인 의미의 개작은 설화나 전설 같은 옛이야기를 현대 감각에 맞게 고쳐 쓴 것을 말한다.

외국의 경우 프랑스의 빼로가 1697년에 『장화 신은 고양이』, 『신데렐라』등 11편의 민담을 고쳐 써서 『옛이야기, 또는 조그만 이야기』라는 세계 최초의 동화집을 만들었다. 이후 영국의 메리 램과 찰스 램 남매는 1807년에 셰익스피어의 희곡 20편을 동화로 개작하여 『셰익스피어 이야기』라는 책을 만들었다. 이어 1812년에는 독일의 그림 형제가 민담을 개작한 『어린이와 가정의 동화』를 냈다. 독일의 문호 괴테도 1794년에 『여우 라이케네』라는 개작동화를 냈고, 러시아의 문호 톨스토이도 1886년에 민담을 개작한 『바보 이반』 같은 명작을 냈다. 이 밖에도 벨기에의 희곡 작가 메테를링크의 『파랑새』(1911)는 원래 동극이었으나 동화로 개작되어 널리 읽히고 있다. 영국의 제임스 베리의 『피터팬과 웬디』(1911) 역시 동극이 동화로 개작되어 널리 읽히는 예이다.

이처럼 개작동화는 제2의 창작이라 할 만큼 현대 창작동화 발전에 중요한 구실을 하고 있다. 앞으로도 우리의 설화문학을 개작동화로 재창작하여 전통문학으로 복원하는 일은 뜻깊은 일이 아닐 수 없다.

제2절
동화와 환상성

1. 환상의 개념

　순수동화냐 아니냐를 가늠하는 기준으로 흔히 환상성의 유무를 놓고 본다. 환상성, 곧 판타지가 들어 있는 동화가 본격 동화인 순수동화인 것이다. 이처럼 절대 가치 기준이 되는 환상성에 대하여 고찰해 볼 필요가 있다.

　환상이란 몽상이나 잠재의식적 기분을 나타내는 의미상의 유연성을 지닌 하나의 인습에 속하는 것[1]으로 그 특성상 동화와는 밀접한 관계를 갖게 된다. 환상은 영어의 판타지(fantasy)라는 용어로 대체하여 사용할 수 있다. 판타지라는 말은 그리스어에서 나온 것으로 '눈에 보이도록 하는 것'이라는 뜻이다. 이는 fancy, 혹은 phantasy와 동의어로, 옥스퍼드 中 사전에 의하면 '지각의 대상을 심적으로 이해하는 일', 또는 '상상력으로서 현실로 나타나지 않은 것을 모양으로 바꿔 놓는 활동이나 힘, 또는 그 결과'라고 풀이되어 있다.

　릴리언 스미드(L. H. Smith)는, 판타지는 '독창적인 상상력으로부터 탄생한 것이며, 그 상상력은 인간의 오관으로 알 수 있는 외계의 사물에서 유도하는 개념을 초월한 것을 말하는 것으로 보다 깊은 개념을 형성하는 마음의 활동이다. 독창적인 상상력이라는 것은 추상의 세계에서 생명을 창조하

---

1) 金允植, 『文學批評用語事典』, 一志社, 1995, 317쪽.

는 힘이다. 추상의 세계에서 생명을 창조하는 힘이란 보이지 않는 것의 깊이까지 들어가서, 범인은 들여다볼 수 없는 신비한 장소에 감추어져 있는 것을 빛이 비치는 곳으로 꺼내와서 보통 사람들한테 분명히 또는 어느 정도 이해할 수 있게 보여 주는 일이다. 판타지야말로 창조적인 능력인 것이다.[2]라고 하였다.

또한 윈체스트는 '창조적 상상은 경험에 의하여 주어지는 요소들 중에서 자발적으로 선택하여 그들을 결합해서 새로운 전일체를 만들어 내는데, 이 결합이 자의적이고 비합리적이라면 그 기능을 fancy[3]라고 하였다.

카알 본 융은 실제의 생활에서 주관과 객관, 감정과 사상, 관념과 사물 등의 대립은 항상 어떤 생동력에 의하여 통일을 이루는데, 이처럼 통일을 이루는 생동력을 판타지[4]라고 하였다.

이재철은 '판타지가 단순한 비현실적 공상이 아니라 필연적인 시적 공상이며 현실 세계와 대립되는 명백히 다른 차원의 세계이다. 판타지 세계는 현실 세계의 한 모사(模寫)이기는 하지만, 논리적인 모사가 아니라 은유적인 묘사이다.[5]라고 말하고 있다.

동화에 있어서 환상의 문제는 시에 있어서 상상의 문제만큼 큰 비중을 차지한다. 모든 창작력의 원동력이라 할 수 있는 상상력에 관한 코울리지의 철학적 고찰은 예술 창작의 동인을 '지성의 한계를 초월한 이념의 생명적인 힘[6]으로 제시하고 있다.

코울리지가 말하는 자연 현상에 대한 자유로운 정신활동, 즉 환상은 대상을 거울처럼 복사하는 것을 의미하지 않으므로 결국 상상과 본질을 같이 한다 하겠다. 더구나 환상(fantasy)과 상상(imaginato)이 각각 그리스어와 라

2) Lillian H. Smith, The Unreluctant Years(Chicago : America Library Association, 1953), 151쪽.

3) 崔載瑞, 『文學原論』, 春潮社, 1957, 344쪽 재인용.

4) 李商燮, 『文學 硏究의 方法』, 探究堂, 1972, 153쪽 재인용.

5) 李在徹, 『韓國 兒童文學 硏究』, 開文社, 1988, 257쪽.

6) 백기수, 『美學』, 서울대학교 출판부, 1982, 171쪽 재인용.

틴어로써 같은 어원을 가지며, 르네상스 이전까지는 인간의 합리적 사고를 방해하는 이상 심리를 나타내는 같은 뜻의 낱말로[7] 쓰여졌던 점만 보아도 이 두 정신 활동은 한 나무의 두 가지에 불과하다.

상상력은 이성이라는 이름 아래 오랫동안 감금되어 있다가 19세기 초에 이르러서야 모습을 드러냈다. 주로 구전되어 오던 요정 이야기는 이 시기부터 아동문학 속에 공인된 자리를 잡기 시작했다. 이러한 요정 이야기의 복귀는 19세기 내내 계속되면서 현대적 환상동화와 합류하게 되었다.

현대적 환상동화란 소설 시대에 속하면서 현대적 형식을 띄는 것이다. 따라서 환상동화는 신화, 전설, 요정 이야기, 민화 등에 뿌리를 두고 있으면서도 그 개념은 차별화될 수 있다. 신화는 천지나 바다가 왜 지금과 같은 모습을 하고 있는지, 누가 어떻게 해서 세상을 움직이고 있는지 하는 창조에 관한 이야기이다. 전설은 실재한 영웅이나 상상속 영웅들의 공적, 오랜 옛날의 전투 등에 관한 것이다. 요정이야기는 옛날 것이든 요즘 것이든, 불특정한 과거를 배경으로 하여 전통적인 주제나 소재를 도입한 마법의 이야기로, 요정은 물론 왕자, 거인, 난쟁이, 마녀, 말하는 동물 그밖의 갖가지 창조물들이 등장한다. 민화는 사람들이 등장하는 전통적인 이야기이다. 요정 이야기가 많지만 반드시 그렇지는 않다. 환상동화의 종류는 엄청나게 다양하여 새로운 세계의 창조까지 포함할 수도 있고 단지 시간 이동 따위의 한 가지 물리적 혼란을 일으키는 것이 전부인 경우도 있다.[8]

한국의 전설에서는 흔히 귀신이 많이 등장하지만, 엄격히 말해 그것은 전설이라기보다 민화의 범주에 속한다고 할 수 있다. 또한 요정 이야기는 도깨비 이야기로 대체할 수 있을 것이다. 서구의 현대적 요정 이야기가 환상의 범주에 속하듯이 한국에서도 현대적 도깨비 이야기는 환상에 속한다.

서구 사회에서 환상동화가 인정받은 것은 요정 이야기가 인정받았던 것

---

7) 李商燮, 『文學批評用語事典』, 126쪽.

8) J. R. Townsend, Written for Children, 강무홍 역, 시공사, 1996, 115~116쪽.

과 똑같은 상황에 달려 있었다. 사실이 아니고 실제에서는 불가능한 이야기들이 어린이들에게 아무런 해가 되지 않는다고 인정해 주는 분위기가 필요했고, 그러한 분위기가 수용되었다. 환상과 상상이 똑같은 초월적 정신작용이므로 다른 가치로 파악될 근거는 전혀 없다. 다만 어린이가 어른보다 의식이 미분화되고 체험의 장이 좁은 상태에서 자신의 소우주 안에 좀 더 많은 질서를 세우고 참된 가치를 향유하기 위해 무한한 정신적 자양분을 필요로 한다는 점에서 코울리지가 파악한 환상의 내용과 상통한다고 본다. 그리고 그 정신적 자양분이 가장 많은 세계가 환상의 세계이다.

환상에는 일상 현실과 비현실 간의 대비적인 재미와 전환의 재미가 전개되는데, 대다수의 경우 이 비현실의 세계는 어린이만이 입국이 허용된다는 점이 주목할 만하다. 일상 현실 속의 비현실을 대담하게 투입할 때 현실과 비현실의 접점이 있다. 이 접점이 환상 속에서는 현실에서 이루지 못한 일을 아무런 장애도 없이 달성할 수 있게 하는 것이다.[9]

어린이의 마음은 어른들이 이미 만들어 놓은 일상을 다시 이어받는 것을 원하지 않는다. 그들은 오늘이 어제와 같기를 바라지도 않는다. 어린이에게 있어 환상은 한 대상을 직선적으로 발견하는 방법이기도 하며 그들의 우주이기도 하다. 자연이 이미 결부시켜 놓은 것조차 떼어 버리고, 반대로 자연이 떼어 놓은 것조차 장난감을 조립하듯 다시 결부시키는 힘이 있다.[10]

사람은 누구나 자신의 소우주를 가꾸며 살아간다. 어린 시절 환상의 들판에서 뛰어놀고 환상의 바다에서 멱감으며 살아온 사람들은 그만큼 정신력이 건강하고 그 정신력의 원천을 풍요한 예술적 가치로 승화시킬 수 있을 것이다.[11]

---

9) 鄭昌範, 「幻想이 있어야 할 狀況」, 『兒童文學思想』 1집, 寶晋齋, 1970, 42쪽.

10) 金耀燮, 『현대 동화의 환상적 탐험』, 한국문연, 1986, 22쪽.

11) R. L. Brett, 『空想과 想像力』, 沈明鎬 譯, 서울대학교 출판부, 1980. 드라이든은 시인의 상상력의 민첩성을 창안에서, 풍요성은 환상에서, 정확성은 표현에서 각각 드러난다고 하였다.(Dryden. J, Essays W. P. ker Oxford ; 1900 第1권 15쪽.)

2. 창작동화와 환상성

창작동화는 어린이를 일차적 독자로 한다는 특수성 때문에 환상적인 내용을 주 소재로 하고 특질로 삼는다. 그러나 현실에 뿌리내리지 않은 환상이나 상상은 아무런 의미가 없다. 환상은 허무맹랑한 환상이 아니라 현실을 바탕으로 하는 환상이어야 한다. 그렇게 되려면 현실과 환상을 연결해 주는 어떤 길이 놓여져야 할 것이다. 이러한 길이 현실과 환상의 세계를 연결해 주는 통로[12]이다.

현대 동화에서 현실과 비현실인 환상의 세계를 공존시키려 하는 이유에 대하여 『반지의 제왕』의 저자 톨킨(John Ronald Reuel Tolkien)은 다음과 같이 서술하고 있다. 현실에 살고 있는 인간에게는 여러 가지 제약이 있다. 이러한 제약을 어떻게 해서라도 넘어가려는 인간의 원망(願望)이 비현실의 세계를 창출하고 그 속에서 원망을 눈에 보이도록 실현하고 있다. 따라서 이 세계에서는 인간이 현실로 넘어가는 여러 가지의 불가사의한 일이 발생하지 않는다면 그것의 존재 의의가 없는 것이다. 그러므로 이 세계의 본질은 마법이다. 이 마법의 세계는 현실과 절단된 '타의 세계'로써만이 의미 있는 존재가 되는 것이다. 이렇듯 현실과 절단되어 있는 마법의 세계가 근대에 들어 점차 현실에 접근되어 왔다. 이는 인간의 합리적 정신의 발로라 할 수 있다.[13]

하나의 창작품은 한 생명의 유기체 안에서 서로 조화를 이루는 창조적 결정체이어야 한다. 인간이 신이 창조한 소우주라면 다시 그 소우주 속에는 인간이 창조한 소소우주가 들어 있는 것이다.[14]

---

12) 日本의 평론가 鳥越信은 판타지의 중요한 두 가지 본질을 통로와 방법이라고 보았다. 통로라는 것은 현실 세계와 공상 세계를 잇는 길이고, 방법이라는 것은 현실 세계로부터 공상 세계로 들어가는 수단이라 하였다. 「特輯 現代の ファンタジ－の 問題点」, 《日本兒童文學》197号, 東京 盛光社, 1973. 2, 23쪽.

13) 猪熊葉子, 「兒童文學にあらわれた小人たち」, 《日本兒童文學》197号, 78~79쪽.

14) R. L. Brett, 앞의 책, 33쪽.

결국 환상과 상상은 '신의 정신을 원형으로 하여 만들어진 인간의 창조적 정신[15]의 결정체이다. 그 결정체가 영롱한 빛을 발하는 진정한 보석이 될 수 있으려면 우리의 오감으로 직접 확인할 수 있는 리얼리티가 확보되어야 한다. 리얼리티 확보에 실패한 환상이나 상상은 독자들에게 환희 대신 실망만을 안겨 줄 뿐이다.

이상에서 환상의 개념을 여러 측면과 다양한 견해에 따라 살펴보았다. 필자는 환상의 개념을 '인간의 상상력이 빚어 낸 문학의 총아로써 현실 속에 비현실의 이야기를 합리적 수단으로 끌어들여 불가능을 가능하게 이끄는 영원한 창조적 생명력'으로 정의하고자 한다.

3. 환상과 동화정신

동화는 어린이와 동심을 향유하려는 어른을 위한 문학으로 동심을 기조로 하여 지은 이야기체 형식으로, 서사 장르의 일종이다. 동화는 인간 상상에 내밀하는 환상과 꿈과 동경이 있는 보물창고이며, 이 점에서 신화의 본질과도 일맥상통하는 것이다.

동화가 지향하는 것은 민담, 신화, 전설 같은 설화 종류의 재구성이 아니라 시정신에 입각하여 인간 보편의 진실을 구현하려는 데 있다. 그러므로 동화 속에는 우주의 삼라만상을 동질체로 보고, 생각하고 느끼는 동심을 바탕으로, 아동이나 성인은 물론 동식물 등 삼라만상이 구체적으로 생활하는 모습[16]을 그려 보이게 된다.

동화의 근원은 원시 시대의 설화 문학이다. 미개된 고대 사회에서 인간 앞에 놓여진 한계 상황을 넘어 자기를 구속하는 일체의 것으로부터 해방

---

15) R. L. Brett, 위의 책, 58쪽.

16) 金恩典 · 丘仁煥, 「兒童文學」, 한국방송통신대학, 1973, 66쪽.

시키려는 소망[17]이 폭넓은 상상, 무한한 가능성을 추구하게 하였다. 그러한 추구욕이 신화를 창출해 냈고, 신화는 시간이 흐름에 따라 흥미로운 구전이 되고 사회가 개화함에 따라 수정, 선정, 또는 삭제되어 새로 해석되는 과정에서 민담, 전설, 우화, 소설 등 넓은 갈래의 설화 문학을 이루었다.

이들 설화 문학의 갈래 중 민담은 대개 인간의 어린 시절부터의 이야기가 전개된다는 점에서 어린이와 어른의 공동 참여의 이야기, 곧 동화의 세계에 가장 근접해 있다. 또한 신화에 있어서 도덕적 진리를 설명하는 우유성, 단순히 이야기로서 대해야 하는 이야기의 두 속성은 창작동화에서 드러나는 대표적인 두 특성으로서 전자는 우화성·교훈성, 후자는 상상성 또는 환상성이라는 문학적 특질을 이룬다. 전래동화는 우화성, 교훈성이 강세를 보이지만 복잡하고 다양화된 현대인의 삶의 구조 속에서 태어난 창작동화는 물활성, 환상성이 강세를 보인다.

동화의 개화기는 문학에서 상상력의 가치를 확신했던 18세기 낭만주의 시대부터이다. 산업혁명 이후 근대 시민 사회의 뚜렷한 특색은 사람들이 합리주의를 우선한 결과 상상력과 감수성이 경시되었다. 그 결과 현존하는 사회의 비인간적 성격에 대해 혐오와 반항을 표출하고 잃어버린 상상력과 감수성에 대한 인간성 회복을 부르짖은 것이 낭만파 시인들이었다.[18]

낭만주의는 인간은 외부적인 체험에 있어서 한계를 가지기 때문에, 오직 정신만이 무한히 비상할 수 있다고 보았다. 18세기의 동화와 계몽주의 관계를 연구한 독일의 문학사가 벤츠는 『로망파의 동화문학』이란 저서를 통해 이성 만능의 계몽주의 시대에 있어 동화는 중세적 미신의 유물, 반이성적인 것으로 배척[19]되었으나, 낭만주의 시대에 이르러서는 동화를 최고의

---

17) 崔仁鶴, 「동화의 특질과 발달과정 연구」, 慶熙大學校大學院 碩士學位論文, 1967, 54쪽.

18) 猪熊葉子·神宮輝夫, 『イギリス兒童文學の作家たち』, 東京 研究社, 1985, 4쪽.

19) J. R. Townsend, 『어린이 책의 역사 Ⅰ』, 강무홍 역, 시공사, 1996, 57쪽.
영국의 존 뉴베리(John Newberry ; 1713~1767)가 펴낸 『구디 투 슈즈』(Goody Two-Shoes)의 작가는 이렇게 호소한다. "사람들은 어린 시절에 유령이나 요정, 또는 마녀 이야기 같은 쓸데없는 이야기로 머리를 꽉 채운다. 그래서 언제까지나 어리석음에서 벗어날 수 없다."

예술 문학의 규범으로 생각한 때라고 밝히고 있다.[20]

　어린이를 위한 이야기가 예술성을 갖춘 작가 의식으로 창작되기 시작한 것은 그림 형제와 안데르센에 의해서이다. 그림 동화는 민족적 근원을 재조명하고 망각 속에 사라져가는 정신 생활의 원천을 되찾으려는 최초의 시도였다. 그들은 처음부터 어린이를 의식하고 메르헨(Märchen)을 만든 것은 아니다. 민족의 근원, 인간의 원초적 심성에 호소하는 메르헨의 형식과 내용의 특성이 감수성이 예민한 어린이들에게 더 빨리 흡인되고, 그 때문에 어린이들에게 먼저 받아들여진 것이다.

　좁은 뜻의 동화인 메르헨(Märchen)은 원시 민족이 신의 행적을 읊은 서사시의 일종이다. 십자군에 의해 중동 제국에서 서구로 옮겨진 이 동화는 민중 사이에 퍼져 있는 민간설화를 이르는 것으로 프랑스의 Conte populaire, 독일의 Volksmärchen, 영국의 Folktale과 같다. 우리 나라에서는 '민화', '전래동화', '전승동화', '옛날이야기'[21] 등으로 불리운다.

　분트(W. Wundt)의 민족심리학에 따르면 메르헨은 전설과는 달리 그 내용이 되는 사상이 시간과 장소의 구애를 받지 않으며 마법이나 불가사이한 인간관계에 지배되고 있다. 이 메르헨은 원시 예술의 중요한 형태로써 예술적 의도나 구상된 상상에 의하여 만들어진 것이 아니라, 신화적 신앙과 밀접한 관련을 가지고 주로 구전되어 온 것이다. 19세기 초엽 독일의 그림(야코프, 빌헤름) 형제가 전래되는 민담을 수집하여 『어린이와 가정의 동화』(Die Kinder und Hausmärchen 1812, 1815)라는 책을 편찬[22]함으로써 최초로 체계적 정리를 이루었다. 이것은 창작도 모작도 아닌 순수한 옛날이야기를 수록한 것으로 개작동화라고 할 수 있다.

---

20) 金耀燮, 「想像力의 境界와 판타지」, 《兒童文學評論》 창간호, 兒童文學評論社, 1976, 33쪽.

21) 최인학, 「옛날이야기와 아동문학」, 《兒童文學評論》 제5호, 兒童文學評論社, 1977, 30쪽.

22) 1812년과 1815년에 각각 1권과 2권으로 나누어 냈다가, 1819년에 이 두 권을 함께 모으고 또 다른 이야기들을 더 넣어 모두 170편의 이야기를 담은 2판을 낸 다음, 새로 이야기를 수집하고 가다듬기를 거듭하여 1857년 모두 211편을 실은 7판을 내게 된다.

그후 19세기 중엽에 덴마크의 안데르센에 의해 본격적인 문예 동화가 창작되기 시작했다. 안데르센은 1835년 『어린이들에게 들려줄 책』을 출간한 후, 1870년까지 130여 편의 동화를 창작하였다. 그림의 것은 민족메르헨(Volksmärchen)이라 하고, 안데르센의 것은 창작메르헨(Kunstmärchen)이라 한다. 창작메르헨은 괴테와 낭만파 작가들이 쓰기 시작하여 안데르센에 이르러 큰 성과를 거두었다. 영국에서는 루이스 캐럴이라는 이름으로 잘 알려진 C. L. 도지슨이 1863년에 창작하여 1864년에 출간한 『이상한 나라의 앨리스』(Alice's Adventures in Wonderland)가 판타지의 활성화를 촉발시켰다. 루이스 캐럴은 6년 후, 다시 『거울나라의 앨리스』를 펴낸다. 『이상한 나라의 앨리스』는 앨리스가 흰 토끼의 뒤를 쫓아 토끼굴로 들어가면서 이야기가 시작되는데, 형식상의 뚜렷한 구성도 없이 갖가지 사건들이 마치 꿈 속에서처럼 우연히 일어난다. 『거울 나라의 앨리스』는 앨리스가 거울 속으로 들어가 거울 반대 쪽에서 일의 순서를 거꾸로 하는 데서 시작하는데, 체스 게임이라는 빈틈없는 원형을 토대로 하고 있다.

J. M. 배리(Barrie)의 『피터 팬』은 공상소설이 만들어진 20세기에 창작된 동화이다. 이 작품은 처음엔 희곡으로 발표되었는데, 1911년에 『피터와 웬디』라는 이름으로 출판되었다. 잃어버린 손 대신에 갈고리를 끼우고 있는 후크 선장, 똑딱 소리를 내는 악어, 결코 어른이 되지 않는 소년 피터 팬의 이야기는 이 동화를 환상동화의 보고로 자리잡게 하였다.

생텍쥐페리의 『어린 왕자』는 1943년에 발표된 동화로, 환상동화의 한 전형이라 할 수 있다. 어린 왕자의 환상은 현실의 메마른 사막 속에서 그들을 지켜주는 우물이다. 현실의 건조성은 환상의 우물을 통하여 메마름을 극복한다.[23] 사르트르나 카뮈는 환상의 우물을 '자유나 부조리의 제시'라고 했으나 생텍쥐페리는 '존재의 확인'으로 보았다. 환상이 현실의 메마름을 극복할

---

23) 김현, 「사막과 우물」, 『환상과 현실』, 寶晉齋, 1970, 66쪽.

수 있는 것은 눈에 보이지 않는 어떤 비밀을 간직하고 있기 때문이다.[24]

창작동화는 권선징악적 교훈성 일변도의 전래동화와는 달리 작가가 풍부한 환상성을 기저로 분명한 창작 의식을 갖고 작품화했기 때문에 작품의 주제 또한 다양하다. 바람직한 인성 추구나 이상성, 각종 사회 문제의 고발 등 주제가 다양하지만, 그 주제는 노출되지 않는 것이 바람직하다. 교훈성이라는 창작 의도가 노출되면 예술성의 폄하는 물론 문학적 감동도 떨어지기 때문이다.

우수한 환상동화는 무한한 꿈의 실현과 상상력의 자유를 확대시켜 현실에 긍정적 변화를 준다. 또한 신비하고 경이로운 세계에 대한 간접 체험을 통해 감동과 삶의 활력소를 제공해 주기도 한다. 독자들이 경험하지 못한 경이의 세계는 그들을 감동시키게 된다. 이 경이는 현실에서 경험하는 것보다 상상의 세계, 공상의 세계에서 훨씬 더 즐겁게 느낄 수 있다. 이러한 창조적 공상은 동화에 있어서 환상의 필요조건이 된다. 특히 창작동화에 있어서의 환상은 인간이나 인생의 전체적 운명을 감지하려는 현대인의 심리적 욕구를 충족시키게 되는 것이다.[25]

현실에서는 일어날 수 없는 실현 불가능한 일들이 환상의 세계에서는 자유자재로 가능하다. 그런데 환상의 세계가 아닌 현실에서도 도무지 믿기지 않는 신비한 일들이 일어나기도 한다. 우리 주변에서 불가사의한 일이 사라지지 않는 한 그 근원을 캐려는 노력은 끊이지 않을 것이다. 그것은 과학에 의한 접근으로 나타나기도 하고 문명의 정신적 근원인 환상으로 끊임없이 형성되는 것이다.[26]

환상이라 하여 우연의 나열이나 얼토당치도 않은 사건이나 사실을 함부로 뒤섞어 만들어 놓는 비현실적인 이야기어서는 곤란하다. 비현실의 이야

---

24) 김현, 위의 책, 68쪽.

25) 鳥越信・齋藤淳夫, 「現代のファンタジーの 問題點」, 『日本兒童文學』, 197号, 41쪽.

26) 神宮輝夫, 「兒童文學の中の子どモブッゥス」 222号, 東京 日本放送出版會, 昭和 49, 55쪽.

기라 해도 비현실 속의 논리와 질서는 있어야 하며 깊은 사상이나 철학적 주제성과 함께 힘의 관계가 유기화되어야 한다. 또한 환상 속의 모든 것을 표현하는 데 묘파력을 구사해야 할 것이다.[27]

톨킨은 인간 예술 중에서 환상은 진실한 문학에 맡기는 최상의 것[28]이라고 주장하였다. 세련된 환상은 경직된 사상과 결박된 상상력의 포승줄도 끊어 버릴 수 있는 힘을 가지고 있다. 하지만 환상의 세계는 진실성이 없이는 성립할 수 없다. 진실성이 결여된 환상은 날개 잃은 천사일 수밖에 없기 때문이다.

본래 환상동화는 꿈과 상상력이 동인이 되어 전개된다. 하지만 환상이 한 세계로 창조되고 나면 이번에는 꿈의 순수와 상상력의 자유를 수호, 확대시켜 가면서 현실 세계를 새롭게 해 준다. 순수한 즐거움과 기쁨의 빛, 고급의 유희성만이 환상의 전부인 것 같으나 실은 더럽혀진 현실을 씻어내며 새롭게 하는 것이 환상의 힘이다.[29]

인간은 꿈을 먹고 사는 동물이다. 과거부터 품어 온 꿈이 실현이 되면 다시 또 새롭고 커다란 꿈을 꾸게 된다. 이와 같은 심리와 부합하는 것이 환상의 세계이고 동화가 주는 환상성의 가치인 것이다. 이형기는 상상력으로 직결되는 동화성은 그 본질이 현실의 얽매임으로부터의 해방을 딛고 서는 것[30]이라고 하였다. 메마른 현실을 극복하기 위해서는 그 굴레로부터의 해방이 필요하다. 현실이 메마른 까닭은 정확성과 논리성으로부터의 압박 때문이며 이를 뛰어넘을 수 있는 것이 잘 조탁된 환상성인 것이다.

환상이라는 날개를 단 동화는 독자들의 영혼을 맑게 하고, 정서를 살찌우며, 순후하고 아름다운 심성을 길러 준다. 감수성이 예민한 어린 시절에 환상이 살아 숨쉬는 동화를 많이 읽어야 할 이유가 여기에 있는 것이다. 결

---

27) 金耀燮, 앞의 책, 53쪽.

28) J. R. R Tolkien, 『ファンタジァーの世界』, 猪熊葉子 譯, 東京 福音館書店, 1984, 97쪽.

29) 위의 책, 57쪽.

30) 李炯基, 「詩가 만드는 것」, 《心象》 49호, 心象社, 1977. 10, 61쪽.

국 환상성의 생명력은 참신하고 독창적인 상상력을 바탕으로 넘치는 상징성과 함께 리얼리티가 확보된 필연성을 갖추는 데 있다.

동화의 두드러진 특징 중 하나가 환상성의 수용 여부이다. 동심은 호기심으로 가득 차 있어서 불가사의한 일에 강한 매력을 느낀다. 무엇인가 발생하리라는 기대, 그것이 무엇일까 하는 호기심, 그것을 알게 되었을 때의 쾌감 등이 어린이의 흥미를 만족시킨다. 이러한 과정에서 생기는 신비적 요소가 동화 정신이 되는 것이다. 따라서 환상성의 수용은 동화 정신의 수용과도 밀접한 관계가 있다.

김요섭은 환상성의 효용에 대해 "판타지는 순수한 기쁨을 만들어 낸다. 인간으로 하여금 현실에서 해방시켜 자유 세계로 안내해 준다. 폐쇄된 현실과 세계 속에서도 자아와 우주가 조화를 이룬 가운데 행복한 순간을 얻을 수 있다."[31]고 하였다. 훌륭한 환상은 신비로움이 주는 환희와 함께 경이로움이 주는 감동을 수반한다. 이러한 환희와 감동은 동화문학이 주는 이상성이라고 할 수 있다.

문학의 전문 용어로 정착해 온 환상은 단순한 공상이나 환상을 의미하는 것이 아니다. 문학상의 환상은 작가의 독창적 대상력에 의해서 의도적으로 생기고 비현실적인 세계에 또 하나의 리얼리티를 창출해 내려는 심적 작용을 말한다. 환상은 종종 리얼리즘 문학과 대비되기도 하지만 양자는 결코 이원적인 것이 아니다. 문학에서의 환상은 근본적으로 작가의 현실 체험을 무시할 수 없고, 터무니없이 무질서하고 황당무계한 공상이 아니기 때문이다.

---

31) 金耀燮, 「현대 동화의 환상적 탐험」, 앞의 책, 56쪽.

4. 환상의 특성

환상을 수용한 동화에서 환상과 현실 세계의 결합에 있어서는 치밀한 리얼리티가 요구된다. 이러한 환상동화가 문학성을 획득하면서 현실적인 효용과 이상을 겸용하기 위해서는 환상과 리얼리티가 조화를 이루어야 한다. 동화에서의 환상은 나름대로의 질서와 리얼리티를 확보해야 문학으로서의 가치가 있는 것이다. 결코 돌출적이거나 돌연변이적인 것이 아니라 리얼리티가 확보된 조화로운 환상이어야 한다.

그러면 환상이 지니고 있는 문학적 특성에는 어떤 것들이 있는지 살펴보기로 한다.

첫째, 환상은 꿈(dream)과 유사한 특성을 지니고 있다.

여기서 말하는 꿈이란 수면시에 생시와 마찬가지로 여러 가지 사상을 느끼는 착각이나 환각을 말하는 것으로, 인간의 마음속에는 꿈과 유사한 현상들이 끊임없이 일어나고 있다. 옛 추억에 대한 그리움이나 오감에 의해 느끼는 상상력, 생리적 욕구에 의한 환상 등 극히 자의적인 상상 활동은 생시 뿐만 아니라 수면시에도 끊임없이 일어난다.

꿈은 외계와의 교통이 차단된 상태에서의 정신의 경험과 지금은 존재하지 않는 새로운 무엇을 만들어 내려는 욕망의 두 가지가 있다. 전자는 프로이드가 말하는 무의식의 세계[32]이고, 후자는 외계의 현실에 전념하는 의식 상태의 세계이다. 두 꿈의 실체를 하나로 묶어 분석하는 데 프로이드는 전자를 강조하여 불합리한 욕구의 충족으로 보았고, 칼 융은 후자를 강조하여 꿈의 내용이 현실의 합리적 혹은 불합리적 욕구의 양쪽에 다 관계된다고 보았다.

---

32) 에리히 프롬, 『꿈의 精神 分析』, 한상범 역, 정음사, 1977, 64쪽.

현실과 비현실의 넘나듦이 자유로운 꿈의 인식 방법[33]에 의해 환상은 현실과 비현실을 함께 포용, 현실을 인식하고 때로는 그것을 개조하려는 새로운 의식도 갖게 해 준다.

정신분석의 창시자인 프로이드는 그의 저서 『꿈의 해석』에서 감정적 과거 체험을 나타내는 꿈의 내용이 무의식을 형성하여 이 무의식이 인간의 행동을 지배한다고 보았다. 앙드레 브레통(André Breton)은 프로이드의 꿈에 대한 해석을 당연하게 받아들여 꿈의 중요성을 환기시켰다. 그는 꿈과 현실이라고 하는 대조적인 두 상태가 언젠가는 절대적인 현실, 다시 말하면 하나의 초현실 속에 해소될 것이라고 믿고 있다.[34]

꿈, 환각 등의 무의식을 조명하여 인간의 의식과 현실의 개혁을 목표로 한 초현실주의 운동은 상상력의 해방에 지대한 공헌을 하였다. 초현실주의는 한계가 없는 세계를 재발견하려고 했으며, 환상적인 한 우주에 현실로서 도달하려고 하였다.[35] 이러한 초현실주의의 이념은 동화의 창작 정신에 면면히 계승되어지고 있다.

초현실주의자들이 꿈의 독특한 성격을 인식하고, 꿈 속에 뒤섞인 현실에서 나름대로 이상을 찾게 된 것도 존재의 양면성에 관한 체험 때문이었다. 아르놀트 하우저(Arnold Hauser)는 '꿈은 현실과 비현실, 논리와 환상, 존재의 진부한 면과 승화된 면이 떼어놓을 수 없고 설명할 수 없는 일체를 이루고 있는 초현실주의적 세계상의 모델이 된다'[36]고 하였다.

디테일을 사실적으로 섬세하게 그리면서 그러한 디테일들의 관계를 자의적으로 조합하는 수법은 초현실주의자들이 꿈에서 따온 것으로 판타지의 중요한 특징의 하나가 된다.

---

33) Arnold Hauser, 『文學과 藝術의 社會史』, 백낙청 · 염무웅 공역, 창작과비평사, 1974, 239쪽.

34) André Breton, 「꿈, 驚異, 童話」, 『創作技術論』, 노서경 역, 寶晋齋, 1970, 45쪽, 재인용.

35) 金耀燮, 앞의 책, 61쪽.

36) Arnord Hauser, 앞의 책, 239쪽.

둘째, 환상은 역동적인 힘을 갖는다.

어린이들에게 있어서 환상은 그들의 삶속에 용해되어 있기 때문에 역동적인 생명력을 갖는다. 어린이들은 환상적인 사고를 가지고 일상의 현실을 이해하고 해석하려고 한다. 그에 비해 어른들은 고정관념이라는 사슬에 묶여 이미 상상의 자유를 잃은 사람들이다. 그들은 상상의 날개를 잃고 불신이라는 늪에 빠져 환상의 나라로 비상할 힘이 없다.

어린이들의 환상이야 말로 현실 세계를 새롭게 변화시키는 원동력이다. 어른들의 현실은 온갖 벽에 갇혀 있게 마련이다. 그러나 어린이의 약동적인 환상은 현실의 벽을 뚫고 나가려는 의지와 함께 신념을 만들어 주기도 한다. 아름답고 풍성한 환상의 세계는 어린이의 삶을 윤택하게 하고 풍요로운 자유를 누리게 한다. 그 세계는 현실보다 더욱 찬란한 색상과 힘찬 리듬감이 있는 역동적인 세계인 것이다.

셋째, 환상은 언어의 주술력에 의해 창조되어진다.

환상의 세계에 생명력을 불어넣는 것은 언어의 주술력이다. 가공의 판타지 세계에서 진실감을 느낄 수 있는 것은 언어의 주술력 때문이다. 이 세상에 거짓말이 발붙일 수 있는 까닭은 언어에 타당성이라는 것이 있기 때문이다. 그럴듯하게 꾸며 낸 거짓말은 참말처럼 행세하기도 한다. 이러한 것을 언어의 주술력이라고 할 수 있다.

그 한가지 예가 언어의 반복을 통한 주술의 주입이다. 동서고금 그 어디서나 어린이들에게 옛날이야기를 들려줄 때, '옛날, 옛날, 아주 오랜 옛날에…' 하고 실마리를 풀어 나가는 방법이 비슷하다. '옛날 옛날'처럼 언어의 거듭되는 반복이 바로 주술인 것이다. 이러한 언어의 주술 때문에 어린이는 현실에서 빠져나와 동화의 세계로 쉽사리 자리를 옮기게 되는 것이다.

넷째, 환상은 비현실 속의 현실이라는 특이한 풍토에서 자란다.

환상을 믿는 작가만이 환상문학 작품을 창작할 수 있다. 판타지는 종교와도 같아서 그것을 믿지 않으면 진실성을 느낄 수 없다. 환상에는 그것을 수용할 수 있는 분위기가 중요하다. 비현실속의 현실, 믿기 어려운 세계의 진실성이란 분위기 속에 사는 것이다. 어린이가 환상을 쉽게 받아들이는 까닭은 어린이한테는 상상력과 경이의 마음이 있기 때문이다.[37]

H. 리드는 '예술은 원초적 심상과 본능적 감정의 내적 원천에서 샘솟는 모든 요소와 실제 생활의 외부적 메카니즘에서 생기는 모든 사실들을 단일한 생명의 물줄기로 융합시키는 기능을 갖는다. 이것은 스스로의 내적 요구에서 판타지를 발생시키는 작가 자신뿐만 아니라 암시와 상징에 의하여 그의 상상적 작품에 참여하는 모든 사람들을 위하는 일인 것이다.'[38]라고 하였다. 이처럼 작가는 스스로의 요구에 따라 환상을 창출하는 것이다.

문학적으로 성공한 환상의 세계는 신기하고 마법에 넘치면서도 그 글을 읽는 독자에게는 리얼한 것이 된다. 작가가 먼저 환상의 세계를 진실이라고 믿기 때문에 독자도 그 세계를 믿어 의심치 않기 때문이다. 또한 판타지는 독자가 판타지를 받아들일 때의 마음가짐으로 자신의 육감 같은 것을 가질 것을 요구한다. E. M. 포스트는 『소설의 양상』에서 '가장 쉽게 픽션의 한 부분을 정의하는 방법은 그 픽션이 독자에게 무엇을 요구하는가를 생각해 보는 일이다. …… 판타지는 어떤 것을 요구하는가? 우리들이 보통보다 무엇인가 한 가지 더 덤으로 지불할 것을 요구한다.'[39]고 하였다. 이 말은 보통의 스토리를 읽을 때의 마음가짐 이상으로 특별한 육감을 가질 것을 요구한다. 어린이들은 모두 이 육감을 가지고 있지만 대개의 어른들은 어린이라는 옷을 벗을 때에 자신의 육감도 함께 벗어 놓고 온다.

37) Lillian, H. Smith, 『兒童文學論』, 김요섭 역, 교학연구사, 1996, 208쪽.

38) H. Read, Collecteed Essays in Literary Criticism, London Faber, 1951, 129~130쪽.

39) L. H. Smith, 앞의 책, 208쪽 재인용.

스토리 속에 환상이 있다는 것은 많은 사람들한테는 이해를 방해하는 하나의 장애다. 사람들은 현실이 차단되어 있다는 전제를 자기들의 지성으로는 받아들일 수가 없다고 생각한다. 그러나 어린이를 위하여 쓴 책 속에서 가장 미묘하고 깊은 아이디어가 보이는 것은 환상성 짙은 작품 속에서의 일이다. 환상을 이해하는 데 필요한 것은 작가가 말하고자 하는 점에 대해 스스로 공감의 귀를 기울이는 태도뿐이다. 저자의 창조력이 얼마나 크고, 또 책의 내용이 얼마나 지적인 것인지 간에 독자들이 귀를 기울이고자 하는 생각이 없다면 즐거움이 전혀 생기지 않는다.[40]

다섯째, 환상은 시공을 초월하여 존재한다.

위대한 환상동화는 시대나 장소의 영향을 받지 않고 환영받는다. 고전이라고도 할 수 있는 19세기에 유럽에서 창작된 환상동화들이 21세기를 목전에 둔 현대의 모든 어린이 독자들에게 환영받는 것은 이를 잘 예증해 주는 것이다. 환상은 상상의 세계인 영원한 나라에 사는 것으로서 미래 사회의 관습이나 규약 때문에 사회에 뒤떨어지는 일은 결코 없을 것이다. 미국의 작가 클리프턴 패디먼(Clifton. Fadiman)이 『나의 애독서』 서문에서 밝힌 다음과 같은 말이 이를 시사해 준다.

이 뒤 20세기라도 사람들은 그대로 『이상한 나라의 앨리스』를 읽고 웃으며 소리 지른다 해도 나는 조금도 이상하게 생각하지 않을 것이다. 시간 앞에 무너지지 않을 것은 그리 많지 않다. 그 많지 않은 가운데 한 가지는 우수한 판타지다. 그리고 우수한 판타지는 언제나 어린이에게 특별히 귀중한 재산이다.[41]

---

40) Lillian H. Smith, 위의 책, 209~210쪽.

41) 위의 책, 224쪽.

이처럼 훌륭한 환상동화는 동서고금을 막론하고 모든 독자들에게 환영받을 뿐만 아니라 미래에까지 이어져 영원한 생명력을 갖게 되므로 시공을 초월하여 존재하는 것이다.

5. 환상의 유형

필자는 한국 창작동화에 나타난 환상의 유형을 전승적 환상, 몽환적 환상, 매직적 환상, 우의적 환상, 시적 환상, 심리적 환상으로 분류했다.[42]

전승적 환상이란 옛날이야기나 전래동화에 나타나는 공상성이 풍부한 환상을 말한다. 옛날이야기에 나오는 환상성이 독자들에게 거부 반응 없이 수용되는 까닭은 "옛날 옛날 아주 먼 옛날…"처럼 주술적 언어로 독자들을 유인하기 때문이다. 전승적 환상은 이야기의 구조는 물론 분위기도 전래동화의 그것과 유사하다.

몽환적 환상이란 가장 초보적인 방법으로 등장인물이 작품 속에서 꾸는 꿈(Dream)을 도입하는 환상이다. 프로이드는 꿈을 원망(願望)의 실현으로 보았는데, 과거의 원망뿐 아니라 현재의 기대를 실현하는 일도 있다. 꿈이나 의식의 흐름은 일체의 관념이나 제도적 틀에서 벗어나 자유자재로 사고하거나 그 사고를 실현할 수 있기 때문에 환상동화에 자주 도입되고 있다. 하지만 꿈을 환상으로 승화하기 위해서는 고도의 세련된 기술이 필요하다. 꿈이 던져 주는 허무감은 문학성의 상실까지도 초래하기 때문이다.

매직적 환상이란 요술이나 마술, 마법과 같은 신비한 힘이 도입된 환상이다. 이는 서양의 메르헨에 자주 등장하는 마녀나 마법의 성에서 찾을 수 있고, 우리의 전래동화인 도깨비 설화에서도 찾을 수 있다. 매직의 힘은 불

---

42) 박상재, 「환상의 유형」, 『한국 창작동화의 환상성 연구』, 집문당, 1998, 31~32쪽.

가능을 가능으로 변하게 하고, 유에서 무를 무에서 유를 창조한다. 그렇기 때문에 매직은 어린이 독자들이 가장 선호하는 환상의 유형이다.

우의적 환상은 동식물이나 무생물과 같은 비인격체에 인격을 부여하여 의인화하는 수법을 말한다. 이는 신과 같은 초인적 존재에서부터 생물, 무생물, 온갖 사물에 이르기까지 인격화하여 생각하고 행동하게 한다. 이러한 수법은 현실을 초탈하는 상상활동이 활발하게 되며 의인 대상에 대하여 상징적 감정 이입이 행하여진다. 따라서 우의적 환상은 전래동화는 물론 창작동화에서도 가장 많이 동원되는 것으로, 오늘날 타 장르의 수사법에도 보편적으로 상용되고 있다. 물론 의인화한 우의적 동화라고 해서 모두 환상동화라고 할 수는 없다. 작품의 전체 혹은 부분이라도 환상성을 함유하고 있어야 우의적 환상이라 할 수 있다.

시적 환상은 단순 명쾌성을 중히 여기는 아동문학의 특성에도 부합되는 것으로 문체의 장식적 요소로 많이 사용된다. 독일 낭만파의 대표적 시인인 노발리스[43]는 그의 동화 『푸른 꽃』(Heinrch von Ofterdingen, 1802)에서 '동화는 말하자면 문학의 규범이다. 모든 문학적인 것은 동화이어야 한다.'고 말하고 있다. 그는 또 '나의 정서를 가장 잘 드러낼 수 있는 것은 동화의 세계'[44]라고 하여 동화를 시의 귀감으로 내세우고 있다. 동화를 시에 가까운 산문 문학[45]이라고 정의 내린 것도 이와 같은 맥락에서 이해될 수 있을 것이다. 이처럼 시적 환상은 동화의 구성 요소에서 중요한 위치를 차지하고 있지만 지나치게 편협화할 경우 스토리가 허약해질 우려가 있다.

심리적 환상이란 등장인물의 의식 세계에서 발현되는 공상의 세계는 물론 의식의 흐름(Stream of consciousness)까지도 포함되는 개념이다. 의식의 흐름이란 인간의 의식은 조각조각 분리되어 있지 않고 시시각각으로 변화하

---

43) Novalis, 본명 Freiherr Friedrich von Hardenberg(1772~1801).

44) Max · Ruity, 『유럽의 민화』, 이상일 역, 중앙신서, 1982, 8쪽.

45) 李在徹, 『兒童文學槪論』, 瑞文堂, 1990, 142쪽.

면서 연속적으로 강물처럼 흐르고 있다고 보는 견해이다. 이것은 "논리적으로 조직되기 이전의 미분화 상태에 있는 이미지군으로 이것을 포함하여 기록하는 것이 '의식의 흐름의 수법'이다."[46] 심리적 환상은 전개 수법상 몽환적 환상과 비슷하지만 꿈의 세계를 다루지 않고 현실적 의식 세계를 다루는 점이 다르다고 할 수 있다. 심리적 환상은 본격동화 운동이 일어나던 1960년대 이후의 동화에서 많이 찾아볼 수 있다.

---

46) 文德守편, 『世界文藝大辭典』, 성문각, 1975, 1575쪽.

제3절
아동문학의 특성

아동문학은 일반문학과 대비해 볼 때 몇 가지 특성을 찾을 수 있다.

첫째로 아동문학의 단계성이다. 성장기에 속하는 어린이들은 연령별로 신체적 정신적으로 많은 격차를 보이고 있다. 따라서 아동문학은 각기 다른 연령층을 대상으로 아동의 성장 발달 단계에 맞게 제공되어져야 한다. 이것이 아동문학의 단계성이다. 어린이들은 유아기와 아동기, 청소년기까지 빠른 속도로 개성과 환경, 신체적 정신적 능력의 차이로 인한 인성, 지적발달, 감수성, 저항력 등에 많은 격차를 나타낼 수 있다.

독일의 시인 프리드리히 쉴러(Johann Christoph Friedrich von Schiller)는 그가 실제 인생에서 배운 것보다 어릴 때 들은 동화 속에서 더 깊은 의미를 찾았다고 한다. 이처럼 유아기에 접하는 아동문학은 참으로 중요한 의미를 갖는다. 아동문학은 유아 · 아동 · 청소년에 이르기까지 발달 단계에 맞게 단계적으로 제공되어져야 한다.

유아에게 알맞은 작품이 있는가 하면 초등학교 저학년, 중학년, 고학년 어린이에게 알맞은 작품이 있다. 어린이의 지적발달 단계를 고려하지 않고 도서를 선택하게 하면 그 내용을 올바르게 소화할 수 없는 등 여러 가지 부작용을 초래할 수밖에 없다.

둘째로 아동문학은 예술성을 중요시한다. 여기서 말하는 예술성이란 문학성이라고도 할 수 있다. 문학에서 가장 중요한 것은 감동을 이끌어 내는 일이다. 감동은 잘 짜여진 구성에 의하여 아름답게 승화된 예술성으로 우러나올 수 있다. 도덕 교과서의 이야기처럼 노골적으로 교훈성이 드러나면 문학성이 훼손되고 감동의 촉발은 기대할 수 없다. L. 야콥스는 문학은 선택된 아름다운 언어로 구성되어 있기 때문에 어렸을 때부터 아름답고 풍부한 언어를 배우고 경험하게 함으로써 모국어의 아름다움을 깨달을 뿐 아니라 아름다운 심성을 기를 수 있다고 하였다. 이와 같은 말은 아동문학의 예술성을 중시한 견해라고 할 수 있다. 톨스토이는 "예술이란 한 사람이 의식적으로 무엇인가 남에게 보이려는 증거에 의해 자기가 경험한 마음을 사람들에게 전하고, 사람들은 그 마음에 감염되어 그것을 느끼게 되는 인간 작용이다.…… 누구나 감정계에서 인류가 자기에 대해 느낀 모든 것을 알게 되고, 자기의 마음을 다른 사람에게 전할 수 있게 된다"고 하였다.

어린이에게 아름다운 심성을 고양하는 중차대한 예술에 속하는 아동문학이 예술적 인식을 바탕으로 하는 이유가 여기에 있다. 아동문학이 감동을 유발하도록 하기 위해서는 문학적 표현을 바탕으로 한 예술성을 확보하지 않으면 안 된다. 예술성이 확보되면 흥미성과 교육적 효과도 부차적으로 따르기 마련이다.

프랑스의 문학사가 폴 아자르는 좋은 책의 선택 기준 중 예술의 본질에 충실한 책을 으뜸으로 꼽았다. 직관에 호소하여 직접으로 물건을 느낄 수 있는 힘을 베풀어 주는 책을 좋은 책으로 본 것이다. 아동문학의 예술성을 맛보는 것은 독자가 작품을 읽음으로써 간접적 경험을 얻는 진실의 감미행위라고 할 수 있다. 이 진실의 감미는 예술성 있는 문학작품을 향수할 때에 얻을 수 있다.

셋째, 아동문학은 흥미성을 중요시한다. 예술을 감상하는 일차적 목적은 즐거움을 맛보는 데에 있다. 독서의 목적도 즐거움을 맛보는 일이 우선되어진다. 특히 주독자가 어린이들인 아동문학의 경우 흥미성이 차지하는 비중은 크다 하겠다. 아동문학의 흥미성은 농담이나 우스개소리, 말장난에 의한 말초적 흥미가 아니라 격조 높은 문학성에서 오는 재미성이어야 한다.

아무리 문학성이 뛰어나고 교훈성이 풍부한 이야기라도 흥미가 없는 작품은 독자들로부터 외면을 받을 수밖에 없다. 흥미 있는 작품이 되기 위해서는 새로운 소재로 호기심을 불러일으켜야 한다. 또한 구태의연하고 평범한 이야기보다는 신선하고 파격적인 이야기여야 한다. 그러기 위해서는 어른들의 경직된 사고와 고정관념을 깨뜨린 어린이의 논리와 사고에서 촉발되는 동심의 렌즈로 조율한 작품이어야 한다.

동화의 세계에는 무한한 꿈과 자유를 실현시켜 주는 판타지의 세계 외에도 기성의 고정관념을 깨뜨리는 난센스의 세계가 있고, 인간의 진실된 삶을 그린 리얼리티의 세계가 있다. 어린이들은 이러한 다양한 작품 세계를 통하여 자신들이 겪어 보지 못한 미지의 세계를 간접적으로 체험하며 흥미를 느끼게 된다. 아동문학에 있어서 흥미성은 중요하지만 저속하거나 천박한 웃음을 유발하는 무가치한 흥미성은 마땅히 경계해야 한다.

넷째, 아동문학은 교육성을 염두에 두어야 한다. 바꾸어 말하면 비교육적이어서는 곤란하다는 말이다. 저속하거나 퇴폐적인 내용이 삽입되어서도 안 되고 생경한 내용이거나 정치적 구호가 난무하는 선동적인 내용이어서도 곤란하다.

영국 근대소설에 새로운 방향을 제시한 소설가 헨리 필딩(Henry Fielding)은 소설의 교육성에 대해 "정직하지 못한 것, 어리석은 짓을 못하도록 독자를 가르치는 것을 목적으로 삼지 않으면 안 된다. 그러나 문학의 교육성은 결과이지 목적이 될 수는 없는 것이다."라고 하였다.

문학작품에 있어서 교육성은 과일 속에 단물이 배어 있듯이 작품 속에 녹아 있어야지 겉으로 드러나는 것은 좋지 않다. 문학 작품을 읽은 독자들이 감명을 받았다는 것은 교육성을 지녔다는 말이다. 최재서는 『문학원론』에서 감동으로 말미암아 결정된 그의 태도는 그의 일평생을 지배하여 여러모로 행동 속에 나타날 것이며, 또 그것은 전달을 통하여 그의 주위 사람들에게도 영향을 주게 될 것이다. 이것이 없다면 문학의 교육적 효과는 전연 성립되지 않는다고 하였다.

교육성은 아동문학 특성의 한 요소요 측면일 뿐 전체가 되어서는 안 된다. 이러한 교육성은 작품의 주제로 나타나며 자유, 평등, 평화, 박애, 사랑의 정신을 기저로 하고 있다.

아동문학의 또 다른 특징은 단순명쾌성에 있다. 단순명쾌성과 맞서는 말은 복잡애매성이라고 할 수 있다. 어린이들은 그 생리적 특성상 복잡하거나 애매모호한 것을 싫어한다. 단순성이란 이야기의 구성이나 전개면, 혹은 시적 비유나 상징면의 단순성을 의미한다.

전래동화나 우화의 구성은 복잡하지도 이야기의 종결이 애매하지도 않다. 그렇다고 무조건 쉽게 창작된 것을 단순성이라고 말할 수는 없다. 동시든 동화이든 단순성을 추구하는 것은 순진무구한 어린이들의 심성과 통하기 때문이다. 아동문학 창작에서 단순명쾌성과 멀어질수록 동화든 동시든 난해하고 메시지가 불분명한 작품이 되기 쉽다.

명쾌성이란 어린이들의 진솔한 마음처럼 뚜렷하고 확실하게 드러나 보이는 것을 의미한다. 주제는 물론 구성이나 등장인물의 성격 등이 확연하게 드러나야 한다. 사건의 결말 구조도 명쾌하게 해결되어야 한다. 물론 문학적 효과를 의식하여 미완으로 종결할 수도 있겠지만 아동문학의 특성과는 배치되는 작법이라고밖에 할 수 없다.

제4절
한국 동화문학의 개관

1. 동화문학의 성립 배경

　동화의 발생과 발달 과정을 탐구하기 위해서는 아동문학의 발달 과정을 파악해야 한다. 현대 아동문학의 성립 배경을 고찰할 때 전통적 구비문학의 전승이라는 통시론적 접근과 갑오경장 이후 서구문학의 수용에서 오는 공시론적 접근을 통해 파악할 수 있을 것이다.

　아동문학의 기원을 파악하려면 문학예술의 기원을 파악하는 일이 선행되어야 한다. 문학예술의 기원설은 크게 심리학적 기원설과 발생학적 기원설, 그리고 발라드 댄스(ballad dance)설로 나눌 수 있다.

　심리학적 기원설은 문학예술의 창작 심리, 즉 예술 충동을 중심으로 예술의 발생을 고찰하는 학설로서 모방본능설과 유희본능설, 흡인본능설, 자기표현본능설 등이 있다. 모방본능설은 아리스토텔레스가 『시학』에서 주장한 이론으로, 인간에게는 본래 모방의 본능이 있고, 모방을 통하여 배우며, 또한 모방 자체에 희열을 느끼므로 문학과 예술도 인간에게 본래부터 있는 모방 충동에 의해 생겼다는 이론이다. 유희본능설은 문학예술은 유희본능에서 시작되었다는 학설로, 모든 동물은 생명보존본능과 종족보존본능이 있어서 이를 충족시키기 위하여 에너지를 다 써 버리지만 사람만은 '정력의 과잉'이라는 것이 생겨서 이것이 유희본능을 이루고 또한 문학과 예술을 창조한다는 것이다. 이러한 이론은 칸트로부터 시작되어 쉴러가 학설화시키고 스펜스가 사회철학의 입장에서 이를 체계화시킨 것이다. 흡인본능설은 다윈과 같은 진화론자들에 의해 주장된 학설로서, 인간도 짐승과 같이 남을 끌어들이려는 흡인본능이 있어서 문학예술을 창조해 낸다는 것이다. 즉, 새나 짐승이 아름다운 소리나 자태로 이성을 끌어들이듯이 사람도 남의 관심을 끌기 위한 흡인본능으로 문학을 창작한다는 이론이다. 자기표현본능설은 허드슨이 주장한 학설로서, 문학이나 예술은 자기를 표현하려는 본능에 의하여 창작되어진다는 이론으로, 낭만주의 문학이론의 중요한 한 맥을 이루고 있다.

발생학적 기원설은 유희본능설에 대한 비판으로 생겨난 것으로 헌(Y Hirn)이나 그로세(E. Grosse), 매킨지(A.S Mackenzie) 등이 고고학과 인류학적 입장에서 문학예술의 기원을 발생학적으로 연구한 이론이다. 헌은 문학예술의 발생은 실제 생활과 관련되어 있고 실용에 의해서 비롯되었다고 주장하며, 예술이 노동과 깊은 관계가 있다는 예로 노동요를 든다. 그로세는 인류 발달의 낮은 단계에 있어서 예술은 경제 조직에 의해 결정되지만, 높은 단계에 있어서는 경제에 의하는 것이 아니고 예술가의 창조적 개성에 의하여 제약된다는 것이다. 매킨저도 문학이란 그 본질에 있어서 시, 음악, 무용이 리듬 아래 통일되어 삼위일체의 관계에 있었으며, 특히 원시 시대의 시가는 그 소재가 주로 수렵, 전쟁, 연애, 풍자, 노동, 애가 등으로 실제 생활과 밀접한 관계에 있었음을 지적하고 있다. 이상에서 알 수 있는 것처럼 발생학적 기원설은 예술의 기원이 심미성이 아니라 실용성에 의하여 발생했음을 밝혀 주고 있다.

발라드 댄스설은 몰톤(R. G. Moulton)의 주장으로, 원시 예술과 문학은 발라드 댄스에서 시작되었는데, 이는 실용성과 심미성이 결합되었다는 이론이다. 그는 『문학의 근대적 연구』에서 '문학 형태의 근본적 요소는 발라드 댄스인데, 이것은 반주와 무용의 결합으로 문학이 처음 자연발생적으로 나타나는 경우에는 이러한 형태를 취한다'고 하였다. 우리나라 상고사에 나타나는 동맹, 무천, 영고, 삼한의 제천 의식 등은 원시종합예술 형태인 이 발라드 댄스(민요 무용)라고 할 수 있다. 발라드 댄스는 실용적인 면과 심미적인 예술 충동이라는 두 가지 목적에 의하여 행해졌음을 알 수 있는데, 「구지가」를 예로 들면, 군신(君神)을 맞이하려는 실제적 목적과 가무를 즐기려는 심미성이 함께 작용하였음을 엿볼 수 있다.

몰튼은 발라드 댄스에서 발생된 문학이나 예술은 미분화 상태로 섞여 있었지만 인지와 심미감의 영향으로 분화되고 발전해 간다고 하였다. 그의 문학 형태도에 따르면 발라드 댄스에서 분화된 문학은 말이 우세한 서사시의 양식과 음악적인 소리가 우세한 서정시의 양식, 그리고 동작이 우세한 희곡의 양식으로 발전한다고 하였다. 또한 서사시는 서술의 형태를 취하고 희곡은 표출의 형태를 취하며, 서정시는 명상과 같은 불분명한 형태를 취한다고 하였다.

그런데 이렇게 형성된 문학도 처음에는 구비문학(口碑文學, oral literature)의 단계를 거치다가 문자 발명 후에야 기록문학(記錄文學, written literature)으로 정착하게 된다. 구비문학이란 비석에 새긴 것처럼 오래도록 말로 전해오는 '말로 된 문학'을 가리키는 말로, 구전문학(口傳文學)이라 부르기도 한다. 구비문학은 민간이 향유한 민속적인 문학이란 뜻에서 민속문학(民俗文學, folk literature)이라고 부르기도 한다. 구비문학의 특징은 작품이 구전되면서 수정된다는 점, 특정 독서 계층이 없이 민중 전체가 청중이 된다는 점과 작가가 따로 있지 않고 공동 창작이라는 점 등을 들 수 있다. 우리나라에서도 신화, 전설, 민담 같은 설화문학이나 무가, 민요 등은 전형적인 구비문학으로, 문자로 정착되어 기록문학화한 것은 훨씬 후대의 일임을 알 수 있다.

2. 구비문학과 아동문학과의 관계

아동문학의 기원은 원시종합예술에서 분화된 구비문학에서 찾을 수 있다. 구비문학은 본질적 속성이 아동문학의 속성과 밀접한 유사성을 가지고 있다. 즉, 구비문학의 비합리적이고 비논리적인 원시성이나 샤머니즘, 애니미즘, 단순성, 소박성 등은 아동문학의 본질적 속성과 궤를 같이한다. 구비문학의 신화·전설·민담 등의 설화는 동화에, 무가나 민요는 동시·동요로 전승되어 특성이나 형태 면에서 유사성을 보이고 있다. 설화는 옛사람들의 사고와 심리를 바탕으로 한 것인데, 옛사람들의 사고와 심리는 동심과 많은 공통점을 지니고 있다.

한국의 고대 아동문학의 기원은 부족국가 이전까지 거슬러 올라가 찾을 수 있는데, 설화문학에 속하는 건국신화는 동화의 원류로 파악할 수 있다. 단군 신화나 주몽 신화, 혁거세 신화, 김수로 신화, 유리(琉璃) 신화 등에 나타나는 애니미즘이나 환상성, 비논리성이나 비합리성은 동화의 특성에 근접된 원류라고 하지 않을 수 없다. 또한 박혁거세나 석탈해, 김알지 신화와 같은 시조 신화를 비롯하여 제주도의 삼성시조 신화 등 역시 그 속성상 동화의 특성과 궤를 같이하고 있다.

구비문학이었던 우리의 설화를 기록문학으로 자리매김했던 『삼국유사』나 『삼국사기』, 『동국이상국집』(동명왕 편), 『역옹패설』, 『보한집』 등에는 전래동화에 속하는 이야기들이 전하여 온다. 그 중 귀에 익은 설화들을 살펴보면 『삼국유사』나 『동국이상국집』(동명왕 편)에 수록된 「동명왕과 유리왕자」, 『삼국유사』에 수록된 「임금님 귀는 당나귀 귀」, 「연오랑과 세오녀」, 「바보온달과 평강공주」, 『삼국사기』에 수록된 「토끼와 거북」, 『역옹패설』에 수록된 「오누이의 재판」, 『보한집』에 수록된 「중이 된 호랑이」 등이 있다.

그 중 '토끼와 거북'의 출전에 대하여 좀 더 언급하면 삼국사기 권41 열전제1 김유신상조에 나오는 구토설화이다. 신라 선덕여왕 때 김춘추가 외교

관계로 고구려에 들어갔다가 '왕노수지육미과(王怒囚之戮未果)'라는 초미지급에 처해 있을 때 고구려 왕의 총신 선도해에게 청포(靑布) 300보를 은밀히 선물한 덕분에 그의 호의로 궤변을 교묘히 이용하여 생명을 구했다는 일화에서 유래한 것이다. 이 설화는 내용이 흥미있고, 그 구성이 돋보여 조선 시대에 이르러 토끼전이라는 고대 소설을 낳게 되었다. 그런데 이 토끼전은 그 특성상 소설이라기보다 동화 쪽에 가깝다고 할 수 있다.

우리나라 최초의 설화집인 박인량의 『수이전』에는 많은 설화가 수록되었으나 책은 전해지지 않고 10편만이 『삼국유사』 등에 전해지고 있다. 또한 전래동화에 해당되는 설화가 수록되어 있는 책으로는 『고려사』, 『어우야담』, 『용재총화』, 『대동야승』, 『동국여지승람』, 『지봉유설』 등이다.

이처럼 전래동화에 속하는 설화는 오랜 옛날부터 구비되어 오다 앞에서 열거한 여러 문헌에 정착되기도 하였다. 그러나 이들의 상당수는 계속 구전되어 오다, 최근에 채록되어 각종 설화집이나 전래동화집에 수록되기도 하였다.

전승문학은 입에서 입으로 전해져 내려온다는 특성상 구비문학이라고도 불리운다. 구비문학은 개인의 창작이 아니라 민중의 집단적 창작물인 만큼 민족적 사상과 정서가 풍부하게 들어 있다. 따라서 전승문학은 민족문학이라고 할 수 있고, 민족성 함양에도 이바지할 수 있다. 전승문학에는 어린이의 심성인 원초적 심성이 담겨져 있다. 어느 나라의 경우이든 이러한 전승문학이 활자화되어 읽히면서 아동문학도 시작되었다.

제2부 동화 창작의 이론과 실제

제1절
동화의 구성 요소

한 편의 동화를 이루기 위해서는 여러 가지의 구성 요소가 있어야 한다. 우선 동화의 요소라 하면 주제, 구성, 문체를 들 수 있다. 또 구성의 3요소라면 인물, 사건, 배경을 들 수도 있다.

동화는 이러한 여러 가지 요소들이 서로 유기적이고, 긴밀한 관계를 맺는 가운데 동화의 완성도를 높인다 하겠다. 그런데 동화를 하나의 서사구조물로 본다면 내용 요소인 스토리와 언어 표현의 수단인 언술(discourse)로 양분하고, 이를 다시 하위 구분할 수도 있다.

동화의 창작 과정을 도시해 보면 동화의 구성 요소가 확실하게 드러날 것이다.

주제 의식 ---→ 제재 --→ 구성 --→ 문체 ←-- 주제
(사상, 감정) (소재)   (인물, 사건, 배경)

앞의 표에 나타난 것처럼 작가는 작가의 사상이나 감정(감성)에 의해 삼라만상의 온갖 소재 중에서 작품이 될 수 있는 제재(subject matter)를 선택하게 된다. 이 제재를 인물, 사건, 배경, 토운, 시점 등에 의하여 구성하여 문체로 표현하면 한 편의 동화가 된다.

그러면 동화의 구성 요소로서 가장 중요한 구성, 성격, 배경, 문체 등에 관하여 살펴보기로 한다.

1. 플롯과 그 구조

1) 플롯의 개념

플롯(plot)은 구성, 구축, 결구라고도 하며 쉽게 표현하면 '짜임새'라고도 할 수 있다. 동화의 플롯을 세우는 것은 집을 지을 때 설계도를 그리는 것과도 같다. 플롯이라는 말은 원래 아리스토텔레스(aristoteles)가 『시학』에서 사용한 미토스(mythos)라는 용어를 번역한 것이다. 아리스토텔레스는 『시학』에서 플롯을 '행동의 모방'이라고 정의하고 '행하여진 사건의 결합'이라고 덧붙이고 있다.

플롯이란 뜻은 광의와 협의의 두 가지 뜻으로 쓰이고 있다. 좁은 의미로는 스토리의 전개, 즉 사건과 행동의 구조를 의미하고, 넓은 의미로는 성격 설정과 배경의 변화까지 포함하여 동화와 소설의 모든 설계를 뜻한다.

디보데(A. Thibaudet)는 플롯의 의미를 다음과 같이 폭넓게 설명하고 있다.

> 플롯이란 말은 세 가지의 상당히 상이한 의미를 가질 수 있다. 스토리를 이어가는 기술, 성격을 만드는 기술, 상태를 만드는 기술 등이다.…… 모든 소설은 반드시 최소한의 구성을 지니되, 어떠한 소설일지라도 최대한의 구성을 실현할 수는 없다. 그래서 소설 본래의 미학은 자유로운 구성과 시간, 공간의 미학이다.[47]

크렌(R. S. Crane)은 플롯을 '소설이나 희곡은 작품을 구성하는 요소인 행동, 성격, 그리고 사상에 의해 이룩된 특수한 잠정적 종합'이라고 정의하고 있다. 이는 같은 산문 문학예술인 동화에도 그대로 적용될 수 있다.

이와 같은 견해들은 플롯을 행동의 구조로 보는 것이다. 이는 행동의 개

---

47) A. Thibaudet, 『소설의 미학』, 유억진 역, 신양사, 1959, 69쪽.

념이나 서사적 단위 설정이 명백하지 못하여 개념적인 면이 있다. 따라서 다음과 같은 보완적인 언급을 필요로 한다.

> 에피소드나 사건 등은 서사적인 단위 역할을 하는 개념이다. 에피소드나 사건(incident)은 그 자체가 하나의 구조이므로 플롯은 이들을 결합하여 재질서화한 구조의 구조가 되는 셈이다. 그렇게 되니까 작가에게는 소설을 구성하는 데 있어서 '주도적 원인이고 독자에게 있어서는 질서를 부여하는 제어작용이 된다.[48]

동화를 읽을 때 스토리와 플롯의 관계가 선명하지 못한 경우를 볼 수 있다. 스토리와 플롯의 관계를 확실하게 파악하기 위하여 다음과 같은 포스트(E.M. Forster)의 견해를 참고할 필요가 있다.

> 스토리는 시간의 순서대로 배열된 사건의 서술이다. 플롯도 사건의 서술이지만 인과관계에 중점을 둔다. '왕이 죽고 왕비가 죽었다.' 하는 것은 스토리지만, '왕이 죽자 왕비도 슬퍼서 죽었다.'고 하는 것은 플롯이다. 시간적 순서는 그대로 가지고 있지만, 인과감이 이에 그림자를 드리운다. 또 '왕비가 죽었다. 아무도 그 까닭을 몰랐더니, 왕이 죽은 슬픔 때문이라는 것을 알게 되었다.'고 한다면 이것은 신비를 간직한 플롯이며 고도의 발전이 가능한 형식이다. …… 왕비의 죽음을 생각할 때, 이것이 스토리에 나오면 '그리고(and)' 하지만 플롯에 나오면 '왜냐하면(why)' 한다. …… 우리는 여기서 미의 문제에 부딪친다. …… 플롯은 소설의 논리적이고 지적인 면이다.[49]

---

48) Princeton Encyclopedia of Poetry and Poetics(Princeton University Press, 1969), 624쪽.

49) E. M. Forster, Aspects of the Novel(Penguin books, 1957). story, people, plot, fantasy, prophesy, pattern and rhythm.

이상에서 살펴보았듯이 플롯은 스토리의 재구성에만 그치는 것이 아니다. 논리적인 사건 전개, 즉 동화의 리얼리티와도 관계가 되고, 예술성과도 연관이 있음을 알 수 있다. 플롯은 첫째로 인과관계에 의한 사건의 전개이며, 주제를 구현하는 기법이고, 동화의 예술성을 형성해 주며, 이야기의 논리성을 나타내는 것이다.

동화의 플롯은 그 작품의 주제를 분명하게 나타낼 수 있도록 짜야 한다. 그래야만 작품에 있어서 통일의 효과를 나타낼 수 있다. 그렇게 하려면 사건 전개가 논리성에 위배되지 않고 리얼리티에 어긋나지 않게 해야 한다. 즉, 스토리의 구성을 자연스럽고 필연적으로 짜임새 있게 해야 한다.

사건의 비약이나 돌발적인 행동을 합리화시키기 위해서는 단선 구조대신 복선 구조를 택하는 것이 좋다. 단선을 사용하게 되면 예고 없는 사건의 돌출을 합리화시킬 수 없어 리얼리티를 상실할 수도 있다. 동화의 플롯은 갈등과 해결 구조를 수반해야 한다.

정리해 보면 플롯은 주제를 구현시키는 데 알맞는 것이 되어야 하고, 인과관계에 어긋나지 않아야 하며, 논리성과 리얼리티가 확보되어 전체적인 통일을 이루어 가도록 설정되어야 한다.

그런데 동화의 플롯이 지나치게 획일화되는 것은 바람직하지 않다. 모든 언어 예술은 상투성과의 치열한 싸움이다. 틀에 박힌 구성에서 탈피하지 못하고 공식적인 플롯에만 안주하게 되면 독창성을 확보할 수가 없다. 특히 새로운 동화를 지향하고 있는 오늘날에는 주제의 다양성과 함께 동화의 구조도 실험적 도전 정신에 의해 공식에서부터 탈피하려 하고 있다. 문학이 양식화하면 자체의 탄력성을 잃고 정체될 수밖에 없기 때문이다.

2) 플롯의 유형

플롯의 유형은 여러 가지로 나눌 수 있다. 왜냐하면 개성적이고 독창적으로 짜여진 작품마다 특색 있는 플롯을 가지고 있기 때문이다. 플롯은 시각에 따라 여러 형태로 나누어지는데, 여기서는 구성에 나타난 플롯만을 대상으로 삼겠다.

(1) 단순 구성(simple plot)

단순 구성은 진행이 단조롭고 단순한 구성으로 한 사건의 진행으로 구성된 것이다. 동화의 특성상 대부분의 단편동화나 아동소설은 단순 구성을 택하고 있다. 하지만 단편이라고 해서 단순 구성을 해야 할 이유는 전혀 없다. 동화의 제재나 주제에 따라 얼마든지 복합 구성을 택할 수도 있다.

단순 구성은 어떤 한 점에 작가가 위치하여 모든 플롯을 그 한 점을 향해 집약시키는 것이다. 따라서 이야기가 단조롭고 평이한 반면 주제 파악이 용이하고, 줄거리 파악을 쉽게 할 수 있다.

단순 구성은 압축성, 독창성, 교묘성, 필연성 등의 특질이 잘 드러나도록 단일한 주제 아래 그 주제를 효과적으로 부각시키기 위한 작품의 통일성 있는 구성법을 말한다.

[예문]

돌돌이는 자유 공원 맥아더 장군 동상 밑에 사는 개미입니다.

바닷바람이 잔 잣나무 가지 사이로 붙어올 때면 돌돌이는 드넓은 바다가 보고싶었답니다.

그래거 몇 번이나 장군의 머리 위로 올라가 바다를 보려고 했지만 번번이 센 바람에 날려 떨어지곤 했습니다.

오늘도 잠에서 깨자마자 하늘을 올려 다 보았지요. 하늘은 파랗게 개어 있었습니다.

'야! 오늘은 잘하면 바다를 볼 수 있겠는데.'

장군의 목에 날아갈 듯이 매인 스카프도 오늘만큼은 풀이 죽어 보였습니다.

돌돌이는 이내 장군의 큰 발 위로 기어올랐습니다. 먼 바다를 그윽히 바라다보는 장군의 눈이 유난히 다정하게 보였습니다.

"히히, 장군님. 오늘은 제가 모자 위로 올라가 바다 구경 좀 해야겠어요."

부지런히 돌돌이는 기어오릅니다.

파란 봄 하늘에서 쨍한 햇빛이 돌돌이의 까만 등을 따스하게 비춰 주었습니다. 어느새 돌돌이의 이마와 등허리에서는 땀방울이 흐르는 듯 반지르르 윤이 났습니다.

"휴우, 꽤나 힘드는걸."

돌돌이는 가느다란 앞발을 들고 쓱쓱 이마를 훔쳤습니다.

어드선가 상큼한 봄바람이 살랑살랑 불어왔습니다.

바지런히 기어오른 덕분에 장군의 어깨까지 올랐습니다. 멋있는 견장이 달린 어깨를 지나 장군의 목을 지날 때였습니다. 턱이 얼마나 가파르고 매끄러운지 몇 번이나 미끄러졌습니다.

'으히, 이거 큰일나겠는데. 어디로 해서 올라가지?'

서너 번을 미끄러지던 돌돌이는 가슴께를 이리저리 왔다갔다해 보았습니다.

'아하, 저곳이면 올라갈 수 있겠는데.'

돌돌이가 발견한 곳은 귀 밑 부분이었습니다.

턱 부분보다 훨씬 경사가 완만해서 올라갈 수 있을 것 같았습니다.

바지런히 발을 옮겨 귀 밑까지 갔을 때였습니다.

"여보세요, 여보세요."

– 중략 –

"아니, 그런데 여기는 어떻게?"

돌돌이는 깜짝 놀라 물었습니다.

"난 작년에 이곳으로 왔지요. 내 소원은 바다가 훤히 보이는 작은 언덕에 꽃을 피우는 것이었어요. 그런데 바람에 날려 날아다니다가 잘못해서 이곳으로 그만 떨어졌어요."

민들레 꽃씨는 잔털을 사르르 움직이며 살며시 한숨을 쉬었습니다.

"이곳에서 겨울을 보내며 가만히 생각해 보았어요. 여기서 만약 꽃을 피운다면 내가 좋아하는 바다도 마음껏 보며 살 수 있을 것 같더군요."

"뭐라고요? 어떻게 이곳에서 꽃을 피운단 말예요?"

돌돌이는 얼른 이해할 수가 없었습니다. 이곳은 뿌리를 내릴 만한 흙이 없는데 말입니다.

"전 이곳에서 겨우내 기다렸어요. 이번에 뿌리를 내리지 못하면 저는 죽고 말아요. 도와주세요. 개미님은 저를 도와줄 수 있어요."

민들레 꽃씨는 까맣고 작은 엉덩이를 안타까운 듯 살짝 들었다 놓았습니다.

"글쎄요. 어떻게 도울 수 있다는 말인지……."

돌돌이는 안달하는 꽃씨를 바라보며 눈만 깜박거렸습니다.

"저, 개미님들이 친구들을 전부 모아 이곳에다 흙을 날라다 주는 겁니다. 그러면 전 그것을 바탕으로 뿌리를 내릴 수 있을 것입니다."

"오라, 그렇게요? 하지만 그것은 꽤 어렵겠는데요. 왜냐하면 우리는 먹이를 날라야 하거든요. 저처럼 노는 친구는 거의 없으니까요."

돌돌이는 열심히 땀 흘리며 일할 친구들의 모습을 떠올리며 고개를 절레절레 흔들었습니다.

"제발 부탁입니다."

민들레 꽃씨는 안타까운 듯 소리를 질렀습니다. 그리고 보송보송한 솜털을 자꾸 흔들어 댔습니다. 돌돌이는 문득 꽃씨가 안쓰럽게 여겨졌습니다. 왜냐하면 자신도 바다가 보고 싶어 이곳까지 올라오게 되었으니까요.

– 중략 –

"저, 너희들 이번만 날 도와주면 내 열심히 일할게."

돌돌이는 마른침을 꿀꺽 삼키며 친구들의 얼굴을 돌아보며 민들레 꽃씨 이야기를 했습니다. 우리들이 도와주지 않으면 민들레 꽃씨가 죽을지도 모른다는 이야기도 빼놓지 않았습니다.

"뭐라고? 우리가 그 많은 흙을 나르자면 오늘 하루는 꼬박 걸릴 텐데."

착한 마음씨로 소문난 얌전이였습니다.

"그래, 그렇지만 앞으로 더 열심히 일을 하면 될 거야. 개미의 역사라는 사람들의 이야기도 있지 않니? 부탁한다. 우리가 피운 민들레꽃을 보는 것도 즐거운 일이 될 거야."

돌돌이는 앞발을 모아 쥐고 친구들의 얼굴을 쳐다보았습니다.

"그래, 한번 그렇게 해 보는 것도 좋은 일일 것 같다. 이 기회에 우리도 돌돌이처럼 바다도 구경하고 말이야."

덩치가 큰 개미가 한 마디 하자

"에이, 까짓 그러자, 뭐!"

여기저기서 찬성하는 소리가 나왔습니다.

"야호!"

돌돌이는 친구들이 너무 고마워 소리를 질렀습니다.

친구 개미들은 일제히 흙덩이를 입에 물고 맥아더 장군 동상 위를 기어올랐습니다.

돌돌이는 가장 큰 흙덩이를 입에 물고 앞장 섰습니다. 힘에 겨웠지만 마음은 날아갈 듯이 가벼웠습니다. 반가워할 민들레 꽃씨를 생각하자 저절로 힘이 솟았습니다.

부지런히 기어서 꽃씨가 있는 곳까지 왔습니다.

"어머, 너무 고맙군요. 고마워요."

민들레 꽃씨는 반가워 어쩔 줄을 몰랐습니다.

"다음에 오실 때는 젖은 흙으로 날라 오세요. 그래야 내가 싹을 틔울 수 있거든요."

하는 부탁도 잊지 않았습니다.

다른 개미들도 모두 도착해서 꽃씨와 정답게 인사를 나누었습니다.

"고맙습니다. 꼭 아름다운 꽃을 피워 여러분을 기쁘게 해 드리겠어요."

민들레 꽃씨는 너무 기뻐서 개미들이 애써 날라 온 흙 속에 포옥 파묻혀 울고 말았습니다.

해거름이 되어서야 맥아더 장군의 귓바퀴 안은 개미들이 날라 온 흙으로 가득 찼습니다. 돌돌이와 개미들은 흐뭇한 마음으로 동상 위에서 내려왔습니다. 비릿한 바다 내음이 섞인 바람이 한 자락 불어왔습니다.

"끈적끈적한 걸 보니 오늘은 비가 올 것 같다."

얌전이가 하늘을 올려다보며 이야기했습니다.

"글세, 비가 오면 좋을 텐데."

다른 때 같으면 비 오는 것을 가장 싫어할 텐데도 오늘만큼은 비가 와 주길 모두 기다렸습니다. 두말 할 것도 없이 민들레 꽃씨가 싹을 잘 틔워 주길 바라는 마음에서였습니다.

고맙게도 그날 밤은 봄비가 촉촉이 내렸습니다. 민들레 꽃씨가 묻힌 곳에도 장군의 머리를 타고 흘러내린 빗물이 살살 모여들었습니다.

개미들은 땅 속 집에서 잠을 자면서도 봄비가 오는 소리를 기쁜 마음으로 들었습니다. 그날 밤은 모두들 노오란 민들레가 활짝 핀 꿈을 꾸었습니다.

며칠이 지나자 정말 민들레는 파란 싹을 틔웠습니다. 장군의 귀 밖으로 파란 잎이 하늘거리는 것을 보면 돌돌이는 앞발을 쳐들어 인사를 했습니다.

돌돌이는 친구들과 약속을 지키기 위해 열심히 먹이를 날랐습니다.

따스한 봄 기운이 공원 안에 가득했습니다. 때맞춰 비도 내렸습니다.

그런데 정말 큰일이 생겼습니다. 민들레가 막 노오란 꽃봉오리를 맺고 나서입니다.

하늘은 비를 내려 주지 않는 것이었습니다. 땅 위에서 자라는 식물들이야 한 열흘쯤 비가 오지 않는다고 그리 큰일날 것은 없습니다.

그러나 워낙 얕은 곳에 뿌리를 내린 민들레는 야단났습니다. 뿌리가 바싹바싹 타들어 가는 것 같았습니다. 싱싱하게 하늘거리던 파란 잎이 시들해진 것을 보고 돌돌이도 안타까웠습니다.

'아아! 어쩌면 좋지? 이대로 민들레는 죽고 말 거야.'

돌돌이도 친구들도 모두 마음이 아팠습니다. 하루하루 맑은 하늘만 올려다보며 한숨만 쉬었습니다.

그러나 개미들의 힘으로는 별 뾰족한 수가 없었습니다. 그저 풀죽은 민들레를 올려다보며 가슴만 졸일 뿐이었습니다.

그때였습니다.

"어어! 저것 좀 보게. 저런 일이 있을 수 있나?"

공원을 관리하는 아저씨였습니다.

장군의 귓바퀴 안에서 자란 파란 민들레를 본 모양이었습니다.

"쯧쯧, 장군님의 귀가 얼마나 간지러우실까?"

아저씨는 곧 사다리를 가져와 민들레를 쑥 뽑아 버리려고 했습니다.

"아니? 다 시들어 가네. 하필이면 이런 곳에다 꽃을 피우려 하다니. 내가 좋은 곳에 다시 심어 주어야겠다."

아저씨는 마음씨가 좋은 분이었습니다. 두 손으로 가만히 뽑아 올려 공원 가에 심으시고 물까지 주었습니다.

밑에서 이 모양을 지켜보던 개미들은 비로소 안도의 숨을 쉬었습니다. 그리고 일제히 민들레 주변으로 몰려갔습니다.

"정말 다행이야. 우린 네가 죽는 줄 알았다고."

돌돌이가 히죽이 웃자 민들레도 허리를 쭉 폈습니다. 그리고 뿌리에서 맛난 영양을 쭉쭉 빨아올렸습니다.

"내가 너무 허황된 꿈을 가졌었나 봐요."

민들레는 부끄러운 듯 꽃봉오리를 살짝 오므렸습니다. 돌돌이도 그런 민들레가 우스워 깔깔거리며 웃었습니다.

"이 공원은 아주 좋은 곳이군요. 이렇게 마음씨 고운 여러분과 또 좋으신 아저씨가 있는 곳에 꽃을 피우게 되니, 난 참 행복해요."

민들레는 활짝 꽃봉오리를 열었습니다.

돌돌이와 개미 친구들은 민들레의 노란 꽃이 열리자 짝짝 박수를 쳤습니다.

"비록 바다는 잘 볼 수 없지만 바다 내음을 맡을 수 있어 좋아요."

어디선가 상큼한 바닷바람이 불어 오자 노란 민들레는 꽃술을 살랑살랑 흔들었습니다.

– 원유순, 「개미와 민들레」 일부 –

(2) 복합 구성(intricate plot)

복합 구성은 둘 이상의 플롯을 진행시키는 것과 사건의 진행이 단순하지 않고 역행법을 쓰는 플롯의 구성을 말한다. 대개의 경우 중·장편류의 동화와 소설에 많이 쓰이나 단편동화에도 쓰이기도 한다.

이러한 구성에서는 중심 사건인 주 스토리 선과 주변 사건인 부 스토리 선이 서로 교차되거나 혹은 동시에 진행된다.

복합 구성을 취할 때에는 스토리가 산만하지 않고 플롯을 통일성있게 진행시켜야 한다. 무엇보다도 치밀한 계획에 의하여 집약되게 구성하는 것이 복합 구성에 중요한 일이다.

[예문]

물레 소리가 납니다.

짤깡짤깡 베짜는 소리도 납니다.

엄마 저고리, 무명 오라기, 오라기마다 그 소리들이 들립니다.

하도 많이 일을 한 엄마의 마디 굵은 손가락이, 따습게 바느질을 한 저고리입니다. 엄마 저고리는 엄마가 손수 고치를 잣고, 베틀로 꽁꽁 짜서 지어 입은 옷입니다. 그 많은 아가들의 시중을 들면서도 엄마는 어느 누구한테 바느질을 맡길 곳이 없었습니다. 그보다도 엄마는 더 많이 아가들을 위해 일을 하고 싶어, 무엇이나 엄마 손으로 밤낮을 가릴 수 없이 바빴습니다.

첫 아기, 복돌이를 낳고부터 엄마 일손은 더욱 바빠진 것입니다.

그러나 엄마는 즐거웠습니다. 잇달아 차돌이와 삼돌이가 태어났습니다. 복돌이의 복숭아 볼이 비비적거렸던 어깨판에, 차돌이와 삼돌이의 볼이 연거푸 저고리를 비볐습니다. 엄마 저고리는 젖냄새가 납니다.

복돌이 냄새가 납니다. 차돌이, 삼돌이의 코흘린 냄새가 납니다. 베틀 소리와 함께 아가들의 울음 소리가 무명 오라기마다 감겼습니다. 복돌이, 차돌이, 삼돌이의 울음 소리입니다.

– 중략 –

눈이 내립니다.

소리없이 하늘하늘 흐느끼는 듯, 눈이 내립니다. 밤이 깊어갑니다. 그러나 엄마는 잠이 오지 않습니다.

오랜만에, 아주 오랜만에 엄마는 장롱 속 저고리를 끄집어 내었습니다. 엄마는 저고리에 얼굴을 묻었습니다. 젖냄새가 납니다. 복돌이 냄새가 납니다. 가장 강하게 벅차게 복돌이 냄새가 납니다.

지금, 엄마는 마흔 해 전 복돌이 얼굴을 그려 봅니다.

맨 처음, 엄마 저고리에 코를 묻혀 준 맏아들입니다. 옥수수 이파리처럼 싱싱한 복돌이의 모습이 나타납니다.

일본 순사가 마을을 들락날락거렸습니다. 땅도 **빼앗아** 가고 곡식도 **뺏어** 갔습니다. 소작료 나락가마니를 실은 짐바리가 고개 너머 주재소에 있는 장터 길까지 줄을 잇달았습니다. 아빠가 몰고 가는 새끼 밴 암소가 풍경소리를 딸랑딸랑 골목길에 남겨 놓고, 나락가마니를 싣고 갔습니다. 열 섬들이 뒤주 바닥이 말끔히 드러났습니다. 복돌이와 차돌이가 손을 잡고 삽작문에 붙어 서서 구경하고 있었습니다.

삼돌이는 동생 큰분이와 함께 엄마 치마 꼬리를 붙잡고 자꾸만 무서워했습니다.

갓난 아이 무돌이만이, 엄마품 속에서 쌔근쌔근 잠들어 아무것도 못 보았습니다.

초생달이 서쪽 용두산 너머로 기울어진 한참 후에야, 마을 사람들과 함께 아빠가 길마만 얹힌 빈 소를 몰고 왔습니다.

며칠 동안 한숨으로 보낸 아빠는 둥그렇게 보름달이 될 즈음, 새끼 밴 암소를 팔아 먼 길을 떠났습니다. 살강 밑 횃대줄을 붙잡고 엄마는 소리없이 울고 있었습니다. 무명 저고리 옷고름이 흠뻑 젖도록 엄마는 자꾸만 눈물을 닦았습니다. 무돌이만 **빼놓고**, 여섯 남매는 엄마를 둘러쌌습니다. 복돌이는 그렁그렁 괴었던 눈물이 복사뺨으로 쪼르르 흘러내리자, 얼른 주먹으로 쓱쓱 문질렀습니다. 차돌이도 엄마 저고리에 얼굴을 기대었습니다. 젖냄새가 났습니다. 엄마한테서만 풍기는, 아무리 맡아도 싫지 않은 달짝한 냄새였습니다.

두 말들이 봉태기의 좁쌀이 바닥이 나도록 아빠는 돌아오지 않았습니다. 겨울 동안 좁쌀 죽만 먹었습니다. 눈보라와 함께, 까치 까치 설날이 다가왔습니다.

엄마는 삼베 보자기에 뭉쳐 뒀던 불콩으로 콩강정을 만들고, 명주 자투리에 노란 치자물을 들여, 큰분이와 또분이의 회장 저고리를 지어 입혀 놓고 아빠를 기다렸습니다. 섣달 그믐날은 복돌이, 차돌이, 삼돌이 셋이서 서낭당 고개 밑까지 아빠 마중을 나갔습니다. 서녘골 용두산 허리로 짧은 겨울 해가 꼴깍 넘어 가도록 아빠는 끝내 나타나지 않았습니다. 쓸쓸한 설 명절도 지나갔습니다.

　마을엔 다시 화안하게 살구꽃이 피는 봄이 왔습니다. 아빠가 갈아 놓고 간 밀밭이 퍼렇게 자라도록 역시 아빠 소식은 감감했습니다. 만세 소리가 두메 산골까지 메아리치던 그 해 삼월 달. 아빠는 일본 헌병의 총칼에 찔려 죽었으리라는 슬픈 소식이 들려왔습니다. 엄마는 저고리에 눈물이 젖어 든 걸 보고 얼른 얼굴을 떼었습니다.

　새벽 닭이 꼬꾸요오 홰를 치며 울었습니다.

　수수팥 단지를 싼 삼베 보자기를 허리춤에 동이고, 복돌이가 새벽 길을 조심조심 걸어갔습니다. 까치산 모퉁이를 돌 때 복돌이는 거기까지 따라 나온 엄마를 멈추어 세우고 따뜻한 손을 꼭 쥐었습니다. 어쩌면 마지막 헤어져야 할 엄마의 손이었습니다. 별빛이 쏟아지게 새벽 하늘을 덮고 있었습니다. 바람 소리, 개울물 소리, 솔이파리들이 조용한 평화로운 우리 땅 한 모퉁이였지만, 엄마와 복돌이는 소리조차 마음대로 낼 수 없었습니다. 산길 모퉁이로 사라지는 복돌이 모습을 엄마는 발이 붙은 채 서서 보고만 있었습니다.

　훨씬 훗날, 복돌이는 북간도의 우리 독립군 무리 속에 있다는 아득한 소문이 엄마 귀에 들려왔습니다. 복돌이는 그렇게 아빠 뒤를 따라간 것입니다. ― 중략 ―

　엄마가 가꾸던 목화밭은 아직 가실가실 메말라 있었습니다. 막돌이는 엄마가 김을 매던 목화밭이 있는 산으로 올라갔습니다. 물기가 서린

축축한 바람이 불어왔습니다. 막돌이는 하늘을 쳐다보았습니다. 검은 구름 떼가 몰려오고 있었습니다. 하늘은 곧 무슨 일을 일으킬 것만 같았습니다.

막돌이는 겨드랑에 끼고 온 엄마 저고리를 산마루 청솔가지 위에 펼쳐놓았습니다. 때가 묻은 저고리였습니다. 어깨판과 팔꿈치가 기워져 있었습니다. 일곱 아가들의 코흘린 자국이 남아 있었습니다. 웃는 소리, 우는 소리가 들리는 저고리였습니다. 앵두꽃, 살구꽃 향기가 어렸고, 물레 소리와 베틀 소리가 아련히 담긴 꿈 같은 냄새가 담겨 있었습니다.

검은 구름 떼가 하늘을 가득히 메웠습니다. 사방이 어두워졌습니다. 막돌이는 엄마 저고리를 이슥히 쳐다보고는 목화밭을 매기 시작하였습니다. 엄마의 따뜻한 발자국이 찍힌 밭이랑을 부드러운 흙으로 덮어갔습니다.

하늘이 덮인 구름덩이에서 뚝뚝 빗방울이 떨어지기 시작했습니다. 이내 새까맣게 소나기가 쏟아졌습니다. 바람이 일고 천둥이 우지직 쾅! 꽝! 천지를 뒤흔들었습니다. 빗줄기는 폭포처럼 내리붓고 바람이 기세를 부려 우우 우우 불어왔습니다. 막돌이는 빗 속에 앉아서 부지런히 김을 매었습니다. 가슴이 시원한 것 같았습니다.

청솔가지가 바람에 날려 이리 저리 흔들렸습니다. 그 위에서 엄마 저고리가 비에 젖어 펄펄 나부꼈습니다. 드디어는 바람에 날려 공중에 떠올랐습니다. 김 매던 손을 멈추고 막돌이는 빙그레 바라보았습니다.

저고리는 회오리바람에 빙글빙글 소리개처럼 돌고 있었습니다.

이윽고 소나기가 그치고 뭉게구름이 사방으로 흩어져 갔습니다. 기세를 부리며 불던 바람이 잠잠히 가라앉았습니다.

엄마 저고리가 하늘 가운데 사뿐히 걸려 옷고름만 남실남실 나부꼈습니다.

해님이 구름 사이에서 눈부신 빛을 쏟아내렸습니다. 엄마 저고리를 가운데 두고 무지개가 피어났습니다. 일곱 개의 촛불이 따뜻한 그림처럼 엄마 저고리를 밝혔습니다. 무지개를 타고 엄마의 사랑스런 아가들이 조롱조롱 나타났습니다.

복돌이 얼굴이 엄마 어깨 위에서 울고 있었습니다. 차돌이와 삼돌이와 큰분이, 또분이, 막돌이와 무돌이가 저고리 가슴팍에서 방긋방긋 웃고 있었습니다. 색동 무지개가 아가들의 얼굴을 곱게 물들였습니다. 목화밭에서는 하얀 목화 송이들이 피어났습니다. 북간도와 남태평양 바다와, 월남 땅으로 엄마의 손길처럼 따스한 목화 송이들이 날아가고 있었습니다.

한쪽 다리로 반 조각 땅을 딛고 선 막돌이가 무지개의 한 끝을 잡고 목화밭 위에 사뿐히 펼쳐 놓았습니다. 엄마 얼굴이 조용히 내려다보고 있었습니다.

– 권정생, 「무명저고리와 엄마」 일부 –

(3) 피카레스크 구성(picaresque plot)

단순 구성이나 복합 구성처럼 통일성있게 짜여져 있는 구성이 아니고, 사건이 연속해서 전개되는 구성이다. 전통적인 기사들의 로망에 반대되는 소설이며, 주인공이 기사가 아니고 악한이고, 로맨틱한 모험이 아니라 현실적인 소극(笑劇)이며, 대부분 악한의 뉘우침이나 결혼으로 끝나는 이른바 피카레스크 소설에서 유래된 것으로, 이와 같은 구성을 피카레스크 구성이라고 한다. 이 구성법은 단순하거나 복잡하게 전개되는 인과관계에 의한 사건의 진행이라기보다 산만하게 사건이 전개되는 구성법으로, 단순명쾌성을 특징으로 하는 동화에서는 거의 쓰이지 않는다.

3) 플롯의 진행

플롯은 그 진행 방법에 따라 다양하게 나타난다. 같은 사건이라도 진행 방법에 따라서 작품 속의 긴장감이 달라지고 느낌도 다양해지게 된다. 플롯의 진행은 평면적 진행, 입체적 진행, 평행적 진행 등 세 가지로 나눌 수 있다.

(1) 평면적 진행

사건을 시간의 흐름에 따라 과거 → 현재 → 미래의 순서로 진행시키는 방법이다. 이 방법은 스토리와 플롯이 밀착되어 긴장감을 주지 못하는 단점이 있다. 진행 방법이 전통적이고, 획일적이기 때문에 단조로운 느낌이 들기도 한다. 전래동화나 예전의 창작동화들, 오늘날에도 많은 동화들이 이러한 평면적 진행을 택하고 있다.

[예문]

모리는 꼬마대장 도깨비입니다. 어린 도깨비들을 죄다 몰고 다녀 이름이 '모리'지요. 그러나 지금은 몰고 다닐 도깨비 무리가 없습니다. 다른 도깨비들은 지금쯤 시원한 산속에서 한창 낮잠을 즐기고 있을 것입니다.

"네 부하인 칠칠깨비가 잘못한 일이니, 네가 대신 벌을 받아라."

귀한 요술감투를 잃어버린 대장 도깨비는 단단히 화가 났습니다. 감투는 구경도 한번 못해 본 모리는 너무 억울했습니다.

"미안해, 모리. 아무도 모르게 살짝 갖다 두려 했는데…."

풀이 죽어 사과하는 칠칠깨비였지만 모리는 그냥 한방 먹여 주고 싶었습니다.

대장 도깨비가 깊숙히 숨겨둔, 그것도 똑똑치 못한 칠칠깨비가 어떻게 찾아냈는지 정말 모를 일이었습니다.

모리와 도리도 깜짝 놀랐습니다. 누가 요술을 부린 모양이었습니다.

"세보초에 꽃망울이 맺혔어."

아주 작긴 하지만 정말 꽃망울도 생기고 줄기도 꼿꼿해졌습니다.

"잘됐다! 대장 도깨비가 좋아하실 거야."

모리는 급하게 바위골로 손을 집어 넣었습니다.

"잠깐!"

언제 오셨는지 팡팡 할아버지가 모리의 손을 탁 치셨습니다.

"그걸 뽑을 필요가 없다."

머쓱해진 모리는 그래도 세보초에서 손을 떼지 못하고 있었습니다.

"그럼 저는 어떻게 해요?"

"그냥 가도 대장 도깨비는 널 야단하지 않을 거야. 네 눈과 귀, 마음에 사랑이라는 귀한 보물을 가져가기 때문이지."

"그럼 세보초를 마음에 심었네요."

도리가 먼저 팡팡 할아버지의 말을 알아들었습니다.

"그렇지. 세보초는 사람이 마음으로 키우기도 하고 죽이기도 한단다. 저 꽃망울이 활짝 필 수 있게 여기 놔 두자꾸나."

모리는 대장 도깨비에게 세보초는 사람들의 마음속에 들어 있어서 가져올 수 없다고 말할 작정입니다.

– 한정아, 「모리, 도리」 일부 –

(2) 입체적 진행

사건을 시간의 흐름에 따르지 않고 현재 → 과거 → 미래든지, 과거 → 미래 → 현재, 혹은 현재 → 미래 → 과거 등의 순서로 진행시키는 방법이다. 오늘날의 동화에서 많이 사용되는 진행법으로 분석적 진행이라고도 한다. 입체적 진행은 주인공이 과거를 회상하거나 미래를 상상하는 장면 등에서도 다루어지며, 특히 심리 묘사나 환상동화에서도 많이 사용한다. 이러한 진행법은 사건의 전개가 평이하거나 단조롭지 않아 변화를 좋아하는 독자들의 호감을 살 수 있다.

[가]

빨래줄아 빨래 줄래?
마른 빨래 빨리 줄래?
빨래 열매 많이 줄래?

귀에 익던 그 노래가 다시금 들려오는 듯해 줄래 아저씨는 감았던 눈을 힘없이 떴습니다. 먼 산이 구름 끝자락에 가려 희미하게 보입니다. 줄래 아저씨는 다시 눈을 감아 버렸습니다.

갑자기 어디선가 날아온 조그마한 참새 한 마리가 줄래 아저씨의 선졸음을 털어 냈습니다.

– 줄임 –

"아하! 빨랫줄이이었군요, 아저씨."

"내 이름은 '줄래'란다. 그렇게 불러 주렴."

"줄래요? 아주 재밌는 이름이네요."

"현수가 지어 준 이름이란다."

줄래 아저씨는 집 안을 조용히 내려다보며 말했습니다.

금방이라도 마당 저 편에서 현수의 발소리가 들릴 것 같았습니다.

주인 아주머니가 이불 빨래를 널 때면 현수는,

"엄마, 동굴 같다. 하얀 동굴."

하며 벽처럼 버티고 선 빨래 속을 들락거리곤 했습니다. 현수는 일곱 살 된 다른 또래에 비해 몸집은 좀 작았지만 다람쥐처럼 잘도 뛰어 다니는 귀여운 개구쟁이였습니다.

"현수는 오래전에 떠난 주인집 아들이었지. 참 귀여웠어. 그래, 그때

는 많은 빨래들이 내게 척척 걸쳐져 바람을 타고 이리저리 흔들렸었는
데……."

[나]

현수 엄마는 마른 빨래를 걷을 때마다 콧노래를 흥얼거리며 혼잣말
처럼 현수에게 말하곤 했습니다.

"현수야, 엄마는 열매를 딴단다. 빨래 열매. 저기 감나무의 감을 아버
지가 따듯이 엄마는 양말 열매, 바지 열매를 딴단다."

그러면 현수는 빨래를 걷는 엄마 곁에 늘 붙어서 노래를 불렀습니다.

빨랫줄아 빨래 줄래?

마른 빨래 빨리 줄래?

빨래 열매 많이 줄래?

[다]

꿈결처럼 그 노래가 새삼 줄래 아저씨의 마음을 적셔 왔습니다.

"허허허, 그래서 그때부터 내 이름은 줄래가 되었단다."

"그분들은 왜 떠났어요? 하긴 이렇게 한적한 시골에 누가 살려고 하
겠어요. 다들 도시로 나가서 살려고 하는데…."

"그래서 사실, 아주머니는 처음부터 이 집을 떠나고 싶어했어. 이런
시골은 살기 너무 불편해서 사람 살 만한 데가 못 된다고. 그래도 현수
는 여길 무척 사랑했어. 특히 나와 이 감나무를. 요 앞에 바로 보이는 저
수지에서 물장난을 하다가 아주머니에게 야단도 참 많이 맞았는데, 그
녀석. 후후후."

이 텅 빈 집에서 다시는 귀여운 현수를 볼 수 없으련만, 줄래 아저씨
는 아직도 기다리고 있었습니다.

"그때 그 일만 아니었어도 현수는 오래오래 나와 같이 살았을지도 모

르지.”

“무슨 일이 있었군요?”

“그날도 오늘처럼 무척이나 더운 한여름의 오후였지.”

[라]

아주머니는 그늘이 짧게 드리워진 쪽마루 한쪽에 걸터앉아 방아 찧듯 고개를 연신 끄덕이고 있었습니다. 줄래 아저씨는 무슨 훈장처럼 온몸 가득히 갖가지 빨래들을 주렁주렁 걸치고 있었지요. 꽤 넓은 마당을 가로지르는 줄래 아저씨의 몸은 무척이나 길었습니다.

“와, 줄래에 빨래 열매가 가득 열렸네! 내가 따야지.”

현수는 졸고 있는 엄마 쪽을 보면서 씨익 웃었습니다. 살금살금 까치발을 하며 그 앞을 지나 감나무를 오르기 시작했습니다.

‘아, 현수야. 안 돼! 위험하단 말야!’

줄래 아저씨는 말리고 싶었지만 어쩔 도리가 없었습니다. 감나무 가지 한쪽에 묶인 줄래 아저씨 쪽으로 현수가 한발 한발 올라갔습니다. 그러고는 대롱대롱 매달린 빨래들을 향해 까딱까딱 손을 뻗었습니다. 줄래 아저씨는 조마조마하여 차마 제대로 볼 수가 없었습니다.

빨래 하나가 현수 손에 마악 닿을 때였습니다.

“안 돼! 현수야, 가만 있어!”

어느새 잠이 깬 아주머니가, 한 손으로 감나무를 잡은 채 위험하게 손을 뻗고 있는 현수를 보고 소리쳤습니다. 갑작스런 큰소리에 놀란 현수는 그만 감나무를 잡고 있던 손을 놓고 말았습니다. 곧 이어 ‘쿵’ 하고 나무 아래로 떨어진 현수의 머리에서 피가 흘렀습니다.

그때가 생각난 듯 줄래 아저씨는 몸을 떨었습니다.

“마침 밭에서 돌아오신 아저씨가 얼른 현수를 업고 읍내로 달려갔지.”

“현수가 죽었나요?”

"아니, 하지만 큰 병원에서 얼마 동안 치료를 해야 했나 봐. 그 일이 있은 후 아주머니는 아저씨에게 이 집을 떠나자고 졸랐지. 아저씨는 계속 농사 지으며 여기 살고 싶어했지만 어쩔 수가 없었지."

"그랬군요."

"이 집에서 이사 가던 날, 아저씨가 마지막이라며 아픈 현수를 데리고 왔지. 가기 싫다고 훌쩍대던 현수의 얼굴을 생각하면 지금도 가슴이 아프단다. 아주머니는 내 쪽은 쳐다보지도 않고 가 버렸어. 현수를 잘 키울 만큼 제대로 갖추어진 시설이 없는 이곳이 이제는 싫다는 말도 덧붙이고는 말이야."

"그래서 그 후론 아저씨 혼자 이 집을 지켰나요."

"그래. 그동안 여러 차례 새로운 사람들이 이 집으로 이사 온 적은 있었지만, 살기 힘든 시골이라고 금방 떠나버리더구나."

"그동안 참 많이 외로웠겠어요. 하지만 언젠간 현수가 돌아올지도 몰라요."

"글쎄, 그때나 별 다름없는 이 시골로 다시 올 일이 있을까?"

줄래 아저씨는 몸을 축 늘어뜨리며 힘없이 말했습니다.

[마]

어느새 따갑던 여름 해가 서쪽으로 꽤 많이 기울어져 있었습니다. 어디선가 '까르르' 웃음소리가 들려왔습니다.

"아저씨, 아이 웃음소리가 들리는 것 같은데…. 혹시 현수가 아닐까요?"

"현수라고? 말도 안 되는 소리 말아라. 혹 현수가 온다 해도 이십 년도 더 됐어. 벌써 어른이 되고도 남았을 텐데, 무슨…."

줄래 아저씨는 당치도 않다는 듯이 콧방귀를 하늘 위로 '쿠르르' 날렸습니다.

"아빠, 이 집이에요?"

그건 아이의 소리가 분명했습니다. 줄래 아저씨는 낭랑한 아이의 말소리에 번쩍 눈을 떴습니다. 순간, 현수가 뛰어오는 듯한 착각을 했습니다. 그러나 현수는 분명 아니었습니다.

"그래, 여기가 바로 옛날에 내가 살던 집이다. 그렇죠, 어머니?"

비취색 한복을 곱게 차려 입은 할머니와 함께 서른 살쯤 되어 보이는 웬 남자가 흙마당으로 들어섰습니다. 줄래 아저씨는 순간 너무 놀라 몸을 움쭉거렸습니다. 그 남자는 어른이 된 현수였기 때문입니다. 할머니는 야윈 얼굴에 병색이 드리워져 있었지만 현수의 엄마가 틀림없었습니다. 한눈에 알아볼 정도로 현수 엄마의 얼굴은 그리 많이 바뀌지 않았습니다.

"이곳이 어머니 요양하기엔 딱 좋을 거예요. 공기 좋고 물 좋은 곳이 여기만한 데 있나요?"

어른이 된 현수가 말했습니다.

"사람 살 만한 곳이 못 된다고 생각해서 떠났는데…. 사람 살자고 이렇게 돌아오게 될 줄은…."

할머니는 희미하게 쓴웃음을 지었습니다.

"어머니, 그때의 감나무가 그대로 있어요. 묶어 놓은 빨랫줄도요. 얼마 전까지도 누가 살았다던데…. 어쩜 이럴 수가 있죠? 집만 고치고 나머지는 우리가 쓰던 것을 그대로 두고 살았나 봐요."

현수는 놀랍다는 듯 감나무를 어루만졌습니다. 그 굵고 큰 손이 감나무 가지에서 옮겨 왔을 때 줄래 아저씨는 몸이 부르르 떨렸습니다.

"정말 변한 게 하나도 없구나. 너희 아버지가 배추 심던 텃밭도 그냥 그대로 있고. 집은 여러 번 손을 본 모양이구나. 많이 바뀌었어. 그땐 부엌이 마루와 떨어져 이쪽이었는데…. 그것만 빼면 꼭 이십오 년 전 그때로 돌아간 것 같다."

할머니는 집 주위를 이리저리 둘러보며 천천히 말을 이었습니다.

"도시는 하루가 다르게 변하는데 여긴 그렇게 시간이 흘렀는데도 그대로라니 놀랍기만 해요."

"그래, 그만큼 이곳이 외진 시골이라는 거지. 난 정말 그땐 이곳이 지긋지긋했다. 물 맑고 공기 좋은 거 빼면 여긴 제대로 된 게 아무것도 없었거든. 네가 그때 머리를 다친 것도 오죽했으면 빨랫감이나 가지고 놀다가 그랬을까 하는 생각에 분을 삭일 수가 없었단다. 당장 이곳을 떠나지 않고는 못 견뎠었지."

갑자기 일그러진 표정으로 이야기하는 할머니의 얼굴을 보자 줄래 아저씨는 그 일이 제 탓인 것만 같아 슬그머니 딴 곳을 쳐다보았습니다.

"어머니, 너나 할 것 없이 모두들 도시가 좋다고 떠나곤 하지만 아버지나 저는 여기가 좋았어요. 여기 감나무도, 이 빨랫줄도, 저기 짹짹거리는 참새도 모두 좋은 친구였는걸요. 하나도 심심하거나 외롭지 않았어요. 오히려 도시에서 외로움을 느낀 적이 더 많았어요."

현수의 말에 축 늘어졌던 줄래 아저씨의 마음이 팽팽하게 당겨 옴을 느꼈습니다. 옆에서 듣고 있던 참새도 덩달아 줄래 아저씨 몸 위를 강중거렸습니다.

"그래, 그래. 너희 아버지는 이곳을 무척 좋아하셨는데…. 그렇게 오고 싶어하던 사람은 살아서 한번 오지 못하고, 여길 떠날 생각만 했던 나는 이렇게 병들어서 다시 찾게 되었구나."

할머니의 젖은 음성은 어느새 가벼운 흐느낌으로 바뀌어 가고 있습니다.

"어머니, 힘내세요. 제가 직장을 잃긴 했지만 갈 데가 없어 이곳으로 오자고 한 게 아니에요. 이곳에서 제 삶을 다시 멋지게 시작해 볼 거예요. 어머니 병도 이곳에 있으면 많이 좋아질 거라 믿고요."

의젓하게 커 버린 현수를 보자 줄래 아저씨는 오래도록 이곳을 지키면서 지녔던 외로움과 힘겨움이 바람에 먼지 날리듯 한꺼번에 후르르 날아가는 것을 느꼈습니다.

　－ 중략 －

　때마침 불어온 바람 한 자락이 그 빨래들을 살랑 흔들고 지나갔습니다. 현수의 이마에 송글송글 맺힌 땀방울도 시원하게 어루만지면서요.

　마당으로 다시 들어가는 할머니의 나직한 발걸음 소리가 들려왔습니다. 할머니는 줄래 아저씨와 그 앞에 수줍게 서 있는 현수를 보자 놀란 눈을 하며 잠시 멈칫했습니다.

　"어머니, 줄래에 빨래 열매가 가득 열렸죠? 함께 따 볼까요?"

　할머니는 가만히 고개를 끄덕였습니다. 그러고는 천천히 다가와 줄래 아저씨 몸에 걸려 있는 옷자락을 만져 보았습니다.

　할머니의 미소 띤 눈가에 주름 잡힌 눈물이 맺혔습니다.

　도르륵 눈물이 흙바닥에 떨어졌습니다.

　"아기 참새야, 너도 줄래하고 부른 소릴 들었니?"

　줄래 아저씨도 갑자기 눈앞이 뿌옇게 흐려지는 것을 느꼈습니다. 그런 아저씨를 웃겨 보겠다고 하겠다는 듯 바람이 그 가느다란 몸을 살랑 간질이며 지나갔습니다.

　파도가 일렁이는 것처럼 흰 빨래들이 오래도록 넘실넘실 춤을 추었습니다.

　　　　　　　　　　　　　　　　－ 홍계숙, 「줄래 아저씨」 일부 －

　빨랫줄과 참새를 의인화하여 쓴 우의적 동화이다. 이 작품은 현재와 과거, 미래를 넘나들며 입체적으로 진행되고 있음을 알 수 있다. [가]~[라]는 이해를 돕기 위하여 필자가 구분하였음을 밝혀 둔다.

　이 동화에서는 주인공인 빨랫줄이 과거를 회상하며 이야기를 전개하고 있다. 이러한 입체적 진행법은 사건의 전개가 단조롭지 않아 변화를 좋아하는 독자들의 호감을 살 수 있으며, 이야기의 전개도 평이하지 않아서 많이 활용하는 수법이다.

(3) 평행적 진행

이 방법은 두가지 사건을 동시에 진행시키는 진행법이다. 이 기법은 영화적인 영상 기법을 소설에서 원용한 것이다. 이 방법은 두 가지 이상의 사건을 동시에 진행하므로 스토리의 흐름이 단조롭지 않고, 변화무쌍한 장점이 있다. 하지만 작위적으로 흘러 리얼리티 확보에 실패할 염려가 있기 때문에 주의해야 한다.

[예문]
보오얀 햇살이 번집니다. 이슬 맺힌 나뭇잎들이 파닥일 때마다 햇살은 영롱한 보석이 됩니다. 사과나무의 작은 열매들이 삐죽삐죽 얼굴을 내밀고 햇살을 쬡니다.
'잘 잤니, 열매들아?'
할아버지는 과수원의 이쪽에서 저쪽 끝까지 한 눈으로 바라보며, 아침 인사를 했습니다.
"네."/ "네."/ "네."/ "네."/
열매들이 단번에 대답을 합니다. 할머니는 따뜻한 눈웃음을 한껏 던져 줍니다.
'저 귀연 열매들-'
마치 소년들의 또록또록한 얼굴을 보는 것 같았습니다.
생각이 떠오릅니다.
어쩌면 그것은 그리움인지도 모릅니다.
아, 아, 아,
어디선가 소년들의 함성이 들립니다.

그리운 교실입니다.

할아버지가 평생을 서 계시던 교단이 보입니다.

"조용히 하시오. 시간은 금입니다!"

소년들의 얼굴이 흐릅니다. 모두 낯익은 얼굴들입니다.

"출석을 부르겠어요."

교탁이 보입니다.

교탁 위에 출석부가 펼쳐집니다.

그 위에 사과나무가 한 그루 그려집니다.

– 강준영, 『자라는 열매들』 중 「교탁 위의 출석부」 일부 –

4) 플롯의 강조

플롯을 돋보이게 하기 위해 어느 주요 부분에서 그것에 중점을 두는 여러 가지 강조법을 쓰게 된다. 이것은 모든 창작 담론의 유인적 구조이며 독자들로부터 관심을 끌기 위한 흡인적 창작 기법이다. 플롯의 강조는 독자들에게 강력한 인상을 심어 줄 수 있다. 또 긴장을 유발하여 공감을 더하게 되고 감동을 자아내게도 한다. 플롯의 강조에는 위치 강조법, 중단 강조법, 대조 강조법, 경악 강조법 등이 있다.

(1) 위치 강조법

이 방법은 서두, 절정, 종말 등 플롯의 어느 한 단계를 강조하는 방법이다. 위치 강조법은 동화의 서두를 강조하는 서두 강조법, 절정에 강조점을 두는 절정 강조법, 종말에 강조점을 두는 종말 강조법이 있다.

예를 들어보면서 강조법의 서사 기법을 살펴보기로 한다.

가. 서두 위치의 강조

[예문]

밤마다 가슴을 앓는 바위가 있었습니다.

"아, 날고 싶어! 날고 싶어!"

깊은 밤, 세상이 모두 잠든 시간이면 바위는 제 가슴속에서 꿈틀거리는 새의 날갯짓과 신음 소리를 들을 수 있었습니다. 그럴 때면 바위는 온통 가슴이 뻐개지는 듯한 아픔과 함께, 알 수 없는 기다림이 온몸을 감싸고 도는 것을 느낄 수 있었습니다.

'그래. 누군가 내 가슴속의 새를 저 푸른 하늘로 훨훨 날아가게 해 줄 사람이 나타나야 해. 나타나야 한다구!'

그러나 아무리 기다려도 바위의 소망을 들어주는 사람은 나타나지 않았습니다. 바위의 가슴속에 깃든 새를 꺼내어, 저 푸른 하늘로 훨훨 날려 보내 줄 그런 사람은….

… 그렇게 오랜 세월이 흘렀습니다.

― 조대현, 「돌 속의 새」 일부 ―

이야기의 시작부터 독자들은 돌 속에 갇히 새에 대하여 궁금증을 유발하게 된다. 바위 속에서 꿈틀거리는 새의 날갯짓과 신음 소리를 독자들은 주시하지 않을 수 없다.

돌 속에 갇힌 새는 현대인이 잃어버린 동심이며 마음의 고향이라고 할 수 있다. 작가는 바위의 가슴 속에 깃든 새를 꺼내어 자유를 찾게 해 주는 사람으로 바우라는 귀머거리요 벙어리인 석수장이를 내세운다. 정상적인 사람들이 아닌 귀머거리 석수장이로 하여금 바위 속에 갇힌 새의 소리를 듣게 한 것은 상징적이다.

나. 절정 위치의 강조

[예문]

하늘 한가운데 박힌 해님이 금살 같은 햇살을 따갑게 **뽑**아 내고 있는 한낮입니다. 밤을 밝히느라 지칠대로 지친 달님과 별님들은 각각 집에서 쉬고 있고, 할 일 없는 뭉게구름만 이리저리 흐르고 있습니다. 갑자기 조용하던 별들의 집 대문 앞이 소란해졌습니다.

"엽서요."

집배원인 소식별 아저씨가 엽서를 던져 넣으며 문을 두드렸기 때문입니다. 해가 지기 전에 하늘 끝 마을까지 한 집도 **빼**놓지 않고 돌려야 했기에, 소식별 아저씨의 발걸음 소리는 아주 급했습니다.

"엽서요."

하늘 중간쯤에 사는 아기별네 마당에도 엽서는 살포시 놓였습니다. 마당가에서 구슬치기를 하던 아기별이 엽서를 집었습니다. 계수나뭇잎으로 만든 엽서는 향긋합니다. 초록 잎사귀 엽서에 노오란 별가루 글씨가 곱습니다.

'별들에게 알립니다. 오늘 저녁 급한 회의가 있으니 달님이 나오기 전 큰별님 댁 마당으로 나와 주시기 바랍니다.'

"무슨 일일까?"

아기별은 고개를 갸웃하고 엽서를 호주머니에 넣었습니다.

서쪽 하늘에 노을이 붉게 번지고 불덩어리 같은 해가 막 숨으려 할 때, 아기별은 큰별님네 마당에 들어섰습니다. 엄마 아빠가 여행 중이어서 대신 참석한 아기별의 발걸음은 조심스러웠습니다. 하늘은 점점 어둠으로 물들어 가는데, 별들은 서로 안부를 묻느라 웅성웅성하다가 큰별님이 일어나서야 조용해졌습니다.

"안녕들 하십니까? 급히 여러분들을 모이시게 한 것은… 쿨룩쿨룩…."

나이 많은 큰별님이 기침으로 말을 잇지 못하자 옆집에 사는 반장별이 벌떡 일어났습니다.

"제가 말씀드리죠. 저는 요즘 세수하기가 겁이 납니다."

"세수하기가 겁이 나요?"

별들의 눈길이 모두 반장별 얼굴에 쏠렸습니다.

"여러분들께서는 세수한 물을 자세히 보신 적이 있나요?"

뜻밖의 말에 아무도 대꾸하는 이가 없었습니다.

"아하! 검은 세숫물?"

아기별은 벌써 짐작이 갑니다. 언제부터인가 아기별은 세수할 때마다 엄마별의 잔소리를 들어 왔거든요. 세수한 물이 맑은 물일 때까지 여러 번 헹구어야 한다고.

회의는 계속되었습니다.

"세숫물이 아주 더러운 걸레를 빤 것 같은 구정물이지 뭡니까."

반장별은 자기 얼굴에 묻은 검댕을 닦아내기라도 할 듯 얼굴을 두 손바닥으로 쓸었습니다.

"어쩌다 이렇게 되었죠? 우리를 싸고 있는 공기가 더럽기 때문이겠죠?"

"그래요. 계속 이런 속에서 지내다간 우리는 필경 병이 들겠지요. 우리 몸뚱이엔 상처가 나고 녹이 슬겠죠."

"그러니 큰 걱정입니다. 오늘 밤부터라도 대문을 꼭 걸어 잠그고 집에서 지내는 것이 어떻겠습니까?"

반장별의 말은 야무졌습니다.

"까아만 밤하늘의 멋진 여행을 멈추어야 하다니…."

금세 갇히기라도 한 듯 숨이 턱 막히는 기분입니다.

"그건 너무하지 않을까요? 갑자기 숨어 버린다는 것이…."

잠시 후, 하품을 하다만 소식별 아저씨가 나직하게 말하자, 반장별이

지지 않고 일어났습니다.

"공기도 공기지만, 또 다른 문제도 있어요. 요즘엔 세상 사람들이 아예 우리들을 바라보지 않는다는 것입니다. 옛날엔 어디 그랬나요? 고요히 밤하늘을 우러러 시를 읊기도 하고, 노래를 부르기도 하지 않았습니까. 요즈음엔 전혀 그런 눈빛을 찾아 볼 수 없다니까요."

이 말에 모두 고개를 끄덕였습니다.

"우리 며칠 간이라도 밤하늘에 나가지 맙시다! 공기가 맑아지고, 우리를 간절히 원하는 이가 있을 때 뜨기로 합시다."

팽팽한 반장별의 말에 반대하는 별은 아무도 없었습니다.

"아니에요. 우리를 바라보는 눈길이 있어요. 나는 분명히 보았는 걸요."

구석에 있는 아기별만이 혼자 고개를 저었습니다. 아기별에겐 떠오르는 눈빛이 있기 때문입니다. 아기별은 잠시 눈을 감았습니다. 그 눈빛을 생각해 내려는 듯.

아기별이 눈을 떴을 때, 마당에 모인 별들은 하나둘 흩어지고 있었습니다. 모두들 돌아가서 대문을 잠그려나 봅니다. 어른들 틈에서 말 한마디 못하고 돌아온 아기별도 대문을 잠그는 수밖에 없었습니다. 그러나 다음 날, 지루한 하루 해를 보내고 밤이 오자 아기별은 더 이상 참을 수 없었습니다.

"나는 꼭 찾고야 말 거야."

아기별은 살그머니 집을 나와 조심 조심 밤하늘에 떠올랐습니다. 기분이 상큼합니다. 달님이 구름 속에서 쉬고 있어서 아기별은 홀로 반짝였습니다.

낮동안 해님과 소곤거리던 수많은 산봉우리와 지붕들… 숲속의 나무들도 모두 잠이 든 밤입니다. 정말 모두 잠이 들고 말았는지 누구 하나 깨어 있는 이가 없습니다. 한참이나 아래를 향해 두리번거리던 아기별은 곧 쓸쓸해졌습니다. 그 눈빛을 꼭 찾으려던 아기별의 꿈이 깨어졌기 때문입니다.

"이제 그만 집으로 돌아가야지."

이렇게 마음 먹은 아기별이 몸을 돌려 막 한 발을 떼려는 순간입니다.

"아기별님! 아기별님!"

급하게 부르는 소리에 아기별은 걸음을 멈췄습니다. 그리고 아기별의 얼굴이 금세 밝아졌습니다.

"아! 저 눈빛이야!"

아기별은 반가움에 떨었습니다. 좀 마르긴 했지만, 눈이 아기별 만큼이나 빛나는 소년이 언덕에 앉아 하늘에 우러르고 있었습니다.

"아기별님, 어제는 밤새 기다렸습니다."

소년은 나직하게 말했습니다.

"아이구, 미안해라. 어제는 사정이 좀 있었어요. 우리를 싸고 있는 공기가 너무 더러워서 모두들 집에서 쉬기로 약속했답니다. 사실 오늘 내가 나온 것도…."

"네? 별님들이 집에서 쉬다니요? 그러면 나는 어떻게 하죠? 나는 밤마다 별님들을 만나야 하는 데요."

"밤마다 우리를 만나야 해요?"

아기별의 그윽한 눈빛에 이끌려 소년의 이야기는 시작되었습니다.

"우리는 해가 바뀌고 새학년이 되자 새 선생님을 모시게 되었답니다. 이때부터 나는 새로운 기쁨을 만날 수 있었어요. 공부도 못하고 달리 뛰어난 재주도 없어 늘 교실 구석에만 박혀 지내던 내가 말입니다."

"무슨 일이 있었나요?"

아기별이 물었습니다.

"새 선생님은 첫날부터 학과에 관한 숙제도 내셨지만, 또 아주 특별히 멋진 숙제를 주셨답니다."

"멋진 숙제요?"

"네. 아기별님도 들으시면 상쾌해지실 거예요. 달 구경하기, 노을 보기, 개울물 흐르는 소리 듣기, 꽃밭 가꾸기, 부모님 이불 깔아 드리기…."

소년의 이야기를 듣는 아기별의 눈은 더욱 더 반짝였습니다.

"아이구, 재밌어라!"

소년이 다시 이야기를 이었습니다.

"아기별님! 나는 아주 신이 났습니다. 하루하루 한 가지씩 멋진 숙제를 하다 보니 지루하던 학교 생활도 즐거워졌습니다. 더욱 새 학년 첫날부터 선생님이 따로 내 주신 '평생 숙제'는 내게 새로운 꿈을 불러다 주었답니다. 아기별님! 평생 숙제가 무엇인지 궁금하지 않으셔요?"

아기별은 눈을 깜빡였습니다.

"그 숙제가 바로 밤 하늘의 별 바라보기랍니다. 별 바라보기! 날마다 평생 동안 별을 바라보며 꿈을 키우라고 하셨습니다."

아기별은 가슴이 더워짐을 느꼈습니다. 기쁨이 물결쳐 왔습니다.

소년은 이런 이야기도 했습니다.

깨끗한 공기 속에서 별들은 더욱 빛날 것이라고. 깨끗한 공기를 위해서. 깨끗한 별들을 보기 위해서 선생님과 소년들은 나무를 심고 가꾸는 일을 잊지 않는다고 했습니다. 또 산과 들에 뿌릴 꽃씨를 늘 모은다고 했습니다.

소년의 이야기를 듣는 동안 아기별은 아주아주 행복했습니다.

소년은 또 다시 꿈꾸는 눈이 되었습니다.

"아기별님! 나는 평생 날마다 밤하늘을 우러러 별님들을 바라보렵니다. 그리하여 나는 지친 사람들의 마음을 어루만져 주는 고운 시를 쓰겠어요."

소년은 아기별을 향해 손을 모았습니다.

"내가 지금 바로 가서 큰 별님께 알리겠어요. 우리를 밤마다 기다리는 이가 있다고, 우리를 그리워하는 이가 있다고, 우리를 보고 꿈을 키우는 소년이 있다고….

　이런 소년이 한 사람이라도 있는 한 우리는 하늘을 밤마다 곱게 수놓아야 한다고….”

　아기별은 큰 별님을 향해 급히 뛰어가고 있었습니다.

　새벽이 오려는지, 어둠이 차차 걷히고 있었습니다.

- 신경자, 「다시 뜨는 별」 일부 -

　별을 의인화하여 쓴 우의적 판타지이다. 별들이 세수를 하고, 한 곳에 모여서 회의를 하는 장면이 아이들의 생활을 보는 것처럼 자연스럽다. 이 동화는 나날이 심화되는 환경 오염으로 밤 하늘의 별조차 보기 힘든 현실을 고발하고 있다. 나빠진 대기를 정화시키기 위해 노력하는 사람들의 모습을 그리며 희망적 메시지로 막을 내리고 있다. 고딕체로 시작된 부분부터가 절정에 해당되며 이 부분을 강조하였으므로 절정 강조가 된다.

다. 종말 위치의 강조

　[예문]

　벽화가 궁금한 주지스님도 여러 스님들과 함께 불경을 외며 뜰에 서 있었습니다.

　인경이 저렁저렁 울었습니다.

　실바람이 지나며 나뭇가지와 나뭇잎에 묻은 안개를 살살 쓸어 갔습니다.

　인경 소리에 떠밀리듯, 소리도 없이 법당 문이 열렸습니다.

　안개를 헤치며 아저씨가 조용히 나타났습니다.

　“아저씨.”

달반이는 아저씨 품에 안겨서 '쏴아아' 하고 법당 안으로 밀려 들어가는 바람소리를 들었습니다.

벽화가 그 모습을 드러내었습니다. 벽화는 꼭 살아 있는 것 같았습니다. 달이 있고, 늙은 소나무가 있고, 그리고 물안개도 있었습니다.

살아 있는 듯한 벽화를 보고 입을 다물지 못하던 사람들이 아, 하고 비명에 가까운 환성을 질렀습니다.

벽화의 소나무 가지 위에 앉아 있는 새 두 마리 사이로 포르릉 날아 들어가는 새 한 마리를 보았던 것입니다.

"맞아요. 연못 속에서 날아간 새예요."

달반이는 저도 모르게 소리를 질렀습니다.

"맞아요. 연못 속에서 날아간 새예요."

달반이의 목소리가 메아리 되어 울려 퍼지는 골마다 눈부신 아침 햇살이 줄기줄기 번지고 있었습니다.

- 정채봉, 「물에서 나온 새」 일부 -

「물에서 나온 새」의 에필로그이다. 솔거가 그린 황룡사의 노송도를 모티프로 하여 쓴 이 작품은 종말 부분에 작품의 무게중심을 싣고 있다. 달반이의 맑고 투명한 동심의 눈은 화가의 닫힌 심령을 활짝 열게 하여 마침내 살아 있는 그림을 창조하게 한 것이다. 결국 때묻지 않은 원초적 동심, 사심 없는 정념만이 위대한 예술을 낳을 수 있다는 진리를 깨닫게 해 주는 동화이다.

대부분의 작가들은 종말 강조법을 많이 쓰고 있다. 사건이 해결되는 결말에서 감동을 주어야 긴 여운을 남길 수 있고, 그것이 일반적인 창작법이기 때문이다.

(2) 중단 강조법

중단 강조법은 플롯의 진행 중 중요한 대목에서 서사를 중단하고 다른 사건을 삽입하는 강조법이다.

사건을 전개시키다가 그것을 중단하고 다른 이야기를 하는 강조법을 흔히 교차적 플롯이라고 한다. 이 강조법은 독자의 호기심을 유발하고 사건의 진행을 암시하는 기법이다.

이와 같은 중단 강조는 동화의 진행에 커다란 분수령 내지는 계기와 같은 역할을 하기도 한다.

[예문]

1960년 입양 당시 짐 속에 들어 있었다던 조개피리를 내보이며 조개피리 불며 놀던 소꿉동무도 만날 수 있었으면 좋겠다고 눈시울을 붉혔다.

조간 신문을 읽던 나는 내 눈을 의심했습니다.

'혼혈 여인, 마흔한 살, 조개피리, 맞아 그 쌀뱅이야!'

쌀뱅이는 오디 고개 숯막에 살았던 명랑 할머니의 손녀딸이었습니다. 얼굴이 쌀처럼 하얗다고 쌀뱅이로 불리웠던 혼혈아였습니다.

– 중략 –

"박순애라고, 우체국집 딸인데 생각 안 나요?"

나는 조심스레 한번 더 내 이름을 밝히며 그쪽에서 나를 기억 못하면 어쩌나 마음 졸였습니다.

"아, 아직… 나는 잘… 모르는데요. 우리 만나쓰면(만났으면) 조케써요(좋겠어요). 만나쓰면."

저쪽에서 감정이 북받친 듯 어리광쟁이가 내는 혀 짧은 소리를 냈습니다.

나는 서둘러 외출 채비를 하였습니다. 학원에서 돌아올 아이들에게

메모를 남기고 자동차 열쇠를 챙겨 들었습니다.

구누실은 내가 열 살 때까지 살았던 고향 마을입니다. 아버지는 전쟁통에 다리에 총상을 입었고 피난처에서 만난 어머니와 결혼을 하셨다고 합니다. 이듬해 어머니가 나를 낳게 되면서 할 수 없이 외가 마을인 구누실에 눌러 살게 되었다고 합니다.

－ 중략 －

어느 날 낯선 여자가 내 또래의 계집아이를 데리고 오디 고개를 넘어왔습니다.

머리를 양 갈래로 땋은 계집아이는 빛깔 고운 원피스를 입고 나비처럼 나풀나풀 춤추며 왔습니다. 아이의 손목을 잡은 젊은 여자는 짧은 파마머리에 뾰족 구두를 신고 양장 차림에 양산을 펼쳐 든 멋쟁이였습니다.

－ 중략 －

"쌀뱅아, 너는 좋겠다. 미국에 가면 초콜릿 그딴 것만 먹고….."

쌀뱅이는 지프 차를 타고 빠이빠이를 하면서 떠나갔습니다.

나는 차마 할머니 눈치가 보여서 마음속 말은 못 했지만 쌀뱅이를 따라가고 싶었습니다.

지프 차는 내가 따라갈까 봐 뿌연 흙먼지를 일구어 놓고 바삐 달아나 버렸습니다.

객실 호수를 다시 한 번 확인해 보고 노크를 하는 내 손이 가볍게 떨렸습니다. 문고리를 따는 금속 음이 들리더니 마거릿이 활짝 웃으며 달려 나와 나를 끌어안았습니다.

－ 김향이, 「쌀뱅이를 아시나요」 일부 －

조간 신문에 난 기사를 읽던 나는 쌀뱅이가 찾는 소꿉동무가 자신임을 안다. 나는 신문사에 전화를 걸어 쌀뱅이의 연락처를 알아내어 만나러 간다. 쌀뱅이를 만나러 가기 위하여 자동차 열쇠를 챙겨 든 장면에서 이야기는 중단되고, 구누실 마을의 어린 시절로 배경이 바뀐다.

이어 할머니를 여읜 쌀뱅이가 아버지 나라인 미국으로 입양되어 구누실을 떠나는 장면에서 과거 회상이 끝나고 현실로 돌아온다. 나는 다시 쌀뱅이가 묵고 있는 호텔 객실을 찾는 것이다.

이처럼 중요한 대목에서 서사를 중단하고 다른 사건을 삽입하는 강조법을 중단 강조법이라고 한다.

(3) 대조 강조법

대조 강조법은 서로 다른 대조적인 것을 그려 어떤 성격을 뚜렷이 하는 기법이다. 개미는 부지런하고 베짱이는 게으르다거나 흥부는 착하고, 놀부는 욕심쟁이로, 콩쥐 팥쥐의 성격상의 대조 등이 대조 강조법이다. 선함을 강조하기 위하여 악한 인물을 등장시키거나 아름다운 것을 강조하기 위하여 추한 것을 등장시켜 대조할 수 있다.

[예문]

마카카는 잠비를 부축하여 한참 동안을 정신없이 달렸습니다. 그런데 잠비는 몸이 쇠약해졌는지 숨을 헐떡이며 제대로 뛰지를 못했습니다. 마카카가 잠비를 이끌고 농장에서 멀리 떨어진 밀림 속까지 뛰어왔을 때 온몸에 땀이 비오듯 흘러내렸습니다.

"허허헉…. 난 더 이상 못 뛰겠어. 숨이 목구멍까지 찬단 말이야. 하지만 고마워…. 마카카!"

잠비는 몹시 괴로운 표정을 지으며 밀림 속 풀밭에 푸석 쓰러졌습니다.

"미안해, 잠비. 너무 많이 말랐구나. 그동안 얼마나 고생이 심했니? 하지만 이젠 안심이야."

마카카는 숨을 헐떡이며 쓰러져 있는 잠비의 이마를 쓰다듬어 주며 위로의 말을 했습니다.

"마카카, 그런데 내가 농장에 잡혀 있는 줄은 어떻게 알았니? 게테가 알려주었어?"

마카카는 고개를 가로저었습니다.

"그럼 어떻게 알고 나를 구하러 온 거야?"

"응, 사마란다 강에 헤엄치러 갔다가 그곳에서 목욕하던 사람들에게 살짝 엿들어서 알았지."

"그랬었구나. 정말 고마워 마카카! 너는 정말 용감한 원숭이야. 그동안 난 게테를 따랐었지. 그 녀석의 말장난에 속아 너를 미워했어. 하지만 게테는 정말 나쁜 놈이야. 나에게 도둑질을 시키고 내가 파인애플을 따다가 들키게 되니까 혼자 도망쳐 버린 거야."

"알고 있어. 하지만 게테도 언젠가는 제 잘못을 뉘우치게 되는 날이 올 거야. 게테도 원래는 착한 친구였거든."

"아니야. 그건 게테를 잘 몰라서 하는 소리야. 그 녀석이 얼마나 약삭빠른 줄 알아? 남이야 죽든 말든 자기만 위할 줄 아는 녀석이라고."

– 박상재, 「원숭이 마카카」 일부 –

게테라는 원숭이의 꾐에 빠져 농장에 가서 파인애플을 도둑질하던 잠비는 주인에게 붙잡혀 울에 갇히게 된다. 마카카는 혼자 도망쳐 이 사실을 숨기지만 이를 알게 된 마카카가 위험을 무릅쓰고 잠비를 구해준다. 잠비와 마카카의 대화를 통해 마카카와 게테의 성격과 행동이 극명하게 대립되고 있음을 알 수 있다. 이와 같은 작법이 대조 강조법이다.

(4) 경악 강조법

경악 강조법은 독자들이 전혀 예상하지 못했던 결말을 맺는 기법이다. 이 기법은 독자의 호기심, 동화에 대한 관심과 흥미를 높이기 위하여 사용되는 기법이다. 서사문학에 있어서 사건의 결말을 뒤짚는 반전의 효과는 독자들에게 깊은 감동을 안겨 준다. 오 헨리의 『마지막 잎새』나 모파상의 『목걸이』에 나타나는 반전은 경악 강조의 전형이다.

[예문]

이튿날 아침 나절이었다. 노인은 마을에 들어가서 소 매는 밧줄을 얻어다가 미루나무 사이에 맸다.

줄 탄다는 소문이 금세 퍼져서 온 마을 사람들이 우르르 몰려왔다. 노인은 눈을 감고 옛날을 회상하는 듯하더니 미루나무를 타고 올랐다.

줄 위에 서서 걸어다니며 춤도 추고 노래도 불렀다. 또 높이 솟구쳤다가 내려앉으며 줄을 튕겨 그 반동으로 다시 줄 위에 사뿐히 섰다. 그러고는 부채를 펴서 흔들면서 재담을 하며 평생 익힌 재주를 다 부렸다.

어디서 그런 힘과 용기가 났는지 모를 일이었다.

마을 사람들이 더욱 신바람이 나서 더 높이 몸을 솟구쳤다가 밧줄에 걸터앉으며 밧줄을 튕기려고 했다. 그 순간이었다.

"앗! 저걸 어쩌나!"

마을 사람들이 동시에 비명을 질렀다. 낡은 밧줄이 끊어지면서 노인은 땅바닥으로 곤두박질을 치고 말았다.

"선생님, 정신을 차리십시오!"

소년은 바가지에 물을 떠 입에 넣으며 울부짖었다.

마을 사람들도 아우성이었다.

"……."

노인은 대답이 없었다.

하지만 떨어지는 순간, 몸뚱이의 빈 껍데기만 땅바닥으로 떨어졌지, 그의 영혼은 하늘 나라로 긴 밧줄을 계속 타며 오르고 있었다.

남들은 천국을 모두 날아서 갔지만 노인만은 밧줄을 타고 올라갔다.

평생 동안 쓰고 다니던 빈 몸뚱이는 미련 없이 아무렇게나 내팽개친 채.

– 이동렬, 「마지막 줄타기」 일부 –

줄타기를 하던 노인은 낡은 밧줄이 끊어지면서 땅바닥으로 곤두박질쳐 죽고 만다. 노인의 안타까운 죽음은 등장인물 뿐만 아니라 독자들까지도 경악케 한다. 하지만 노인의 영혼은 밧줄을 타고 하늘 나라로 오르는 것으로 설정함으로써 죽음은 절망이 아니라 새로운 희망이요 끝이 아니라 시작으로 묘사하여 반전의 효과를 거두고 있는 것이다.

석구는 떨리는 소리로 아버지의 계급장과 이름표를 꺼냈다. 그리고 장님 손에 쥐어 드렸다. 장님은 그걸 받아보더니 신음 같은 소리를 냈다.

"아니, 이게 뭐야?"

계급장과 이름표를 받아 쥔 장님의 손이 부르르 떨렸다.

– 중략 –

"아버지, 왜 여태껏 저를 찾지도 않고 여기에만 계셨어요?"

"으응, 그래 그래….."

"왜 어머니와 나를 찾지 않으셨어요?"

장님은 말을 못하고 어물어물 얼버무렸다. 흐르는 눈물이 안경에 묻어 장님은 안경을 벗었다. 그때 석구는 장님의 눈을 보았다.

"아니? 두 눈을 다 잃은 건 아니군요, 아버지."

"응? 으, 으응….."

까만 안경을 벗은 얼굴을 보니 오른쪽 눈은 성한 그대로였다. 석구는 놀라면서도 기뻤다.

– 중략 –

아저씨는 신음처럼 중얼거렸다. 그리고 석구의 자는 모습만 지켜보고 있었다. 간간이 법당에서 울리는 풍경 소리가 은은하게 들려왔다.

"김상병, 김상병?"

밖에서 누가 작은 소리로 불렀다. 아주 조심스럽게 불렀다. 장님은 벌떡 일어나 방문을 열었다.

– 중략 –

"사실대로 말할까요?"

"당분간은 김상병이라 밝히지 말고 아버지 노릇을 해 주구려. 어린 것이 소중하게 간직해 온 꿈을 깨뜨려서는 안 될 것 같으이."

"그래야 할까요?"

"머지않아 아버지가 장하게 돌아가셨다는 걸 자연히 알게 될 거야. 그때까지만 참고 기다리게. 나무관세음보살."

– 장문식, 「땅에 내린 별」 일부 –

이 작품은 6·25를 배경으로 쓴 장편 아동소설이다. 모두들 석구의 아버지라고 믿었던 장님 화가가 사실은 아버지가 아닌 김상병인 것이다. 이와 같이 전혀 눈치채지 못한 이야기의 막판 뒤집기는 이야기의 흥미를 한껏 고조시킨다. 이러한 경악 강조법을 잘 구사할 수 있는 작가일수록 작가의 역량이 큰 것이다. 아버지를 찾아 나섰다가 장님 화가를 아버지로 알고 행복하게 잠들어 있는 석구에게 보내는 독자들의 측은지심은 감동의 결정체인 것이다.

2. 시점

　동화를 써 나가는 서술에서 중요한 특질의 하나는 스토리를 독자에게 어떻게 전달하느냐 하는 것이다. 즉, 화자가 사건을 바라보는 시점이 어디냐 하는 점이다. 화자가 어떤 위치에서 작품을 서술하느냐에 따라 독자에게 주는 감동과 정서의 효과는 달라지게 된다.

　독자에게 이야기를 들려주는 화자와 소설에서 사건이 보여지는 각도인 시점과의 차이는 퍽 중요한 문제이다. 같은 사건과 성격일지라도 이것을 바라보는 각도와 사람에 따라서 달리 보이고, 이것을 서술하는 위치에 따라서 전혀 엉뚱한 것이 될 수 있기 때문에, 시점의 문제는 동화 구성에 있어서 중요한 작용을 하게 된다.

1) 시점과 거리

　동화나 아동소설의 구성에 있어서 중요한 것은 작품을 어떤 위치에서 써 가느냐 하는 시점의 문제가 제기되는 것이다.

　일반적으로 시점의 분류는 인칭에 의해 분류한 브룩스(Brooks)와 워렌(Warren)의 「소설의 이해」의 네 가지 분류법을 따르고 있다.

2) 시점의 유형

　시점은 작가의 시각에 의해서 여러 가지로 나누어진다. 시점은 일반적으로 1인칭 주관적 시점, 1인칭 관찰자 시점, 작가 관찰자 시점, 전지적 작가 시점의 넷으로 나눌 수 있다.

	사건의 내면적 분석	사건의 외적 관찰
스토리의 등장인물로서의 화자	1인칭 주관자 서술	1인칭 관찰자 서술
	주인공이 자신의 이야기를 말함.	부주인공이 주인공의 이야기를 말함.
스토리의 등장인물이 아닌 화자	전지적 작가 서술	작가 관찰자 서술
	분석적이고 전지적인 작가가 사상과 감정 속에 들어가 이야기를 말함.	작가가 외부 관찰자로서 이야기를 말함.

(1) 1인칭 주관적 시점

1인칭 주관적 시점은 주인공이 자기 자신의 이야기를 하는 시점을 말한다. 이 점에 있어서 성격의 초점과 서술의 초점이 일치되는 시점이다.

성격의 초점이란 그것이 누구의 이야기인가 하는 문제로서 소설에 있어서 중심인물을 말한다.

대개의 동화는 하나의 인물이 중심이 되고, 주변인물이 나온다. 1인칭 주관적 시점에서는 화자가 곧 주요인물이 되어 나타난다. 즉, 1인칭 서술에 있어서는 '나'라는 주인공이자 서술자가 '나는 이렇게 저렇게 보았다.', '나는 이렇게 저렇게 하였다.', '나는 이렇게 저렇게 느꼈다.'는 식으로 작품을 서술해 나간다. 독자들은 주인공이 픽션화된 인물임을 알면서도 '나'라는 주인공이 실제 사실을 말하는 것처럼 듣는다.

독자들은 이야기를 읽으며, 이것은 진실한 이야기라는 환상 속에서 주인공이 하는 이야기를 받아들인다. 그래서 1인칭 주관적 시점은 독자들에게 신뢰감을 준다.

[예문]

나는 흉터입니다. 영서라는 5학년 남자 아이의 머릿속에 숨어 살고 있지요. 스스로 숨어 살고 있다는 말을 하자니 정말 기분이 상하는군요.

하지만 그게 사실이니 그렇게 말할 수밖예요. 알다시피 모두를 나 같은 흉터를 부끄럽게 생각하니까요.

영서도 마찬가지예요. 내가 다른 사람의 눈에 뜨일까 봐 무척 조심을 하지요. 그래서 내가 있는 옆머리를 훨씬 길게 하여 늘 나를 가리고 다닌답니다. 아주 더운 여름철에도 말예요. 그러나 나는 머리카락 사이로 세상 구경을 다하지요. 그리고 여러 가지 생각도 하고요.

보육원에서 살면서 학교에 다니는 영서는 늘 말이 없고 생각이 깊은 아이예요. 그러나 체육 시간만은 달라요. 얼마나 활발하다구요. 축구며 농구…… 못 하는 운동이 없어요. 그 중에서 달리기는 특히 잘해서 학교 대표로 뽑혀 소년체전에도 나가게 되었답니다.

나는 영서가 아장아장 걸을 무렵에 생겨났어요. 큰 아픔을 겪은 뒤, 걱정하는 눈빛을 받으면서요.

"이제 딱지가 떨어졌네. 이 흉터 좀 봐. 세상에 큰일 날 뻔 했구랴."

"글쎄 말예요. 그래도 이만하기 망정이지. 넘어졌는데 하필 돌멩이에 머리를 찧을 게 뭐예요. 그래도 천만다행이예요. 머릿속은 다치지 않았다니……."

– 최은섭, 「나는 흉터입니다」 일부 –

(2) 1인칭 관찰자 시점

1인칭 관찰자 시점은 동화에 등장하는 주변인물이 이야기를 서술하는 기법이다. 화자는 동화에 나오는 부주인공으로서 하나의 관찰자에 불과하고, 성격의 초점은 주요 인물에 주어진다. 서술 방법은 1인칭으로 되고, 동화의 스토리는 객관적인 눈에 비친 세계이다.

이 시점은 본격적인 이야기를 하기 위한 서두의 설명이 따르기 때문에 서두 시점이라고도 할 수 있다.

1인칭 관찰자 시점은 서술자인 '나'에 관한 이야기는 주관적인 특색을 가지게 되고, 주인공에 대한 이야기는 순전히 관찰자의 눈에 띈 객관적인 세계라는 점에서 종합적인 효과를 준다. 그러나 이 시점의 근본은 동화에 있어서 부수적인 등장인물 중의 하나가 주요 인물에 관해 관찰하고 서술한다는 데에 있다.

1인칭 관찰자 시점에 의한 동화는 서술자의 관찰의 기회가 제한되고, 서술자는 일종의 해석자가 되어 작품을 설명해 간다는 한계가 있다. 그러나 이 시점은 마치 1인칭 주관적 시점이 그랬던 것처럼 관찰과 경험의 기회에 있어서 제한되어 있다는 점이 특징이다.

[예문]

바람이 말처럼 갈기를 흩날리며 말발굽 소리로 달려와 은사시나무 가지를 흔들었습니다. 그 바람은 지난 계절 은사시나무의 은비늘 잎새를 뒤척이게 하던 바람과는 다른 낯선 바람이었습니다.

아이들은 바람을 마중 나온 듯 그 언덕에서 연을 날리곤 했습니다.

내가 만든 가오리연은 쪽빛 하늘이 바다인 양 진짜 가오리처럼 꼬리를 흔들며 헤엄치다가, 키다리 은사시나무 가지의 낚시에 걸리고 말았습니다.

"나뭇가지에 걸린 연을 내리려면 별을 딸 만큼 키다리 사다리가 필요할 거야."

나는 바람에 푸덕이는 가오리연을 안타깝게 지켜보고만 있었습니다.

은사시나무는 가오리연을 낚아 신이 나는지 휘파람만 불고 있었습니다.

– 강원희, 「눈사람의 봄」 일부 –

부모와의 사별로 인한 불우한 환경 속에서도 서로를 위하고 의좋게 살아가는 깡통집 남매의 따뜻한 우애를 그린 동화이다. 이러한 춥고 어두운 분위기를 아름다운 서정적 분위기로 형상화시키고 있다. 서술자인 내가 날리던 가오리연이 은사시나무에 걸리는 장면이다. 이 동화에서 나는 양철지붕 집(아이들은 깡통집이라고 부름)에 사는 채섭이 남매를 관찰자의 입장에서 서술하며 밝고 따뜻한 분위기로 안내하고 있다.

(3) 작가 관찰자 시점

작가 관찰자 시점은 작가가 외부적인 관찰자의 위치에서 작품을 서술하는 방법으로서, 흔히 3인칭 시점이라는 말로 표현하기도 한다. 즉, 서술자는 작품 밖에 있는 작가이며, 그는 자기의 주관을 배제하고 끝까지 객관적인 태도로 외부적인 사실만을 관찰하고 묘사해 간다.

이 시점의 기본적인 특색은 극적이고 주관적이라는 점에 있다. 작가는 주인공의 행동이나 말이나 모습과 같은 외부적인 세계를 그릴 뿐으로, 사랑이라든지 감정이나 심리 등은 직접적으로 표현하지 않는다. 그리고 작가는 아무런 해설과 평가를 붙이지 않고 오직 객관적인 위치에서 독자 앞에 보여 주게 된다.

이 시점은 항상 구체적인 사건과 인물의 묘사와 표현이 있기 때문에 추상적이지는 않지만 작가의 사상과 감정을 독자들에게 전달할 수가 없다. 또한 생생한 묘사와 구체적인 표현을 통하여 사건의 진전을 전해 준다는 점에 있어서는 매우 효과적이지만, 너무 단조롭고 평면적인 느낌을 준다고 할 수 있다. 그렇기 때문에 장편보다는 단편에 효과적이다.

[예문]
"하지만 죽는다는 것은 무서운 일이어요."
퉁명스런 검정대의 이야기를 듣고 왕대나무가 다시 이런 말을 했습니다.
"아름다운 꿈과 커다란 희망을 품고 자라는 대나무들은 죽음이 결코 두렵지만은 않단다. 죽음은 결코 끝이 아닌 걸."

그로부터 대나무들 중에는 아름다운 꿈을 가지고 자라나는 젊은 나무들이 생기게 되었습니다.

그 중에는 키도 작고 볼품이 없는 갓대와 검은색의 아롱진 무늬가 예쁜 얼룩대도 있었습니다.

대밭 식구들 중에서 가장 몸이 약해 보이는 갓대는 이런 생각을 품게 되었습니다.

"난 이 다음에 죽으면 솔개처럼 높은 하늘을 날아다닐 수 있는 새가 되고 싶다. 참새들처럼 떼지어다니며 부산을 떠는 그런 조그만 새가 아니라 솔개처럼 젊잖고 의젓한 모습의 훌륭한 새가 되고 싶은 거야."

또한 다른 대나무들에 비해 별 볼품없는 작은 얼룩대는 이런 생각을 품게 되었습니다.

"난 지난 여름에 보았던 휘파람 새처럼 아름다운 목소리로 고운 노래를 부르고 싶어. 그렇게만 된다면 얼마나 행복하고 신 나는 일일까?"

얼룩대와 갓대는 이런 고운 꿈 이야기들을 바람에게만 살짝 들려주었습니다. 바람은 그 이야기를 듣고 아름답고 훌륭한 꿈이라고 함께 즐거워했습니다.

바람은 신이 나서 다른 대나무들에게 갓대와 얼룩대의 꿈 이야기를 들려주고 다녔습니다.

그 말을 들은 대부분의 대나무들은 갓대와 얼룩대의 꿈 이야기를 들려주고 다녔습니다. 그 말을 들은 대부분의 대나무들은 코웃음을 치며 이런 말을 했습니다.

"원 털끝만큼이라도 이루어질 수 있는 꿈을 품어야지."

"그러니까 속없는 대나무 아닌가!"

대나무들은 갓대와 얼룩대를 아무런 불평도 없이 열심히 꿈을 키우며 자라났습니다.

그해 여름 무더운 어느 날 갓대와 얼룩대는 연보라빛 꽃송이들을 가지 끝에 달게 되었습니다. 갓대는 세 송이, 얼룩대는 다섯 송이의 예쁜 꽃을 원뿔 모양으로 달게 되었던 것입니다.

왕대나무는 떨리는 목소리로 이야기했습니다.

"봐라. 우리도 대나무들처럼 꽃을 피우지 않니? 저들의 꿈은 틀림없이 이루어질 게다."

그 후 가을이 되자 두 대나무는 시름시름 야위어 가더니, 겨울의 문턱에 와서는 누런 빛으로 말라 죽고 말았습니다.

그 무렵 혼자 사는 할아버지는 뒤란을 산책하다 말라 죽어 있는 두 그루의 대나무를 보고 이렇게 말했습니다.

"대나무는 예순 살이 되어야 꽃을 피운 다음 말라 죽는다고 했는데, 이상한 일도 다 있군. 하지만 정말 반가운 일이야. 꽃피고 죽은 대로 퉁소를 만들어 불고, 요 갓대로는 연을 만들어 뛰우면 하늘 높이 훨훨 잘도 날 거야."

이렇게 생각한 할아버지의 얼굴에는 해맑은 웃음이 가득 번져 나오고 있었습니다.

할아버지는 이제 세상에서 가장 곱게 울려 퍼질 퉁소 소리를 생각하면서, 푸른 하늘 높이 훨훨 나는 종이새를 그려 보고 있었습니다.

- 박상재, 「꿈꾸는 대나무」 일부 -

(4) 전지적 작가 시점

전지적 작가 시점은 전지전능하고 자유자재로 인생이나 역사적 삶을 투시하고 형상화하는 시점이다. 이는 전지적이고 분석적인 작가가 작중 인물의 사상과 감정 속에 뛰어들어가서 스토리를 서술하는 기법이다.

화자인 작가는 등장인물들의 외부적인 행동과 태도는 물론 그들의 감정, 의식, 동기 등 심리적인 내부 세계까지도 설명하고 해석할 수 있는 준비가 되어 있어, 그 작품에 관한한 신과 같은 전지전능한 역할을 한다.

전지적 작가 시점은 작가가 그 작품에 등장하는 인물의 외면과 내면을 전부 관장함은 물론 행동에 관한 설명 및 심리적 변화의 의미까지도 해석한다. 특히 이 시점에 있어서는 작가의 뛰어난 사상이나 지적 관념을 적당히 배합시켜 동화를 이끌어 가고, 화자의 위치를 자유자재로 이동시켜 인생의 총체적인 모습을 다각적으로 그려 간다. 흔히 장편의 기법으로 널리 쓰여지는 이 전지적 작가 시점은 주인공의 감정 상태를 분석하고 심리적 변화를 설명할 수 있다. 그렇기 때문에 주인공을 이해하는 데 필요한 심리 분석에 있어서의 완숙과 분리와 훈련은 전지적 시점에서만 할 수 있는 것이다.

전지적 작가 시점의 동화로는 정채봉의 대표작이라고 할 수 있는 『오세암』을 꼽을 수 있다. 지고지순한 동심의 세계를 그린 이 동화는 그의 다른 대표작인 『물에서 나온 새』처럼 전설을 모티브로하여 능숙한 필치로 깔끔하게 형상화해 낸 정채봉 동화의 백미이다.

다섯살배기 길손이의 순진무구한 동심은 장님 누나의 눈을 뜨게 하고, 자신은 열반하게 된다. 비록 다섯 살밖에 살지 못한 짧은 목숨이었지만, 그는 아름답고 지순한 영혼을 소유하였기 때문에 영원을 살게 된다.

이 동화는 떠돌이 고아 남매인 길손이와 감이 누나의 천진미 넘치는 대화가 동심의 실체를 투명하게 제시하여 준다. 그들의 대화나 길손의 독백을 통해 명경지수와 같은 동심을 만나게 된다.

오세암의 압권은 감이 누나와 떨어진 채 설정 스님과 함께 살아가는 길손이가 관음암 골방에서 관음보살의 탱화를 보며 어머니를 느끼는 데에 있다.

> "계곡의 고드름이 하늘에서 늘어뜨린 동아줄 같아요. 스님은 김치를 꺼내다가 얼음 조각에 손가락을 베었어요. 보살님도 춥지요? 가만 있어요. 내가 솔가리 긁어 와서 군불 넣어 드릴게요."
>
> – 중략 –

이래도 가물가물 웃고, 저래도 가물가물 웃는 그림 속의 보살님이 길손이는 마냥 좋았다.

"엄마라고 불러도 돼요? 나는 엄마가 없어요. 엄마 얼굴도 모르는걸요. 정말이어요. 내 소원을 말할게요. 아무한테도 말하지 말아요. 약속하지요? 내 소원은 - 중략 - 엄마…… 엄마라고 불러도 돼요?"

이렇듯 길손이는 탱화 속의 관음보살을 어머니로 여기며 대화의 상대로 삼고, 그리움과 외로움을 달랜다. 스님은 길손을 혼자 남겨 두고 양식을 구하러 관음암을 떠난다. 양식을 구해 암자로 돌아가던 스님은 큰 눈에 길을 잃고 쓰러져 나무꾼에게 발견되고 앓아 눕게 된다. 가까스로 자리에서 일어난 스님은 (관음암을 떠난지 50일째 되던 날) 큰 절에 있던 감이를 데리고 관음암을 향해 다시 오른다.

길손이는 마음을 다해 관세음보살을 부르면 보살님이 온다는 스님의 말을 믿고 관세음보살에 매달린다. 이는 관세음보살과 어머니를 동일시하는 마음의 눈을 가졌기 때문이다. 지극 정성을 다해 관세음보살을 갈망했기 때문에 기적이 일어나게 된다.

스님은 놀란 입을 다물지 못했다.

"엄마가 오셨어요. 배가 고프다 하면 젖을 주고 나랑 함께 놀아 주었어요."

길손이의 말이 떨어졌을 때였다.

뒷산 관음봉에서 하얀 옷을 입은 여인이 소리도 없이 내려오는 것을 스님은 보았다.

여인은 길손이를 가만히 품에 안으며 말하였다.

"이 어린아이는 곧 하늘의 모습이다. 티끌 하나만큼도 더 얹히지 않았고 덜 하지도 않았다. 오직 변하지 않는 그대로 나를 불렀으며 나뉘

지 않는 마음으로 나를 찾았다. - 중략 - 과연 이 어린아이보다 진실한
사람이 어디에 있겠느냐. 이 아이는 이제 부처님이 되었다."

이와 같은 일은 종교적일 수밖에 없다. 관세음보살의 시현은 다분히 환상
적이다. 이러한 환상은 조금도 어색하지 않게 작품 속에 녹아 있다. 전혀 꾸
민 이야기 같지 않고 실제 상황처럼 느껴진다. 현실이 곧 환상이고 환상이
곧 현실이다. 이것은 전지적 작가 시점으로 동화를 형상화했기 때문이다.

이 동화의 절정은 감이가 눈을 뜨는 대목에 있다. 마치 심청전에서 심봉
사가 눈을 뜨는 장면을 연상케 한다. 감이가 받은 개안의 시혜는 심봉사의
그것보다 훨씬 극적이고 감동적이다. 이것은 대화로 형상화된 극적 구성과
개연성을 수반하는 탄탄한 플롯, 군더더기없이 미려한 문체에 있다.

"정말, 관세음보살님이 파랑새로 몸을 바꾸어 날아가고 있구나. 그런
데 눈이 먼 감이 네가 어떻게 보느냐? 아니, 이게 웬일이냐? 감이 너 눈
을 떴지 않느냐?"
"네, 스님. 모든 게 보여요. 햇빛도 보이고, 스님도 보여요. 마루 위에
잠이 들어 누워 있는 길손이도 보여요."

그리고 스님들은 이 암자의 이름을 아예 바꾸기로 하였다. 다섯 살짜
리 아이가 부처님이 된 곳이라 해서 이후부터는 오세암이라고 부르기로
하였다.
- 중략 -
오후가 되어 장작불이 타올랐다.
연기는 곧게 하늘로 올라가서 흰구름과 함께 조용히 흘러갔다.
스님들은 모두 염불을 하였고 다른 사람들은 일제히 절을 하였다.
감이만이 울면서 중얼거리고 있었다.

"저 연기 좀 붙들어 줘요, 저 연기 좀 붙들어 줘요."[50]

『오세암』의 끝부분이다. 마치 큰스님이 입적했을 때 하는 다비식을 연상케하는 삽화이다. 이 동화가 울림과 깨침을 줄 수 있는 까닭은 전지적이고 분석적인 작가가 작중 인물의 사상과 감정 속에 뛰어들어가서 스토리를 서술했기 때문이다.

화자인 작가는 등장인물들의 외부적인 행동과 태도는 물론 그들의 감정, 의식, 동기 등 심리적인 내부 세계까지도 설명하고 해석하고 있음을 알 수 있다.

『오세암』을 통해 알 수 있듯이 전지적 작가 시점은 작가의 사상이나 지적 관념을 적당히 배합시켜 동화를 이끌어 가고, 화자의 위치를 자유자재로 이동시켜 인생의 총체적인 모습을 다각적으로 그려 가게 된다.[50]

3) 거리와 톤

시점과 관련시켜서 동화·소설의 구조를 결정해 가는 데 첨가해서 중요시 되어야 할 문제가 거리(distance)와 톤(tone)이다.

(1) 거리(distance)

거리라는 말은 하나의 은유로서, 어떤 작품에 있어서 작가가 타인에게 있어서보다 자기 주인공에게 더 친근감을 느끼게 하는 것이다. 그렇게 함으로써 작가는 독자의 감정과 태도가 거의 등장인물의 그것과 같게 되기를 바라게 된다.

따라서 동화·소설에 있어서 거리란 말은 작가와 등장인물과의 거리, 또

---

50) 앞의 책, 186쪽.

는 독자와 작중 인물과의 거리를 뜻한다. 그러므로 '서술의 초점'이란 문제가 어떻게 이 거리의 문제를 내포하는지 알게 된다.

1인칭 주관적 시점은 독자와 등장인물의 관계를 단축시키는 경향이 있다. 이에 비하여 작가 관찰자 시점은 인물의 의식 속에 들어가지 않고 단순히 객관적으로 대화나 배경이나 행동을 기록하는 특성상 더 먼 거리를 포함하고 있다. 물론 1인칭 관찰자 시점이 3인칭 시점보다는 거리가 가깝지만, 1인칭 주관적 시점보다는 멀다고 보아야 할 것이다. 1인칭 주관적 시점이 주관적인 효과를 주는 까닭이 여기에 있다.

전지적 시점은 매우 먼 거리를 포함할 수도 있고, 아주 가까운 거리를 포함할 수도 있다.

(2) 톤(tone)

톤이라는 말도 하나의 은유로 볼 수 있는데, 거리의 문제와도 밀접한 관련이 있다. 통상 대화에 있어서도 실제의 말과 성조(聲調)를 통해서 어떤 말을 하는 것처럼 작품에 있어서도 이 톤은 나타나게 마련이다.

톤이란 인물과 사건에 대한 작가의 태도이기 때문에, 작가는 여러 가지의 톤을 나타낼 수도 있다. 작가는 주인공을 그릴 때 엽기적이거나 존경할 만한 사람으로, 어리석거나 총명한 사람으로, 비정하거나 인정이 많은 사람으로 그릴 수가 있다. 이때 이런 작가의 태도를 직접 설명하거나 극적으로 표현하기도 하고, 역설적인 언어로 나타내기도 한다. 이러한 작가의 토운은 서술이나 묘사를 통해 표현할 수도 있고, 인물들의 대화를 통해서도 표현할 수가 있다. 그것은 풍자적이거나 역설적이거나 해학적인 것, 그리고 순진무구, 존경, 믿음, 사랑, 동정, 절망, 보호, 위로 등 얼마든지 있을 수 있다.

톤은 작품에 대한 가치 평가의 원천이 되기도 한다. 그것은 작가의 태도의 반영을 통해서 가치 평가의 단서를 발견할 수 있기 때문이며, 이는 주제를 찾는 단서가 되기도 한다. 그러므로 동화·소설의 효과는 거리와 톤의 영향을 받는다고 할 수 있다.

3. 인물

1) 동화와 인물상(人物像)

(1) 동화의 인물상 창조

인물, 사건, 배경 등 동화의 구성 요소 중에서 인물 설정은 가장 큰 비중을 차지한다. '누가 어디서 무엇을 했다'에서 '어디서'와 '무엇을 했다'는 것은 결국 '누가'를 그리기 위한 배경적인 역할을 하는 것이다. 따라서 동화와 소설에서는 인물의 설정이 가장 중요한 과정이라 할 수 있다.

허드슨(W.H. Hudson)은 『문학연구서설』에서 성격 묘사의 중요성을 다음과 같이 설명하고 있다.

> 기교적 방면에서 본다면 작품의 성공 여부는 오로지 성격 묘사의 교묘함과 졸렬함에 달려 있다. 희곡을 상연하는 경우에는 무대 장치라든가 배우의 연기로써 성격을 뚜렷이 나타낼 수 있지만, 소설(동화)에 있어서는 그렇게 쉽게 되지 않으며, 다만 상상력에 호소할 수밖에 없다. 그러므로 소설가(동화작가)는 묘사로써 인물의 풍채와 행동을 생생하게 나타내어야 한다.[51]

동화나 소설에 나타나는 인물은 작품 세계에서 살아 움직이는 인물이 되어야 한다. 이는 인물 설정과 성격 창조에 진실성이 있어야 한다는 뜻이다.

---

51) W. H. Hudson, An Introduction to the Study of Literatare, London, 1958), 146쪽.

인물과 성격은 행동과 플롯의 주체가 되고, 주제를 나타내게 된다. 인물과 성격을 창조할 때에는 인물의 속성과 개성을 살려 진실되게 그려야 한다.

(2) 인물 성격의 개념

성격이라는 말은 도덕성과 개성이라는 두 가지의 개념을 포함한다. 도덕성의 성격은 아리스토텔레스의 『시학』 이후에 널리 사용된 개념으로 인물의 선함과 악함을 판정하는 기준이다.

도덕성은 동화에 있어서 매우 중요하다. 동화를 읽는 어린이 독자들 뿐만 아니라 성인 독자들조차도 인물의 선악을 따지고 싶어 한다. 인물 설정에 있어서 도덕성의 개념이 중요한 까닭이 여기에 있다.

개성으로서의 성격은 그 인물 특유의 성질을 말한다. 이것은 말씨, 버릇, 취미, 성질, 감정, 사상, 행동까지도 포함하는 개념이다. 동화에서 독자를 끌기 위해서는 개성이 뚜렷하고 흥미 있는 인물을 창조해야 한다. 개성이 없는 평범한 인물로는 흥미를 이끌어 낼 수 없기 때문이다.

인물을 설정할 때에는 시대나 사회를 대변하는 전형성도 있어야 하지만 더 중요한 것은 개성적인 인물, 즉 독창적인 개성을 소유한 인물을 창조하는 일이다.

2) 인물의 유형

동화나 소설에서 설정하는 인물의 유형은 여러 가지가 있다.

디트리히(R. F. Dietrich)와 선델(R. H. Sundell)[52]은 『소설의 예술』에서 작품에 나타난 인물들의 특성이나 역할에 따라 인물의 유형을 분류하고 있다. 이들은 인물의 유형을 평면적 인물과 입체적 인물, 전형적 인물과 개성적 인

---

52) R. F. Dietrich & R. H. Sundell, The Art of Fiction, London, 1967, 84~86쪽.

물, 정적인물과 발전적 인물, 주인공과 패배자, 주동인물과 반동인물, 희극적 인물 등으로 분류하고 있다.

(1) 평면적 인물과 입체적 인물

평면적 인물이란 한 작품 속에서 성격이 변하지 않는 인물을 말하고, 입체적 인물이란 한 작품 속에서 성격이 발전하고 변화하는 인물을 말한다. 바꾸어 말하면 평면적 인물은 정적 인물(靜的 人物), 입체적 인물은 발전적 인물이라고 할 수 있다.

포스터의 설명에 의하면 평면적 인물은 두 가지의 장점을 지니고 있다.

첫째는 언제든지 등장하기만 하면 쉽게 알아볼 수 있다는 점이다. 즉, 그 인물의 이름 때문에 알아볼 수 있는 것이 아니라, 변하지 않는 성격 때문에 독자의 정서적인 눈으로 쉽게 알아볼 수 있다는 것이다.

둘째는 독자들이 그 인물을 쉽게 기억한다는 점이다. 그들은 환경의 변화에도 아무런 변화를 하지 않기 때문에 작품 속의 모습 그대로 독자의 마음속에 남아 있다. 어린 시절에 감명 깊게 읽었던 동화 속의 주인공들의 모습이 어른이 되어서까지 선하게 남아 있는 것은 그 때문이다.

입체적 인물은 동화나 소설의 상황마다 성격이 발전 변화하는 인물이다. 입체적 인물과 평면적 인물의 차이점은 독자들을 놀라게 하느냐 않느냐에 달려 있다.

독자의 마음을 편안하게 하면 평면적 인물이고, 믿음직하지 않으면 입체적인 체하는 평면적 인물이다. 입체적 인물은 독자를 가끔씩 놀라게 하거나 당혹스럽게 만든다.

가. 평면적 인물의 예

[예문]

바람이 건둥건둥 부는 늦가을 절간이야.

용마루 끝 망새기와에 아버지 도깨비가 하늘을 보며 눈이 부신 듯 찡그리고 있었어. 아침 서리가 채 녹지 않은 그늘엔 빨갛게 발이 시린 굴뚝새가 모이를 쪼고 있었지.

엄마 도깨비도 도깨비 무늬 기와에 몸을 꼭 맞춘 채 눈썹을 치켜세우는 연습을 하고 있었어.

요즘 들어 멧새들이 달려들어 엄마 도깨비 얼굴에 똥을 누고 달아나는 일이 잦기 때문이었지.

"요즘엔 어떻게 된 까닭인지 새들도 도깨비를 안 무서워해요."

"흠, 흠…"

"허긴 옛날처럼 도깨비 방망이가 있는 것도 아니고 무슨 요술을 부릴 수 있는 것도 아니니, 새들인들 눈치를 못 챌까."

"그래도 이렇게 기와 무늬에 감쪽같이 숨어 지낼 수가 있잖아요. 또 아주 조그맣게 오그라들 수도 있고."

"오그라들기만 하면 뭐 해요? 장승만큼 커다랗게 늘이지 못하는데."

"허긴 위험한 것들은 옛날보다 훨씬 많아졌는데, 우리 요술 힘은 이제 다 빠져 버렸으니 아이 키우기가 점점 힘들긴 하오."

엄마 도깨비는 여간 걱정이 아니었어. 멋모르고 뛰어다니는 아기 도깨비가 마음에 쓰였지.

그래서 엄마 도깨비는 짬만 나면 타이르곤 했어.

"아가야, 그저 사람 조심이 제일이란다. 요즘 사람들은 돈에 아주 눈이 멀어 버렸거든. 까딱 잘못해 사람들 눈에 띄었다간 넌 유리로 된 동물원에 갇히게 될지도 몰라. 그러면 우린 다시 만날 수 없게 된단다."

엄마 도깨비는 아기 도깨비 귀에 딱지가 앉도록 얘기를 했지만, 아기들은 다 그렇잖아? 듣는 둥 마는 둥 말이야.

아기 도깨비는 정말 심심했어.

나비들은 모두 도롱이가 돼 나뭇가지에 대롱대롱 달려 있고, 쥐며느리는 한번 된바람이 불어 추워진 후론 배추밭엔 얼씬도 않는 거야.

풍경에 매달린 바람판 붕어를 절간이 떠나가도록 마구 흔들어도 심심했어. 아무도 듣는 이가 없었거든.

그래서 심심한 아기 도깨비는 돌부처님의 코를 뜯어먹으면서 놀았어. 아무나 뜯어먹어도 화내지 않는 부처님의 코를 뜯어먹는 일도 얼마나 지겹겠니?

그래서 이번엔 애기 스님의 옷자락을 슬그머니 잡아당겼지.

애기 스님은 뒤를 돌아보더니 고개를 한 번 갸우뚱하곤 법당으로 총총 들어가는 거야. 조심조심 향합을 두 손으로 받쳐 들고 말이야.

"에이, 재미없어."

아기 도깨비는 도로 기와 무늬 속으로 선뜻 들어가기가 좀 그랬어. 아버지 도깨비에게 붙들리면 또 글자 공부를 해야 하거든.

"심심한데 법당 앞 은행나무 잎이나 죄 날려 버려야지. 공책이 다 없어지면 글자 공부 안 해도 되고, 좀 좋을까?"

그때. 저쪽 아래에서 재잘거리는 소리가 들려오는 거야. 아기 도깨비는 법당 앞마당에 있는 은행나무 위로 냉큼 올라갔지.

글자를 삐뚜름하게 쓸 때마다 따오곤 해서 이젠 노란 은행잎도 얼마 남지 않았어.

심심하던 차에 얼마나 신이 났겠니?

가만이 내려가 보니까 노란 모자를 똑같이 쓴 유치원 아이들이 소풍을 온 것이었어. 지난 봄에도 한 유치원에서 아이들이 소풍을 왔었거든. 그때 일이 생각난 거야.

아이들이 돌아가고 난 자리는 과자봉지로 어질러져 숫제 쓰레기통이 되고 말았어. 법당 앞 돌부처님도 이맛살을 찌푸렸을 정도였어. 그래서 아기 도깨비는 이 꼬마 아이들을 골려 줘야겠다고 마음 먹었지.

신발을 가지런히 벗고 법당에 올라 절을 하는 아이의 뒤모습을 보았어. 그땐 그만 둘까 하는 마음도 들었지. 그러나 씹던 껌을 잔디밭에 퉤 뱉는 아이들을 봤을 땐 단숨에 날아가 알밤을 한 대 놔 주고 싶었어.

그치만 건너편 망새기와에서 숨을 죽이고 아기 도깨비를 지켜보는 아버지 도깨비 눈길이 아파서 꾹 참고 있는 거야.

몸집이 다른 애들보다 좀 작은 듯하고 얼굴이 파리한 아이 하나가 조무래기들 틈새에서 빠져 나왔어. 은행나무 아래로 오더니 발밑을 내려다 보는 거야. 아기 도깨비는 깜짝 놀랐지. 쟤가 도깨빈 줄 알아보고는 돌을 던지려고 그러는가 싶었어.

'붙들려 가면 유리로 된 통에 갇힌다고 했는데.'

용마루 끝에서 아버지와 엄마가 눈을 부릅 뜨고 입술에 손을 대고 있었어.

'꼼짝 말라는 거겠지.'

그런데 아이는 아무도 밟지 않은 은행잎을 주워 가방 속에다 넣었어. 그러고는 나무 위를 바라보았어. 아기 도깨비는 어쩐지 기분이 좋았어. 꼭 자기를 보고 있다는 생각이 들었거든. 금세 친해질 것도 같았지. 촉촉하게 젖은 눈 속에 아기 도깨비의 눈부처가 들어 있는 걸 본 거야. 저만큼에서 날카로운 여자의 목소리가 들렸어.

"은비야!"

아이는 깜짝 놀랐지. 칼끝처럼 생긴 젊은 여자가 붉으락푸르락거리며 달려왔어.

"넌 또 여기서 뭐 하고 있는 거야? 한참 찾았잖아."

"난 엄마 갖다 주려고 나뭇잎을 주웠을 뿐인데….."

"다들 기다리고 잇잖아. 길을 잃으면 어쩌려고 그래?"

그러곤 아이의 가방 속에 든 단풍이 고운 은행잎을 홱 쏟아 버리는 거야. 아이는 어깻죽지를 손아귀에 쥔 채 질질 끌려갔어.

아기 도깨비는 아이의 뒷모습을 보면서 냉큼 나무에서 내려와 은행잎을 주워 들었어. 아이에게 꼭 은행잎을 돌려주고 싶어졌거든.

오늘 아침에 산열매의 즙으로 삐뚤빼뚤하게 써 놓은 글자가 아기 도깨비의 눈에 보였어. 싱긋 웃음이 나왔어.

꼬마들의 줄 꼬리를 따라 절간 문을 나설 때였어. 양쪽에 사천왕이 네 사람이나 서 있잖아. 사천왕에게 들키는 날엔 이 기와 무늬 속에서 더 살 수 없다고 했는데…. 부들부들 떨리긴 했지만 아기 도깨비는 용기를 냈어.

"사천왕님, 안녕하세요?"

"아니, 넌 도깨비가 아니냐? 너희들 도깨비는 여기에 올 수가 없다는 걸 모르는 모양이군. 이 쇠방망이가 보이지 않느냐?"

"전 이 은행잎을 전해 줘야 해요. 은비라는 애가 엄마에게 드리려고 주웠는데 선생님이 다 버렸어요. 벌써 저만치 가 버렸잖아요. 다녀와서 얘기해 드릴게요."

"얘, 도깨비야. 게 섰거라!"

"나중에 얘기해 드린다니까요."

아기 도깨비는 눈을 흡뜬 사천왕이 손을 쓸 새도 없이 달아났어.

똑같이 노란 모자를 쓴 고만고만한 조무래기들이라 몇 번이나 은비를 잃어버리기도 했어. 은행잎이 구겨질까 봐 은행잎 한 번 보고, 가닥 머리를 땋은 은비 한 번 보고 하느라 정신이 하나도 없었어.

골목을 얼마나 누볐을까? 은비가 길 쪽으로 조그만 창이 나 있는 허름한 집으로 들어갔단다.

아기 도깨비는 뙤창에 코를 대고 방 안을 보았지.

방 안은 아주 어두웠고 무슨 노랫소리가 났어. 은비가 들어가는 문소리가 나더니 불이 켜졌지.

노랫소리가 끊어지고 은비는 아버지와 어머니 손을 잡고 다시 집을 나가는 거야. 은비 어머니와 아버지는 눈이 먼 사람이었어. 아기 도깨비는 유리에 입김을 불어 은행잎을 붙여 놓고 뒤를 밟았지.

사람들이 많이 다니는 구름다리에 멈췄어. 마련해 온 짐을 챙겨 놓고 아버지와 어머니는 손을 꼭 잡고 노래를 부르기 시작했어. 뜻은 잘 모르겠지만 참 슬픈 가락이라는 생각을 했지.

사람들은 바쁘게 지나다녔지만 아무도 그 노랫소리에 귀를 기울인 것 같진 않았어. 가끔 누군가가 동전을 집어 던져 주었지만, 저 바구니에 동전을 채우려면 한 달은 족히 걸리겠다는 생각이 들었어. 그런 생각을 하고 있는데 조금 신나는 노래가 나오잖아. 도깨비는 냉큼 소리가 나는 상자 위로 올라가 춤을 추었어. 누가 맨 먼저 보았는지 모르지만 한 사람 두 사람씩 발걸음을 멈추고 노래를 듣기 시작했어.

"저게 인형인가?"

"세상 참 좋아졌어. 무선 조종 인형 같은데 진짜 도깨비가 춤추는 것 같잖아."

은비 어머니와 아버지는 장님이니까 보일 리가 없었겠지. 다른 날과는 뭔가 다른 걸 느끼긴 했지만 말이야.

은비가 집에 들어가지 않고 추운 데서 떨고 있는 게 아닌가 해서 아무도 없는 쪽으로 손을 저어 보시곤 그냥 노래를 부르셨어.

노래가 끝날 무렵, 파란색 뿔바구니엔 동전이 거의 차 있을 뿐 아니라 거침없는 박수 소리도 나왔단다. 아기 도깨비는 슬슬 겁이 났어. 누군가에게 꼭 붙들려 갈 것 같았거든. 그래서 살짝 짐 속으로 숨었지. 어두운 거리를 빠꼼히 내다보니 문득 엄마가 보고 싶어졌어.

"지금쯤 내가 유리 동물원에나 있는 줄 아시겠지."

은비는 문을 지쳐 놓고 잠들어 있었어. 아까 퇴창에 붙여 둔 은행잎은 어디다 됐을까? 바람에 날아갔을까? 고개를 갸우뚱하면서 창에 코를 박고 안을 꼼꼼히 들여다보았지. 은비는 은행잎을 실에 꿰어 주렁주렁 달아 놓았어.

아기 도깨비가 써 놓은 글자들이 아무렇게나 이어진 채로 말이야.

〈기, 도, 깨, 비, 고, 다, 아, 야, 맙.〉

어머니와 아버지가 이마에 부딪히는 은행잎을 만져 보고 냄새를 맡으시는 걸 보고 아기 도깨비는 절간으로 갔어. 문 앞에서 기다릴 사천왕을 생각하니 오금이 저렸어.

쇠방망이로 맞는 건 둘째치고, 절간 지붕에서 살 수가 없다는 게 가슴이 저렸어. 햇수로는 셀 수도 없을 만치 오래 살았거든.

눈치만 보고 기둥에 기대어 있는데, 어떻게 알았는지 먼저 사천왕이 부르는 거야.

"아기 도깨비야."

"예? 저어어…."

근데 말이야. 사천왕 손에 든 쇠방망이는 저만치 내려져 있고 부릅뜬 눈은 달처럼 웃고 있는 거야.

'잘했다구, 잘했어. 종일 고단했겠구나.'

꾸벅 절을 하고 법당 앞뜰로 가서 용마루 끝을 보았지. 엄마 도깨비랑 아버지 도깨비가 눈물을 글썽이고 있었어. 문득 아기 도깨비 콧마루가 시큰해졌어.

코가 다 떨어져 나간 돌부처님도 빙그레 웃고, 풍경에 몸을 맡긴 채 흔들리던 바람판 붕어도 한쪽 눈을 찡긋 감았지.(97년《조선일보》)

– 임현주, 「기와속에 숨어 사는 도깨비」 일부 –

이 동화의 주인공인 아기 도깨비는 기와 속에 숨어 사는 도깨비로, 시종 성격이 변하지 않는 평면적인 인물이다. 마치 인형을 보는 듯한 느낌이 들 만큼 귀엽고 깜찍한 캐릭터이다. 그러면서도 착하고 정이 많으며 한편으로는 개구진 구석도 있는 인물로 그려지고 있다. 구성 또한 평면적 구성으로 전개되어 복잡하지 않고 편안한 느낌을 준다.

나. 입체적 인물의 예

[예문]

그날 나는 텔레비전에서 나온 천사를 보았습니다. 팔과 다리 대신 하늘나라 웃음을 지니고 이 세상에 온 구원이와 그를 지키는 지상의 천사들에게 이 동화를 바칩니다.

새내기 천사는 아무리 생각해도 운이 좋은 것 같습니다. 천사가 된 지 얼마 지나지도 않았는데 벌써 중요한 일을 맡게 되었습니다. 천사 생활을 아주 오래 한 고참 천사와 짝이 되어 지구에 다녀 오게 된 것입니다.

— 중략 —

두 천사는 천사 본부 한복판에 있는 엘리베이트 앞에 섭니다. 엘리베이트에는 '열림', '닫힘' 외에 세 개의 단추가 더 있습니다. '하늘', '땅', '연민'.

새내기 천사는 궁금한 것이 너무 많아서 입을 오래 다물고 있을 수가 없습니다.

"선배님, 하늘은 우리나라고, 땅은 사람들이 사는 것이지요? 그렇다면 나쁜 짓을 많이 한 사람들이 가는 곳일 텐데…. 왜 연민이라고 씌어 있죠? 연민은 무슨 뜻인가요?"

"불쌍히 여기는 마음이라네. 저곳으로 간 사람들은 대부분 어리석어. 어리석기 때문에 바른 길을 두고 나쁜 길로 접어들어 잘못을 저지른 것이지. 그러니 어둠 속에서 고통받는 영혼들을 어찌 불쌍히 여기지 않을 수 있겠나?"

고참 천사의 눈에는 깊은 슬픔이 서려 있습니다.

— 중략 —

"이 봐, 한눈팔지 말고 자세히 보게. 가슴에 꽃이 핀 사람들이 보이지?"

"어디…. 네, 그렇군요. 저쪽에 있는 할아버지, 맞은편의 뚱보 할머니, 그리고 저쪽 대머리 신사도."

"그 꽃들을 거두어 하늘로 무사히 가져가는 것이 우리 임무라네."

두 천사는 사람들 가슴의 꽃송이를 떼어 가방에 담습니다. 물론 사람들은 전혀 눈치를 채지 못합니다. 당연한 일입니다. 그들은 자기 가슴에 꽃이 피어 있다는 것조차 모르고 있으니까요.

새내기 천사가 가만히 살펴보니, 꽃은 주로 할아버지, 할머니들의 가슴에 많이 피어 있습니다. 하지만 반드시 그런 것만은 아닙니다. 뚱뚱한 아주머니나 멋진 청년, 더러 어린 소녀의 가슴에도 꽃이 피어 있습니다.

파란 꽃, 빨간 꽃, 큰 꽃, 작은 꽃, 싱싱한 꽃, 시든 꽃, 향기로운 꽃, 고약한 냄새가 나는 꽃…. 사람들 가슴에 핀 꽃은 모양도 향기도 가지가지입니다.

수도원, 시장, 감옥, 학교, 병원…. 장소에 따라 사람들의 가슴에 핀 꽃의 종류가 다르기도 합니다. 하지만 수도원 안에서도 더러 볼품없는 꽃을 피운 사람도 있고, 감옥에 있지만 눈부시게 아름다운 꽃을 피운 사람도 있습니다.

"가슴에 꽃을 단 사람들이 누군지 알 것 같아요. 이 세상을 떠날 때가 가까워진 사람들이죠?"

"그렇다네."

"그런데 꽃들을 왜 하늘로 가져가야 하죠?"

"중앙 컴퓨터에 넣어 분석하기 위해서지. 사람은 누구나 가슴에 꽃씨를 품고 세상에 태어난다네. 그런데 사람마다 각각 다른 꽃을 피우지. 꽃 모양은 그 사람의 일생을 나타내 준다네."

"그러니까 컴퓨터가 꽃을 분석한 결과표를 보고, 그 사람을 '하늘'로 데려올 것인지, 다시 '땅'으로 보낼 것인지, 아니면 '연민'의 세계로 보낼 것인지를 결정하는군요."

고참 천사가 말없이 고개를 끄덕입니다.

그때 할머니 한 분이 바람에 떠밀리듯 비틀비틀 걸어옵니다. 아무렇게나 풀어헤친 머리에 희미한 눈빛이 제정신이 아닌 듯싶습니다. 그런데 놀랍게도 그 할머니는 허공으로 손을 허우적대며 누군가의 이름을 부르더니, 다시 비틀비틀 사라져 갑니다.

새내기 천사는 할머니의 뒷모습에서 눈길을 뗄 수가 없습니다.

"선배님, 저 할머니는 무슨 잘못을 얼마나 많이 저질렀길래 꽃 색깔이 저렇지요? 틀림없이 무슨 사연이 있는 것 같은데…, 알고 싶군요."

고참 천사는 새내기 천사를 잠시 물끄러미 바라보더니 휴대용 컴퓨터를 건네 줍니다. 할머니의 꽃을 컴퓨터에 접속시키자 곧 화면 속에 할머니의 일생이 생생하게 나타납니다.

전쟁 중입니다. 숨막히는 어둠 속에서 피난민들이 배를 타고 남쪽으로 도망가고 있습니다. 그때 아주머니가 안고 있던 아이가 울기 시작합니다. 젖을 물려도 아무런 소용이 없습니다. 배에 탄 사람들의 눈빛이 험악해집니다. 아기 울음소리를 적군이 들으면 모두 끝장입니다. 아주머니는 있는 힘을 다해 아기의 입을 틀어막습니다. 버둥거리던 아기가 얼마 뒤 조용해집니다. 그리고 다시는 울지 않습니다.

새내기 천사의 눈에서 눈물이 주르르 흘러내립니다.

"저건 아주머니의 잘못만이 아니에요. 전쟁 탓이죠."

"계속 보게나."

화면 속에 다시 아주머니가 나타납니다. 남편이 전사하였다는 소식에 아주머니가 기절하는 모습입니다. 그러나 아주머니는 곧 정신을 차리고 일어납니다. 아주머니에게는 돌보아야 할 아이가 넷이나 있는 것입니다.

전쟁 뒤의 잿더미에서 네 아이를 키우는 일은 너무나 힘듭니다.

아주머니는 철부지 막내딸을 바다 건너 먼 나라로 입양을 보내고 맙니다.

소아마비 둘째 아들은 고아원 문 앞에 버립니다.

그때마다 아주머니가 어찌나 고통스러워하는지, 새내기 천사는 자신의 가슴이 다 찢어지는 것 같습니다.

'전쟁만 아니었으면 아주머니도 가족들과 재미있게 살 수 있었을 텐데.'

아주머니는 남은 두 아이를 기르기 위해 닥치는 대로 일을 합니다. 그러나 살기가 힘겹다 보니 어느새 남의 물건을 훔치는 버릇이 생겼습니다. 부잣집 물건은 물론이고, 영양실조에 걸린 가엾은 아이의 밥이 될 한 줌 쌀까지 훔쳐 내는 아주머니의 모습에, 새내기 천사는 그만 눈을 감고 맙니다.

'모든 생명은 다 귀한 것이랍니다. 내 아이가 소중하면 남의 생명 소중한 줄도 알아야지요. 어리석은 사람….'

더 힘든 환경 속에서도 어떤 사람들은 향기로운 꽃을 피웠습니다. 그에 비하면 할머니가 많은 잘못을 저지른 것은 분명합니다.

하지만 좋은 나라, 좋은 환경에서 태어났다면 어쩌면 할머니도 아름다운 꽃을 피울 수 있었을지 모릅니다.

젊었을 때 그 많은 슬픔과 고통을 겪고, 늙어서는 정신마저 잃어 저렇게 떠돌아다니다 이 세상을 떠나선 다시 '연민'의 세계로 보내져야 하다니…. 새내기 천사는 할머니가 너무나 불쌍합니다. 할머니와 다른 많은 사람들에게 고통을 안겨 준, 전쟁을 일으킨 사람들이 한없이 미워집니다.

'어리석은 사람들은 잘못을 저지르고, 그 때문에 약한 사람들은 고통을 받는구나.'

새내기 천사는 할머니의 검은 꽃을 차마 손에서 내려놓을 수가 없습니다.

아니, 가방 속에 담긴 흉하고 냄새나는 꽃들을 전부 불꽃 속에 태워 버리고 싶습니다. 그리하여 아름답고 향기로운 꽃으로만 가득 찬 가방을 들고 하늘로 돌아가고 싶은 마음입니다.

"선배님."

"왜 그러나?"

"만약에 꽃을 잃어버리면 어떻게 되죠?"

고참 천사는 엄한 눈빛으로 새내기 천사를 바라봅니다.

"천사 생활을 할 수 없게 되지. 특히 일부러 그랬을 경우에는 하늘나라에서 쫓겨나게 된다네."

"그렇지만 꽃이 없으면 그 사람은 '연민'의 세상으로 가지 않아도 되겠죠?"

"그건 그렇다네."

"그럼 그 사람은 어떻게 되죠?"

"다시 한 번 세상에 태어나게 된다네. 새 꽃씨로 다시 새로운 꽃을 피울 기회를 얻게 되는 것이지."

새내기 천사의 얼굴은 환하게 밝아집니다.

"그렇다면 됐어요."

새내기 천사는 갑자기 할머니의 검은 꽃을 꿀꺽 삼켜 버립니다. 그리고 가방 속의 다른 흉한 꽃들도 씹어 먹습니다. 고참 천사가 깜짝 놀라 가방을 빼앗았지만, 그 새 꽃을 세 송이나 먹어치우고 말았습니다.

"이 철부지 천사야, 도대체 어쩌려고 이런 짓을 한 거야. 자네는 이제 큰 벌을 받게 될 거야."

슬픔에 잠긴 고참 천사에게 새내기 천사는 오히려 티없이 맑게 웃어 줍니다.

'선배님 마음, 저도 알아요. 선배님도 언제나 저처럼 행동하고 싶어시지요? 하지만 하늘의 법을 지키는 것이 더 중요하다는 걸 알고 계시기 때문에 언제나 참고 계신 거죠. 마음대로 하는 저보다 마음대로 하지 않는 선배님의 사랑이 훨씬 깊다는 것을 압니다. 하지만 저 같은 철부지 천사가 있는 것도 사람들에게 그리 나쁜 일은 아니겠지요.'

얼마 뒤 하늘의 법을 어긴 죄로 한 천사가 쫓겨났습니다.
네 송이 꽃을 먹어치운 죄로 두 팔과 두 다리는 얻지 못했지만, 티없는 웃음만은 그대로 지닌 채 이 세상 아이로 태어났습니다.
그 아이의 이름은 구원이입니다.

– 선안나, 「꽃을 삼켜버린 천사」 일부 –

이 작품에서 천사의 변신 이미지는 보편성을 넘어 가히 파격적이다. 사이버 시대의 천사에게 걸맞게 참신하고 개성 있게 묘사되어 있다. 첨단 인터넷 시대를 맞아 천사의 하강조차도 엘리베이터를 이용한다는 설정이 이채롭고 재미있다. 사람의 전력을 분석하고 죄를 심판하는 것조차도 '중앙컴퓨터'를 이용하는 것으로 서술되어 있으니 현대 감각을 살린 신선한 발상이다.

검은 꽃을 든 할머니는 젊은 시절, 피난길에 젖먹이 아기를 숨지게 한다. 또 전쟁 중에 남편을 잃고는 넷이나 되는 자식들을 키우기가 버거워 하나는 해외로 입양을 보내고 소아마비 아이는 고아원에 버린다. 자식 둘을 키우면서도 도둑질을 하고, 늙어서는 정신까지 이상해지게 된다. 이러한 할머니의 과거를 이해하며 할머니의 죄를 면하게 하기 위해 하늘의 법을 어기고 이 세상 아기로 태어난 새내기 천사는 입체적 인물이라고 할 수 있다. 또한 젊은 시절부터 온갖 풍상과 시련을 겪다가 종래는 정신이상자가 되어버린 불우한 할머니 또한 입체적 인물에 속한다.

(2) 주동인물과 반동인물

작품 속에 나타난 인물의 역할에 따라 주동인물과 반동인물로 나눌 수 있다. 주동인물은 동화와 소설의 주인공이라할 수 있는 중심인물을 말한다. 『심청전』의 경우 심청과 심학규가 해당되고 『콩쥐팥쥐』의 경우 콩쥐가 해당된다.

반동인물은 주동인물과 투쟁하거나 대립 갈등의 관계를 갖는 인물이다. 비극의 경우 악인에 해당하고, 희극의 경우 주인공의 행위를 방해하는 방해꾼에 해당한다. 『콩쥐 팥쥐』의 경우 계모가 반동인물에 속한다.

반동인물을 설정할 때 주의할 점은 주인공과 대립시키기 위하여 작위적으로 주동인물과 반대되는 인물로 창조해서는 안 된다. 작위적인 인물 창조대신 주인공과 대립적인 의지를 가진 인물로 자연스럽게 묘사해 나가야 한다.

[예문]

파란 들녘에 개구리 마을이 있었습니다. 파란 마을 개구리들은 촌장 개구리를 중심으로 정답게 모여 살았습니다. 먹을 것이 생기면 함께 나누어 먹고, 어려운 일이 있으면 서로 도우며 오손도손 지냈습니다. 평화를 사랑하는 개구리들은 즐겁게 노래부르기를 좋아했습니다.

"개굴 개굴, 개굴 개구르….."

그런데 언제부터인가 개구리들의 노랫소리가 점점 작아졌습니다. 그와 함께 노래하는 시간도 점점 줄어들었습니다.

"그 옛날에는 우리 개구리의 가장 큰 적은 뱀이었다는데, 지금은 사람이 되고 말았어요."

목소리가 큰 얼룩개구리가 말했습니다.

"그래, 사람들이 물 뿌리듯 뿌려 대는 약물 때문에 메뚜기도 사라지고, 우리도 서서히 병들어 죽어가고…. 사람들은 똑똑한 것 같으면서도 어리석을 때가 많지.”

촌장 개구리의 얼굴에 근심이 잔뜩 묻어 있었습니다.

“그게 농약이라는 겁니다. 사람들은 풀을 뽑는 일조차 귀찮아서 농약을 쓰고, 농사에 해로운 병과 벌레를 없앤다는 구실로 농약을 마구 쓰는데, 그 바람에 우리까지 못살게 된 것입니다.

개구리 마을에는 여행하기를 좋아하는 개구리가 있었습니다. 그는 한 곳에 오래 머물러 있지 못했습니다. 개구리들은 그에게 ‘떠돌이’라는 별명을 붙여 주었습니다.

떠돌이 개구리는 여행을 하며 보고 들은 것이 많아 제법 똑똑하였습니다.

“이곳 논벌은 논물도 오염되고 더구나 농약 공해 때문에 살 수가 없습니다. 그러니 하루라도 빨리 오염되지 않은 곳을 찾아 터전을 옮겨야 합니다.”

떠돌이 개구리의 말을 들은 촌장 개구리의 눈빛은 어두웠습니다.

“알 낳기에 좋은 곳을 찾기는 그리 쉽지 않을 거야. 논이나 못이나 개울이나 오염되지 않는 곳은 거의 없다는 말이지. 농약이나 폐수, 쓰레기로 더러워진 물에 알을 낳게 되면 어린 올챙이들이 어떻게 자랄 수 있겠나?”

개구리들의 눈빛도 금세 어두워졌습니다.

“그래도 어딘가에 오염되지 않은 물이 있겠지요. 그 어떤 고난을 겪더라도 그곳을 찾아가서 알을 낳도록 해야지요.”

“물론이지. 살기 좋은 곳을 찾아가 터를 잡고 우리들의 노래를 목놓아 불러야지. 알도 듬뿍듬뿍 낳아 푸른 들녘을 온통 개구리 나라로 만드는 거야.”

“얼마 전 아기 바람에게 들은 이야기인데, 저 산 너머에 농약을 쓰지 않고 농사를 짓는 마을이 있대요.”

젊은 개구리가 눈을 데룩거리며 말했습니다.

"어쩐지, 산 너머에서 불어오는 바람은 향긋한 냄새가 나더라니…. 그곳엔 먹거리도 풍부하겠구나."

개구리들은 살기 좋은 곳을 찾아 먼 길을 떠났습니다. 가파른 언덕을 넘고 가시밭길을 지났습니다. 불에 탄 나무들이 흉하게 죽어 있는 바위산도 지났습니다. 지칠 대로 지친 개구리들의 눈에 물비늘이 반짝이는 연못이 보였습니다.

그곳에는 흰 오리 떼들이 꽥꽥거리며 헤엄을 치고 있었습니다.

"이곳에 이렇게 큰 못이 있다니…. 온갖 고생하며 찾아온 보람이 있구나."

촌장 개구리는 가쁜 숨을 몰아쉬며 연못 속으로 뛰어들었습니다. 다른 개구리들도 첨벙첨벙 뒤를 따랐습니다. 연못에는 생이가래, 나사말, 개구리밥, 수련, 부들, 연 같은 물풀들이 많이 자라고 있었습니다.

개구리들은 살기 좋은 연못에 터전을 잡고 행복하게 살게 되었습니다. 하지만 그곳도 오래도록 행복한 곳만은 아니었습니다. 어느 날 어린 개구리가 수련 잎에 앉아 해바라기를 하고 있을 때 난데없이 몸집이 큰 개구리 한 마리가 연못에 나타났습니다.

그를 처음 본 얼룩개구리는 놀라서 큰 입을 다물지 못했습니다.

"몸집은 황소만하구요. 눈은 수련 잎만 해요."

"두꺼비를 잘못 본 게지. 두꺼비는 우리와 비슷하게 생겼지."

"아니어요. 제가 왜 두꺼비를 모르겠어요? 틀림없이 몸집이 두꺼비만큼 큰 개구리였다구요. 개구르 개구르."

"자네 말이 사실이라면 말로만 듣던 황소개구리로군. 하지만 내 눈으로 직접 보기 전에는 믿지 못하겠네."

수련 잎에 앉아 있던 얼룩 개구리의 눈이 갑자기 왕방울만하게 커졌습니다.

"저, 저기를 보세요. 그 개구리어요. 그 개구리가 배, 뱀을 한입에 삼키고 있어요."

얼룩개구리는 겁에 질린 목소리로 외쳤습니다.

놀란 개구리들이 연잎 위를 보자 정말 믿을 수 없는 일이 벌어지고 있었습니다.

몸집이 커다란 황소 개구리 한 마리가 무서운 뱀을 한 입에 물어 삼키고 있는 중이었습니다.

"정말 놀라운 일이구나. 저 분은 하늘이 보내주셨다. 우리들의 대왕으로 모셔야 할 분이다."

촌장 개구리의 말에 모두들 황소개구리를 우러러 보았습니다.

뱀을 삼킨 황소개구리는 미끄러지듯 유유히 헤엄쳐 왔습니다. 그 개구리는 가장 넓은 연잎 위로 오르며 으스스한 목소리로 말했습니다.

"지금부터 이 연못을 다스리는 주인은 나다. 내가 왕이란 말이다. 조금 전에 뱀을 먹어치우는 모습을 보았느냐?"

"예, 예. 존경하는 마음으로 보았습니다. 어른께서 저희들의 왕이 되어 주신다면 더할 나위없이 기쁜 일이지요."

촌장 개구리가 말하자 황소개구리는 만족한 웃음을 입가에 베어 물었습니다.

"대왕님, 저희들은 대왕님을 흠모하고 존경하옵니다. 아무쪼록 저희들을 잘 거두어 보살펴 주옵소서."

"음, 좋아. 그대들이 나를 왕으로 받들겠다니 마다하지는 않겠다."

"저희들은 대왕님께 충성을 다할 테니 저희들을 뱀이나 사나운 적으로부터 보호해 주시옵소서."

촌장 개구리가 떨리는 목소리로 간절하게 말했습니다.

"음, 그거야 조금도 염려하지 마라."

개구리들은 촌장 개구리를 따라 수련 잎에 엎드려 머리를 조아렸습니다. 황소개구리는 자신을 대왕으로 떠받드는 개구리들을 대하니 여간 흐뭇한 마음이 아니었습니다.

며칠이 지난 어느 날 황소개구리는 얼룩개구리가 여러 개구리들 앞에서 불평하는 소리를 엿들었습니다.

'뭐, 내가 포악하고 믿을 수 없는 애물단지라고…. 이 무례하기 짝이 없는 놈을 당장에 삼켜 버리고 말 테다.'

황소개구리는 모든 개구리들이 보는 앞에서 얼룩개구리를 한 입에 삼켜 버리고 말았습니다.

그러자 연못 속은 온통 공포의 도가니로 들끓었습니다. 모두들 벌벌 떨며 황소개구리 앞에서는 숨도 제대로 쉬지 못했습니다. 그날부터 연못의 개구리들은 날이 갈수록 점점 줄어들기 시작했습니다.

"누구든지 이곳에서 도망치려 하는 자는 살아남지 못할 것이니라."

황소개구리는 이렇게 겁을 주며 개구리들에게 먹이를 잡아 바치게 했습니다. 황소개구리의 몸집은 나날이 커져갔지만 다른 개구리들의 몸은 날이갈수록 야위어 갔습니다.

"농약 냄새를 맡고 살더라도 논벌에서 그냥 살 걸 그랬어. 황소놈의 노예가 되다니…."

모두들 이런 생각을 했지만 누구 하나 그 말을 밖으로 표현할 수는 없었습니다.

개구리들은 밤하늘 별빛을 우러르며 간절한 기도를 올릴 뿐이었습니다.

"하느님, 제발 저 고약하고 무시무시한 황소개구리 놈을 없애 주십시오. 그의 목숨을 거두어 가시든지, 그게 어려우면 제발 이곳 연못에서 사라지게 해 주십시오."

개구리들은 한 마음으로 밤을 새워 가며 이런 기도를 올렸습니다. 황소개구리는 개구리들이 자기의 만수무강을 위해 기도하는 줄 알고 흡족

한 웃음을 흘리고 있었습니다.

황소개구리는 기쁨을 감추느라 물속으로 자맥질하여 즐겁게 헤엄을 쳤습니다.

그때 문득 황소개구리 앞에 이상한 개구리가 나타나 너울거리며 춤을 추기 시작했습니다.

'이런 고약한 놈이 있나. 누구 앞이라고 감히 해괴한 춤을 추는 건가!"

화가 치밀어 오른 황소개구리는 눈 앞에서 너울거리는 이상한 개구리를 한 입에 덥썩 물었습니다.

그 순간 황소개구리는 공중으로 번쩍 들어 올려지며 연못 밖으로 나갔습니다.

황소개구리가 연못 물속에서 솟구치며 밖으로 사라지자 개구리들은 만세를 불렀습니다.

"황소개구리가 붙잡혀 나갔다. 하느님께서 우리의 간절한 기도를 들어주신 거야."

개구리들은 서로 얼싸안으며 기쁨의 눈물을 흘렸습니다.

"나오라는 붕어는 안 나오고 엉뚱한 황소개구리야. 이런 고약한 놈! 네 놈은 생태계를 파괴하는 주범이므로 잡아 없애야 해."

낚시꾼의 목소리를 들으며 황소개구리는 정신을 잃고 말았습니다.

그와 함께 고요하던 연못에서는 개구리들의 합창 소리가 물안개처럼 자욱히 울려 퍼졌습니다.

– 박상재, 「개구리들의 합창」 일부 –

이야기가 재미있기 위해서는 갈등 구조가 있어야 한다. 팽팽하게 대립되던 갈등이 풀리고 사건이 해결되면 이야기가 막을 내리게 된다. 갈등 구조가 심화될수록 독자들은 이야기에 몰입될 수 있다. 주동인물이 궁지에 몰려 위기에 처하게 되었을 때 이야기의 구조상 절정에 해당된다. 절정에서 주동인물은 자력이든 구원자의 시혜든 위기에서 벗어나게 된다. 그러면서 반동인물은 몰락하고 주동인물은 회생하거나 승리하여 행복을 구가하게 된다.

이 동화에서 촌장개구리를 비롯한 얼룩개구리, 떠돌이 개구리가 주동인물이라면 황소개구리는 반동인물이다. 힘이 세고 덩치 큰 황소개구리는 연못을 공포의 도가니로 만들며 개구리들을 괴롭히다가 마침내 낚시꾼의 낚시에 걸려 사라지게 된다.

이 동화는 생태계에서 벌어지고 있는 실제적 상황을 바탕으로 썼기 때문에 리얼리티를 획득할 수 있었다.

(3)비극적 인물과 희극적 인물

이야기가 재미있기 위해서는 인물들의 성격이 뚜렷할수록 좋다. 동화라고 해서 착하고 귀엽고 예쁜 인물들만 등장시켜야 한다는 생각은 잘못이다. 개성이 뚜렷한 인물을 등장시켜 때로는 슬퍼하거나 눈물짓고, 때로는 절망하게도 할 필요가 있다. 또 희극적 인물을 등장시켜 연민의 정과 함께 더불어 살아가는 사랑의 정신을 배울 수 있도록 해야 한다.

비극적 인물이란 여러 사건과 갈등을 겪으며 절망에 빠지고 비극적 운명에 빠지는 인물을 말한다. 비극적 인물을 설정할 때에는 그 인물이 비극적일 수밖에 없는 필연성과 사실성을 잘 드러내야 한다. 그래야만 비극적 인물이 주는 효과과 잘 나타나기 때문이다. 비극적 인물은 동화보다는 아동소설에 많이 등장하는데, 주인공들의 판단 착오나 도덕적 허물로 인하여 선한 역할을 하지 못하고 불행과 비극적 운명으로 전락하게 된다.

희극적 인물은 주인공의 삶 자체가 희극적 요소를 가지고 있는 것이 특징이다. 희극적 인물은 대개 평범한 인물보다 더 못한 인물이 보통이다. 지능이 떨어진다든가 행동이나 차림새 등이 이상한 인물이다. 그들은 대부분

실수나 잘못을 저지르고도 그 행동의 의미를 모른다. 똑같은 행동을 별 생각없이 반복하거나 엉뚱한 소원을 이루기 위하여 부단히 노력하지만 결과는 참담한 실패로 끝난다.

가. 비극적 인물

[예문]

은씨 아저씨는 도시의 거리를 깨끗이 청소하는 환경미화원입니다. 미화원-언제부터인지는 모르지만 사람들은 은씨 아저씨와 같은 일을 하는 사람들을 그렇게 불러주었습니다.

듣기 좋으라고 그렇게 고쳐 부르는지는 몰라도 은씨 아저씨는 낯설게 느껴지는 그 말이 싫었습니다.

'농사짓는 사람을 부를 땐 농부라는 말이 어울리지, 영농 기사라고 부른다면 얼마나 어설프게 들릴까. 난 누가 뭐래도 귀에 익은 청소부라는 말이 좋아.'

아저씨는 남루한 옷을 입고 숨을 헉헉 몰아 쉬며 무거운 짐수레를 끌어야 합니다. 하지만 지금까지 한 번도 청소부가 된 것을 후회하거나 불만스럽게 생각한 적이 없었습니다.

은씨 아저씨는 힘든 일을 하면서도 언제나 웃는 얼굴이었습니다. 그래서 그를 아는 거리의 이웃들은 은씨라는 부름말 대신에 싱글이 아저씨라고 불렀습니다. 군밤 장수 김씨도 과일 행상을 하는 충주댁도 그렇게 불렀습니다.

싱글이 아저씨는 자동차들이 무섭게 달리는 한길 가에서도 조금도 두려움 없이 열심히 비질을 합니다. 그런 땐는 꼭 사나운 불길을 헤치고 불을 끄는 소방수 아저씨처럼 믿음직하게 보입니다.

퇴근 길, 앞다투어 빠져 나가려는 자동차들의 몸싸움 때문에 거리는 온통 아수라장이 됩니다. 차들이 멈춰 있는 시간이 길어질수록 담배를 태우는 운전자들이 늘어 갑니다.

그들 중에는 태우던 담배꽁초를 싱글이 아저씨 발치로 던지는 사람도 있습니다. 마음씨 좋은 아저씨도 마냥 웃어 넘길 수만은 없는 노릇입니다.

"이봐요, 운전사 양반! 담배꽁초를 이처럼 아무데나 버려서야 되겠소."

이렇게 점잖은 말로 타이르면 그 운전사는 험상궂은 얼굴로 대듭니다.

"여보시오, 기분 나쁘게 운전사가 뭐야. 기사님이라고 부르지 않고. 그러니 평생 남이 버린 담배꽁초나 쓸고 다니지."

운전자는 침을 뱉듯 쏘아붙이고 싱글이 아저씨 곁을 떠나갑니다.

아저씨는 뺨을 한 대 맞은 기분으로 그 담배꽁초를 주워야만 합니다.

싱글이 아저씨가 가장 기다려지는 날이 있습니다. 그 날은 바로 봉급날입니다.

한 달 동안 힘들게 일한 대가치고는 그리 많지 않은 돈입니다. 하지만 월급 봉투를 받아 든 싱글이 아저씨의 얼굴은 그 어느 때보다도 더 싱글거립니다.

싱글이 아저씨는 시장에 들러 과일 가게를 찾았습니다. 문득 집을 나올 때 하던 아들 동욱이의 말이 떠오릅니다.

'아빠, 오늘 월급 받으면 바나나 좀 사 오세요. 값이 많이 내렸다던데요.'

싱글이 아저씨는 굳어진 얼굴로 도리질을 합니다.

"아녀. 한국 사람은 한국 땅에서 난 농산물을 먹어야 하는 법이여. 그래야 나라 살림이 더 늘어나지."

중얼거리듯 혼잣말로 했는데도 가겟집 아주머니가 싹싹하게 받았습니다.

"아무렴요. 송충이는 솔잎을 먹고, 누에는 뽕잎을 먹어야 하구말구요. 무얼 드릴까요?"

"사과하고 배를 절반씩 담아 주쇼."

만 원짜리 종이 돈을 받아 쥔 주인아주머니는 덤으로 사과 몇 개를 더 얹어 주며 말했습니다.

"우리 가게에 오실 때마다 사과하고 배만 사시는 걸 보니, 식구들이 사과하고 배를 무척 좋아하나 봐요."

싱글이 아저씨의 얼굴에 다시 웃음기가 번집니다.

"실은 어머니가 좋아하시는 과일이죠."

아저씨의 발걸음이 빨라집니다.

아저씨는 정육점에 들러 쇠고기를 한 근 샀습니다.

집으로 돌아온 아저씨를 머리가 허연 어머니가 반갑게 맞이합니다.

"오늘 하루도 고생이 많았겠구나."

늙은 어머니는 아들의 손을 잡고 안쓰러이 손등을 만집니다.

"아닙니다, 어머님. 어머님께서 혼자 쓸쓸하셨겠어요. 많이 편찮으신 데는 없고요."

아들의 말끝이 흐려집니다.

"나는 괜찮다. 아범하고 어멈이 고생이지."

어머니도 말끝이 흐려집니다.

어머니의 기침 소리가 아들의 귀에 바늘처럼 날아와 박힙니다. 일흔이 다 되어 가는 어머니는 기침 소리마저 힘이 없게 들립니다.

아들은 가장 맛있게 보이는 사과와 배를 골라 깎았습니다. 그리고는 한 조각을 집어 어머니의 입에 넣어 드렸습니다.

"너도 어서 먹어라."

"예, 어머님."

싱글이 아저씨도 몇 조각 맛있게 먹는 시늉를 합니다. 짐짓 사각거리는 소리를 크게 내며 아주 맛있다는 표정을 짓습니다. 그래야만 어머니가 기뻐한다는 것을 익히 알고 있었기 때문입니다.

싱글이 아저씨는 부엌으로 가서 쇠고기국을 끓이기 위해 도마질을 합니다. 식당에 나가 일하는 아내가 돌아오려면 오래 기다려야 했기 때문입니다.

아들은 어머니가 먹기 편하게 고기를 아주 잘게 썰었습니다.

한 달에 한두 번 먹어 보는 고깃국이어서 그런지, 고기와 무만 넣고 끓였는데도 모두 맛있게 먹었습니다.

가을이 되자 싱글이 아저씨의 일감은 더 늘어났습니다. 가로수에서 떨어져 내리는 나뭇잎들 때문이었습니다.

'추석도 되지 않았는데 웬 은행잎들이 이렇게 떨어져 내린담.'

싱글이 아저씨는 그 까닭이 자동차들이 내뿜는 해로운 가스 때문이라는 것도 생각해 냈습니다.

노란 은행잎들이 아무리 많이 떨어져 내려도 아저씨는 그것을 쓰는 일을 조금도 귀찮게 여기지 않았습니다.

노란 은행잎을 쓸고 있으면, 아저씨는 어린 시절의 고향 집으로 돌아갈 수 있어 참말 행복했습니다.

고향 집 앞마당에는 커다란 은행나무가 한 그루 서 있었습니다.

가을이 되면 집 안은 온통 황금빛으로 물들었습니다. 노란 은행잎은 지붕 위에도 마당에도 떨어져 내려 마을에서 제일 환한 집이 되었습니다.

은행나무 집에는 여자아이들이 많이 모여들었습니다. 마을에서 가장 넓은 집에 사는 보영이 누나도, 마을에서 가장 예쁜 순미도 은행나무 집 마당을 자주 찾았습니다.

여자아이들은 은행잎을 주워 들고 머리에 은행잎 리본을 달고 제 집으로 돌아갔습니다.

가난한 은행나무 집 아이는 비록 나뭇잎이지만 남에게 나눠 줄 수 있다는 것이 여간 기쁘지 않았습니다.

남몰래 좋아하는 여자아이들이 기쁨을 안고 돌아가는 뒷모습을 보는 것은 작은 행복이었습니다.

해가 지고 땅거미가 밀려들 때면 은행나무 집 아이는 마당을 쓸었습니다. 이튿날 더 예쁘고 환한 은행잎을 아이들이 주워 갈 수 있도록 하기 위해서입니다.

"나무야, 고맙다. 기쁨을 나눠 줄 수 있는 선물을 듬뿍 내려 주어서."

마당을 쓰는 아이의 얼굴은 기쁨으로 빛났습니다.

은행나무도 환한 얼굴로 말했습니다.

"일감을 주어 미안하게 생각했는데 오히려 고맙다는 말을 들으니 기쁘구나. 너희 집에 살게 된 것이 정말 행복해."

나무는 더 곱고 빛나는 잎을 내려 주어야겠다고 생각했습니다.

아이는 초등학교를 졸업하고 더 이상 공부를 계속할 수 없었습니다. 집안 살림이 어려워서 중학교에 갈 수 없었기 때문이었습니다.

또래의 아이들은 중학교에 다니면서부터 은행나무 집 아이로부터 멀어져 갔습니다. 그것이 아이에게는 아픔이었습니다.

그것을 알고 나무가 아이의 마음을 다독여 주었습니다.

"바르고 꿋꿋하게 살아가면 돼. 공부를 많이 하고도 쓸모없게 되는 사람이 얼마나 많은데."

나무는 언젠가 까치에게 들었던 말을 아이의 귀에 되살려 주었습니다. 아이도 나무의 말을 알아들었는지 일 년을 하루같이 열심히 일했습니다. 그런데도 가난은 늘 그림자처럼 그를 따라다녔습니다.

청년이 되고, 어른이 될 때까지 그는 가난의 굴레에서 벗어날 수가 없었습니다.

가난했지만 욕심이 없었던 그의 마음은 언제나 편안했습니다. 그는 싱글이 아저씨가 될 수 있었던 까닭도 그 때문이었습니다.

어렸을 때 아버지를 여의고 홀어머니와 함께 살아온 싱글이 아저씨.

아저씨는 어머니를 편히 모시지 못하는 것이 늘 마음에 걸렸습니다. 그래도 어머니 앞에서만은 언제나 웃는 얼굴이었습니다.

어느 날, 품을 팔고 돌아온 싱글이 아저씨에게 그의 아내가 말했습니다.

"여보, 어차피 품팔이를 하고 살려면 일터가 많은 서울에 가서 삽시다. 저도 일자리를 잡아 돈을 벌 테니까."

아저씨는 망설임 끝에 입을 열었습니다.

"서울에 가면 어머니께서 심심하실 텐데. 은행나무와 헤어지는 것도 서운하고…."

"은행나무와 헤어지는 것이 서운하다니, 그럴 땐 꼭 어린애 같군요."

아내는 호호 웃었지만, 싱글이 아저씨는 웃지 않았습니다.

며칠 동안 생각한 끝에 아저씨는 어머니 앞에 무릎을 꿇고 앉았습니다.

"어머님, 서울에는 일자리가 많다는데 서울로 이사를 가는 것이 어떨까요."

"나야 아무래도 괜찮다. 아범 좋을 대로 하렴."

며칠 후 싱글이 아저씨네는 서울로 이사를 했습니다. 청소부가 된 싱글이 아저씨는 추석이 되었어도 고향에 가지 못했습니다.

추석날 아침, 아저씨는 어머니 앞에 앉았습니다.

"어머님, 제가 청소하는 거리에 은행나무가 많거든요."

어머니도 아들의 마음을 헤아리고 먼 그리움에 젖습니다.

"그래, 지금쯤 고향집 은행나무도 노랗게 물들어 있겠구나."

"어머님, 저와 함께 은행나무 구경 가시지 않겠어요?"

"그래, 참 좋은 생각이구나."

싱글이 아저씨는 고향집을 생각하며 차례를 지냈습니다.

싱글이 아저씨의 등에 늙은 어머니가 넙죽 업혔습니다.

어머니의 몸이 너무 가벼웠습니다. 그것이 서러워 싱글이 아저씨는 하마터면 눈물을 흘릴 뻔 했습니다.

지나가던 사람들이 안 되었다는 듯 가여운 눈길을 보냈습니다.

"거리가 무척 깨끗하구나. 아범이 수고했기 때문이지. 이렇게 넓은 길을 청소하려면 힘이 무척 들겠구나."

"아닙니다, 어머니. 고향에서 농사지을 때보다 힘들지 않아요."

어머니는 어린애처럼 아들의 포근한 등에 행복한 얼굴을 묻습니다.

아들은 은행나무 아래에 어머니를 아주 조심스럽게 내려주었습니다.

"오늘은 거리가 아주 한산하군요."

"모두들 고향으로 내려가서 그렇겠지."

"어머님께서도 고향에 내려가시고 싶으시죠?"

"아니다. 이렇게 은행나무 아래에 있으니까 고향집에 온 기분이구나."

어머니는 아들의 마음을 읽고, 짐짓 행복한 웃음을 지었습니다.

"어머님, 제가 나무에 올라가 은행 알을 좀 따 내릴까요? 어머님 약에 쓰게요."

"다칠 것 같구나. 조심해서 올라가거라."

"어머님, 고향집에서도 제가 은행나무에 올라가 은행을 따 내리면, 어머님께서는 줍곤 하셨지요."

"그랬었지. 넌 다람쥐처럼 나무를 아주 잘 탔었지. 하지만 너도 이제 나이가 들었으니 아주 조심해야 한다."

"염려 마세요, 어머님."

아들은 어머니의 조바심 띤 얼굴을 힐끗 보고는 은행나무 위로 오르기 시작했습니다. 아들을 지켜보는 어머니의 눈길에는 근심 자국이 가득합니다.

아들의 몸이 높아질수록 어머니의 고개는 점점 더 뻐근해집니다.

아들은 은행이 주저리주저리 열린 곁가지를 향해 떨리는 손길을 뻗습니다.

아들이 발을 헛딛는 모습이 어머니의 눈에 가시가 되어 찔렀습니다.

어머니는 차마 눈을 뜨지 못하고 그대로 주저앉고 말았습니다.

그와 동시에 아스팔트 길 위로 떨어져 엎어진 싱글이 아저씨는 움직일 줄을 몰랐습니다.

- 박상재, 「슬픈 은행나무」 일부 -

이 동화에 나오는 싱글이 아저씨는 비극적 인물이다. 어머니 또한 운명적으로 비극적 인물일 수밖에 없다. 환경미화원이 되어 성실하게 살아가는 은씨 아저씨는 우리 이웃에서 볼 수 있는 인정 많고 마음씨 착한 사람이다. 흔히 말하는 '법 없이도 살 수 있는 사람'이란 은씨를 두고 한 말일 것이다. 효성 지극하고 선량한 그의 뜻하지 않은 죽음은 안타깝기 짝이없는 비극이 아닐 수 없다. 이런 싱글이 아저씨야 말로 비극적 인물의 전형이다.

나. 희극적 인물

[예문]

날씨가 갑자기 쌀쌀해졌습니다.

그래서 달구는 할아버지 무릎에 앉아 장난감을 가지고 놀았습니다.

"할아버지도 쏘아 보세요."

"무얼 보라구?"

- 중략 -

현관문이 열렸습니다.

까만 입마개를 한 도둑이 들어왔습니다. 도둑은 칼을 들고 있었습니다.

"떠들지 마시오."

도둑이 작은 소리로 말했습니다.

"지금 뭐랬느냐?"

"떠들지 말래요, 할아버지!"

달구가 큰소리로 말하자 도둑은 화들짝 놀랐습니다.

"떠들긴, 내가 언제 떠들었다고 그래? 그런데 댁은 누구슈?"

할아버지와 아이가 조금도 놀라지 않으니까 도둑은 어리둥절하였습니다.

"손에 든 것이 무어요?"

"……."

"칼이에요, 할아버지."

"뭐라구?"

"할아버지는 어려서 칼싸움 장난하셨다면서 칼도 모르세요?"

달구가 또 크게 말했습니다.

도둑은 주춤하더니 도로 나가려 하였습니다.

도둑은 할아버지가 눈이 매우 어두우신 것을 모르고 있었습니다.

"이보슈, 칼을 팔러 왔으면 들어와야지 그냥 가려는 거요?"

도둑은 엉거주춤하였습니다.

"칼하고 총하고 어떤 게 이겨요, 할아버지?"

달구 목소리는 이제 계속 커져 있어서 할아버지는 금방 알아들으셨습니다.

"아주 옛날에는 칼이 제일이었지. 요즘엔 총이 이길 거다."

"할아버지, 그럼 칼싸움 총싸움 해요."

"나는 칼이 없는걸."

"저 아저씨한테 사세요."

"그 칼이 얼마요?"

"… 이 칼을… 사시게요?"

"40원이라고?"

할아버지가 귀에 손을 바짝 갖다 대셨습니다.

도둑은 할 수 없이 크게 말하였습니다.

"… 진짜 칼은 비싸구요, 장난감 칼은 40원입니다."

"그럼 장난감 칼을 하나 주시오."

자기가 도둑이라는 것을 전혀 모르는 두 사람 앞에서 도둑도 자신이 도둑이라는 것을 깜빡 잊고 있었습니다.

– 중략 –

할아버지가 신발을 벗겨 주셨습니다. 도둑은 맨발이었습니다.

"쯧쯧, 이 날씨에 맨발이라니. 그래서 아까부터 올라오지 못했구먼. 달구야, 할아버지 털양말 한 켤레 가져오너라."

할아버지는 도둑의 발에 털양말을 신겨 주셨습니다.

"이 손이 얼음 손인가? 어서 이 난로 앞으로 오게나."

도둑은 따뜻한 난로 가까이 앉아 뜨거운 보리차를 마셨습니다.

추웠던 몸이 갑자기 녹아 콧물이 줄줄 나왔습니다.

"이 종이로 콧물을 닦게. 김장 때가 되어서 칼을 팔러 다니는구먼. 오늘은 몇 개나 팔았소?"

도둑은 대답을 못하고 큰 눈만 깜빡깜빡하였습니다.

"남은 걸 내가 다 살터이니 다 꺼내 놓으시오."

도둑의 눈에 점점 눈물이 괴었습니다.

– 최영재, 「안경은 꼭 써야 하나요」 일부 –

이 작품은 이야기 자체가 코믹한 내용으로 되어 있다. 손자를 돌보며 함께 놀고 있는 할아버지는 귀가 어둡고 눈조차 매우 어둡다. 본래 안경을 쓰고 있었는데 달구 엄마가 깨진 안경알을 수리하러 안경점에 가져갔기 때문이다. 칼을 들고 온 도둑을 칼장수로 생각하고 온정을 베푼다. 주인공인 할아버지는 물론이고, 주변인물인 달구와 도둑도 희극적 인물로 묘사되고 있다. 찰리 채플린의 영화를 보면 웃음 속에 눈물이 스며 있듯이 희극적 인물의 행동에서도 감동의 눈물이 배어 있을 때 문학적 향기를 맛볼 수 있는 것이다.

3) 인물의 설정 방법

동화나 소설에서 인물을 설정하고 성격을 묘사하는 데에는 크게 두 가지 방법이 쓰인다. 직접 표현법과 간접 표현법이 그것이다. 직접 표현법은 해설적 방법 또는 분석적 방법이라고도 하고, 간접 표현법을 극적(劇的) 방법이라고도 한다.

(1) 직접 표현법

직접 표현법은 동화의 화자가 직접적으로 그 인물의 특색이나 특성을 요약해서 설명하는 방법이다. 직접 인물 설정은 등장 인물의 성격에 대한 화자의 요약과 설명은 물론 심리분석과 타인물의 보고 등을 통해 이루어진다. 이 방법의 장점은 등장인물의 심리를 상세하게 분석하여 명확하게 설명해 준다는 점이다. 하지만 비설화적이어서 사건의 진행을 방해하기 쉽다. 또한 인물의 심리 동향을 독자들에게 정확히 제시할 수는 있지만 추상성에 빠지기 쉽다.

[예문]

봄햇살 포근한 골목길로 짤랑짤랑 방울 소리를 울리며 목마 할아버지가 왔습니다.

목마 할아버지는 도시의 변두리를 돌면서 일곱 마리의 목마를 실은 목마 수레를 끌고 다닙니다.

노랑, 파랑, 주홍, 빨강, 초록, 남색, 보라의 예쁜 목마들을 실은 수레를 개구쟁이들은 '무지개 목마차'라고 불렀습니다.

무지개 색깔의 예쁜 목마들은 저마다 목에 귀여운 방울을 달고 있었습니다. 목마는 방울 소리를 울리고, 목마 할아버지는 피리와 하모니카를 불면서 아이들을 불러 냅니다.

오늘도 목마 할아버지는 용이네가 사는 골목을 찾아왔습니다.

용이네 골목 개구쟁이들은 어느 틈엔가 목마 할아버지의 방울 소리를 듣고 백 원짜리 은돈을 움켜 쥐고 모여 들었습니다. 무지개빛 고운 꿈이 담긴 목마차 곁으로 달려온 것입니다. - 중략 -

용이네 골목에 목마 할아버지가 나타난 것은 지난 가을의 일이었습니다.

골목 어귀에 있는 백년 묵은 은행나무 가지에서 황금빛 은행잎들이 한 잎 두 잎 내리던 날, 할아버지는 일곱 빛깔 목마들을 데리고 용이네 골목을 처음 찾았던 것입니다.

목마 할아버지가 용이네 골목에 찾아오는 날은 거의가 일주일에 두 번, 화요일과 금요일 오후쯤이었습니다.

용이는 짤랑짤랑 방울 소리만 듣고서도 목마 할아버지가 왔다는 것을 금방 알 수 있었습니다.

하지만 용이는 지금까지 한 번도 할아버지네 목마를 타 본 일이 없었습니다.

목마 할아버지가 처음 용이네 골목에 나타났을 때 용이는 엄마에게 목마를 태워 달라고 자꾸만 졸랐습니다.

그러자 엄마는 장난감 가게에 가서 바퀴 달린 목마를 사다 주셨습니다. 갈색 옷을 입은 눈이 커다란 목마였습니다.

처음엔 어머니가 사다 주신 그 목마를 타고 마루와 방 안을 오가며 심심치 않게 놀았지만 혼자 타는 목마는 재미가 없었습니다.

목마 할아버지는 언제나처럼 용이네 대문 바로 앞에다 목마차를 받쳐 놓고 아이들에게 목마를 태워 주었습니다.

용이는 목마 할아버지가 불어 대는 하모니카 소리와 피리 소리를 듣고, 도저히 좀이 쑤셔 견딜 수가 없었습니다. 하지만 혼자서는 나갈 수 없었기에 안타깝기만 했습니다. 왜냐하면 세 살 때 소아마비를 앓아 양쪽 다리를 마음대로 쓸 수 없기 때문입니다.

용이는 집안일을 돕는 숙희 누나에게 부탁을 했습니다.

"누나, 나 좀 목마 할아버지에게 데려다 줘. 응?"

하지만 숙희 누나는 못 들은 척 자기 할 일만 하고 있었습니다.

며칠 전 목마 할아버지가 이 골목에 처음 왔을 때의 일입니다. 숙희 누나는 자꾸만 졸라대는 용이를 업고 대문 밖으로 나간 적이 있습니다. 이 사실을 알게 된 용이 엄마는 숙희 누나를 호되게 야단쳤습니다.

— 박상재, 「목마 할아버지」 일부 —

(2) 간접 표현법

간접 표현법은 행동이나 대화를 통하여 간접적으로 인물의 성격을 묘사하는 방법이다. 간접 인물 설정은 등장인물의 언어 행위를 중심으로 하여 타인물에 주는 반응과 환경을 그림으로써 극적으로 성격을 나타내는 것이다. 이 방법의 장점은 인물을 생생하게 묘사할 수 있다는 점이다. 독자는 작가의 도움 없이 바로 등장인물과 접할 수 있지만 표현 한계의 제약이 따른다. 또한 과거에 있었던 일을 현재법에 의해 재생시키고, 직접 호소할 수 있지만 작가의 견해를 나타내는 데에는 불편하다.

간접 표현은 주인공의 행동이나 외모 등 여러 가지 방법에 의해 나타낸다.

가. 갈등과 행동

갈등과 행동은 주동인물과 반동인물의 성격적 갈등, 주변인물과 주동인물의 갈등 등을 통하여 인물의 성격과 행동 등을 드러내는 방법이다.

갈등은 인물끼리의 대립에서만 나타나는 것이 아니다. 인물의 내면 속에 갈등 구조를 가지고 있거나, 사회환경이나 자연환경이 개성과 조화를 이루지 못해 나타날 수도 있다.

[예문]

찬호가 두이를 향해 던진 돌멩이가 대문에 맞아 굴러떨어졌다. 두이는 흠칫 놀라 대문 뒤로 숨었다가 다시 얼굴을 삐죽 내밀었다.

주위에 있던 아이들이 하나둘 돌멩이를 집어 들었다.

"이 거짓말쟁이! 거짓말쟁이!"

"콰당, 쾅, 쾅, 쾅!"

내가 찬호에게 한 말 때문에 생긴 일이었다. 얼굴이 화끈거리고 다리가 부들부들 떨렸다.

"찬호, 너! 그만두지 못해!"

나는 찬호에게 달려들어 마구 때렸다.

"아야아! 누나 왜 그래! 으아앙!"

돌멩이를 던지던 아이들의 시선이 나에게로 쏠렸다. 몸부림을 치며 우는 찬호를 끌고 집으로 가다가 나는 뒤를 돌아보았다. 두이가 눈물이 그렁그렁한 눈으로 나를 보고 있었다.

그 일이 있고 얼마 지나지 않아서였다. 낡은 하늘색 대문 안에서 상여가 실려 나왔다. 앓아 누워 있던 두이 할머니였다. 상여는 우시장을 향해서 가고 있었다. 두이가 하얀 옷을 입고 혼자 뒤따랐다.

큰길로 나온 동네 사람들이 멀찍이 서서 지켜보고 있었다. 처음 보는 광경에 구경거리를 만난 듯 아이들만 우르르 두이의 뒤를 따라갔다. 장이 파한 우시장에는 오래 되어 바싹 말라 붙은 쇠똥이 여기저기 흩어져 있었다. 할머니의 상여 뒤에서 두이는 쇠똥을 징검다리 삼아 한 발짝 한 발짝 걸으며 멀어졌다.

두이가 무슨 소원을 비는지 알 수 없었지만, 그때 나는 쇠똥을 밟으면 소원이 이루어진다는 말을 꼭 믿고 싶었다.

내 짧은 앞머리가 빨리 자란 것이 정말 쇠똥 때문인지도 몰랐다.

– 장수민, 「쇠똥밟기」 일부 –

나. 외모 · 취미 · 태도

인물의 외모는 그 인물의 성격을 나타낸다. 옷차림이나 용모만 보아도 그 사람의 성격을 짐작할 수 있기 때문이다.

작중 인물의 외모로 성격을 구현할 때 유의할 점은 '겉 모습만 보고 그 사람을 평가하지 말라'는 말처럼 외모만으로 다양한 성격을 고착시켜서는 안 된다는 점이다.

외모와 아울러 인물의 태도를 통해서도 성격을 구현할 수가 있다. 그 인물의 성격을 묘사할 때 작가의 친절한 설명은 가능한 피해야 한다. 인물의 성격은 그 인물의 태도로 그려 낼 수 있다.

작중인물의 태도와 더불어 작중인물의 취미 역시 그 인물의 성격을 드러내게 된다. 무엇을 좋아하는가 하는 기호와 어떤 것을 선택하는가 하는 취향도 넓은 의미의 취미에 포함된다.

등장인물의 취미를 통해 인물의 성격을 구현하는 방법은 성격을 나타내는 간접 표현에 속한다. 그것은 성격을 암시하는 것이지, 성격을 드러내는 방법이 아니기 때문이다.

[예문]

아이는 밤에도 눈을 뜨고 있었습니다. 어머니와 아버지가 쿨쿨 코를 골며 잠을 자고 있는데도 아이는 눈을 감을 줄을 몰랐습니다.

어머니와 아버지는 걱정이 하늘에까지 닿을 것 같았습니다.

사랑하는 아들이 눈을 뜨고 밤을 보내고 있는 것이 벌써 여러 날이 되었기 때문이었어요.

"애야, 눈을 감고 잠을 자거라."

어머니와 아버지는 눈을 뜨고만 있는 아이에게 잠을 자라고 타이러도 보고, 야단을 쳐 보기도 했습니다.

"잠이 안 와, 엄마!"

"그럼 눈이라도 감아 봐라."

"눈 감으면 무서워."

아이는 불도 *끄*지 못하도록 했습니다. 눈을 감아도 무섭고, 불을 꺼도 무서웠습니다. 눈을 감으면 온갖 징그럽고 무서운 것들이 달려들었습니다. 지렁이, 뱀, 거머리, 미꾸라지…. 불을 *끄*면 사자, 호랑이, 곰 같은 큰 동물들이 입을 벌리고 달려들었습니다.

– 한윤이, 「눈을 뜨고 자는 아이」 일부 –

숲속에 흉내쟁이 앵무새 한 마리가 살았습니다.

"나는 어떤 목소리든지 다 흉내를 낼 수 있어."

앵무새는 숲속을 날아다니며 자랑을 하였습니다.

"뻐꾸기의 노랫소리를 흉내 내어 보겠니?"

새들이 말하면,

"그런 건 너무 쉬워."

앵무새는 얼른 뻐꾸기의 노랫소리를 흉내 내었습니다.

"*뻐꾹 뻐국 뻑뻑국…*."

앵무새가 흉내 낸 소리는 뻐꾸기와 똑같았습니다.

"그럼 산비둘기의 노랫소리를 흉내 내어 보렴."

"그것도 너무 쉬워."

앵무새는 목을 늘이고 산비둘기의 노랫소리를 흉내 내었습니다.

"구구 구구…."

앵무새가 흉내 낸 소리는 산비둘기와 똑같았습니다.

– 이동태, 「흉내쟁이 앵무새」 일부 –

다. 고백

등장인물이 고백을 통해서 그 등장인물의 성격을 제시하는 방법이다. 이 방법의 장점은 등장인물이 직접 자신의 내면 세계를 드러내기 때문에 인물의 성격을 가장 직접적으로 독자에게 전달 이해시킬 수 있다는 점이다. 그와 반면에 단점은 독자가 그 인물의 성격에 대해 추측할 만한 여유가 없어진다는 것이다.

작중 인물의 고백을 통해서 그 인물의 성격을 구현한다면 동화나 소설의 흥미는 그만큼 줄어들기 마련이다. 따라서 고백을 통해 성격을 설정할 때에는 등장인물의 성격의 일부만을 보여 주도록 해야 한다.

[예문]

나는 참 바보스럽게도 내가 누군지 모릅니다.

단지 어머니께서 하시던 말씀만이 아련히 떠오를 뿐입니다.

"미련 없이 엄마 품에서 떨어져라. 그래야지만 의젓하게 다시 태어날 수 있단다."

잠자다가 몽둥이로 후려치는 바람에 깜짝 놀랐지요. 그러고서 공중으로 튀어 올랐습니다. 번갯불이 번쩍하는 것 같은 순간의 일이었습니다.

지나던 가을 바람이 나를 싣고 어디론가 날아갔지요.

바람에 몸을 맡기고 내려다본 세상은 아름다웠습니다.

내가 엄마의 품속에서 보던 세상과는 너무나 달랐습니다.

서편 하늘이 붉게 물들 무렵 나는 간신히 내렸습니다. 오래 되어 제 색깔도 잃어 버리고 아주 늙어 버린 기와지붕 위였습니다.

야트막한 산이 병풍처럼 둘러싸여 있는 작은 마을이엇습니다.

숲속에서 부는 솔바람이 아주 시원했습니다.

겨울철의 병풍처럼 둘러친 산이 찬 바람을 막아 주고 있어서 따뜻했답니다.

자연의 은총이 듬뿍 내려진 마을이었습니다.

– 중략 –

"내가 쓰러지면 눈, 비를 누가 막아 주겠니?"

나는 감탄할 지경이었습니다. 찰흙 기와의 모습에 감동을 느꼈습니다.

– 안선모, 「대싸리의 꿈」 일부 –

대싸리의 씨앗을 의인화하여 쓴 동화이다. 1인칭 주관적 시점으로 서술하고 있는 이 동화는 주인공의 고백에 의해 이야기가 전개되고 있다.

이 동화에 등장하는 대싸리 씨앗은 어느 시골집 지붕의 낡은 찰흙 기와 틈 속에 뿌리를 내리게 된다. 찰흙 기와의 말을 듣고 감탄하고, 감동을 느끼는 주인공의 고백에 의해 인물의 성격이 드러나고 있다. 하지만 이는 성격의 일부만 보여 주고 있으므로 흥미를 반감시키고 있지는 않다.

4. 배경

배경은 플롯과 같이 사건의 진행이나 인물의 성격화에 긴밀한 역할을 한다. 흔히 작품의 서두에서 등장인물과 함께 배경이 소개된다. 지형이나 경치, 풍경, 위치, 집 안의 구조 등 외적인 배경과 심리 상태나 취미, 도덕성, 윤리성 같은 내적 배경이 있다. 등장인물들이 살아가는 시대적 상황이나 활동 공간도 중요한 배경이 된다.

1) 배경의 시공성(時空性)

배경의 시공성이란 작품이 펼쳐지는 때와 장소, 즉 시간과 공간의 개념을 의미한다. 동화의 구성 요소인 배경(setting) 또는 환경은 인물 설정이나 플롯에 비하여 그 비중이 덜한 편이다. 하지만 때와 장소가 주어짐으로써 행동의 주체인 인물이 언제 어디에서 무엇을 했는지 행동의 구체성이 확보될 수 있다.

전래동화에서는 시간적 배경이 극히 막연하고 추상적이다. '옛날 옛적' 혹은 '아주 오랜 옛날, 호랑이가 담배 피우던 시절' 식으로 구체적이지 못하고 애매하므로 사실성을 떨어뜨리는 결과를 낳게 된다. 동화와 소설에서 배경의 기능을 살펴보면 배경이 생생할수록 인물과 행동의 신빙성을 높여준다. 또한 배경은 적절한 분위기를 창조해 내는 구실을 한다.

동화나 소설에서 시간은 역사성과 관련이 있고, 공간은 시대성과 관련이 있다.

2) 배경의 유형

배경은 그 성격에 따라 자연적 배경과 사회적 배경, 심리적 배경 등으로 나누어 볼 수 있다.

(1) 자연적 배경

자연적 배경은 인물이나 행동의 성격에 적합한 자연 환경을 주변에 어울리게 묘사하는 방법이다. 동화나 소설의 배경은 인물의 심리와 감정에 어울리게 묘사되어야 효과를 얻을 수 있다.

흔히 자연환경을 통해 제시되는 배경은 작품의 주제나 성격을 연출하는 구실을 하기도 한다.

배경의 기능은 은유적인 역할로서 분위기를 창조하는 경우가 있다. 동화나 소설에서 비, 바람, 안개, 눈, 불빛, 어둠 등 자연 현상을 배경으로 작중 분위기를 생생하게 묘사하는 경우를 흔히 볼 수 있다.

[예문]
칙칙폭폭 칙칙폭폭

기차가 배꽃 마을을 지나갑니다. 배꽃처럼 하얀 꽃구름을 쏟아 놓고 떠나갑니다. 구름에서도 배꽃 향기가 배어납니다.

배꽃 마을에는 조그마한 간이역이 있습니다. 간이역으로 난 작은 오솔길이 끝나는 곳에 오막살이 집 한 채가 있습니다.

아기가 방에서 새근새근 잠이 들 때면 마루 밑에 똬리를 튼 삽살개도 졸았습니다.

도시로 간 아버지는 벌써 몇 해째 소식이 없었습니다.

칙칙폭폭 칙칙폭폭

기차가 요란한 소리를 내며 간이역을 지났습니다.

기차는 어머니의 흰 무명마차 폭에 꽃구름을 쏟아 놓고 떠났습니다.

– 강원희, 「기찻길 옆」 일부 –

울다 지친 청년은, 잔디가 무성한 어머니 산소 옆에 넋을 잃고 앉아 있습니다.

그런 청년 옆에, 해님은 붉은 노을을 남겨 두고 갑니다.

"따옥 따옥 따옥 따옥……."

어디선가 처량하게 들려오는 따오기 소리가, 또다시 청년의 눈시울을 적시게 합니다.

"어머니! 훌륭한 사람이 되어 돌아오겠습니다."

청년은 집을 떠나 서울 유학 길에 올랐습니다.

"훌륭한 사람보다, 나라가 필요로 하는 사람이 되거라."

동구 밖에서 손을 잡고 당부하던 그 말씀을, 청년은 가슴에 새기면서 걸었습니다.

"안녕히 계세요! 부디 건강하세요!"

뒤돌아서서 다시 한 번 손을 흔들던 청년은, 걸음을 재촉합니다.

앞장선 바람이, 길가의 풀잎들을 어루만지며 갑니다. 마치 잘 다녀오라고 쓰다듬는 어머니의 손길 같습니다.

– 김혜리, 「따오기」 일부 –

(2) 사회적 배경

사회 환경의 경우는 통시적인 시대성이라든지 공시적인 사회성이 잘 나타날 수 있도록 배경을 설정해야 한다. 특히 사회 환경은 객관적 사회 묘사건 주관적 사회 묘사건 항시 역사와 연결되는 사회, 다시 말하면 역사적 사회로 부각시켜야 되는 것이다. 일반적 의미의 사회 환경은 동화와 소설의 주제를 부각시키고 등장인물의 성격과 심리, 플롯의 전개, 소설적인 분위기의 조성에 알맞도록 꾸며가야 한다.

[예문]

요란한 말발굽 소리가 조용한 압록강 강둑을 흔들었습니다. 뽀얀 흙먼지가 뭉게뭉게 구름처럼 피어올랐습니다.

마치 성난 파도와도 같이 밀려오는 흑마 떼였습니다. 강물은 새파랗게 넘실거렸습니다. 말 떼들은 다투어 강물 속으로 풍덩풍덩 몸을 날렸습니다. 하얀 물보라가 파도처럼 부서졌습니다. 말 떼들은 물속에서 긴 목을 도리질쳤습니다.

"쩔렁쩔렁 쩔렁!"

수만 개의 말방울 소리가 물 위에 쏟아졌습니다. 누르하치. 그는 3만 개의 말방울을 울려 대는 추장이엇습니다. 흑마 떼의 맨 앞에서 고래고래 고함치며 핏발 선 두 눈을 희번덕거렸습니다.

이윽고 누르하치의 말 머리가 이쪽 강가에 닿았습니다.

– 이상배, 「손돌바람」 일부 –

그해 여름 유난히 무덥던 날, 나무는 또 한번의 슬픈 소식을 들었습니다.

"부족 사람들이 탱크를 몰고 쳐내려 온대. 이틀 후면 우리 마을까지 들어올 거라는구먼."

일손을 놓은 마을 사람들이 나무 그늘에 모여 앉아 한숨을 토해 냈습니다. 나무는 그 소리를 들으며 속으로만 많이 울었습니다. 날벼락이라도 맞아 불타 죽고 싶은 마음뿐이었습니다.

'한 겨레끼리 총뿌리를 겨누다니…. 땅속에 숨어 사는 두더지들보다도 공중을 떠도는 까마귀들보다도 더 어리석은 것이 사람이구나.'

나무가 이런 생각을 한 것은 이웃에 살던 사람끼리 적이 되어 싸우는 것을 보았기 때문입니다.

"김초시 영감태기는 악질 지주요 반동이다. 인민의 적인 김초시 영감을 때려 죽이자."

칠복이는 마을 사람들이 지켜보는 가운데 김초시 영감을 몽둥이로 때려 숨지게 했습니다.

– 박상재, 「통일을 기다리는 느티나무」 일부 –

(이 이야기는 나 오현지의 할아버지가 아홉 살이었을 때 이야기입니다. 그때는 일본이 우리나라를 빼앗고 말도 글도 못 쓰게 하면서 괴롭히던 때였습니다.)

아침에 일어나 창문을 여니 복사꽃이 하얗게 피었습니다. 뒤꼍 우물가가 환해졌습니다. 승우는 창가에 서서 가만히 나무를 바라봅니다. 복사꽃 향내가 코끝을 간지럽힙니다. 나뭇가지에 올라 앉아 하루 종일 있었으면 좋겠습니다.

아침을 끝낸 승우는 고등학교에 다니는 누이들과 함께 솟을대문을 나섰습니다. 새로 담임이 된 다나카 선생님은 지각하는 것을 제일 싫어합니다. 그래서 조금이라도 늦으면 볼이 부어 오를 만큼 따귀를 때립니다.

그날 기분에 따라서는 걸상을 든 손을 위로 쳐들고 공부 시간 내내 벌을 서기도 합니다. 변소 청소도 해야 합니다. 북쪽 담 구석에 있는 3학년 1반 변소는 달걀 귀신이 나온다는 말이 있습니다. 아이들은 따귀를 맞기 싫어서 또는 변소 청소를 하게 될까 봐 모두들 일찍이들 왔습니다.

- 손연자, 「꽃잎으로 쓴 글자」 일부 -

　장경선의 『닭』은 일제 강점기를 배경으로 펼쳐지는 동화이다. 할아버지가 키우는 싸움닭 바위가 일본군 대장 다카하시의 닭을 물리치는 삽화는 항거 정신의 상징이라고 할 수 있다. 이 동화의 도입은 역사적 사건으로부터 시작되고 있다.

　　고종황제가 독살된 지 달포가 지났습니다.
　　어른들은 사랑방에 모여 밤을 새우는 일이 잦았습니다. 순사들 발길도 부쩍 늘었습니다. 며칠 전에는 뒷집 꼭지네 아버지가 끌려갔습니다. 영문도 모르는 채 잡혀 가는 사람들이 하나둘 생겨났습니다. - 중략 -
　　할아버지는 싸움닭 바위를 미꾸라지를 먹여 가며 정성으로 기른다. 바위는 장터에서 벌어지는 닭싸움에서 일본군 대장 다카하시의 닭을 물리친다. 그런 일이 있은 후 또다시 닭싸움을 벌이게 된다.

　　드디어 닭싸움이 시작되자, 다카하시 대장의 닭이 상대편 닭을 공격한다. 상대편 닭이 피를 흘리며 바닥에다 머리를 박았지만 다카하시는 계속 공격하게 하여 결국은 상대편 닭을 죽게 만든다. 닭싸움의 원칙을 잔인하게 깨트린 것이다. 이어서 할아버지의 닭, 바위와 싸우게 된다. 이번에는 바위가 다카하시의 닭을 공격하자, 다카하시의 닭은 일격에 쓰러져 줄행랑을 친다. 화가 난 다카하시가 부하들을 시켜 자신의 닭을 잡아오게 하여 칼로 치려고 한다.

다카하시는 잡혀 온 닭을 노려보며 칼을 높이 쳐들었습니다.

"목숨은 하늘이 주신 거요. 닭들도 상대방 목숨을 중히 여겨 엄발을 동여매는 법. 하찮은 미물만도 못한 놈들."

할아버지가 저고리 속에서 삼베로 싼 물건을 꺼냈습니다.

"조선독립만세!"

태극기입니다.

"조선독립만세!"

사람들이 태극기를 흔들며 만세를 불렀습니다.

"모두 죽여 버려."

다카하시가 총을 마구 쏘았습니다.

– 중략 –

할아버지는 상여도 타지 못했습니다. 거적에 실린 채 뒷산으로 향했습니다.

"꼬끼오!"

바위가 거적 위로 날아올랐습니다.

"꼬끼오!"

다시 한 번 힘껏 울었습니다. 바위의 울음소리가 할아버지 가시는 하늘길을 훤히 밝혀 줍니다.

이 동화의 에필로그이다. 할아버지는 만세운동을 주동하다 주검이 되고 그 주검은 상여도 타지 못하고 뒷산에 묻히게 된다. 할아버지의 주검을 싼 거적 위에 올라간 싸움닭 바위가 힘껏 우는 마지막 장면은 긴 울림의 여운으로 남는다. 이 동화는 전술한 바와 같이 닭싸움을 주 모티프로 구성한 독립 항쟁 이야기이다. 강탈된 나라를 되찾기 위하여 끊임없이 항쟁했던 조상들의 기개와 의지를 극명하게 보여 주는 작품이다.

(3) 심리적 배경

심리적 배경이란 심리주의 소설이나 동화에 나타나는 배경을 말한다. 주인공의 의식 속에서 자유롭게 되는 시공의 개념은 사실적인 개념을 탈피한 모습이다. 심리주의 소설(동화)의 배경이란 과거 · 현재 · 미래를 뒤섞어서 사용하는 심리적 시간과 더불어서, 어느 일정한 장소를 배경으로 하는 것이 아니라 논리를 초월하여 공간적 영역을 혼합함으로써 그 효과를 나타낸다고 볼 수 있다.

심리적 배경을 이용한 소설로는 버지니아 울프의『등대로』, 제임스 조이스의『젊은 예술가의 초상』, 포크너의『음향과 분노』, 이상의『종생기』등이 있다. 시공을 초월한 배경의 전개 기법상 판타지 동화에 부합하므로 활용할 수 있지만, 잘못 사용하면 리얼리티의 상실로 혼돈을 초래하므로 주의해야 한다.

심리적 배경을 기저로 한 창작동화로는 김병규의『흙꼭두장군』을 들 수 있다. 이 작품은 2012년전 타계한 한 부족국가의 왕인 한꽃님 왕과 왕비의 왕릉 속에서 출토된 흙인형 흙꼭두 장군이 펼치는 시공을 초월한 판타지 동화이다. 쟁기로 목화밭을 갈던 빈수 아버지는 왕비 릉을 발견하게 되고, 릉의 발굴 작업이 진행될 때 그곳을 지키던 흙꼭두 장군은 몰래 빈수 아버지를 따라와 빈수를 만나게 된다.

"또 자니? 숙제도 덜 했잖아."

풀피리 소리처럼 여린 목소리였지만 너무나 또렸했다. 빈수는 다시 벌떡 일어나 앉았다.

"누구야?"

"흙꼭두 장군이다."

"뭐라고? 어디 숨었니?" - 중략 -

놀라운 일이 벌어지고 있었다. 빈수는 바늘귀만 한 입을 짝짝 벌리며 말하는 조그만 인형을 그제야 발견했다.

흙꼭두장군은 쌍릉으로 연결된 한꽃님 왕과 왕비의 현실문을 지키는 장군으로, 왕비의 릉이 발굴되는 순간 2012년만에 세상에 나오게 된다. 흙꼭두 장군은 까만 수레를 타고 공중을 날아다니기도 하고, 빈수와 대화를 나누기도 한다. 한꽃님 왕과 왕비는 1년에 한 번 꽃이 가장 많이 피는 봄날에 만날 수 있다. 그들이 만날 수 있도록 꽃 열쇠로 문을 열어 주고 만남을 주선해 주는 이가 흙꼭두 장군인 것이다. 그런데 흙꼭두 장군은 김 박사 일행이 왕비 릉을 발굴하려 릉을 파들어 올 때 놀라서 꽃 열쇠를 잃어버리게 된다. 그 때문에 꽃 열쇠를 찾으려고 빈수 아버지를 따라 왔다가 말과 마음이 통하는 빈수를 만나게 된 것이다.

> 사람은 죽어서 땅속에서 이천십이 년을 지내야 하늘나라로 가게 된다. 한꽃님 왕과 왕비는 이번에 만나면 함께 하늘나라로 올라가게 될 것이다. – 중략 –
> "무덤 안은 조그만 왕국이었어. 왕과 왕비는 흙인형들의 섬김을 받으며 안락하게 지내고 있었지. 무덤이 열리는 순간, 이천 년이라는 세월이 한꺼번에 흘러 버린 거야. … " – 중략 –
> "너를 처음 보는 순간 난 깜짝 놀랐어. 가슴이 마구 뛰었지. '바로 저 아이다'라고 소리쳤단다."
> "그건 또 왜?"
> "옛날 나를 빚은 할아버지가 말씀하셨거든. 먼 훗날에 말과 마음이 통할 아이가 태어날 것인데, 만나게 될지도 모르겠다고…."

이 동화는 현실과 판타지의 세계를 넘나들며 전개되는 스토리가 이야기의 재미 속에 빠져 들게 한다. 이 동화는 잃어버린 꽃 열쇠를 찾는 과정의 추리적 요소와 도굴범들이 꾸며 내는 도깨비불 소동, 액자 구성으로 엮어 내는 이야기 속의 전승적 판타지, 도굴범인 새길이 아버지에 의해 납치 구금된 후 친구들과 흙꼭두 장군의 도움으로 풀려나는 빈수, 새길이의 도움으로 꽃 열쇠를 찾은 흙꼭두 장군이 무덤의 문을 열어 왕과 왕비가 만나고 하늘나라로 올라가는 결말 구성 등이 구인력으로 작용하고 있다.

> "마지막 부탁이야, 날 땅에 묻어 줘. 아, 가슴이 답답해. 정말 참을 수 없어…."
>
> 흙꼭두 장군은 신음을 냈다. – 중략 –
>
> "아아… 아니야. 넌 다시 나를 보게 될 거야. 모습이 달라져 못 알아볼는지도 몰라도…. 안녕…."
>
> 빈수는 눈물을 흘렸다. 빈수의 눈물이 흙꼭두 장군 위에 뚝뚝 떨어졌다. 빈수는 흙꼭두 장군을 아무도 모르게 뒷산 비탈에 묻었다.
>
> 흙꼭두 장군 가슴에는 씨앗 하나가 숨겨져 있었다. 빈수의 눈물에 젖은 그 씨앗이 움트기 시작하였다. – 중략 – 아, 그 넓은 산자락 어디에 풀 한 포기가 새로 돋아난들 누가 알까. 그 흔한 풀꽃들 속에 새로운 꽃 한 송이가 더 보태진들 누구의 눈에 뜨일까. 그러나 그 향기를 날리는 바람만은 알리라. 또한 씨앗을 품은 땅도 넓은 가슴으로 사랑을 듬뿍 나누어 줄 것이다.

이 동화의 에필로그이다. 눈물을 먹은 씨앗은 꽃을 피우고 그 꽃은 사랑을 나누어 주는 것이다. 초능력적인 흙꼭두 장군을 통해 왕릉의 비밀을 파헤쳐 가는 추리적 접근에 의해 스토리가 재미있게 전개되고 있다. 하지만 이 동화는 시공을 초월한 배경의 전개 기법상 부분적인 리얼리티의 상실로 혼돈을 초래하고도 있다.

5. 동화의 주제

1) 주제(Thema)의 의미

동화를 표현 형식과 의미 내용으로 나눌 때 후자에 속하는 핵심적인 것에 주제가 있다. 주제란 theme, subject, motif 또는 thema 등 여러 가지 의미를 가지고 있다. 동화에 있어서는 작가가 작품을 통해서 말하려는 중심 사상 또는 핵심적인 의미에 해당한다.

동화작가는 주제를 생각하고 동화의 구조와 문체 등을 선택하지만 독자들은 스토리와 캐릭터와 세팅 등을 통해서 작가가 말하는 주제를 알 수 있다.

주제란 동화를 써 나가기 위하여 소재를 다루어 나가는 통일 원리를 의미한다. 주제가 없는 동화란 있을 수가 없으며 가치조차 없다. 한 편의 동화를 다 읽고 났을 때 작가가 도대체 무엇을 말하려고 했는지 모르겠다는 생각이 든다면 주제가 없는 작품인 것이다.

주제가 아무리 중요하다고 하더라도 겉으로 드러나서는 안 된다. 작품 전체의 내용 속에 스며 있어야 주제로서의 생명력을 획득할 수 있는 것이다.

우리의 고전 심청전 속에 부모에게 효도를 해야 한다는 구절은 어디에서도 나타나지 않는다. 『금도끼 은도끼』를 읽을 때에도 정직한 사람은 복을 받는다는 구절이 나타나지 않는다. 만약 그런 말이 나타나 있다면 주제가 노출되어 문학성을 상실하게 되는 것이다.

안수길은 『소설작법』에서 '주제의 선명한 파악은 소설 제작의 출발점이며 종착역이 되는 것이며 작품 속에 표현하려는 그 무엇으로, 그것은 작품의 내용이 되는 것이요 내용인 까닭에 작가의 사상인 것'이라고 설명한다. C, Brooks는 '주제는 사상이요 의미이고 인물과 사건에 대한 해석이며, 전체적 서술 속에 구체화된 침투력 있고 단일화된 인생관이다.'라고 하였다.

동화나 소설은 결국 무엇을 나타내기 위해서 창작되어진다. 작가는 어떤 제재를 선택하여 알맞은 기법을 구사하여 무엇을 나타내려고 고심한다. 작가가 글을 통하여 나타내려고 하는 그 무엇이 곧 주제이다.

하지만 그 주제가 선동적이거나 정치적 이념처럼 노골적이고 생경한 것이어서는 안 된다. 주제는 작품 전체에 용해되어 은근히 나타나야 가치가 있다. 주제란 작품 속에 형상화되어 구체적으로 나타나는 중심사상이요, 핵심적인 의미라고 할 수 있다. 작가가 창작을 하는 목적은 인생을 탐구하여 그 모순된 삶의 현장을 고발하고 그것을 극복할 수 있는 삶의 지표를 제시하기 위해서라고 할 수 있다.

동화에서는 애니미즘에 근거한 모든 등장인물들이 사람처럼 행동하고 사람처럼 생각하는, 이른바 의인화 기법을 통하여 삶을 탐구하고 사랑과 평등 자유의 정신을 구현하는 것이다. 따라서 동화작가는 사랑의 정신과 역사 의식을 가지고 투철한 주제 의식을 발현하여 소재를 형상화해야 한다.

캐실(R. V. Cassill)은 『소설작법』에서 주제를 다음과 같이 설명하고 있다.

> 주제는 스토리에 대한 의미이다. 그것은 모랄도 아니다. 그것은 결말의 행위에 의거한 계시도 아니다. …… 주제란 자기의 제재에 대하여 말하지 않으면 안 되는 그 무엇이다.[53]

주제는 작품에 나타나 있는 중심사상이요, 그 작품의 핵심이 되는 의미이다. 이상섭은 『문학비평용어사전』에서 주제에 대하여 구체적이면서도 포괄적으로 설명하고 있다.

> 서양의 테마(Thema)란 말과 섭젝트(subject)란 말은 다 같이 주제로 번역한 까닭에 혼동이 생겼다. 원래 테마는 나무의 잎과 잔가지들을 달고

---

53) R. V. Cassill, Writing Eiction, New York, 1962, 236쪽.

있는 중심 줄기란 뜻을 가진 낱말이다. 그러니까 문학작품의 소리, 낱말, 비유, 문장 등의 요소들이 나무 잎새와 잔가지라면 그것들을 다 흩어지지 않게 하면서 그 자체는 눈에 띄이지 않는 중심의 큰 줄기가 테마라 할 수 있다. 즉, 테마는 구조적 개념이다.

그러한 중심의 줄기, 다시 말하면 문학의 각 요소들을 적절한 배열 순서에 따라 붙들고 있는 그 중심적 뼈대가 문제가 된다. 그것을 도덕적, 또는 철학적 명제(thesis)라고 하는 사람도 있고, 단지 관념(idea)이라고 하는 사람도 있다. 어쨌든 그것이 사용된 언어, 상상, 상징들보다 더 추상적이라는 것은 분명하다.

김동리는 주제를 '소재를 다루어 나아가는 통일 원리이며 작가가 어떤 소재에 대하여 느낀 인생의 의미를 구체화시킨 것'[54]이라고 설명하고 있다.

이러한 견해들을 종합하여 보면 주제란 작품 속에 구현되어진 의미요, 제재에 대한 해석이라고 할 수 있다. 즉, 작품 속에 구체적으로 용해된 작품의 중심사상을 말한다.

그런데 주제와 주제 의식을 혼동하는 경우가 많다. 주제 의식이란 작가가 작품을 쓰기 전부터 품고 있던 의식이요, 제재를 선택하는 시각, 즉 작가의 사상을 말한다. 제재를 선택하는 시각에 있어서의 작가의 사상은 아직 개념적이거나 생경한 것이기 때문에 주제 의식이라고 부르고, 작품에 구체적으로 용해되어 나타나는 사상을 주제라고 할 수 있다. 그러므로 주제 의식은 작가의 사상이며, 주제는 작품의 사상인 셈이다.

주제는 작가의 인생관이나 사상에서 이루어지지만 그것 자체가 주제는 아니다. 작가는 주제 의식, 곧 인생관이나 세계관과 같은 사상을 심화시키고, 거기에 알맞는 제재를 형상화하여 주제를 나타내어야 한다.

---

54) 김동리, 「주제란 무엇인가?」, 『소설작법』, 청운출판사, 1965, 23쪽.

2) 주제와 장인 정신

주제는 투철한 주제 의식에 의해 선택된 제재의 예술적 구조와 작가의 개성적인 표현에 의하여 나타난다. 작품의 창작 과정을 살펴보면, 작가는 주제 의식에서 출발하여 제재와 미적 구조를 거쳐 문체로 표현하게 된다. 이 과정에서 작품의 중심사상인 주제는 작품 속에 숨어 버리게 된다.

영국의 비평가 리드(H. Read)는 '작가의 일은 기법을 감추는 일이며, 비평가의 일은 다시 그것을 찾아내는 일이다.'라고 하였다.

그러면 무엇이 작가의 사상인 주제 의식을 작품의 사상인 주제로 형상화하는가? 이와 같은 문제는 주제 의식이 주제로 구체화되게 하는 것이 무엇이며, 주제가 주제 의식과 일치하게 하는 것이 무엇인가의 문제라고 할 수 있다.

주제 의식에 의해 선택된 제재를 주제로 만들 수 있는 알맞은 구조로 표현하는 기법이 주제 의식을 주제화하는 비결이다.

작가는 출판사나 잡지사로부터 어떤 제재를 가지고 어떤 주제로 얼마만한 길이의 작품을 써 달라는 청탁을 받는다. 작가는 주문에 걸맞는 작품을 능히 집필할 수 있는 기술을 지니고 있어야 한다. 그것은 작가가 창조할 수 있는 기능을 지닌 기술자라는 말이다. 따라서 작가들은 투철한 작가정신, 즉 장인정신으로 무장되어 있어야 한다.

3) 주제의 다양성

작품들의 주제는 여러 가지 다양한 양상으로 나타나기 마련이다. 그것은 시대에 따라 다를 수도 있고, 작가의 취향이나 사상에 따라 다를 수도 있다. 또한 작가의 능력에 따르는 기법의 차이로 달라질 수도 있다.

작가들은 항상 새로운 주제, 개성적인 주제를 창조하려고 애를 쓴다. 문학 예술의 생명은 독창성에 있기 때문에 상투적이고 구태의연한 주제로서는 성공할 수 없다. 작가는 늘 개성 있고 신선한 주제 찾기에 골몰하여 새로운 지향점을 가지고 독자들에게 다가가야 한다.

4) 주제 설정의 방법

주제는 동화를 이루는 요소의 총체적인 구조를 이룬 뼈대에서 파악될 수 있다. 동화의 주제 설정은 구성요소인 인물, 배경, 구성, 분위기 등과 연계되어진다.

주제는 대화나 독백 또는 플롯에 의해 나타나기도 하지만 일반적으로 동화나 소설 전체의 효과에 의해서 나타난다. 그런데 흔히 주제와 혼동해서 사용하는 말로 모티프(motif)라는 것이 있다. 모티프란 장편에서 나타날 수 있는 여러 가지 부수적인 주제를 말한다. 즉, 모티프는 주요 주제를 나타내기 위하여 작품 전체 속에서 여러 차례 되풀이되는 도안(圖案)이요, 사상이요, 이미지이다. 모티프는 작품 속에 반복해서 나타나는 한 요소, 즉 어떤 유형의 사건이나 기법이나 공식으로 부수적 주제를 일컫는다.

주제를 설정할 때에는 참신성과 독창성을 견지해야 하고, 시대성이나 역사성에 맞도록 유의해야 한다.

주제는 안으로는 감추면서도 나타내야 하는 것은 선명하게 드러나도록 설정해야 한다. 이는 작품 전체에 주제를 형상화해서 암시하거나 작품의 어느 부분에 주제를 분명하게 나타내야 한다는 것이다.

(1) 작품 전체에 용해된 경우

주제는 인물의 행동은 물론, 분위기, 대화나 독백 서술 등 작품 전체에 형상화되어 나타나게 해야 한다. 설탕물 속에 설탕의 알갱이가 보이지 않지만 설탕 입자가 물 전체에 녹아 있는 것처럼 작품 전체에 녹아 있는 경우이다. 이런 작품에서는 작가의 주제 의식이 작품 전체에 용해되어 있어 주제가 표면에 드러나지 않는다.

[예문]

장군의 동상이 우뚝 서 있는 공원의 한쪽에는 장미꽃밭이 있었습니다. 장미꽃밭에는 흰색, 노랑색, 주황색, 붉은색 장미들이 색색으로 피어 있었습니다. 장군은 장미꽃 향기를 맡아서인지 하루 종일 서 있어도 피곤한 줄을 몰랐습니다.

그곳 장미꽃밭에는 달팽이들이 모여 살았습니다. 달팽이들은 아름다운 장미꽃을 보며 늘 향기에 취해 사는 것이 행복했습니다. 장미들도 달팽이들을 사랑했습니다. 살금살금 가지 위로 기어올라와 잎에 붙어 귀찮게 구는 진딧물을 잡아 주었기 때문입니다.

"이 고약한 녀석들아. 빌붙을 곳이 따로 있지, 감히 꽃의 여왕님을 성가시게 하다니…."

진딧물들은 달팽이들의 푸른 서슬에 눌려 장미 근처에는 얼씬도 하지 못하게 되었습니다.

"얘들아, 고맙다. 생각만 해도 소름끼치는 진딧물들을 물리쳐 줘서."

장미들은 향기나는 목소리로 달팽이들을 칭찬해 주었습니다. 달팽이들은 기분이 좋아 이 세상에서 부러울 것이 없었습니다. 긴 칼을 차고 위엄 있게 서 있는 장군도 부럽지 않았습니다. 그래서 더듬이를 곧추세우고 거드름을 피우며 다녔습니다. 달팽이들 중에서도 뽐내기를 좋아하고 잘 덜렁대는 덜렁이 달팽이는 더욱더 으스대며 다녔습니다.

장미꽃밭은 달팽이들이 살기에는 안성맞춤인 곳이었습니다. 장미들이 뾰족뾰족한 가시들을 내달고 달팽이들을 지켜 주었기 때문입니다. 달팽이를 잡아서 가지고 놀려는 아이들도, 달팽이를 쪼아 먹으려고 덤비는 새들도 없었습니다. 달팽이들은 마음 놓고 꽃구경도 하고 나들이도 할 수 있었습니다.

아침이면 장미 향기를 담은 맑은 이슬이 꽃잎을 타고 방울져 흘러 내렸습니다. 달팽이들은 그 향기로운 이슬로 세수를 하기 시작했습니다.

그들은 한가한 걸음으로 여유를 즐기며 장미꽃밭을 산책하기도 했습니다. 그리고 햇살이 뜨거운 한낮에는 장미꽃 향기를 맡으며 낮잠을 즐기기도 했습니다.

땅거미가 밀려드는 어느 날 저녁이었습니다. 땅속 거름더미를 뚫고 징그럽게 생긴 벌레 한 마리가 기어 나왔습니다.

"넌 누구니?"

덜렁이 달팽이가 달갑지 않다는 표정으로 물었습니다.

"난 굼벵이란다."

"굼벵이라고? 이름부터가 생김새처럼 굼뜨게 생겼구나."

덜렁이가 못마땅하다는 말투로 말했습니다.

"지금은 이렇게 굼실거리지만, 난 머지않아 화려한 변신을 하게 된단다."

"화려한 변신이라고 했니?"

덜렁이는 자신의 귀를 의심했습니다.

"그래, 화려한 변신. 난 날이 밝으면 날개를 달고 멋진 여행을 하게 될 거야. 마음껏 하늘을 날 수 있다니, 생각만 해도 흥분이 된단다."

덜렁이는 귀가 솔깃해졌습니다. 조금 전까지 업신여기던 마음도 이슬방울 마르듯 사라졌습니다.

"그 말이 사실이니? 정말 네가 날개를 달고 하늘을 날 수 있다는 말이야?"

"그래. 이름도 굼벵이가 아니라 매미로 바뀌게 된단다. 난 완전히 새로운 모습으로 바뀌게 되지."

"정말 멋진 변신이다. 나도 그래 봤으면 얼마나 좋을까?"

덜렁이는 침까지 흘리며 부러워했습니다.

굼벵이는 밤새 날개옷으로 갈아입기 위하여 안간힘을 썼습니다. 오래도록 땅속에서 입고 살았던 허물 옷을 벗느라고 몸부림을 쳤습니다. 덜렁이는 그 모습을 지켜보느라 숨을 죽이며 뜬 눈으로 밤을 새웠습니다.

아침이 되자 굼벵이는 멋진 날개옷을 입은 매미로 변신했습니다. 찬란한 아침 햇살이 장미꽃밭에 쏟아지자 덜렁이는 매미로 변한 굼벵이가 몹시 부러웠습니다. 그와 친해지기 위해 갖은 아양을 다 떨었습니다.

"굼벵이님! 아니, 매미님! 정말 축하드려요. 이렇게 멋진 분으로 변신하실 줄은 미처 몰랐어요."

매미는 우아한 모습으로 보석같은 눈을 반짝이며 대답했습니다.

"모든 일은 하루 아침에 이루어지는 게 아니야. 난 이 날개옷 한 벌을 입기 위하여 십 년 세월을 어두운 땅속에서만 살았단다. 모진 아픔을 참으며 허물 옷을 다섯 번이나 벗었지. 허물을 벗고 날개를 단다는 게 그리 쉬운 일이 아냐."

"그렇게 힘든 고생을 하며 날개를 가지려 하는 이유는 뭐지요?"

"날개를 가지면 훨씬 자유로워질 수 있거든. 그런데 너는 왜 그처럼 무거운 짐을 지고 스스로를 묶고 있니?"

매미가 답답하다는 듯이 물었습니다.

"이건 짐이 아니고, 내가 사는 집이어요."

"그렇다면 너는 언제나 그 무거운 집을 지고, 옮겨 다니며 산다는 거니?"

매미는 도무지 알 수 없다는 표정이었습니다.

"집을 지고 다니니까 집을 잃어버릴 염려도 없고, 마음에 드는 곳이라면 어디든지 이사를 할 수 있어서 좋아요."

"집을 지고 다니니까 느림보 생활에서 벗어날 수 없는 거야. 넌 그 집을 버리고 나와야 나처럼 자유로워질 수 있어."

"그럴까요? 집을 버리고 뛰쳐 나오는 것도 탈바꿈이라고 할 수 있을까요?"

"암, 그렇지. 얽매인 틀에서 벗어날 수 있어야 자유로워지는 거야. 자유를 얻기 위해서는 늘 고통이 따르지. 소중한 것일수록 그냥 얻어지는 것이 아니야."

매미는 보라는 듯이 하늘을 향해 포르르 솟구쳐 올랐습니다.

덜렁이는 하늘을 마음대로 날 수 있는 매미가 부러웠습니다.

'나도 매미처럼 하늘을 마음대로 날 수는 없을까? 그래, 맞아. 나는 이 집 때문에 자유를 누릴 수 없는 거야.'

이렇게 생각한 덜렁이 달팽이는 갑자기 집이 귀찮고 싫어지기 시작했습니다.

'이제 보니 내 집은 자유를 묶어 놓는 고생보따리로구나. 나도 제발 이 집에서 벗어날 수 있다면 얼마나 좋을까?'

덜렁이는 언젠가 꽃밭 앞 나무의자에 앉아 이야기를 나누던 사람들의 말을 떠올렸습니다.

'하나님께 정성을 다해 기도하면 소망을 이룰 수 있을 거야.'

덜렁이는 마음을 가다듬고 정성껏 기도하기 시작했습니다.

"하나님! 저에게서 이 천덕꾸러기 집을 하루 빨리 거두어 가 주세요. 제발 제 소원을 들어주세요, 하나님!"

덜렁이가 며칠 동안 이런 기도를 계속하고 있을 때 매미가 다시 날아왔습니다.

"기도를 하고 있었구나."

"네. 매미님처럼 자유롭고 싶어서, 집을 벗어나게 해 달라고 소원을 빌고 있어요."

"기도할 필요 없어. 내가 당장 네 소원을 이루어 줄 테니까!"

"아니, 어떻게요?"

덜렁이는 귀가 번쩍 틔였습니다.

"잠시만 기다려. 내가 너를 집의 굴레에서 벗어나 자유롭게 해 줄 테니까. 그 대신 조금 고통스럽더라도 참아야 해."

"그럼요. 자유를 얻기 위해서는 아픔을 참아야 한다고 하셨잖아요.

어떠한 괴로움도 참아 낼 자신이 있어요."

"그래. 잘 생각했어. 넌 역시 생각이 틔인 달팽이야."

매미는 다리로 달팽이를 껴안더니 공중으로 날아올랐습니다.

난생 처음 하늘 높이 올라간 달팽이는 어지러웠습니다. 그래서 눈을 꼭 감았습니다.

"매미님, 무서워요. 어지럽기도 하구요."

"이런 이제 보니 너 지독한 겁쟁이로구나. 그렇게 겁이 많아가지고 어떻게 탈바꿈을 할 수 있겠니? 눈을 뜨고 멋진 경치를 내려다봐."

"알았어요, 매미님!"

덜렁이는 가까스로 눈을 뜨고 아래를 내려다보았습니다. 그토록 넓게 여겼던 장미꽃밭이 보자기 한 장만 해 보이고, 끝도 없이 높다랗게 보이던 장군의 동상도 매미만큼 작아 보였습니다.

"와, 세상은 어마어마하게 넓군요."

"세상은 끝이 없이 넓은 곳이라서 우리가 죽을 때까지 날아도 그 끝을 볼 수가 없어. 자, 이제 아픔을 깨고 자유를 얻어 보렴."

매미는 품고 있던 달팽이를 사정없이 놓아 버렸습니다. 덜렁이는 공중 높은 곳에서 쏜살같이 떨어져 내렸습니다.

"엄마야!"

덜렁이는 너무 무서워 소리도 제대로 못 질렀습니다.

덜렁이는 공원의 잔디밭으로 떨어졌습니다. 그 바람에 몸을 감싸고 있던 집이 산산조각 나고 말았습니다. 덜렁이는 너무나 아파서 까무라칠 지경이었습니다. 울음소리도 눈물조차도 나오지 않았습니다.

"자유를 얻기 위해서는 이 정도의 아픔쯤이야 참아야 해."

덜렁이는 아픈 몸을 끌고 풀섶을 향해 기어가려 했습니다. 하지만 몸을 제대로 가눌 수조차 없었습니다.

그때 갑자기 하늘에서 소나기가 쏟아졌습니다. 노드리듯 쏟아지던

빗줄기가 달팽이의 상처난 몸을 때렸습니다. 덜렁이는 이제 비를 피할 집도 없었습니다.

"자유는 그저 얻어지는 것이 아니야. 이 정도 고통쯤이야 다섯 번 정도는 참아 내야 해."

덜렁이는 정신을 잃지 않으려고 안간힘을 다 썼습니다. 하지만 정신이 가물거리며 차츰차츰 희미해져 갔습니다.

얼마 후 소나기가 그치고 무지개가 떴습니다. 무지개의 한쪽 끝은 덜렁이가 쓰러져 있는 잔디밭에 닿아 있었습니다. 이윽고 뜨거운 햇살이 눈부시게 비쳤습니다.

덜렁이는 햇빛을 가릴 집이 간절히 그리워졌습니다. 귀찮은 짐으로만 여겼던 자신의 집이 참으로 소중하게 생각되었습니다.

'내 집이 자유였다는 걸 이제야 깨달았어. 내 스스로 자유를 깨뜨렸구나.'

"하나님, 제가 너무 어리석었어요."

덜렁이는 무지개를 보며 조용히 숨을 거두었습니다.

"그래. 숨을 거두면서라도 깨달았으니 기특하다. 끝까지 남을 원망하지 않는 마음이 장미꽃보다 아름답구나."

하나님은 덜렁이가 가엾게 생각되었습니다. 그래서 천사를 보내 덜렁이의 영혼을 거두어 들이기로 하였습니다. 덜렁이의 영혼은 생명을 다스리는 천사를 따라 무지개를 타고 하늘나라로 올라갔습니다.

- 박상재, 「무지개를 따라간 달팽이」 일부 -

(2) 작품의 한 부분에 설정되는 경우

주제는 인물의 행동이나 분위기 또는 대화, 독백 등 작품의 한 부분에 의해 설정되기도 한다.

가. 행동에 담는 경우

주제는 등장인물이 어떠한 의식과 사고방식을 가지고 행동하느냐에 따라 나타나기도 한다. 인물들이 의식을 가지고 행한 행동에 주제가 노출되게 하는 방법이다.

행동에 의해 주제를 부각시킬 때에는 절정이나 결말 부분에 쓰는 것이 일반적이다. 작품의 결말 부분에 주제를 담는 것이 부담이 없고 마무리하는 데 적절한 방법이라 생각되기 때문이다.

[예문]

용이는 산골짜기 험한 길을 헤매고 있었습니다. 여러 달째 앓아 누워 계시는 병에 쓸 약을 찾아 나선 것입니다.

용이는 어젯밤에 이상한 꿈을 꾸었습니다. 아버지의 약을 살 돈이 없어 걱정을 하고 있는데 웬 수염이 허연 노인이 나타나서,

"얘야, 걱정만 하지 말고 뒷산 골짜기를 올라가면 말바위가 있느니라. 그 바위 근처에 오래된 산삼이 있을 터이니 그걸 캐어다 아버지께 달여 드려라. 병이 곧 나을 것이다."

하고는 연기처럼 사라져 버리는 꿈이었습니다.

'아버지 병을 낫게 할 산삼이라면 캐어 와야지!'

하고 용이는 산골짜기를 들어와 밀바위를 찾기는 했지만 그곳은 깎아지른 절벽 위였습니다.

용이는 꿈에 본 노인의 말을 생각하며 그 절벽을 기어오르려고 애를 썼습니다. 그러나 미끄러져 떨어질 뿐, 오를 수가 없었습니다.

이때, 용이 뒤에서,

"얘야, 내가 도와주마."

하는 소리가 나서 뒤돌아 보니 꿈에 본 그 노인 같아 보이는 할아버지가 품에서 조끼 하나를 내주며 말했습니다.

"이것은 나의 조끼다. 이 조끼를 입고 위에서부터 단추를 잠가 내려 가면 너는 네가 가고 싶어 하는 곳으로 날아갈 수가 있단다. 높은 벼랑 위를 가겠으면 이걸 입어라."

"앗, 할아버지!"

용이는 반갑고 고마워 어쩔 줄 모르며 그 조끼를 받아 입었습니다.

"자, 위에서부터 단추를 잠가 보아라. 그리고 내려올 때는 아래서부 터 단추를 끌러라. 하나하나 끄를수록 땅에 내려서게 되느니라."

"예. 할아버지, 고맙습니다. 이제 저 말바위 곁에 올라가서 아버지의 산삼을 찾겠어요."

"그럼, 잘 찾아 가지고 가거라."

– 이원수, 「날아 다니는 사람」 일부 –

나. 분위기에 담는 경우

분위기(atmosphere)란 작품 전체에 흐르고 있는 상황이 주는 느낌을 말한 다. 그것은 작품이 서정적이라든지 서구적이라든지 하는 톤(tone)과 달리 작 품 전체의 흐름과 배경이 주는 인상을 말한다. 즉, 바람이 불 때의 회상적 분위기나 비가 올 때의 낭만적인 분위기, 눈이 내리는 날의 환상적인 분위 기 등은 작품 주제의 의미를 암시해 주기도 한다.

분위기에 의한 주제 설정도 작품의 절정이나 결말 부분에 집약시키는 것 이 보통이다. 분위기에 의한 주제 설정은 비교적 가벼운 주제일 경우에 쓰 는 것이 좋다.

[예문]

어느 바닷가.

녹색 바닷말이 흐느적거리는 물너울 사이로 햇살은 물속까지 환히 비춰 줍니다.

어디선가 공기 방울들이 주루루 연이어 올라옵니다.

바닷속에서도 누가 비눗방울놀이를 하는 것 같습니다.

-아! 보입니다.-

모래알이 하얗게 드러난 수초 사이에 조무라기 조개들이 옹기종기 모여 앉아 **빠끔빠끔** 이야기를 주고 받고 있습니다.

"진주야. 나는 빨간 산호꽃으로 머리를 꾸미고 싶어."

곱다란 줄무늬의 조개 입에서 산호빛 공기 방울이 떠올라 옵니다.

진주조개가 말했습니다.

"줄무늬조개야. 나는 겉보다는 속이 중요하다고 생각해. 나는 가슴 속 깊이 진주를 만들 테야."

투명한 진줏빛 공기 방울이 진주조개의 입에서도 떠오릅니다.

그때 모래밭에 납작 엎디어 낮잠을 즐기려던 홍어가 투덜대며 일어 났습니다.

"에이 참, 한잠 잘랬더니…. 너희들은 허구한 날 똑같은 꿈얘기만 하 니. 싫증도 안 나니?"

"넌 누가 남 얘기하는 데 와서 낮잠 자랬니? 너야말로 허구한 날 낮잠 만 자니까 옆으로 퍼지기만 하지. 아이구, 먼지 좀 피우지 말고 가란 말 야!"

모래 먼지를 일으키며 홍어가 달아나자 줄무늬조개는 잠시 조개껍질 을 덮어야 했습니다.

모래 먼지가 가라앉자 바닷속은 다시 조용해졌습니다.

줄무늬조개와 진주조개는 또 심심해졌습니다. 이럴 때면 소라가 생 각이 납니다.

"소라는 어찌 됐을까?"

줄무늬조개가 중얼거렸습니다.

"글쎄…."

진주조개도 한숨을 내뿜었습니다.

소라의 꿈은 언제나 바닷가에 가 있었습니다.

그곳에는 소라가 그리는 하얀 물새가 살기 때문입니다.

그 하얀 물새가 스칠 듯 바다 위를 날면 소라는 미칠 듯이 가슴이 뛰곤 했습니다.

- 손수복, 「바닷가에서 주운 이야기」 일부 -

다. 대화에 담는 경우

대화는 인물들의 의식 수준이나 성격을 잘 나타낸다. 대화는 인물의 생각이 현실 상황에 반응하여 나타나는 의식의 표출 현상이다.

이 방법은 플롯에 의한 행동과 배경, 분위기, 톤 등을 집약하여 대화를 중심으로 주제를 표출시키는 방법이다. 대화에 의한 방법은 대화로 주제를 암시하는 방법과 주제를 직접 나타내는 방법이 있다.

대화에 의해 주제를 부각시키기 위해서는 대화의 묘미를 살리면서 주제가 부각되도록 해야 한다.

[예문]

"사랑의 편지를 일곱 명에게 써 보내고 나서 우유 한 잔을 마신 다음, '나는 아무개를 사랑합니다' 하고 말하면 4일 뒤에 그에게서 데이트 신청이 온대."

떠벌이 경은이의 말에 여자아이들이 '어머, 그게 정말이니?' 어쩌고 하면서 손뼉을 치고 난리가 났습니다.

내 짝궁 성미도 선생님 눈길을 피해 실과 시간 내내 사랑의 편지를 베끼고 있었어요. 도대체 무슨 내용이길래 저러나 하고 어깨너머로 넘겨다 보았더니 성미가 등을 홱 돌리고 가 버리는 거예요. 그것까지도 참을 수 있었어요. 그런데,

"신경 끊어. 누가 너한테 데이트 신청을 하겠니?"

하고 이죽거리는 바람에 필통을 들어 성미의 등짝을 탁 때려 버렸습니다.

성미랑 나는 사랑의 편지를 손바닥에 올려놓고 벌을 섰어요. 아이들이 벌 서는 우리를 돌아보고 큭큭 웃었습니다.

– 김향이, 「사랑의 표시」 일부 –

"왜 언니가 안 오지?"

보슬이는 아까부터 마당을 오가며 구슬이를 기다렸습니다.

엄마가 이런 보슬이를 보며 물었습니다.

"웬일로 언니를 기다려?"

"응, 학교에서 만든 꽃 자랑하려고."

엄마는 알겠다는 듯 싱긋이 웃었습니다.

"엄마, 나 언니 마중 간다."

보슬이는 대문을 나와 종종 걸음으로 언덕을 내려왔습니다.

저 멀리에 아이들이 삼삼오오 짝을 지어 이쪽으로 오고 있었습니다.

"구슬이 언니!"

아이들 중에 언니가 있는 것 같아 보슬이는 그쪽으로 달려갔습니다. 그러나 언니는 없었습니다.

보슬이는 다시 언덕으로 올라왔습니다.

담에 기대어 앉은 보슬이는 언덕 아래만 보았습니다.

– 목온균, 「요술 돌」 일부 –

라. 서술에 담는 방법

이 방법은 작가가 서술을 통해 직접 주제를 노출시키는 방법이다. 이 방법은 주제를 선명하게 보여 주는 효과는 있으나 독자의 감상력을 방해하는 단점이 있다. 이런 경우 자칫 교훈성이 드러나 문학성을 폄하하는 부작용을 초래할 수 있으므로 주의해야 한다.

　서술에 의한 주제의 설정도 작품의 절정이나 결말 부분에서 표출되는 경우가 많다.

　[예문]

　은모래와 조약돌이 예쁘게 널려 있는 강가에 갈대숲이 우거져 있었습니다. 맑은 강물 속에는 수많은 고기 떼들이 한가롭게 헤엄치며 놀고 있었습니다. 물새들이 머물러 살기에는 안성마춤인 곳이었습니다.

　어느 날 한 떼의 물새들이 날아와 모여 살기 시작했습니다. 털빛이 하얗고 부리가 노란 물새들이었습니다.

　"이곳에 오기를 정말 잘했어. 더 많은 친구들과 만날 수 없어서 조금은 섭섭하긴 하지만."

　누군가 이렇게 말하자 모두들 날개춤을 추며 뜻을 같이했습니다.

　물새들은 강물 속에 뛰어들어 멱을 감기도 하고, 물고기를 잡기도 하며 즐거운 시간을 보냈습니다.

　그런데 외롭게 떨어져 혼자 있는 물새가 있었습니다. 다른 친구들은 모두 물속에서 즐거움을 낚고 있는데, 유독 이 한 마리 물새만은 그들의 모습을 바라보며 동그마니 앉아 있을 뿐이었습니다.

　혼자만 부리가 하얀 물새가 물고기를 물고 그에게 다가갔습니다. 은빛으로 반짝이는 싱싱한 물고기였습니다.

　"넌 언제나 아픈 몸이 나을 수 있겠니? 어서 빨리 병이 나아 우리와 함께 예전처럼 놀 수 있었으면 좋겠다."

　흰부리 물새는 노랑부리 물새에게 물고기를 건네 주며 말했습니다.

　"친구야, 정말 고맙구나. 언제나 나를 도와주고 가까이 대해 주는 네가 내 곁에 있는 한 난 불행하다고 생각하지 않아."

　"그래, 난 언제나 너와 함께할 거야. 네가 이처럼 고생하게 된 것도 다 우리들 때문이 아니겠니?"

흰부리 물새는 스르르 눈을 감고 몇 달 전의 일을 되새김했습니다.

수십 마리의 물새 떼들은 살기 좋은 곳을 찾아 날개가 뻐근하도록 날았습니다. 해와 달을 번갈아 보며 날다가 날이 저물어 도착한 곳은 강의 하류였습니다. 갈대숲이 희뿌옇게 우거져 있고, 달빛을 받아 반짝이는 물결이 신비롭게까지 느껴지는 강가였습니다.

물새들은 하나같이 오랜 여행이 몰고 온 피로와 배고픔에 지쳐 있었습니다. 그 때문에 물새들의 눈에는 달빛에 반짝이는 밤 물결조차도 슬픔으로 일렁이고 있었습니다.

그때 누군가가 떨리는 목소리로 외쳤습니다.

"여기 먹이가 있다. 우리들이 충분히 먹을 수 있을 만큼 많은 양의 물고기야."

별빛을 가득 담은 수많은 눈동자들이 삽시간에 소리나는 쪽으로 몰렸습니다. 모두들 날개를 퍼득이며 종종걸음으로 달려왔습니다.

물결이 스치는 모래톱 가장자리에 수백 마리의 물고기들이 잠에 취한 듯 떼지어 누워 있었습니다. 가끔씩 예서제서 꿈틀거리는 것을 보면 죽어 있는 물고기들은 아닌 것 같았습니다. – 중략 –

배고픔을 참지 못한 물새들은 당장에 물고기를 먹으려고 달려들지만 대장 물새의 제지를 받는다. 약물에 오염되어 쓰러져 있는 물고기들인지도 모르니 먹지 말라는 이유에서였다. 물새들 사이에 여러 의견들이 오고가자 대장 물고기가 자신이 먼저 먹은 후 이상이 없으면 함께 먹자는 의견을 제시한다.

모든 물새들이 찬성을 하는가 했더니, 무리의 가장자리에 있던 넓적부리 물새가 분위기를 깨뜨렸습니다.

"만일을 모르니 대장이 먹으면 안 됩니다. 대장은 앞으로도 우리를 이끌어야 할 책임이 있는데, 그런 위험한 일에 직접 나서서는 안 됩니다. 대장을 대신하여 내가 먼저 먹어 보도록 하겠습니다."

대장 물새는 눈물이 글썽했습니다.

"고맙소. 하지만 많이 먹지는 말고 한 마리만 먹도록 하시오. 만일……."

대장 물새가 목이 메어 채 말끝을 잇지 못하고 있을 때 넓적부리 물새는 벌써 두 마리의 물고기를 부리 속으로 집어넣고 있었습니다.

한참 후 젊은 넓적부리 물새는 대장 물새의 눈물 섞인 목소리를 스쳐 들으며 정신을 잃고 말았습니다.

"불쌍한 넓적부리야, 넌 나 때문에 이런 신세가 된 거야. 보시오, 여러분! 이래도 나를 겁쟁이라 비웃겠소? 이 친구가 여러분들보다 배고픔을 참지 못하여 이 꼴이 됐다고 비아냥거리겠소?"

넓적부리 물새는 대장 물새의 슬픈 목소리를 끝까지 듣지 못하고 정신을 잃었습니다. 다른 물새들은 지금껏 한번도 화를 내지 않던 대장 물새의 떨리는 목소리를 듣고, 한 발자국도 움직이지 못했습니다.

그 후 넓적부리 물새는 대장 물새를 비롯한 모든 물새들의 극진한 간호로 가까스로 목숨만은 건질 수 있었습니다. 하지만 그의 병은 완쾌되지 않았습니다. 노래를 잃어버린 물새가 되었습니다. 눈도 차츰 어두워져서 앞을 볼 수 없는 새가 되었습니다. 그리하여 넓적부리는 점차 무리로부터 멀어지는 외로운 물새가 되었습니다.

하지만 외로운 물새는 외토리만은 아니었습니다. 그에게는 언제나 두 마리가 붙어 다닌다는 외눈박이 물고기처럼 늘 함께 다니는 흰부리 물새가 있었으니까요.

다른 물새들은 갈대숲에 둥지를 틀고 알을 낳았습니다. 새로운 보금자리에 새끼를 쳐서 행복을 키우기 위해서였습니다. 아, 그런데 넓적부리 물새만은 그런 행복마저도 꿈꿀 수조차 없었습니다. 그의 몸은 이미 알을 낳을 수 없는 물새가 되었으니까요.

다른 물새들이 갈대숲에서 그들의 소중한 꿈을 품고 있는 동안에 넓적부리 외로운 물새는 강가의 모래밭에 홀로 앉아 있었습니다. 그는 마치 알처럼 동그랗고 매끈한 조약들을 품고 있었습니다.

'저런 가엾은 친구……'

갈대숲의 둥지에서 그 모습을 지켜보고 있던 흰부리 물새의 두 눈에 눈물 방울이 고였습니다.

넓적부리 물새는 먼 하늘을 보며 이렇게 중얼거렸습니다.

"하느님, 저의 꿈은 왜 이다지 부질없나요? 이룰 수 없는 꿈인 줄을 알면서도 새끼를 가지고 싶은 욕심 때문에 그만……."

흰부리 물새는 그날 밤 곤히 잠든 넓적부리 물새의 품속에 자신의 가장 귀한 것을 선물했습니다. 외로운 물새가 잠에서 깨어날까 봐 숨까지 참으면서 자신의 알 한 개를 조심조심 넣어 주었습니다. 그러고는 넓적부리의 따스한 체온이 묻어 있는 조약돌 한 개를 꺼냈습니다.

아무것도 모르는 넓적부리 물새는 밤낮을 가리지 않고 정성스럽게 조약돌을 품어 주었습니다. 그의 정성은 갈대숲에서 알을 품고 있는 다른 물새들보다 훨씬 진했습니다.

그로부터 몇 주일이 지난 어느 날 아침, 외로운 물새는 참으로 외롭지 않은 물새가 될 수 있었습니다. 그의 품 안에서는 기적의 생명체가 꿈틀대고 있었습니다. 그의 귀에는 새 생명으로 태어난 아기새의 노랫소리가 꿈결처럼 들려왔습니다.

"흰부리 친구야, 나도 해냈어. 새끼를 가지게 된 거야."

넓적부리 물새의 울음 섞인 외침을 듣고 흰부리 물새가 달려와 기뻐해 주었습니다.

"그래, 너는 참으로 훌륭한 친구야. 넌 이제 축복받은 엄마 물새가 되었다구."

　　그때 흰부리 물새는 보았습니다. 친구의 품속에서 살며시 고개를 내민 부리가 하얀 물새의 귀여운 모습을……

　　흰부리 물새는 이제 더 이상 외롭지 않은 물새가 된 친구와 마주 앉아 기쁨의 눈물을 흘렸습니다. 갈대 숲에서는 물새들이 부르는 축하의 노래가 바람 소리에 실려 울려퍼졌습니다.

– 박상재, 「물새가 된 조약돌」 일부 –

마. 제목에 담는 경우

　　작품의 제목은 작품의 구조나 인물, 주제를 암시할 수 있게 상징적으로 붙여지는 경우가 많다. 그렇기 때문에 제목으로 주제를 나타낼 수도 있다. 동화에 있어서는 '단순 명쾌성'을 추구하는 동화의 특성상 제목에 의해 주제가 나타나는 경우가 많다. 제목에 의해 주제를 나타나게 할 경우에는 주제가 집약되거나 상징할 수 있게 붙여져야 한다.

　　그런데 주의해야 할 일은 제목이 이야기의 내용을 너무 훤히 드러내 보이게 붙이는 것은 바람직하지 않다.

　　[예문]

　　파리똥 같은 누에알에서 작은 점처럼 생긴 아주 작은 개미누에들이 꼬물꼬물 태어났어요. 개미누에들은 아랑 아씨가 잘디잘게 썰어 주는 뽕잎을 먹으며 조금씩 조금씩 자라났습니다.

　　이윽고 누에들은 하나둘씩 첫잠에 빠져들기 시작했어요. 모두가 잠에 빠져들었지만 그 중에는 다른 누에들과 달리 별처럼 초롱초롱 빛나는 꿈을 꾸는 누에들이 있었습니다. 고마운 아랑 아씨의 예쁜 모습을 다시 보고, 하늘을 훨훨 날고 싶은 누에들이었어요.

　　그 누에들은 자기들이 다 자라 누에고치를 지으면 그것으로 사람들이 비단실을 뽑는다는 것을 알고 있었어요. 비단실을 뽑아 내기 위해 고 칫속의 번데기는 뜨거운 물에 삶겨 죽고 만다는 것도 알고 있었답니다.

"그렇게 죽는 것은 싫어! 나방으로 다시 태어나 하늘을 날아보고 싶어. 그리고 내가 낳은 알이 수많은 누에로 다시 태어나는 것을 보고 싶어!"

잠을 자면서도, 잠에서 다시 깨어나서도, 꿈을 가진 누에들은 정성껏 간절한 소망을 빌고 또 빌었습니다.

– 이 경, 「꿈을 가진 누에」 일부 –

이 작품은 제목만 보아도 주제를 알 수 있다. 꿈을 품고, 그 꿈을 실현하기 위하여 노력하는 삶이 아름답다는 것이다. 그러면 이 작품에 등장하는 누에들의 꿈은 무엇인가? 그것은 나방으로 다시 태어나 하늘을 날아보고 싶고, 자신이 낳은 알이 수많은 누에로 다시 태어나는 것을 보고 싶은 것이다. 꿈을 가진 누에들은 잠을 자면서도, 잠에서 다시 깨어나서도, 정성껏 간절한 소망을 비는 것이다.

[예문]
"소가 거꾸로 자란다. 아주 재미있는 제목이네요. 어떤 내용인지 말해 주겠어요?"

보라는 또 머뭇거렸습니다.

"보라야, 촌사람 표내지 말고 빨랑빨랑 얘기해."

"서울 사람도 텔레비전 카메라 앞에 서면 언다고 하더라. 시골 사람, 서울 사람 어디 따로 있어. 저만하면 의젓하게 잘도 말하는구만."

한내의 말에 달봉이가 핀잔을 주었습니다. 보라가 입을 열었습니다. 보라의 얼굴이 텔레비전 화면 가득 메워졌습니다.

"우리 옆집에 달봉이의 형님 솔봉이 오빠가 있거든요."

"그래서요?"

"그 솔봉이 오빠가 밤낮으로 한숨만 쉬고 있어요."

"왜요?"

"소 때문이에요."

"소 때문이라?"

아나운서가 눈을 깜박거리며 다음 말을 기다렸습니다.

– 권태문, 「거꾸로 자라는 소」 일부 –

작품의 허두에서도 나타나 있듯이 상당히 재미있는 제목이다. 이 작품에서 제목인 『거꾸로 자라는 소』란 자랄수록 값이 떨어지는 소값을 두고 이르는 것임을 알 수 있다. 소를 힘들게 키워 보았자 값이 오히려 떨어져 거꾸로 자라는 격인 것이다. 제목을 통해서도 알 수 있듯이 온갖 고생을 해 가며 노력하여도 손해만 보고 울상을 짓는 농민들의 아픈 마음을 담고 있다.

6. 문체

동화를 구성하는 요소의 하나로서 문체와 문장을 말하지 않을 수 없다. 동화에 있어서 문체(style)란 무엇인가? 그것은 동화에 나타난 작가의 개성적인 문장의 특징이라고 말할 수 있다. 뷔퐁의 '문체는 곧 그 사람이다.'라는 말은 작가와 개성적인 문체의 관계를 웅변해 주는 것이다.

문체란 작가 특유의 정서와 사상을 정확히 전달하는 언어의 성질이라고 할 수 있다. 이러한 정의는 문체가 전달의 매체인 언어와 관계가 있을 뿐만 아니라 작가의 개성적 특징과도 관련되어 있음을 시사해 주는 말이다.

문체의 사전적 해석은 다음과 같다.

① 지은이의 사상이나 개성이 글의 어귀 등에 표현된 전체적인 특색. 스타일(style).
② 글의 체재. 구어체 · 문어체 · 논문체 · 서한체 · 서사체 따위, 또 용어에 따라 한글체 · 한문체 등이 있음. 글체.

- 신기철 · 신용철 편, 『새우리말 큰사전』 -

1) 동화 문체의 요소

동화의 문장은 나레이터가 말하는 지문과 등장인물이 말하는 대화로 이루어진다. 동화의 문체는 이렇게 지문과 대화로 이루어진다.

지문이란 대화를 제외한 모든 문장을 가리키는데, 이것은 나레이터와 작가의 말이다.

문장의 표현은 예술성을 살리고 빛나게 하는 중요한 요소가 된다.

동화든 소설이든 서술과 묘사를 마음껏 구사하는 언어 예술이다. 다만 동화는 소설에 비에 시에 가까운 산문 문학 양식이므로 비교적 압축되고 절제된 문장에 유연하고 서정적이며 감성적인 문체가 요구된다 하겠다.

캐씰(R. V. Casill)은 『소설작법』에서 소설 구성요소로서의 문장에 대하여 "소설의 요소를 편의상 기술적(mechanical) 요소와 개념적 요소(conceptual)로 나눈다. 기술적 요소는 묘사 · 서술 · 장면 · 반장면 · 전이 · 대화로 보고, 개념적 요소는 인물 · 플롯 · 톤 · 주제 그리고 기술적 요소로 볼 수 없는 그밖의 것도 포함한다"라고 하였다.

벤트레이(P. bentley)도 『서술기교』에서 소설의 문장은 요약(summary), 장면(scene), 묘사(description)의 셋으로 구성된다"고 하였다.

동화의 문장은 서술과 묘사가 알맞게 섞여져서 사용된다. 서술만 하면 동화의 구체적 형상화와 리얼리티의 환상을 잃기 쉽고, 묘사만 하면 동화의 플롯을 전개해 나아가기가 어렵다. 또 템포가 느리게 되어, 동화가 지녀야 할 생략과 압축의 묘미를 거두기가 힘들다.

(1) 서술(narration)

서술이란 설명하는 문장을 말한다. 따라서 동화의 설화성을 충족시켜 주며 인물, 사건, 배경 등을 직접적으로 표현하는 방법이다. 서술은 해설적이고, 추상적이고, 요소적인 표현 양식이다. 그러므로 동화를 진행시키고, 분위기를 조성해 주는 데 꼭 필요하다. 그런데 이 서술만 가지고서는 구체적이고 형상화된 동화를 이루는 데에는 한계가 있다. 여기에 묘사라는 간접적인 표현 기법이 요구된다.

[예문]

바람은 몇 년 전부터 저축해 온 돈을 가지고 올봄엔 어떤 일이 있더라도 가게를 꼭 하나 내리라고 마음먹었습니다. 그래서 여행을 하면서도 들여놓기 알맞은 물건들은 많이 사기도 하고 세상에서 가장 아름다운 물건들을 부탁하기도 했습니다.

그동안 바람이 애써 노력한 것은 무엇이라고 말할 수 없을 정도로 크고 힘든 일이었습니다.

사실 바람의 생각으론 일주일 전부터 가게를 열려고 작정을 했습니다. 새롭고 아름다운 물건들을 얼른 손님에게 내보이고 싶었던 것입니다.

며칠 동안 거리에는 눈만 쌓였습니다. 그것은 겨울 동안 이곳으로 여행 온 또 다른 바람의 친구들이 저희들 나라로 떠날 생각도 하지 않았기 때문입니다.

바람은 가게 문을 열지도 못하고 새로 사들인 물건들을 가지런히 챙기는 데 며칠이 걸리기도 하고, 며칠은 초조한 마음으로 거리를 기웃거리기도 하였습니다.

거리를 돌아다니며 속속들이 구경을 하던 바람의 친구들이 다시 제 나라로 돌아간다고 어느 날 바람에게 작별 인사를 하러 왔습니다.

"며칠 더 놀다 가."

겉으로 바람은 그렇게 말했지만 속으론 몹시 기뻤습니다.

– 최영희, 「봄을 파는 가게」 일부 –

바람을 의인화하여 쓴 동화이다. 바람이 사람처럼 저축을 하고, 여행을 하고, 가게를 차려 물건을 사고 판다. 새로 산 물건들을 정리하고 거리를 다니며 구경도 하고 제 나라로 돌아가려는 친구들과 작별 인사도 한다. 봄을 파는 가게의 주인은 바람인 것이다. 작가는 이러한 이야기들을 하나하나 설명하며 서술하고 있다.

[예문]

바로 엊그제 밤의 일입니다.

한밤중에 문득 잠이 깨인 금이는 제 몸이 깜깜한 우주 공간에 내던져진 것 같은 느낌이 들었습니다. 아무리 보아도 깜깜한 어둠뿐이고 아무 소리도 들리지 않는 것이었습니다.

금이가 잠든 사이에 온 세상이 요술에 걸려 깊은 잠 속에 파묻혀 버린 것 같았습니다. 온 세상을 잠재워 두고 누군가가 소리들을 거두어 사라져 버린 것 같았습니다.

대숲을 지나가는 바람 소리도 골목을 뛰어가는 아이들의 발자국 소리도 강아지 미미의 장난치는 소리까지도 사라져 버렸습니다.

도대체 헤아릴 수 없이 많은 소리들이 죄다 어디로 간 것일까요?

안방에서 들려오는 젖먹이 동생이 칭얼거리는 소리도 들리지 않았습니다.

– 김수미, 「소리들의 꿈」 일부 –

사람들은 때로 시끄러운 소리들을 멀리하고 조용한 곳에서 쉬고 싶어한다. 하지만 아무 소리도 들리지 않는 적막한 곳에 있으면 쓸쓸하고, 답답하고, 심심하다 못해 고독하고 무섭기까지 할 것이다. 소리들이 모두 사라진다면 어떤 세상이 될까? 작가는 이런 화두를 풀기 위하여 이 동화를 썼을지도 모른다. 이 동화 역시 이야기를 서술하며 사건을 전개시키고 있다.

[예문]

재잘재잘 새소리가 산밑까지 깔려 있는 한낮입니다.

큰길에서 십여 분쯤 동쪽 오솔길 따라 걸어 들어가면 아이들 어깨쯤 되는 측백나무가 빙 둘러 어깨동무를 하고 있는 작은 초등학교가 보입니다.

운동장이 아직 텅 비어 있는 것으로 보아 공부가 끝나지 않은 모양입니다. 가끔씩 깔깔거리는 아이들 웃음소리가 구령대를 한 바퀴 돌고 교실로 들어갑니다.

학교를 지나 학교 뒷산의 오솔길로 오르다 보면 오솔길 아래로 졸졸대며 흐르는 작은 시내도 보입니다. 버들치들이 시냇물을 따라 한가롭게 헤엄을 치고 있습니다. 시내 왼쪽으로는 홍수 때 산에서 떨어져 내려오다 걸린 모양을 하고 있다 하여 마을 사람들이 똥뫼라고 부르는 작은 소나무 숲도 보입니다.

똥뫼 소나무 숲에는 아름드리 늙은 느티나무가 한 그루 우뚝 서 있습니다.

– 김영희, 「느티나무의 소원」 일부 –

산 아래로 큰길이 나 있고, 큰길에서 오솔길을 따라 걸어가면 측백나무 울타리로 둘러싸인 학교가 있다. 학교 뒷산 오솔길 아래로는 버들치들이 한가롭게 노는 시냇물이 보인다. 시내 왼쪽에는 작은 소나무 숲이 있는데 이곳에 늙은 느티나무 한 그루가 서 있다. 이러한 정경이 작가의 설명인 자세한 서술에 의해 그려지고 있다.

(2) 묘사(description)

묘사는 작가가 객관적인 위치에서 인물, 배경, 장면 등을 구체적으로 그려 내는 표현 방법이다. 따라서 묘사는 독자의 구체적인 이미지를 생생하게 재현시켜 주는 구실을 한다. 동화에서 묘사의 기능은 어떤 모습을 구체화하는 것이다. 묘사는 되도록 간결하면서도 정확하고, 구체적이고, 상상을 통한 환기 효과가 살아나도록 해야 한다.

캐씰(R. V. Casill)도 "소설에 있어서 묘사의 기능은 일반적으로 인물과 장소의 환상을 깊게 하는 것, 즉 독자의 상상 속에 그들의 실재를 재생시키는 것이므로 독자는 스스로 진실성의 면전에 있다고 믿으려 한다. 또 다른 기능은 등장인물의 정서적인 상태를 비추어 주는 것이다"라고 하였다.

캐씰은 묘사의 종류를 구체적 묘사와 비유적 묘사 및 사실적 묘사로 구분하고 있다. 그런데 묘사의 생명은 무엇보다도 구체성에 있음을 명심해야 한다.

과거에는 문체를 간결체와 만연체, 우아체와 강건체, 건조체와 화려체, 소박체와 교징체(巧徵體)로 나누기도 했다. 하지만 동화 문장을 구분하는 데 있어서의 이러한 구분은 제한적일 수밖에 없다.

[예문]
간이역의 지붕 위에 흰구름이 한 송이 걸려 있었다. 철로변에 있는 대추나무에는 올해도 대추꽃이 한창이었다. - 중략 -

아이는 고개를 갸우뚱 흔들며 활짝 웃었다.

밀짚모자 아저씨가 뒤돌아보았다. 웃느라고 드러난 아이의 이가 물가의 차돌처럼 반짝거렸다.

바람이 성큼 불어왔다. 하마터면 아저씨의 밀짚모자가 날아갈 뻔 하였다. 바람에는 보리 익은 냄새가 가득 실려 있었다. 들을 지나 온 게 틀림없었다.

역의 남쪽 화단 가운데 있는 풍속계가 종종종 병아리 걸음을 치다가
는 다시 볏이 긴 수탉 걸음처럼 늦어졌다. - 중략 -

두 사람이 나루터에 도착했을 때는 해가 뉘엿뉘엿 질무렵이었다.

하늘에 번져 있는 노을이 물속에는 더 진하게 퍼져 있었다.

나룻배는 건너편 둑을 출발해서 빨갛게 깔린 비단 같은 노을 위로 천
천히 다가오고 있었다. - 중략 -

밀짚모자를 가리키는 아이의 손을 좇아서 고개를 돌린 여인의 얼굴
이 순간 석고처럼 굳어졌다. 그러나 이내 두 뺨에 노을이 번졌다.

그는 천천히 뒷주머니 속에 든 손수건을 꺼내었다. 그러고는 두 손으
로 얼굴을 문지르며 아내와 아들이 있는 나룻배 쪽으로 다가갔다.

호수 속에 비친 세 사람의 모습을 노을이 환하게 감싸안고 있었다.

- 정채봉, 「노을」 일부 -

묘사력은 곧 문장력이라고도 할 수 있다. 묘사를 얼마나 능숙하게 할 수
있느냐에 따라 작가로서의 가능성을 가늠할 수 있다 하여도 과언이 아니다.
간이역 위에 걸린 구름, 웃을 때 드러나는 아이의 이, 바람에 실려 온 보리
냄새, 풍속계의 빠르기로 바람의 세기를 비유한 표현력, 다양하게 그려 낸
노을의 모습 등에서 알 수 있듯이 작가는 묘사를 통해 인물, 배경, 장면 등
을 구체적으로 드러내고 있다. 이처럼 묘사는 독자들의 눈앞에 구체적 심상
(image)을 생생하게 재현시켜 주는 구실을 한다. 정채봉 동화의 특징 중의 하
나가 바로 이 한 폭의 수채화 같은 회화적 정경 묘사라고 할 수 있다.

(3) 대화(dialogue)

대화는 등장인물들이 주고 받는 말을 뜻한다. 동화에서는 대화로서 사건
을 전개시키기도 하고, 인물의 성격을 묘사하기도 한다.

허드슨(W. H. Hudson)은 "대화를 알맞게 전개시키는 기교는 작가의 시금석

이라고 해도 좋다. 대화는 희곡에서와 같이 플롯을 진행시키기 위하여 사용된다"라고 하였다. 그만큼 대화가 동화에 미치는 역할을 강조한 말이라고 할 수 있다.

대화글을 쓸 때 유념해야 할 사항은 다음과 같다.

① 말하는 사람의 성격과 일치하여야 한다.

② 스토리와 유기적으로 결합되어야 한다.

③ 재미있고 생생하게 표현해야 한다.

④ 말하는 분위기에 알맞아야 한다.

⑤ 자연스럽고 참신한 내용이면 더욱 좋다.

그런데 동화에는 지문 없이 대화만으로 이루어진 것도 있고, 대화는 없이 지문만으로 이루어진 것도 있다. 다만 이러한 것들은 특수한 예에 불과하며 대부분의 동화들은 서술과 묘사와 대화가 적절히 배합된 문장으로 이루어지게 된다.

다음 동화는 1985년 《조선일보》 신춘문예 당선작으로, 끝부분의 두 문장을 제외하고는 대화문으로만 이루어져 있다.

[예문]

"샘이 자니?"

"아냐, 엄마. 깨 있어."

"응, 안자고 있었구나. 엄마 등이 따뜻하지? 샘아, 우리 심심한데 이야기를 하면서 갈까?"

"무슨 이야기?"

"재미있는 얘기로. 무슨 얘기가 샘이는 가장 재미있을까? 옳지, 이렇게 하자. 엄마가 물어보면 샘이는 알아 맞히는 거야. 알겠지? 토끼네 집에 토끼네 식구가 살았다. 아빠 토끼와 엄마 토끼와 오빠 토끼와 아가 토끼였지. 그런데 아빠 토끼가 먼 나라로 일을 하러 가셨어. 그럼 집에는 토끼 몇 식구가 남았을까?"

"음, 세 식구."

"맞았다. 그런데 엄마 토끼가 개울로 빨래를 하러 가시고 오빠 토끼는 학교에 갔단다. 그럼 집에는 몇 식구일까요?"

"한 식구." – 중략 –

"참, 엄만 어젯밤에 꿈 꾸었단다. 샘이는?"

"난 꿈이 뭔지 몰라. 꿈이 뭐야?"

"옳아. 그렇지. 우리 샘이는 꿈이 무엇인지 잘 모르겠구나. 엄마가 가르쳐 줄게. 꿈이란 건 말이지, 네가 하고 싶은 게 머리에 떠오른다든가, 또는 잠들었을 때 자꾸만 무엇이 생각나는 걸 꿈이라고 하는 거야. 샘이는 그런 적 없었어?"

"아– 자면서도 아빠를 만나는 거 말이구나?"

"그렇지. 그런 적 있었니?"

"저번에 나도 꿈꾸었다!"

"어머, 무슨 꿈이었는지 엄마한테 얘기해 줄래?"

"그럼 엄마도 꿈 이야기 해 줘야 해?"

"아암, 샘이 꿈 이야기 끝나면 다음엔 엄마가 꾼 꿈도 이야기할게."

"…밤이었는데, 아빠랑 가위바위보를 하고 놀았어. 이기는 사람이 한 번씩 뛰기를 해서 누가 먼저 골목 끝까지 가나 내기 한 거야."

"야! 재미있었겠구나. 누가 이겼지?"

"아무도 못 이겼어. 내가 보를 내면 아빠도 보를 내고, 내가 가위내면 아빠도 가위 내고, 내가 바위 내면 아빠도 꼭 바위만 내미시는걸…. 그러다가 잠이 깼어. 엄만 어떤 꿈?" – 중략 –

"참 재미있는데. 엄마, 그런데 외가집까지 얼마나 남았어?"

"백 걸음만 가면 외가집 옥수수 밭이 있고, 또 백 걸음 가면 도랑이 있고, 백 걸음 또 가면 외가집 사립문이야. 엄마는 이곳에서 자랐기 때문에 두 눈을 감고서도 찾아갈 수 있단다."

"외할머니가 마중 나오실까?"

"그럼. 샘이가 보고 싶어서 지금 집을 나서셨을 거야. 할머니께 어떻게 인사를 할 거니?"

"'할머니 그동안 안녕하셨어요?' 하는 거라고 엄마가 그랬잖아."

"옳지. 그리고 외가집에 가면 할머니께도, 외삼촌께도 외숙모께도, 예쁘게 절을 하는 거야. 엄마가 가르쳐 준 대로."

"나는 절을 잘할 수 있어. 엄마 나 내려 주세요. 발걸음 세면서 여기서부터는 걸어갈 테야."

"그러려무나. 그 대신 엄마 손을 꼭 잡고 걸어가야 해. 저쪽이 할머님 댁 옥수수 밭인데, 밭둑에는 빨간 산딸기가 참 많단다. 외할머니께선 손에다 한 웅큼의 산딸기를 따 모아서 엄마랑 외삼촌이랑 이모에게 똑같이 나누어 주시곤 하셨지. 내일은 엄마가 샘이에게 산딸기를 많이 따 줄게."

"아, 좋아라. 그런데 엄마, 외가집에서 몇 밤 자고 갈 거야."

"오늘 밤만. 내일은 집에 돌아가서 오빠랑 놀아야 하잖아. 오빠는 혼자서 얼마나 심심할까. 내일은 무슨 날이라고 했지?"

"외할머니 생신날."

"그렇단다. 내일은 할머니께서 태어나신 날이야. 내일 아침엔 샘이가 제일 먼저 일어나서 할머님께 절을 하렴. 그러면 할머님도 무척 좋아하실 거야."

"할머님도 어릴 때는 나처럼 작았어?"

"그렇고 말고. 외할머니도 어렸을 때는 너처럼 작고 예쁘셨을 거야. 할머니가 크셔서 엄마를 낳았고, 엄마도 옛날엔 샘이만 했었고, 샘이는 또 커서 엄마처럼 되는 거야. 어머나, 벌써 도랑까지 왔구나. 조심해서 건너자. 이 징검다리만 건너면 백 걸음 남는단다."

"엄마, 저 물속에 별들 좀 봐. 너무 곱지?"

"그래, 별이 참 예쁘기도 해라. 이 다음에 아빠가 돌아오시면 함께 와서 모두 건너 가자꾸나."

저만큼 어둠 속에서 등불 하나가 가물거리며 다가오고 있습니다. 마중 나오시는 할머니가 들고 오시는 등불입니다.

- 진상용, 「별」 일부 -

이 작품은 엄마가 샘이를 등에 업고 오솔길을 걸어 외가를 찾아가는 이야기이다. 이 동화의 특징은 처음부터 끝까지 대화체로 이어져 있다는 점이다. 대화와 대화를 이어 주는 설명이 전혀 없다. 스토리의 전개는 물론 모든 상황 묘사를 모녀가 나누는 대하로 형상화했다. 엄마 등에 업혀 외가를 찾아가는 다섯 살배기 샘이는 엄마와 쉬지 않고 대화를 나눈다.

생생한 대화는 이야기를 생생하고 생동감 있게 만든다. 엄마는 샘이를 업고 걷는 데도 피곤한 줄을 모른다. 어느덧 어두워지고 하늘에는 별이 돋는다. 이 동화의 마지막 부분에 나타나는 두 문장의 글이 바탕글의 전부이다.

7. 인물의 이름과 제목

1) 인물의 이름

동화나 소설에서 등장인물의 이름은 성격 묘사는 물론 플롯의 암시에도 중요한 구실을 한다. 등장인물에 이름이 없다면 그 인물을 특징 있는 인물로 부각시키는 데 어려움을 겪을 수도 있다. 그렇기 때문에 등장인물의 이름을 지을 때에는 보다 신중해야 한다.

이름을 지을 때는 암시성과 상징성에도 유의해야 하지만 암시나 상징이

지나치면 인물의 성격과 행동을 제한할 우려가 있다. 그렇다고 너무 튀는 특이한 이름을 지으려고 고심할 필요는 없다. 평범하고 기억하기 좋으면서도 부르기에도 편한 이름이 바람직스러운 것이다.

[예문]

어느 아파트로 새 가족이 이사를 왔습니다.

이삿짐 차에 여러 가지 물건이 실려 있었습니다.

자동차도 물론 이삿짐이었으나 이삿짐 차에 업혀 오지 않고 혼자서 따로 왔습니다.

그 차는 몸집도 작고 누가 봐도 볼품없는 헌 차였습니다. 문짝과 지붕이 몇 군데 쭈그러지고 바퀴 네 개도 크기는 같았지만 모양이 다 달랐습니다. 그리고 한 가지 색이어야 할 몸에 누더기처럼 어지럽게 군데군데 여러 색의 페인트칠이 되어 있었습니다.

이 괴상한 헌 차가 새 동네의 주차장으로 들어오자 수많은 고급 차들이 눈살을 찌푸렸습니다.

"우리 고급 아파트를 망신시키려고 결심을 했나? 에이, 창피해."

"고급 차만 있는 우리 주차장이 거지 주차장으로 되겠군."

크고 멋있는 차들이 햇빛에 몸을 반짝거리며 투덜거렸습니다.

그런 얘기를 들었는지 못 들었는지 헌 차는 아무렇지 않은 듯 재빠르게 주차장으로 들어섰습니다.

"어휴, 흙 냄새. 도대체 목욕을 매일 하는 거야, 안 하는 거야?"

"하필 이 많은 차 중에서 우리 둘 사이로 쏙 들어오게 뭐람. 아이고 창피해. 어서 다른 곳으로 자리를 옮기던지 해야겠어."

폭고(폭신한 고급차)와 볼멋(볼수록 멋있는 차)이 코를 감싸 쥐며 얼굴을 찡그렸습니다.

"친구들 안녕? 앞으로 재미있게 잘 지내자구. 자, 악수."

'잘 지내자구? 악수?'

폭고와 볼멋은 얼결에 손을 잡히고는 기분이 나빴습니다

"너희들 이름은 아까 이곳으로 들어올 때 봐 두었어. 참 멋있는 이름이더구나. 폭고 ,그리고 볼멋!"

"그럼 네 이름도 말해 주어야 할 게 아냐?"

폭고는 쏘아 주듯이 말했습니다.

"나는 20년이 된 고물차야."

"어머머, 20년?"

폭고와 볼멋이 까만 눈동자가 갑자기 커다래진 흰자위 안에서 데굴데굴 굴렀습니다. 폭고와 볼멋은 자동차 공장에서 나온 지 겨우 6개월밖에 안 된 날씬한 새 차였거든요.

"내 이름은 지프신이었는데 벌써 오래 전에 동네 장난꾸러기들이 내 이름표를 떼어 갔어. 그렇지만 우리 주인님은 굳이 다시 새 이름표를 달아 주지 않으셨어. 이름표가 없어도 지프신은 지프신이야."

"지프신이면 지프차와 친척뻘 되니?"

볼멋은 '지프신'이라는 이름이 어쩐지 멋있어 보였습니다. 그래서 조금은 친절한 말투로 물은 것입니다.

– 최영재, 「누더기 자동차」 일부 –

자동차를 의인화한 이 동화에는 '폭고'와 '볼멋', '지프신'이라는 자동차의 이름이 등장하고 있다. '폭고'는 폭신한 고급차, '볼멋'은 볼수록 멋있는 차로 공장에서 출고된 지 반 년밖에 안 된 새 차이고, '지프신'은 이름표마저 떨어져 나간 낡은 차인 것이다. 이러한 이름들은 자동차의 특성을 살려 작가가 창의적으로 지었기 때문에 재미를 느끼게 해 준다.

이준연의 『임금님과 소년』에는 재미있는 이름들이 등장한다. 이 동화에는 위선과 가식이라는 가면을 벗어 던지고 바르고 떳떳하게 살아가라는 메시지가 담겨 있다. 이 동화는 강한 주제 의식과 알레고리를 바탕으로 흥미 있게 펼쳐지는 스토리가 강한 흡인력을 갖추고 있다.

동쪽나라의 못난이 임금님은 자기의 못생긴 얼굴을 남에게 보이기 싫어서 구멍 뚫린 하얀 자루를 쓰고 지낸다. 임금님은 시인들에게 벼슬자리를 주어 나라일을 맡기면 정직하게 정치를 잘할 것으로 믿는다. 여기서 작가가 명명한 벼슬 이름이 재치있고 창의적이어서 흥미를 끈다. 총리를 '총감'으로, 장관을 '대감'으로, 도지사를 '중감'으로, 군수를 '소감'으로, 면장을 '영감'으로, 이장을 '탱감'으로 작명한 것이 그것이다.

2) 제목

작품의 제목은 사람에게 있어서 이름과도 같은 것이다. 아기가 태어났을 때 부모는 좋은 이름을 짓기 위해 고심한다. 집안의 어른이 지어 주기도 하고 전문적인 작명가에게도 맡기기도 하지만 요즈음엔 대부분 아기의 부모들이 개성 있고 예쁜 이름을 지어 준다. 이처럼 이름을 짓기 위해 애쓰는 이유는 이름이 그만큼 중요하기 때문이다. 옛날에는 이름을 함부로 짓기도 했다. 별 뜻도 없고, 듣기에 거북하거나 우스꽝스러운 이름을 지어 주위의 놀림감이 되기도 했다. 그런가 하면 너무 흔한 이름인 경우에는 어쩐지 가치가 없어 보인다. 그렇다고 너무 뜻이 어렵거나 발음하기 곤란한 이름도 좋은 이름일 수는 없다.

작품의 제목도 사람의 이름과 마찬가지이다. '내용이 중요하지. 제목이 뭐 대수인가. 적당히 붙이면 되지.' 이런 생각으로 제목을 소홀히 취급하면 안 된다. 대체로 동화의 제목은 그 작품의 주제를 압축한 것이나, 중심 소재를 따서 붙인다. 하지만 너무 흔하거나 평범한 제목은 피하는 것이 좋다.

동화의 제목(title)은 작품의 얼굴이요 작품 이해의 첫 관문이다. 제목은 작품과 독자를 연결해 주는 첫 매체이다. 그러므로 동화에서 제목이 차지하는 비중은 상당히 크다.

작품의 제목이 차지하는 기능은 다음과 같다.

첫째 제목은 독자를 유인하는 기능을 가진다. 동화의 제목이 독자의 흥미나 호기심을 끌지 못하는 평범하고 진부한 것이라면 독자들의 독서 의욕을 자극하지 못할 것이다. 그렇다고 지나치게 과대 포장하여 제목만 그럴듯하게 붙이고 알맹이는 없는, 이른바 속빈 강정이나 '빛 좋은 개살구' 같은 제목을 붙여서도 안 될 것이다.

둘째 동화의 제목은 함축적 기능을 갖는다. 함축적 기능이란 동화의 전체 내용이 제목 속에 농축되어 나타난다는 말이다. 즉, 제목에 작품의 내용을 압축하여 작품의 의미를 나타내는 역할을 하는 것이다.

셋째 동화의 제목은 환기적 기능을 갖는다. 어떤 작품을 다 읽고 났을 때 생각나는 것은 그 동화의 제목과 등장인물의 이름, 그리고 특징적인 사건의 이미지들이다. 이런 것들도 오랜 시간이 흐르게 되면 점차 잊혀져 가고 제목만 생각나는 경우가 많다. 이처럼 동화의 제목은 동화 내용을 환기시키는 환기적 기능을 갖는다.

동화의 제목을 붙일 때에는 유인적, 함축적, 환기적 기능을 염두에 두고 기억하기에 좋으면서도 이미지가 선명한 것이 되도록 명명해야 한다.

(1) 재미있고 개성 있는 제목

너무 추상적이거나 도식적이고 관념적인 제목도 피해야 한다. 제목은 개성 있게 인상적으로 붙이는 것이 좋다. 평범한 제목으로서는 독자들의 관심을 끌 수 없다. 독창적이면서도 재미있는 제목, 개성 있고 산뜻한 제목을 붙여야 한다. 제목은 작품을 다 완성한 후에 붙이는 것이 좋다. 처음 구상했던 내용과 스토리나 주제가 달라질 수도 있기 때문이다.

[예문]

　나는 이 야트막한 언덕 한가운데 서 있는 떡갈나무입니다. 내 그늘 아래서 깡충깡충 토끼와 구불구불 뱀은 매일 놀았습니다. 매일 놀다가 가끔 다투기도 합니다. 그럴 때면 나는 "다른 데 가서 놀아라!" 하고 소리를 질렀습니다. 하지만 내 목소리는 언제나 바람 소리에 묻혀 잘 들리지 않나 봅니다. 그저 '휘익 휘익' 하는 소리로만 들리나 봅니다.

　좀 심하게 싸운다 싶을 때는 내 긴 가지를 늘어뜨려 뱀의 엉덩이나 토끼의 귀를 걷어차기도 했습니다. 그러면 이 두 친구들은 나를 올려다보며 "바람이 많이 부네! 그만 놀자." 하고 일어섰습니다. 돌아갈 시간도 되었거든요.

- 채인선, 「구불구불 뱀과 깡충깡충 토끼, 그리고 떡갈나무」 일부 -

　떡갈나무와 뱀과 토끼를 의인화하여 쓴 동화의 프롤로그이다. 제목이 다소 길어 보이지만 퍽 재미있기 때문에 인상적이다. 만약 '뱀과 토끼와 떡갈나무'라는 제목을 붙였다면 얼마나 개성이 없어 보이겠는가. 이렇게 평범한 제목은 우선 독자들의 호기심도 끌 수 없을 것이다.

　그렇다고 무조건 제목을 길게 붙이라는 말은 아니다. 제목은 내용을 압축하여 짧게 붙이는 것이 보통이지만 개성 있고 재미있는 제목을 위해서는 길게 붙여도 무방한 것이다.

[예문]

드디어 전시회 날이었다.

은비는 떨리는 마음으로 전시회장으로 갔다.

전시회장에는 이미 많은 사람이 와 있었다.

은비는 전시회장을 천천히 둘러보았다.

"은비야!"

그때 누군가 목소리를 낮춰 은비를 불렀다. 돌아보니 두경이와 재혁이었다. 두 사람을 따라 반 친구들이 우르르 전시회장으로 들어왔다.

"축하한다. 그리고 그동안 놀렸던 거 미안해."

두경이와 재혁이는 안고 온 꽃다발을 은비에게 와락 안겨 주었다.

"이걸 모두 네가 만든 거야?"

"눈도 잘 안 보이면서 이 많은 걸 어떻게 만들었니?"

"와, 마치 꽃밭에 와 있는 것 같다."

친구들은 놀라 벌어진 입을 다물지 못했다.

"처음엔 나도 힘들었어. 그런데 자꾸 하다 보니 손끝에도 눈이 생기는 거 있지?"

은비가 열 손가락을 펴 보았다.

그때 전시회장에 모여 섰던 아이들이 와르르 손뼉을 쳤다.

아이들은 한 마리 나비가 되어 전시회장 안을 돌고 또 돌았다.

– 민현숙, 「열두 개의 눈을 가진 아이」 일부 –

선천성 시력 장애아인 은비가 종이접기를 배워 전시회를 여는 등 꿈을 성취하는 모습을 그린 생활동화의 에필로그이다. 처음 '열두 개의 눈을 가진 아이'라는 제목을 대한 독자들은 어떤 내용의 이야기가 전개될지 호기심이 생길 것이다.

이 작품에서 작가는 손가락 하나하나를 눈으로 비유했다. 손끝으로 종이접기를 하기 때문에 마치 눈이 있는 것처럼 상징적으로 표현한 것이다.

[예문]

파랑이가 태어난 것은 하늘이 파아란 가을 날이었습니다. 몇 달 전, 공장에서 태어나긴 했지만, 몸속에 바람을 간직하고 나서부터라는 게 정확한 말입니다. 한 엄마가 구멍가게에서 파랑이를 사서 아기에게 주려고 입으로 '후후' 바람을 불어넣어 몸이 점점 커지는 순간, 파랑이는 눈을 떠서 세상을 바라보기 시작했습니다.

"아휴, 너무 눈이 부신 걸."

파랑이는 가을 햇살에 눈이 부셨지만 기분은 무척 좋았습니다.

아기 엄마는 파랑이를 실에 묶어 아기의 손에 쥐어 주었습니다.

아기는 좋아서 자꾸 실을 흔들어 파랑이는 어지럽긴 했지만, 그리 싫지 않았습니다.

"참 세상은 아름다운 곳이야. 나는 오래오래 이곳에서 살 거야."

파랑이는 혼자서 쫑알거렸습니다.

– 박재형, 「파랑이」 일부 –

이 동화에 나오는 '파랑이'는 고무풍선의 이름이다. 작가는 파랑이가 자신의 몸속에 바람이 들어와 부풀어 오르는 순간, 생명을 획득했다고 서술하고 있다. 파란 가을 하늘 아래 눈부신 햇살을 받으며 아기의 손에 실로 연결된 파란 풍선을 보는 듯한 삽화이다.

(2) 호기심을 자아내는 제목

『에밀과 탐정들』이라는 작품으로 유명한 독일의 동화작가 에리히 케스트너(Erich Kästner, 1899~1974)가 지은 책 중에 『날아 다니는 교실』(1933)이 있다. 제목만 들어도 재미있을 것 같은 느낌이 들어 빨리 읽고 싶은 충동을 느낀다. '교실이 어떻게 날아다닐까?' 독자들은 이런 궁금증에 싸여 그 책에 호기심을 가지지 않고서는 못 배길 것이다.

비슷한 제목의 동화로 김요섭의 『날아다니는 코끼리』라는 장편동화가 있다. '어떻게 코끼리가 날아다닐까?' 내용을 모르는 독자들은 이런 궁금증을 가지는 것이 당연하다. 그런데 이 동화에 등장하는 코끼리는 살아 있는 코끼리가 아니라 과자 회사에서 광고를 하기 위하여 띄운 에드벌룬 코끼리인 것이다.

동화에는 이처럼 독자들의 호기심을 자극할 수 있는 제목을 붙이는 것이 좋다. 어린이들은 특히 호기심이 강하기 때문에 궁금증을 자아낼 수 있는 제목일수록 좋다.

그동안 창작된 동화들 중에 호기심을 자극하는 제목들과 그 작가를 열거해 보면 다음과 같다.

『깊은 밤 별들이 울리는 종』, 김요섭

『꿈을 찍는 사진관』, 강소천

『바람을 그리는 어린이』, 유여촌

『얼굴없는 기념 사진』, 이영호

『날아가는 조약돌』, 한정규

『춤추는 눈사람』, 김병규

『봄을 파는 가게』, 최영희

『하나님의 호주머니 속에는 무엇이 들어 있을까』, 김운경

『바다로 간 장승』, 이영옥

『소리들의 꿈』, 김수미

『하늘로 가는 꽃마차』, 박상재

『아지랭이로 짠 비단』, 이슬기

『하느님의 발자국 소리』, 김여울

『사람이 된 허수아비』, 장만석

『도깨비가 된 허수아비』 이준연

『말하는 항아리』, 오세발

『꽃잎을 먹는 기관차』, 김요섭

『꿈을 파는 가게』, 김영훈

『물새가 된 조약돌』, 박상재

『서울로 간 허수아비』, 윤기현

『허수아비가 된 허수 아버지』, 박상재

『물에서 나온 새』, 정채봉

『하느님 우산은 누가 고칠까』, 김재원

『소문이 열리는 나무』, 조한순

『그림자를 잃은 아이』, 배익천

아름다운 우리말로

동화의 제목은 쉽고 정감이 가는 우리말로 붙이는 것이 좋다. 관념적인 느낌이 드는 한자어보다는 순수한 우리말로 붙이는 것이 효과적이다.

『달우물역 철마』 새천년 《조선일보》 신춘문예 당선동화의 제목이다. 휴전선 부근 민통선 안에 분단의 비극을 생생하게 보여 주는 월정리역이 있다. 전쟁의 상흔을 안고 50여 년 세월 동한 포화에 널브러져 누워 있는 녹슨 기차. 작가는 비극의 현장을 둘러보고 한 편의 동화로 형상화했다. 그 비극의 현장이 '철마는 달리고 싶다'로 유명한 월정리역인 것이다.

만약 작가가 '월정리역 기차'라는 제목을 붙였다면 그 느낌이 어떠 했을까? 월정리라는 한자어를 우리말로 풀어 쓴 달우물이라는 말이 훨씬 친근감이 있고 신비로우며 신선하지 않은가?

[예문]

달우물역입니다.

승강장 구석에 웅크리고 누워 있는 철마가 으스스 몸을 떱니다. 섣달 매운 바람이 철마의 온몸에 자꾸 몰아칩니다. 철마는 다 삭아 널브러진 자신의 모습을 돌아봅니다. 군데군데 구멍 숭숭 뚫리고 녹슬어 처참합니다.

철마가 쌩쌩 거침없이 달리던 철길엔 높이 쌓은 담이 턱 가로막고 있습니다.

새한이 손과 할머니 손, 합쳐진 두 손이 철마에게 달우물 물을 발라 줍니다.

그믐달, 실낱 같은 달빛이 할머니와 철마, 새한이를 비춰 줍니다.

그때입니다. 그림판 속의 철마가, 누워 있는 철마에게로 철커덩 내려앉으며 '뿌우-뿌-욱' 기적 소리를 냅니다.

흰 연기가 뭉턱뭉턱 피어오르며 가시 철조망과 담장을 휘덮더니, 철마가 덜컹덜컹 달리기 시작합니다.

언덕 위의 종탑에서 댕그렁댕그렁 종이 울립니다.

짙은 어둠 속에, 새해 새 아침을 열 해님이 벌써 꿈틀대고 있습니다.

– 이희곤, 「달우물역 철마」 일부 –

제2절
환상동화의 분석적 접근

1. 심리적 판타지

　심리적 판타지는 대개 주인공들의 의식 속에 상상의 날개를 달게 하여 현실 세계를 벗어나 환상의 세계를 유영하게 한 후, 다시 현실 세계로 안착하는 기법을 구사하는 것이 보통이다.

　이러한 동화는 대부분 에필로그에서 심리적 환상의 세계로부터 일상으로 되돌아오도록 설정하게 된다. 그렇게 하는 것이 환상동화에서 범하기 쉬운 현실과의 괴리감을 극복할 수 있기 때문이다. 환상과 현실과의 자연스러운 넘나듦은 독자들에게 환상의 무한한 공간을 자유롭게 유영할 수 있는 즐거움을 안겨 준다.

　심리적 환상은 소유하거나 이루고 싶은 등장인물의 욕구가 심리적 환상이라는 의식 세계에서 이루어지게 설정되는 경우가 많다.

　심리적 판타지의 전형이라 할 수 있는 최효섭의 『철이와 호랑이』를 살펴보자. 이 동화에 나타나는 환상의 유형은 주인공의 심리 상태를 그린 심리적 환상이다.

> 　철이는 눈을 가늘게 뜨고 제가 그린 호랑이를 들여다보았습니다. 고개를 이리 갸웃 저리 갸웃하며 자세히 살펴봅니다. - 중략 -
> 　"흐흠! 호랑이 자식, 잘생겼다. 저렇게 입이 크니까 쌈도 잘할 거야!"

철이는 혼자 중얼거리면서 히죽 웃었습니다. 그랬더니 호랑이도 철이를 따라 히죽 웃었습니다. - 중략 -

철이는 눈을 비비고 다시 한 번 호랑이를 쏘아보았습니다. 불쑥한 호랑이의 두 발이 살금 움직이더니 또 한 번 히죽 웃었습니다.

"이, 이 자식아, 뭣 땜에 웃는 거야?"

골목대장인 철이도 겁에 질려 고함을 쳤습니다. - 중략 -

"그런데 지금은 아주 배가 고파 죽겠단 말야. 오랫동안 만화책 속에서 꼼짝도 못하고 있었으니까."

이렇게 말하고는 성큼성큼 도화지에서 걸어나와 사방을 두리번거렸습니다.

- 최효섭, 「철이와 호랑이」 일부 -

철이가 그린 호랑이가 주인공의 의식 속에서 자연스럽게 살아나 독자를 환상의 세계로 끌어들이고 있다. 그림 속의 호랑이가 살아 움직이는 것은 철이의 상상력이 낳은 심리적 환상이다. 철이가 히죽 웃자 그림 속의 호랑이도 따라 웃는다. 이러한 환상의 요소는 철이의 상상력에 의해 자연스럽게 발현된 환상이다.

철이는 호랑이가 옆에 있는 토끼를 잡아먹으려 하자 말린다. 호랑이는 만화책 속의 다른 짐승들을 잡아먹으려 하지만 그때마다 철이가 방해를 한다. 호랑이는 자기가 제일 힘세고 무서운 동물이라고 교만해진다. 철이가 만화책 속에서 사자와 코끼리를 보여 주자 호랑이는 무서워 벌벌 떤다. 철이는 배가 고파 사나워진 호랑이에게 나쁜 여우를 주기로 약속하고 만홧가게로 가기 위해 함께 밖으로 나온다. 골목길에서 철이는 호랑이를 시켜 자신과의 씨름에서 이긴 차돌이를 골려 준다. 호랑이가 차돌이를 물려고 하자 철이는 이빨과 발톱을 지우개로 지운다.

여기까지의 기둥 줄거리가 이 동화에 나타난 환상의 세계이다. 독자는 현실처럼 펼쳐지는 환상의 세계에 주인공과 함께 동화되어 상상의 세계를 여행하게 된다.

> "철아, 뭘 그렇게 씩씩거리며 지우고 있니? 헤헤에이, 이빨도 없는 호랑이가 어딨어?"
>
> 갑자기 등 뒤에서 형의 웃음 소리가 들렸읍니다. - 중략 -
>
> "모르면 가만히나 있어. 이 호랑이는 나쁜 짓을 하려니까 이빨을 떼어 버리는 거야. 이빨만 있으면 제일인 줄 알아?" - 중략 -
>
> "에이, 시시하게 지웠다 그렸다 하구, 그게 뭐니? 그보다 나가서 씨름 안 배울래? 내가 가르쳐 줄께."
>
> "가르쳐 주긴, 내가 형한테 질 줄 알구?"
>
> 철이는 가슴을 죽 펴고 형을 한번 쳐다본 다음 먼저 마당으로 뛰어나갔읍니다. 그리고 허리를 비스듬히 굽히고 주먹을 불끈 쥐어 형이 달려들기만을 기다리고 있었읍니다.

갑자기 등장한 형의 목소리는 환상의 세계에서 빠져나오게 하는 구실을 한다. 이와 같은 환상 기법은 다루는 기술에 따라 미숙한 몽환적 환상에서 느낄 수 있는 환상의 박탈감을 안겨 줄 수 있는 위험인자를 수반하고 있다. 하지만 최효섭은 숙련된 기법으로 환상과 현실 세계를 자연스럽게 접목함으로써 박탈감이 아닌 상상의 재미를 만끽하게 하고 있다.

이와 같은 환상의 구조는 그의 동화 『비스키트 왕국과 초콜리트 왕국』에서도 찾아볼 수 있다. 이 작품에 나타난 환상으로의 전입과 전출 구조를 살펴보도록 하자.

> 영은 창문에 기대어 멋없이 높아진 두 집의 담을 멍하니 내려다보았습니다. 그러자 갑자기 담들의 색깔이 아름답게 변했습니다. 영의 눈이

휘둥그래졌습니다. 철이네 담은 노란색, 영이네 집은 초콜리트 색입니다. 더 자세히 보니까 색깔뿐이 아닙니다. 그것은 정말 초콜리트였습니다. 그리고 철이네 담은 비스키트로 쌓아진 것입니다. - 중략 -

"최영 사령관, 지금 이러고 있을 때가 아냐!"

임금님이었습니다. 그리고 영은 이 초콜리트 왕국의 국군 사령관입니다.

『비스키트 왕국과 초콜리트 왕국』에 나타난 환상으로의 진입 부분이다. 초콜릿을 산 영은 초콜릿을 자랑하고, 비스킷을 먹던 철이는 비스킷이 좋다고 하는 바람에 싸움을 하게 된다. 영과 철이의 다툼은 작은 싸움이 되고 급기야는 엄마들의 싸움으로 번진다. 두 집은 이웃인데도 벽돌담까지 더 쌓아 높였을 만큼 사이가 좋지 않다.

영은 자기 집 이층 방에서 두 집의 담을 내려다 보면서 환상 세계로 진입한다. 영의 의식이 초콜릿과 비스킷을 닮은 담을 멍하니 보는 동안 상상의 날개를 단 것이다. 두 왕국의 사령관이 된 영과 철은 성을 경쟁적으로 높이 쌓는 바람에 나라 안의 구멍가게에 남은 초콜릿과 비스킷은 다 떨어지게 된다. 그러자 두 왕국의 아이들은 성으로 몰려가 뜯어먹고 갉아먹는 바람에 수많은 구멍이 생긴다. 아이들은 그 구멍으로 서로를 내다보며 김치찌개 노래를 부른다.

두 성의 구멍과 구멍에서 힘찬 노래가 쏟아져 나왔습니다. - 중략 -

영의 눈이 반짝 빛났습니다. 건너편 집 이층 창문에 철이가 나타나 손을 흔들고 있었기 때문입니다. 영도 창밖으로 몸을 내밀며 힘차게 손을 흔들었습니다. 골목에서는 아직도 엄마들의 입씨름이 계속되고 있었습니다.

『비스키트 왕국과 초콜리트 왕국』의 끝 부분으로 환상의 세계로부터 현실 세계로 전환되는 장면이다. 환상에서 현실로의 전환이 무리없이 전개되고 있다. 영과 철이 마주 보며 손을 흔드는 삽화는 입씨름을 계속하는 엄마들의 행위와 대비되어 동심의 승리를 구가하고 있다.

배익천의 『그림자를 잃은 아이』는 양심에 어긋나는 행위로 심적 갈등을 겪는 아이의 심리를 그린 심리적 판타지이다. 샤프펜슬이 필요해서 선생님 책상의 연필꽂이에 꽂인 샤프펜슬을 하루만 빌려 쓰려고 몰래 꺼내 집으로 가던 아이는 징검다리를 건너다 자신의 그림자가 없어진 것을 깨닫는다. 그런데 과수원의 사과를 몰래 훔쳐 먹고 오는 친구의 그림자가 탱자나무 울타리 가시에 찔린 채 아파하고 있었다.

> 친구 그림자의 괴로운 표정을 보는 아이의 마음이 조금씩 아파 오고 있었습니다. 가방 속에 든 샤프펜슬이 가슴을 콕콕 찌르는 것 같았습니다.
> '그렇다. 내 그림자는 거기에 있을 거야. 내가 왜 그런 짓을 했을까?'
> – 배익천, 「그림자를 잃은 아이」 일부 –

아이가 교실로 달려갔을 때 괴로운 표정으로 선생님의 책상 위에 엎드려 있는 자신의 그림자를 발견한다. 그림자는 오른손을 연필꽂이에 늘어뜨리고 있었다. 아이가 샤프펜슬을 연필꽂이에 도로 꽂으며 잘못을 뉘우치자 그림자가 말을 한다.

> 그림자가 천천히 일어나면서 괴로운 표정을 훌훌 내던지며 이야기했습니다.
> "나는 네가 집에 닿기 전에 돌아올 줄 알았지. 이젠 나를 이런 데 혼자 내버려두지 마. 응?"
> 아이는 그림자의 손을 꼭 잡았습니다.

이 동화에 나타나는 그림자는 이를테면 양심의 수호신이고 수호천사이다. 양심에 어긋나는 옳지 못한 일을 할 때에 그림자는 죄의 허물처럼 인질로 그 자리에 머무르게 된다. 그림자를 잃어버렸다가 다시 찾고, 그 그림자의 손을 잡고 이야기를 나누는 장면은 심리적 공상이나 혹은 마법의 세계에서나 펼쳐지는 신비한 일이 아닐 수 없다. 따라서 이러한 판타지는 심리적 판타지와 매직적 판타지의 결합이라고 할 수 있다.

『그림자를 잃은 아이』는 양심에 어긋나는 일을 해서는 안 된다는 가르침이 담겨 있으면서도 그 교육성이 겉으로 노정되지 않아 문학성을 획득하고 있다.

채인선의 동화에서는 풍부한 상상력이 빚어 낸 심리적 판타지의 즐거움을 만끽할 수 있다. 그의 동화 중에는 발상이 기발하여 신선한 웃음을 주는 것들이 많다. 그의 작품에 녹아 있는 해학과 풍자는 드러나지 않게 깨우침과 울림을 준다. 그는 구태의연한 협곡의 상상에서 과감히 탈피하여 드넓은 벌판으로 나아가고 있다.

그가 재미있는 상상력을 발휘하여 심리적 판타지를 구사한 『우리 모두 다른 사람이 되었어요』를 살펴보자.

어느 일요일 오후였어요. 나는 말했어요.
"빨리 언니처럼 학교에 가고 싶어!"
그 말에 언니는 이렇게 말했어요.
"나도 엄마처럼 화장하고 학교에 갈 거야!"
그러자 엄마가 큰소리로 외쳤어요.
"나도 너희 아빠처럼 낮잠 한번 실컷 자고 싶어! 일요일에도 낮잠 한번 못 잔단 말야."
자는 척하고 있던 아빠가 갑자기 나를 끌어안더니 소리쳤어요.

"으아! 나는 해수가 부러워 죽겠어. 만날 만날 놀 수 있으니까!"

그래서 우리 식구들은 전부 다 다른 사람이 되기로 했어요. 나는 언니, 언니는 엄마, 엄마는 아빠, 아빠는 나! 칫솔도 바꾸고 옷을 바꾸고 방도 바꾸고!

식구들 서로가 서로를 부러워하다 다른 사람이 되기로 한 기발한 착상이 재미있다. 나는 언니, 언니는 엄마, 엄마는 아빠, 아빠는 나로 변하여 역할 놀이를 하는 것이다. 칫솔도 바꾸고 옷을 바꾸고 방도 바꾸고! 하지만 이것은 실제 상황이 아니라 주인공의 상상이 만들어 내는 심리적 판타지이다. 이러한 심리적 판타지는 마치 현실처럼 진행되어 괴리감이 전혀 없다.

나는 언니의 학교 가방을 뒤졌어요.

내가 언니가 되면 제일 먼저 하고 싶었던 거예요. 언니의 비밀 일기장을 찾아내 아무 데나 펴고 읽기 시작했어요. 글자를 모르니까 더 줄줄 읽을 수 있었어요.

언니는 안방으로 달려갔어요. 엄마 화장대 앞에 앉더니 화장을 시작했어요. 온갖 화장품을 다 꺼내고는 얼굴에 덕지덕지 바르는 거예요. 그러고는 핸드백을 어깨에 매더니 휑 하고 밖으로 나갔습니다.

엄마는 아빠가 되자마자 낮잠을 자기 시작했어요. 내가 아무리 큰소리로 책을 읽어도 엄마는 아무 기척도 없었어요. 아주 편안한 얼굴이었어요.

그런데 아빠는 어디 있지? 아빠는 우리 방 한쪽 벽 앞에 바싹 앉아 있었어요. 가만 보니 크레용으로 벽에 잔뜩 그림을 그리는 거예요. 넓은 공원이 나타났어요. 푸른 잔디밭에 꽃이 가득 피어 났어요. 나는 이제 벽에 그림 그리는 장난은 하지 않는데. 참, 아빠는 어릴 적 꿈이 화가였다고 했어요. 나는 괜히 골이나 아빠를 지켜보았어요.

"아빠, 그렇게 하면 옷 버리는데!"

아빠는 못 들은 척했어요. 나는 무슨 일이 일어나 아빠가 장난을 그만두길 기다렸어요. 그 사이 우리 방은 푸른 잔디밭 한가운데에 놓이게 되었어요.

밖에 나갔던 언니가 돌아왔어요. 친구들을 잔뜩 데리고 말이예요. 모두들 화장대 앞에 둘러붙어 화장을 합니다. 큰 난리가 난 것 같았어요. 언니와 친구들은 옷장에서 엄마 옷을 전부 끄집어 냈어요. 그러고는 마음에 드는 대로 하나씩 골라 입으며 깔깔댑니다.

엄마는 지금 안방에서 무슨 일이 벌어지는지도 모른채 계속 자고 있었어요. 난 무얼 해야 하지? 시끄러워 책도 못 읽고.

그 사이, 공원을 다 만든 아빠는 마루로 가 있었어요. 이제는 바다를 만들 작정인가 봐요. 푸른색 물감을 벽에 쏟아붓고 있었어요. 도대체 우리 집이 어떻게 된 거지? 배도 고프고. – 중략 –

아빠는 결심을 단단히 한 모양이에요.

벽이 바다로 꽉 들어차자 아빠는 마룻바닥에 물감을 풀었어요. 우선 작은 배를 하나 그려 엄마가 바닷속에 빠지지 않도록 받쳐 주었어요. 아빠는 구멍 보트를 탔어요. 식당이나 다른 방으로 연결되는 곳에는 물 깊이를 얇게 해 문지방쯤에서는 바로 모래펄로 이어지게 했어요. 솜씨가 정말 대단하지 뭐예요. 배만 고프지 않았다면 바닷속에 들어가 인어공주가 되었을 텐데.

안방에서 언니의 친구들이 우르르 몰려 나오는 소리가 들렸어요. 돌아다보니 언니 친구들이 헐레벌떡 도망치느라 정신이 없는 거예요. 누가 혼낸다고 했나?

아니, 그게 아니에요. 마루가 바닷물로 차오르는 걸 보고 무서웠던 거예요.

언니가 구멍 보트를 타고 마루로 왔어요. 언니는 놀란 눈으로 마루를 둘러보며 내게 속삭였어요.

"이 마루도 다른 것이 되고 싶었나 봐. 바다 같은 것이…."

엄마를 놀래켜 주고 싶어 우리는 아빠가 된 엄마를 깨웠어요. 엄마는 자신이 바다 한가운데에서 깨어난 것을 알고는 손뼉을 치며 좋아했어요. 그 바람에 보트가 몹시 출렁거렸어요.

우리는 모두 바닷속을 들여다보며 신기해 했어요. 밝은 빛이 나는 열대어들과 해초, 산호가 훤히 들여다보였어요. 전부 처음 보는 것들이에요. 어마어마하게 큰 물고기들도 많았는데 아마 상어, 가오리, 고래들일 거예요. 몸이 넓적한 가오리는 바다 밑바닥에 딱 붙어서 가끔 넓은 귀를 살랑살랑 흔들어 댔어요. 노란 띠를 두른 작은 물고기들이 떼지어 지나가는 광경도 볼 수 있었어요.

바람이 불 때는 파도가 으르렁거렸지만 우리는 물에 하나도 안 젖었어요. 그런데 아무리 바닷속 구경하는 게 재미있다 해도 무얼 좀 먹어야 잖아요. 내 배에서 꼬르륵 소리가 났어요. 그래서 할 수 없이 내가 저녁을 준비했어요. 식탁이 다 바닷물에 떠내려갔기 때문에 바다 위에 식탁보를 깔고 저녁을 차렸어요. 오늘의 요리는 게란 프라이와 야채 수프.

모두들 한참 정신없이 먹었어요. 아빠가 마지막 계란을 싹 쓸어 드시며 말했어요.

"다른 사람이 된 기분이 어떠니? 아빠는 옛날의 아빠로 돌아가기 싫구나."

그 말을 듣자 나도 모르게 큰소리가 나왔어요.

"그거야, 아무도 해수가 된 아빠를 혼내지 않으니까 그렇지!"

엄마가 된 언니가 말했어요.

"엄마는 해수를 혼내고 싶지 않아. 내가 아이였을 때 나는 만날 만날 혼만 나며 살았거든! 어느 때는 엉덩이를 맞기도 했어. 이 엄마는 절대로 아이를 혼내는 건 하지 않을 거야."

그러자 아빠가 된 엄마가 이렇게 대꾸했어요.

"나도 그런 엄마가 좋아. 지난 번 내가 엄마였을 때 난 아이들을 야단치고 나면 항상 후회가 되었어."

그래서 내가,

"우리 집이 이렇게 다른 집처럼 되어 버렸는데도 괜찮아?"

하고 묻자, 모두들

"괜찮아! 우리도 다른 사람이 되어 버렸으니까!"

하고 합창을 하는 거예요.

나는 억울했어요. 나는 도저히 다른 사람이 될 수가 없었어요. 언니가 된 것이 하나도 재미가 없었어요. 아무도 나한테 관심이 없고, 일만 하고, 이제 설거지도 나보고 하라고 하겠죠? 내가 아빠같이 이런 장난을 했다면 지금쯤 집에서 쫓겨났을 텐데.

"나는 언니가 되기로 했지만 잘 안 돼. 대신 고아 식모가 된 것 같애. 일만 하게 되었잖아. 아무도 내 생각은 안 하고. 나는 불행해. 다시 해수로 돌아갈 거야. 그래서 나는 그림을 그릴 거야."

곧바로 나는 아빠한테 엄마한테 언니한테 애원했어요. 하지만 모두들은 척도 안 하잖아요.

그렇다면… 나는 방으로 헤엄쳐 들어가 보자기를 뒤집어썼어요. 물안경도 쓰고 효자손 지팡이도 들었어요. 그러고는 당장에 기차 화통 소리를 지르며 (이것이 제 특기예요) 식구들 앞에 나타난 것입니다.

"으하하하! 나는 바다의 마녀다! 빨리 자기 자리로 돌아가지 않으면 식인 상어를 불러 다 잡아먹게 하겠다."

식구들이 멍한 얼굴로 바라보고만 있기에 이 바다의 마녀는 효자손 지팡이로 바다를 세 번 내리쳤어요. 그랬더니 곧 바닷물이 용솟으며 식인 상어들이 구름떼처럼 모여 들었어요. 정말이에요. 나도 놀랐는데요. 식구들이 어쩔 줄을 모르며 허둥대길래 나는 언니 옆구리를 쿡 찌르며

"빨리 항복하라고!" 하고 소곤댔습니다. 그러자 언니가 황급히 소리치며 두 손을 바짝 들었어요.

"하… 항복. 무조건 항복!"

엄마 아빠도 정신이 쏙 달아난 표정으로 언니처럼 항복을 외치고 두 손을 바짝 들고….

"으하하하! 나는 바다의 마녀다! 이제 내 무서운 힘을 알았겠지! 그럼 지금부터 옛날 자기 자리로 돌아가는 거다. 알았느냐!"

"예…"/ "예…"/ "예…."

이렇게 해서 우리는 다시 옛날로 돌아왔어요. 하지만 조금 달라졌어요. 엄마는 우리가 서로 싸워도 야단을 안 쳤어요. 그래서 할 수 없이 언니와 나는 싸움을 덜하게 되었어요. 그대신 엄마는 휴일이면 꼭 낮잠을 잤어요. 그러면 아빠와 우리가 저녁 준비를 했어요. 나는 이제 아무 데나 그림을 그리지 않아요. 아무 데나 그렸다가 아무 데나 번져 나가 바다가 되고 사막이 되고 하면 큰일이잖아요. 그런데 바다 얘기가 나왔으니까 하는 말인데, 꼭 한 번 바다의 마녀가 다시 되고 싶어요.

그때 "으하하하!" 하며 마술을 부리는 건데.

– 채인선, 「우리 모두 다른 사람이 되었어요」 일부 –

나로 바뀐 아빠는 벽에 바다를 그리다가 집 안을 바다로 만들고 만다. 놀라운 상상력의 확대가 아닐 수 없다. 스케일이 큰 환상은 그 스케일만큼 넘치는 즐거움을 준다. 이 동화의 가장 큰 매력은 작가가 심리적 판타지를 기저로 풍부한 상상력을 마음껏 발휘했다는 점이다. 마치 역할을 바꿔 벌이는 연극을 보는 듯이 즐겁고 재미있다. 하지만 역할만 바뀌었을 뿐 현실을 보는 듯한 느낌이므로 현실감이 있다.

판타지의 세계에서 현실로 돌아오는 수법 또한 재미있다. 바다의 마녀가 된 내가 옛날 자기 자리로 돌아가도록 명령하였고, 식구들이 순순히 따라 주었기 때문이다.

백승남의 『늑대왕 핫산』은 리얼리티와 판타지가 적절하게 조율된 심리적 판타지를 구사한 동화이다. 이 이야기는 강산이와 내가(산하) 늑대놀이를 하는 장면에서부터 출발하고 있다.

일터에서 돌아온 아빠는 강산이와 나를 태우고 늑대왕 노릇을 하며 놀아준다. 땀에 젖은 아빠가 씻는 동안 강산이와 나는 커다란 도화지에 크레파스로 그림을 그린다. 아빠를 그리려고 했는데 그리다보니까 늑대가 됐다. 나는 늑대의 이름을 동생과 내 이름을 따서 핫산(하산)이라고 부른다.

어느 날 아빠는 회사에서 과로로 쓰러져 죽어 한 줌의 재로 뿌려진다. 엄마는 야근을 하러 공장으로 나가고 강산이와 나만 남게 된다.

> 나는 벽에 붙은 늑대왕을 뚫어져라 바라보았다. 하지만 늑대왕 핫산은 시침을 뚝 떼고는 가만 있다.
>
> 깜빡 졸았나 보다.
>
> "누나! 빨리 타!"
>
> 깜짝 놀라 눈을 떴다. 늑대왕은 언제 내려와서 강산이를 태웠을까. 나도 올라타면서 강산이의 몸을 살그머니 감싸안았다.
>
> 어제보다 바람이 더 세게 불고 있다. 늑대왕의 몸을 꼭 붙들고 있지 않으면 날려가 버릴 것만 같다.
>
> 늘 내리는 마당에 오늘도 내렸다. 늑대왕 핫산은 그 자리에 가만히 서 있다. 오늘은 강산이가 투정도 부리지 않는데 왜 우릴 여기로 데려왔을까.

현실에서 판타지 세계로 진입하는 장면이다. 내가 동생과 함께 그림 속의 늑대왕을 탄 것은 심리적 판타지이다. 늑대왕의 등에 탄 주인공은 엄마가 일하는 공장으로 간다. 그곳 봉재공장에서 옷 만드는 일을 하고 있는 엄마를 목도한다. 엄마는 아이들 걱정에 실수를 하여 핀잔을 듣기도 한다.

> 공장 안은 여전했다. 기계들, 사람들, 소리들…….
> 우린 한눈팔지 않고 곧장 엄마한테로 갔다. 엄마 옆에 지난 번 그 아저씨가 서 있었다.
> "이것 봐요! 두 소매가 겹쳐 박혔잖아!"
> 아저씨가 막 소릴 지른다.
> "죄송합니다…….."
> 엄마 목소리는 들릴 듯 말 듯한다.

이 판타지가 성공할 수 있었던 것은 공장에 간 아이들이 엄마를 직접 만나지 않고 관찰자의 입장에만 머무르게 했기 때문이다. 또한 늑대왕 핫산도 아무 말 없이 아이들을 태워 나르는 일만 수행하도록 설정하여 판타지에 힘을 실어 주었다. 아이들은 다시 늑대왕의 등에 올라타고 집으로 돌아온다.

이 동화는 현실과 판타지를 넘나들며 다소 긴박하게 전개되고 있다. 그런데 스토리의 주체인 늑대왕 그림을 바람에 날려 보냄으로써 판타지의 출구를 자연스럽게 설정하고 있다. 그렇게 함으로서 판타지의 허상으로부터 현실로 안착할 수 있게 된 것이다.

> 엄마가 창문을 열었다. 바람이 얼마나 센지 내다보려고 했나 보다. 찬바람이 와락 밀려들어 왔다. 방 안에서도 머리칼이 날렸다. 그때였다.
> 벽에 붙은 늑대왕 핫산 그림이 뚝 떨어지더니 천장까지 휘리릭 날려 올라갔다. 그림은 천장에서 한 바퀴 돌더니 창문으로 쑤욱 빠져나갔다.
> 나는 창틀에 바짝 붙어 내다봤다. 그림은 점점 더 높이 날아가면서 진짜 늑대 모습이 되었다. 그렇게 하늘로 하늘로……. 차차 조그만 점처

럼 보이다가 어느 순간 사라져 버렸다.

"세상에, 무슨 바람이 이렇게 세담…."

엄마가 중얼거리면서 창문을 닫았다.

늑대왕이 붙어 있던 자리가 허전해 보였다. 불쑥 눈물이 나왔다.

참으려고 해도 눈물은 자꾸 흘러내렸다. 나는 마음속으로 인사를 했다.

'안녕, 늑대왕……. 안녕, 아빠……. 안녕….'

늦잠 자고 있는 강산이가 깨면 나한테 묻겠지. 늑대왕이 어디 갔냐고. 그러면 난 대답해 줄 거다.

늑대왕 핫산은 하늘나라로 갔다고. 하늘나라에 가서 우리가 잘 지내는지 늘 지켜볼거라고.

이 동화의 에필로그이다. 아빠의 분신인 늑대왕을 떠나보내는 장면이다. 이 동화가 판타지의 효용을 발휘할 수 있었던 것은 엄마는 판타지에 개입시키지 않고 철저하게 현실에만 가둬 두었기 때문이다. 동생인 강산이 역시 늦잠을 자도록 구성하여 자칫 허물어질 수 있는 판타지의 성을 방어하고 있다.

2. 시적 판타지

동화의 특성 중의 하나는 시에 가까운 산문문학이라는 점을 들 수 있다. 현대 동화일수록 상징과 은유의 기법을 사용한 시적 환상을 많이 구사하고 있다. L. H. Smith가 "판타지는 시와 똑같이 보편적 진실을 포착하려 할 때 은유라는 방법을 쓴다"[55]고 했듯이 시의 함축적 요소인 상징과 은유는 동

---

55) L. H. Smith, 『아동문학론』, 김요섭 역, 204쪽.

화의 함축적 요소인 단순 명쾌성과 그 맥을 같이한다고 하겠다.

시적 환상의 가장 큰 특징은 환상과 현실의 경계가 드러나지 않는다는 점이다. 환상이 현실 같고 현실이 환상 같아 그 구분이 모호한 것이다. 따라서 현실과 환상을 구별하는 설명이나 상황 묘사가 필요하지 않다. 시적 환상은 환상과 현실의 경계를 모호하게 하여 신비감을 자아내기도 하지만 자칫 황당한 환상으로 전락할 우려가 있기 때문에 세련된 기술이 요구되는 것이다.

김요섭의 『꽃잎을 먹는 기관차』는 '환상의 세계는 현실보다 더 선명한 색채와 힘 있는 리듬을 가진 시적 현실'이라고 한 작자의 주장처럼 작품 벽두부터 시적 환상의 세계로 돌입한다.

이 동화에서 환상은 환상 그 자체가 의미일 뿐 주제를 표출하기 위한 그 어떤 의미화의 소재로 작용하지 않는다. 따라서 환상은 주제 표출을 위한 기법적 소재가 되어 환상 그 자체에 무한한 자유를 부여[56]하게 되는 것이다.

> 지도를 펼치면 장미로 국경을 둘러친 나라가 있습니다.
> 나라 이름을 뭐라고 부르느냐고요? 그까짓 나라 이름쯤은 장미로 국경 지대를 이룬 나라 사람들한테는 별로 대수로운 것이 못 됩니다.
> 혹시 국기 같은 것이 있느냐고 물으면 이 나라 사람들은 빙긋 웃으면서 "국기요? 국기보다 더 아름다운 것이 있죠!"
> 하면서 쟈스민이든지 튜울립이든지 글라디올러스든지 아네모네든지 라일락이든지 백합이든지 장미든지 물망초든지 나팔꽃이든지 카네이션이든지 바로 자기 곁에 피어 있는 꽃을 뚝 따서는 줄 뿐입니다.
>
> —김요섭, 「꽃잎을 먹는 기관차」 일부 —

---

56) 李在徹, 「金耀燮論」, 『韓國兒童文學作家論』, 開文社, 1992, 140쪽.

'장미로 국경을 친 나라'는 현실 세계에 존재하는 나라가 아니다. '지도를 펼치면' 나오는 환상 속의 나라이다. 따라서 나라 이름이나 국기 같은 도식적인 관념이나 표상은 의미를 갖지 못한다. 그것은 환상 그 자체에 부여되는 풍유롭고 무한한 자유 때문이다. 이 나라에서는 꽃이 국기도 되고 정거장 이름도 된다. 이 나라는 산과 들이 온통 꽃으로 덮여 있기 때문에 구태여 나라를 상징하는 국기가 필요없다. 이 나라의 역 이름 또한 '쟈스민의 역', '튜울립의 역', '장미의 역', '아네모네의 역', '백합의 역' 같은 꽃 이름이다. 그런데 이러한 꽃 이름의 역들은 시발역일뿐 종착역은 '모험의 역', '토요일의 역', '축구의 역', '만화의 역', '과자의 역' 같이 어린이들이 좋아하는 역동적이거나 기호적인 이름이 붙여져 있다.

> 이런 나라가 있는 지도 위에 새벽빛이 퍼지면 새들이 수풀의 이슬을 털면서 고무 공처럼 튀어오릅니다.
> 그때부터 이 나라 사람들은 분주하게 움직이게 되고 시골역들은 모두 웅성거립니다. 정거장마다 세워 놓은 푯말을 읽어 볼까요
> 쟈스민의 역에서 모험의 역까지 – 중략 – 그 밑에는 아라비아 숫자로 거리가 몇 킬로라고 적혀 있습니다.

작가는 이처럼 환상을 통해 지도 위의 나라라는 정적인 평면 위에 새벽빛이 퍼지고, 새들이 공처럼 튀어오르고, 사람들이 분주하게 움직이고, 웅성거리는 역들이 있는 역동적인 공간으로 바꿔 놓고 있다. 이것이 바로 힘 있는 리듬을 가진 환상의 역동성이다.

> 아직 다른 나라 사람들의 시계는 밤 열두 시가 아니면 한 시 두 시를 가리키고 있을 때, 이 나라 시골마다 꽃 이름의 푯말이 선 조그만 정거장을 향해 콩 볶듯한 요란한 소리가 유리처럼 맑은 아침 공기를 깨뜨립

니다. 그렇다고 기관총 부대의 진격이 아닙니다.

　금빛 햇살에 바퀴를 반짝이면서 짐을 잔뜩 실은 삼륜차가 들판을 달리는 소리입니다. 삼륜차뿐만 아니라, 리어카들까지도 꽃 이름의 푯말이 선 정거장을 향해 달립니다.

이처럼 역동적 환상은 정적인 것보다는 동적인 것, 답보적인 것보다는 진취적인 것을 선호하는 동심의 특성과 부합되면서 생명력을 얻는 것이다. '금빛 햇살에 바퀴를 반짝이며 향기 진한 꽃을 잔뜩 실은 삼륜차가 들판을 달리는 소리'는 직접 보고 듣는 것보다 상상함으로써 더 확산된 즐거움을 얻을 수 있다.

　기관차의 굴뚝에서는 쟈스민의 향기를 비롯한 여러 가지 꽃향기가 연기 대신 풍풍거리고 토해졌습니다.
　그 까닭은 이 기관차가 끌고 가는 화물이 꽃짐이기 때문이라고요! 그렇기도 하지만 화부가 퍼부어 넣고 있는 것이 석탄이 아닙니다. 꽃다발이든가 꽃나무 뿌리가 화덕에서 타올랐읍니다. 기적 소리가 다시 요란하게 퍼졌읍니다. 그 소리는 구름 떼 같은 종달새들의 울음 소리였읍니다.

꽃짐을 싣고 달리는 기관차의 원동력은 석탄이나 기름이 아닌 꽃잎에 의해 얻어진다. 꽃잎을 먹는 기관차는 굴뚝에서 연기 대신 꽃향기를 뿜어 내는 것이다. 현실에서는 도저히 있을 수 없어 바랄 수도 없는 세계이지만 환상의 세계에서는 즐거움의 향기로 피어오르는 것이다.
　현실에서 이룰 수 없는 꿈과 이상이라도 비현실 속의 이상 세계인 환상의 세계로 들어서면 얼마든지 자유롭게 구사할 수 있다. 종달새의 울음 소리는 기적 소리로 은유되고 있다. 꽃향기를 토해 내는 환상의 기관차는 기적 소리조차도 시끄러운 기계음이 아닌 아름답고 생명력 넘치는 종달새의 노랫소리이다. 이 환상의 기차는 장미로 우거진 국경을 넘어 이웃 나라로 향한다. 그런데 국경을 지키는 경비병들은 아무도 없다. 작가의 염원이자 온 인류의 염원인 평화로운 이상향이 시적 환상으로 형상화된 것이다.

> 이윽고 기관차는 장미꽃잎을 함빡 뒤집어 쓴 채 아무도 지키는 사람이 없는 국경 지대를 넘어섰읍니다. 장미로 우거진 국경 지대를 다 넘어섰었을 때는 화물열차의 무쇠 바퀴마다에는 숨이 막힐 듯한 꽃향기가 마구 뿜어졌읍니다.
> 이 거인이 달려가는 곳은 이웃 나라 조그만 시골에 있는 향수 공장이었읍니다. 이 나라의 유일한 해외 수출품은 향수의 원료인 꽃잎이었읍니다.

기관차의 종착역은 이웃 나라 시골의 향수 공장이다. 기관차는 경비병 대신 장미꽃잎만 흩날리는 국경을 넘어 거침없이 달린다. 기관차는 공산품도 무기도 아닌 꽃잎을 수출하기 위하여 향수 공장으로 달려가는 것이다.

동화와 시는 그 속성상 몇 가지 공통점이 있다. 그것은 함축과 절제된 문장이 주는 단순 명쾌성과 비유에서 오는 상징성, 아름다운 문장이 피워 내는 형상화된 이미지, 내면에 꼭꼭 숨겨진 심리까지도 끄집어 내어 조탁하는 문장력까지도 포함한다.

김병규의 동화를 읽으면 한 편의 시를 읽는 듯한 감동을 받는다. 그것은 그의 동화에 시적 판타지가 작용하고 있기 때문이다. 김병규의 시적 판타지는 관념적으로 흐르지 않고 스토리 속에 용해되어 있어 흡인력이 강하다는 장점이 있다.

> 한 아이가 무심결에 풀꽃을 꺾었어요.
> 그러고는 곧바로 후회했읍니다. 풀꽃이 시드는 걸 보며 안타까워했

습니다.

　풀꽃은 아이에게 하고 싶은 말을 꿈 봉투에 담아, 이슬 우표를 붙여서, 그 우체통에 넣지요. 그러면 아이의 꿈에 풀꽃이 나타나게 됩니다.

"나를 알아보겠니?"

풀꽃이 묻습니다.

"그럼…. 아깐 미안했어, 많이 아팠지?"

아이가 고개를 떨구었습니다.

- 김병규, 「꿈은 누가 보낸 편진가」 일부 -

　인용문에서 보는 것처럼 작가는 꿈이라는 매개체를 끌어들여 판타지에 손상을 입히지 않고 자연스럽게 이야기를 이끌어 가고 있다. 꺾어진 풀꽃과 아이가 직접 대화하는 삽화가 설정되었더라면 판타지의 역동성이 손상을 입게 될 것이다. 즉, 판타지 속의 리얼리티 실종이라는 중대한 결함을 자초하게 되는 것이다. 이 동화는 시적 판타지를 몽환적 판타지와 결합시켜 판타지의 역동성을 견고히 하고 있다.

　『나무는 왜 겨울에 옷을 벗는가』는 초등학교에 입학하기 전인 여섯 살 소녀 라지가 지순한 동심으로 빚어 내는 시적 판타지이다. '나무는 왜 옷을 벗는가?'라는 화두를 던져 놓고 스스로 해답을 제시하는 자문자답의 형식을 취하고 있다. 이 동화를 시적 판타지로 규정하는 데는 다음과 같은 근거를 담보로 한다.

　"그것 봐. 왜 옷을 벗었니? 내 옷을 벗어 주고 싶다만, 네겐 쓸모없을 거야. 넌 팔이 여럿이라서 소매가 둘뿐인 이 옷은 입으나 마나야."

　- 중략 -

　라지가 바깥에 나가려고 문의 손잡이를 잡는 순간에 엄마를 부릅니다.

　"자, 이 옷 입고 가."

털옷을 내밉니다.

"괜찮아."

라지는 고개를 살래살래 젓습니다.

"나무는 벌거숭이인 채로 있는데, 뭘."

이렇게 말하려다가 입을 다물어 버리고 얼른 밖으로 나왔습니다.

– 김병규, 「나무는 왜 겨울에 옷을 벗는가」 일부 –

추위에 떨고 있는 나무에게 옷을 벗어 주고 싶어 하는 동심은 시적 판타지의 동력으로 작용한다. 엄마가 털옷을 입고 나가라 해도 벌거숭이인 나무를 생각하고 그냥 밖으로 나오는 동심 또한 판타지에 추진력을 더해 준다. 라지는 뜰로 나와 나무들에게 왜 옷을 벗었냐고 묻는다. 나무들이 가지를 흔들며 윙윙 소리를 내자 나무에 귀를 대며 답을 들으려 한다. 나무들은 하고 싶은 말이 있는지 온몸을 흔든다. 작가는 판타지에 힘을 실어 주기 위하여 나무가 직접 말하게 하지 않고 라지가 나무의 말을 심정적으로 깨닫게 한다.

잔디가 노랗게 말라 있고, 그 위에 낙엽이 뒹굽니다. 마른 나뭇잎은 바스락바스락 소리를 냅니다. 라지의 귀에는 아주 재미있는 이야기처럼 들립니다.

"아, 알았다. 나뭇잎들이 왜 땅에 내려왔는지를. 흙 속의 꽃씨와 뿌리들에게 이야기를 들려 주기 위해서야. 틀림없지?"

– 중략 –

"나무는 참 많은 이야기를 알고 있을 거야. 특히 아무도 모르는 별들의 아름다운 이야기를…. 모두들 잠든 밤에도 나무는 별들의 소근거림을 귀기울여 들었으니까. 그렇지?"

– 중략 –

"흙 속의 꽃씨와 풀뿌리들은 얼마나 별이 보고 싶겠니? 그래서 그 이
야기를 들려주려고 잎들을 땅에 내려 보냈지. 그래서 옷을 벗었지, 그
지?"

라지가 나무들의 이야기를 들을 수 있었던 까닭은 바스락거리는 낙엽의
소리를 들었기 때문이다. 낙엽 뒹구는 소리가 판타지의 세계로 안내하는
촉매제의 역할을 하는 것이다. 낙엽들이 땅 위를 뒹굴며 바스락 소리를 내
는 현상을 나뭇잎들이 별들의 이야기를 땅속 친구들에게 들려주는 행위로
해석하고 있다. 낙엽의 바스락거림을 흙 속의 꽃씨와 풀뿌리들에게 들려
주는 속삭임으로 유추하는 것은 동심으로 형상화된 시적 판타지가 아닐 수
없다.

강원희 동화에는 풍부한 비유와 상징, 서정성을 바탕으로 한 시적 문체
가 많이 나타난다. 그 때문에 그의 동화를 읽으면 시를 대하는 듯한 시적
판타지에 빠져 들게 된다. 이것은 강원희 동화의 매력인 동시에 아킬레스
건으로 작용하기도 한다. 지나치게 풍부하고 화려한 수사는 수사의 매너리
즘에 빠져 동화의 서사성을 반감시키는 요인이 되기 때문이다. 하지만 강
원희는 치열한 작가정신으로 작품마다 스토리와 플롯의 관계를 선명하게
설정하여 아킬레스건으로 가는 단초를 차단하고 있다.

강원희 동화는 현실에 뿌리내린 플롯을 바탕으로 서정적 환상을 시적인
문체로 구사하여 동화의 분위기를 고양시키고 있다. 그가 창작한 대부분의
동화들이 서정적인 분위기를 연출할 수 있는 것은 문장에 숨겨 놓은 환상
의 덫 때문이다.

바람이 말처럼 갈기를 흩날리며 말발굽 소리로 달려와 은사시나무
가지를 흔들었습니다. 그 바람은 지난 계절 은사시나무의 은비늘 잎새
를 뒤척이게 하던 바람과는 다른 낯선 바람이었습니다.

아이들은 바람을 마중 나온 듯 그 언덕에서 연을 날리곤 했습니다.

내가 만든 가오리연은 쪽빛 하늘이 바다인 양 진짜 가오리처럼 꼬리를 흔들며 헤엄치다가, 키다리 은사시나무 가지의 낚시에 걸리고 말았습니다.

- 「눈사람의 봄」 일부 -

부모와의 사별로 인한 외로운 환경 속에서도 서로를 위하고 의좋게 살아가는 깡통집 남매의 따뜻한 우애를 그린 동화이다. 이러한 춥고 어두운 분위기를 아름다운 서정적 분위기로 형상화시키고 있다. 서술자인 내가 날리던 가오리연이 은사시나무에 걸리는 장면이다. 이 동화에서 나는 양철 지붕집(아이들은 깡통집이라고 부름)에 사는 채섭이 남매를 관찰자의 입장에서 서술하며 밝고 따뜻한 분위기로 안내하고 있다.

그 곁에서 채섭이가 이마에 흐른 땀을 옷소매로 훔치면서 지금 막 완성된 눈사람에게 풀빛 모자를 씌우고 있었습니다.

그때 창문이 열렸습니다.

"어마! 오빠, 이렇게 큰 생일 케이크 누가 보낸 거야?"

"하늘나라에서."

"그럼 엄마가 보내셨구나!"

아이가 눈이 시리도록 파아란 하늘을 올려다 보면서 말했습니다.

어디선지 민들레 꽃씨가 바람에 흩날리듯 종소리가 쏟아졌습니다.

『눈사람의 봄』의 마지막 장면은 이렇게 아름다운 환상적 분위기로 막을 내리고 있다. 하늘나라에서 엄마가 보낸 하트 모양의 생일 케이크는 오빠인 채섭이가 수많은 조개껍데기로 장식하여 만든 것이다. 눈으로 만든 커다란 생일 케이크를 보고 돌아가신 엄마가 보낸 선물이라고 말하는 아이의 삽화는 동심을 바탕으로 할 때 가능하다. 케이크를 장식한 조개껍데기가 환상의 역동성을 부여 받을 수 있었던 것은 아버지가 원양 선원이었다는 플롯이 담보적 근거로 작용했기 때문이다.

이 동화에서 작가는 '은사시나무는 가오리연을 낚아 신이 나는지 휘파람만 불고 있었습니다.', '은사시나무에 걸렸던 가오리연은 낚싯줄을 끌고 바다로 헤엄쳐 갔는지 보이지 않았습니다.' 등과 같이 의인법을 통해 시적 환상을 끌어 내며 동화적인 분위기를 한껏 연출해 내고 있다. 이러한 환상적 분위기는 월남전의 고엽제 폐해를 고발한 무거운 주제의 동화에서도 나타나고 있다.

> 포구가 있는 소래역에서부터는 소금밭이 펼쳐져 있었습니다.
> 협궤 열차는 지는 해를 달고 귀여운 망아지처럼 흔들거리며 소금밭을 달려갔습니다.
> 놀빛에 물든 염전은 꽃소금밭이었습니다. 어쩌면 염전의 인부들은 소금 대신 놀빛을 거두고 있는지도 몰랐습니다.
>
> — 「망아지 협궤 열차」 일부 —

지금은 자취를 감춘, 그래서 그 낭만이 아련히 그리운 수인선 협궤열차를 소재로 한 이 동화의 배경은 이처럼 한 폭의 그림처럼 펼쳐지고 있다. 흔히 쓰는 염전의 대체어로 소금밭이라는 모국어를 사용한 점이나 협궤열차를 귀여운 망아지에 빗댄 직유, 놀빛에 물든 염전을 꽃소금밭에 비유한 직유, 인부들이 소금 대신 놀빛을 거두고 있는지도 모른다고 한 묘사는 시적인 환상을 더해 주고 있다.

이러한 시적인 표현은 동화의 분위기 조성을 위해서도 필요하다. 독자를 동화의 세계로 빨리 끌어들일 수 있는 매직적 체면 효과가 있기 때문이다. 무미건조한 문체보다는 비유와 상징, 서정성이 어우러진 유려한 문체는 동화를 창작함에 있어서 늘 염두에 둘 문제이다.

> 겨울이 되면 아라리강은 물고기들이 추울까 봐 얼음 유리를 끼우기
> 시작했습니다.
> 아이들은 아라리강의 유리창, 바로 그 얼음판 위에서 썰매를 타기도
> 하고 팽이를 치기도 했습니다.
> 겨울 햇살도 얼음판에 미끄러져 엉덩방아를 찧었습니다. 그때마다
> 번쩍 빛이 나 눈이 부셨습니다.
>
> — 「마을지기 새와 민들레」 일부 —

강에 얼음이 언 현상을 두고 물고기들이 추울까 봐 얼음 유리를 끼우기
시작했다고 한 표현은 따뜻한 감성을 소유하지 않고서는 묘사할 수 없는
문장이다. 강이 유리창을 끼우고, 겨울 햇살이 얼음판에 미끄러져 엉덩방
아를 찧는다고 한 의인법은 동심을 바탕으로 한 유쾌한 표현이 아닐 수 없
다. 강원희의 문장은 이런 측면에서 동화의 문체로서 필요충분조건을 두루
갖추고 있다고 할 수 있다. 이러한 증거는 이산의 아픔과 통일 의지를 그린
『이 땅별의 겨울 숲』에도 잘 나타나 있다.

> 아침에 일어나 보면 어느새 유리창 가득 푸른 하늘이 밀려 와 있습니다.
> 푸른 하늘과 꽃구름, 초록 잎새와 민들레, 그리고 강아지 뭉치의 점
> 박이 무늬까지도 이른 새벽에 일어나신 할아버지께서 색칠해 놓으신 것
> 만 같습니다.
> 푸른 하늘이나 꽃구름은 몽당빗자루처럼 커다란 붓으로, 초록 잎새
> 나 꽃잎은 민들레 꽃줄기처럼 작은 붓으로 색칠하셨겠지요.
>
> — 「이땅별의 겨울 숲」 일부 —

젊은 시절 극장 간판을 그렸던 칠장이 할아버지를 주인공으로 한 이 작품의 프롤로그이다. 아침에 산뜻하게 펼쳐진 자연의 모습과 강아지의 점박이 무늬까지도 할아버지가 색칠해 놓은 것 같다고 표현한 것은 동심을 바탕으로 하지 않으면 묘사할 수 없는 표현이다. 하지만 이야기 문학인 동화에서 묘사 위주의 서정적 표현에 치중하다 보면 정작 스토리의 전개에 소홀해질 수도 있다. 따라서 서술적 구성 요소인 에피소드나 사건을 짜임새 있고 치밀하게 전개시키는 것이 중요하다.

워렌과 웰렉(A. Warren & .Welleck)은 '서술적 구성인 플롯은 에피소드나 사건 등의 작은 서술적 구조가 결합된 것이다'고 하였다. 에피소드나 사건 등은 작가에게는 동화를 구성하는 데 있어서 주도적 원인이고, 독자에게 있어서는 질서를 부여하는 제어작용이 되는 것이다. 강원희는 짜임새 있는 플롯을 시적 문체로 포장하여 서사와 서정이 조화를 이루는 동화의 피륙을 짜내는 데 성공하고 있다.

3. 몽환적 판타지

꿈은 현실에서 실현 불가능한 일이 생생하게 펼쳐지고 누구나 흔히 경험할 수 있다는 특성 때문에 동화에 자주 등장하는 수법이다. 꿈의 세계는 현실과 비현실의 넘나듦이 비교적 자유롭고 현실과 비현실을 함께 포용할 수 있기 때문에 환상 문학에 쉽게 접근할 수 있다. 하지만 백일몽이나 일장춘몽처럼 허무감과 무기력을 동반함으로 환상의 매력을 침해하는 주요 요소로 작용하기도 한다.

꿈은 시작과 끝이 있기 마련이다. 꿈에서 깨어날 때 놀라서 스스로 깨든 타인의 개입이나 외부의 작용에 의해 깨든 반드시 한시성이 있는 것이다. 따라서 몽환적 환상이 동화에 도입될 때 그 꿈의 시작과 끝 처리의 숙련 기술에 따라 환상의 생명도 좌우되는 것이다.

　이준연의 『거꾸로 나라의 임금님』은 꿈속에서 펼쳐지는 몽환적 판타지인데도 불구하고 이야기의 시작을 현실처럼 도입하고 있다. 따라서 독자들은 꿈 이야기라는 사실을 전혀 눈치채지 못하게 된다.

> "영훈아! 신발 똑바로 신어라! 왼쪽 신발하고 오른쪽 신발을 바꿔 신으면 어떡하니? 빨리 신발 똑바로 신어."
> 어머니는 신발을 바꿔 신은 영훈이를 바라보면서 말했습니다.
> "싫어, 난 이게 더 좋아요, 하하."
> 영훈이는 깔깔 웃으면서 신발을 거꾸로 신고 밖으로 나갔습니다.
> "엄마, 엄마! 영훈이 오빠 참 이상해요. 뭐든 거꾸로 하는 걸 좋아해요. 모자도 거꾸로 쓰고 크레용도 거꾸로 써요."
> 영훈이의 여동생 미는 모자를 거꾸로 쓰고 밖으로 나가는 오빠의 뒷모습을 바라보면서 깔깔 웃었습니다.
>
> 　　　　　　　　　　　　　　　－ 이준연, 「거꾸로 나라의 임금님」 일부 －

　이 동화의 프롤로그이다. 영훈이는 신발을 거꾸로 신고, 모자도 거꾸로 쓰고 밖으로 나가 친구들을 찾아 산속을 돌아다니다가 길을 잃고 만다.

　작가는 주인공이 거꾸로나라에 가는 것을 자연스럽게 하기 위하여 신발을 거꾸로 신고 모자도 거꾸로 신도록 설정한 것이다. 결국 마을로 가는 길을 찾을 수가 없게 된 영훈이는 한참 동안 산속을 헤매다가 '거꾸로나라에 가는 길'이라고 씌어 있는 안내판을 발견한다.

> "거꾸로나라에 가는 길? 세상에는 이상한 나라도 있네. 그런데 거꾸로나라에서는 누가 살고 있을까?"
> 영훈이는 갑자기 거꾸로나라에 가 보고 싶어졌습니다. 그래서 그 안

내판을 따라 걸어가니 골짜기가 나타났습니다. - 중략 -

그런데 꽃문에는 커다란 현수막이 걸려 있었습니다.

'축, 거꾸로나라 새 임금님을 환영합니다.'

"거꾸로나라 새 임금님은 누굴까?"

영훈이는 꽃문 안으로 들어갔습니다. 그러자 갑자기 영훈이의 몸이 풍선처럼 가벼워지면서 공중으로 올라갔습니다.

영훈이는 몇 번 재주를 넘다가 머리를 땅 위에 대고 물구나무를 섰습니다. 두 손으로 땅을 짚지 않았으면 머리를 다칠 뻔했습니다.

거꾸로나라의 꽃문을 들어선 순간 영훈이는 물구나무를 선 두 손으로 땅바닥을 짚고 걷게 된다. 거꾸로 나라는 모든 것이 거꾸로 되어 있다. 나무들도 거꾸로 서 있고 꽃들도 거꾸로 피어 있고, 다람쥐, 토끼, 노루들도 거꾸로 걸어다니는 것이다. 어린이들은 구태의연한 것보다는 새로운 것을 원한다. 항상 똑같이 되풀이되는 상투적인 일에는 흥미를 느낄 수 없는 것이다. 그것은 어른에게 있어서도 마찬가지이다. 옷도 거꾸로 입어 보고 싶고 신발도 짝짝이로 신어 보고 싶고, 달리기도 거꾸로 해 보고 싶어 한다. 이렇게 전혀 새로운 일이 벌어지기를 원하고, 그 때문에 일상에서의 탈출을 꿈꾸는지도 모른다. 이 동화는 이러한 심리를 파고들었기 때문에 독자들의 흥미를 끌 수 있는 것이다.

영훈이는 이상하고 신기한 도깨비 나라에 와 있는 것 같습니다.

산토끼와 노루가 반짝반짝 빛나는 왕관을 들고 영훈이 앞으로 뛰어왔습니다. 영훈이는 눈을 크게 뜨고 반짝이는 왕관을 바라보았습니다.

"거꾸로나라 영훈이 임금님! 왕관을 쓰십시오."

"토끼야! 노루야! 내가 거꾸로나라 임금님이 되는 건 좋지만, 머리가 거꾸로 있는데 어떻게 왕관을 쓰겠니?"

“해해, 두 다리가 있잖아요. 신을 신 듯이 두 다리에 하나씩 씌우면 돼요. 자, 이렇게.”

토끼와 노루는 영훈이의 양쪽 다리에 왕관을 하나씩 씌워 주었습니다.

거꾸로나라의 신하들은 토끼와 노루 같은 동물들이다. 이와 같은 등장인물의 설정은 몽환적 판타지이기 때문에 거부감을 주지 않는다. 발에다 왕관을 쓰고 있는 삽화는 흥미를 유발하기에 충분하다. 이처럼 엉뚱한 사건의 전개는 재미를 유발해 낸다. 영훈이는 결국 불편하고 힘이 들어 몸부림을 치며 거꾸로나라에서 빠져나갈 궁리를 한다.

'거꾸로 모자 쓰기, 거꾸로 신발을 신는 걸 좋아하다 거꾸로나라 임금님이 되어 벌을 받는구나. 어떻게 하면 거꾸로나라에서 빠져나갈 수 있을까?'

“토끼야, 내 모자 이리 줘. 내 신발도 내놔! 나는 거꾸로나라 임금님 안 할래. 빨리 내 신발이랑 모자 내놔!”

영훈이는 울먹이면서 말했습니다.

“해해. 거꾸로나라 임금님! 우리하고 같이 놀아요.”

토끼와 노루는 히죽히죽 웃으면서 영훈이를 놀렸습니다. 영훈이는 화가 나서 견딜 수 없었습니다. 영훈이는 토끼와 노루를 잡으려고 쫓아가다가 낭떠러지 아래로 곤두박질을 쳤습니다.

자신의 행동을 뉘우치는 주인공의 독백은 독자들의 감정이입을 통해 내면화에 이바지한다. 결국 드러나지 않는 교육성으로 동화문학이 지향해야 할 특성을 자연스럽게 수용하게 된 것이다. 주인공이 낭떠러지로 곤두박질치는 삽화는 꿈에서 깨어나는 것을 암시하는 것이다. 하지만 사건이 자연스럽고 재미있게 전개되기 때문에 독자들은 그런 눈치를 챌 겨를이 없다.

영훈이의 책상 위에 거꾸로 놓여 있던 뻐꾸기 시계가 학교에 갈 시간을 알려 주고 있었습니다.

영훈이의 책상 위에 거꾸로 꽂힌 그림책과 방바닥에 거꾸로 벌렁 누워 있던 놀잇감들이 살며시 눈을 뜨고 어머니를 부르는 영훈이를 바라보고 있었습니다.

"엄마! 엄마! 나 거꾸로나라 임금님 안 할 테야."

영훈이는 발에다 베개를 베고 거꾸로 누워서 어머니를 찾고 있었습니다.

이 동화의 에필로그이다. 작가가 '꿈에서 깨어났다'는 표현을 쓰지 않고도 그것을 어렴풋이 깨닫게 하는 것은 세련된 작법으로서만이 가능하다. 이준연은 꿈에서 현실로 나오는 통로를 자연스럽게 설정함으로써 몽환적 판타지에서 범하기 쉬운 허무함과 그에 따르는 치졸함에서 벗어날 수 있게 했다. 작가는 '거꾸로나라'로 향하는 앵글을 놓치지 않으려고 에필로그에까지 소품을 장치하는 치밀함을 보여 주고 있다. 그 소품이란 거꾸로 꽂힌 그림책과 방바닥에 거꾸로 누워 있는 놀잇감, 그리고 발에다 베개를 베고 거꾸로 누운 자세인 것이다.

잘 짜여진 몽환적 환상은 오히려 신비감을 높여 주고 환상 속에 쉽게 동화되어 공감할 수 있다는 장점을 지니고 있다. 잘 짜여진 몽환적 환상의 전형적 모델로는 루이스 캐럴의 『이상한 나라의 앨리스』를 들 수 있다. 언니가 읽어 주는 책을 졸면서 듣던 앨리스가 눈앞을 지나가던 토끼를 따라 옛이야기 나라로 들어가서 겪게 되는 신비한 꿈 이야기이다. 꿈의 세계로 자연스럽게 이입되기 위해서는 '졸면서 이야기를 듣다가 토끼를 따라 가는' 식의 징검다리가 마련되어야 한다. 아무런 장치 없이 무조건 꿈의 세계로 들어가는 것은 넌센스요, 황당무계한 이야기가 아닐 수 없다.

정채봉의 『나팔꽃』은 부모와 함께 자던 리태가 건넌방에서 처음으로 혼자 자면서 꾼 꿈을 형상화한 몽환적 환상이다. 꿈을 소재로 쓴 동화라고 해서 모두가 판타지가 될 수는 없다. 70년대 이전의 작가들이 남용했던 꿈의 도입은 백일몽적인 진부한 틀과 안이한 수법으로 인하여 대부분 환상으로 형상화하는 데 실패하였다. 그런데 『나팔꽃』에서는 꿈으로 진입하는 과정이 숙련된 기법으로 감추어져 있기 때문에 몽환적 환상이 갖기 쉬운 예술성의 폄하를 극복하고 있다.

"오늘부터 리태의 방은 여기야. 리태도 이젠 혼자서 자고 혼자서 일어나는 버릇을 들여야 해요."

"싫어, 싫어. 나는 엄마방에서 엄마 팔 베고 자는 게 좋아." - 중략 -

리태는 살며시 마루로 나와서 안방 문 앞을 기웃거려 보았습니다. 순간 전깃불이 꺼져버렸습니다. 리태를 내쫓고서 엄마 아빠만 정말 잠을 자는 모양입니다. - 중략 -

건넌방으로 돌아온 리태는 유리문 가에 앉아서 눈물을 손등으로 훔치다 말고 보았습니다.

마당 가운데 있는 꽃밭. 그 꽃밭에는 보름달빛이 환히 뿌려지고 있어서 꽃 색깔이 연하게 떠오르고 있습니다. - 중략 -

꽃 이름을 하나하나 알아맞혀 가는 동안에 리태의 마음은 저도 모르게 조용히 가라 앉았습니다. - 중략 -

"리태야! 여기야, 여기!"

리태는 그제야 저를 부르는 소리가 꽃밭에서 나고 있는 것을 알았습니다.

– 정채봉, 「나팔꽃」 일부 –

꽃밭에 환히 뿌려지는 보름달빛은 수면제의 구실을 한다. 리태는 달빛 젖은 꽃을 보며 꽃 이름을 알아맞혀 가는 동안에 서서히 잠에 빠져드는 것이다. 작가는 이러한 상황을 독자가 눈치채지 못하도록 하기 위하여 '리태의 마음은 저도 모르게 조용히 가라앉았습니다.'로 표현하고 있다.

리태를 부르는 소리의 주인공은 나팔꽃이다. 그 나팔꽃은 지난 봄에 리태가 마당에서 고무줄 놀이를 하다가 씨앗을 잃어버린 후 그곳에 만든 꽃밭에서 태어난 것이다.

꽃씨를 찾지 못한 리태는 제가 뛰어놀던 마당 자리에 둥글게 금을 그어 놓았습니다. 꽃씨가 밟혀 죽을까 봐 아무도 그 안으로 못 들어가게 하였습니다. 그래서 쓰레기를 버리러 가시는 아빠도 콩나물을 사 오시는 엄마도 저만큼 금 바깥으로 돌아다녀야 했습니다. 끝내는 리태의 떼에 못 이겨 엄마 아빠가 그 마당의 귀퉁이를 일구어 꽃밭을 만들었습니다.

리태가 꿈속에서 만난 나팔꽃은 바로 리태가 흘러 버렸던 그 씨앗인 것이다. 잃어버린 꽃씨가 밟혀 죽을까 봐 금을 긋고 아무도 못 들어가게 한 리태의 동심은 판타지를 창조해 낼 수 있는 작가만이 지닌 심미안으로만 그려 낼 수 있다. 나팔꽃과 리태는 원초적 동심 속에서 만나고 그 동심은 독자를 환상이라는 꽃밭으로 안내한다.

"나는 네가 아니었다면 다른 사람들 발에 밟히거나 아니면 물을 못 먹어서 말라 죽고 말았을 거야. 나는 그날 얼마나 울었는지 몰라. 그런데 너는 오늘 왜 울었니?" - 중략 -

"밤인데 그럼 무서워서 혼자 어떻게 잔단 말이니?"

"바보같이, 밤이 뭐가 무섭다고 그래. 이리 와서 밤에 열심히 일하는 아침나라 식구들을 보렴."

리태는 나팔꽃이 하라는 대로 나팔꽃 뒤에 눈을 대고 멀리 내다보았습니다. 아침나라 식구들은 동해 너머 빈 산에 있었습니다.

이처럼 이 동화는 꿈을 매개로 한 몽환적 환상 속에 나팔꽃을 의인화한 우의적인 환상을 결합하여 환상의 지경을 넓히고 있다. 리태는 동해 너머 먼 산에 있는 아침나라 식구들을 구경한다. 푸른 깃을 가지고 어둠을 뚫는 먼동을 본 후, 무지개 폭포를 향한다.

거기에는 수만 개의 이슬 방울들이 유리 구슬보다 맑게 몸을 씻고 있었습니다. 티 하나 없게 하여 무지개가 찬란히 일어야만 합격한다는 것이었습니다.

다음으로 리태가 본 아침 식구는 해님이었습니다. 해님은 빈 산의 꼭대기에서 불을 집어 먹느라 땀을 뻘뻘 흘리고 있었습니다. - 중략 -

"리태야, 보았지? 이렇게 밤은 아침나라 식구들이 준비하며 지내는 시간이야. 그러니 무서울 게 하나 없어."

나팔꽃이 일러주는 말에 리태는 부끄러워 얼굴을 두 손바닥으로 가리고 웃었습니다. 엄마와 아빠가 리태의 웃음소리를 듣고 안방에서 건너와 보니 리태는 유리문 가에 코를 대고 잠이 들어 있었습니다.

리태가 꿈속에서 나팔꽃과 함께 아침나라를 구경하는 장면이 사실적으로 묘사되어 있다. 리태가 잠들어 있는 곳을 유리문 가로 설정함으로써 잠들기 전 꽃밭을 보았던 상황과 일치시키고 있다. 이러한 상황의 일치는 빈틈없는 구성에서 온 결과로, 판타지의 리얼리티를 획득시켜 주고 있다. 또한 이 동화는 꿈의 환상에서 깨어나지 않도록 잠들어 있는 상태로 끝맺음으로써 사실성과 함께 환상의 효용을 높이고 있다.

신동일의 『열두색 항아리』는 꿈 이야기를 그린 몽환적 판타지이다. 훈이네 반 아이들은 가을 풍경화를 한 점씩 그려 오라는 숙제를 받는다. 그림에 소질이 없는 훈이는 집에서 그림을 그리려고 크레파스 갑을 꺼내 놓고 그림을 그리려 한다. 하기 싫은 일을 하려 하면 졸음이 오기 마련이다. 작가는 꿈의 세계로 진입하는 것을 귀뜸하기 위하여 주인공이 연속 하품을 해 대는 삽화를 설정하였다. 훈이는 쓸모없어 한 번도 쓰지 않은 검정 크레파스를 손톱으로 누르며 하품을 해 댄다.

　　"찌리릿, 찌리릿 쫑쫑!"
　　훈이는 갑작스런 새 소리에 얼른 고개를 들었다.
　　"앗!"
　　훈이는 눈이 둥그래졌다. 크레파스 표지에 그려져 있던 파랑새가 폴짝 뛰어 나왔기 때문이다. 훈이가 멍하니 바라보는 사이에 파랑새는 부쩍부쩍 커지더니,
　　"훈아, 내 등에 타!" 하고 노래하듯 말하였다.

　훈이가 타고 간 파랑새는 크레파스 갑에 그려져 있는 새와 동일한 것으로 설정되어 있다. 작가는 작품의 개연성을 확보하기 위해서 '훈이가 멍하니 바라보는 사이에 파랑새는 부쩍부쩍 커지는' 삽화를 설정하였다. 훈이는 파랑새의 등에 타고 하늘나라로 간다. 하늘나라 강가에는 커다란 12개의 항아리가 있었다. 작가는 크레파스의 12가지 색과 12개의 항아리를 의도적으로 병치시킨 것이다. 병풍처럼 늘어진 항아리 속에는 색가루들이 들어 있었다. 항아리 속의 색가루들은 먼동이 트는 새벽마다 세상으로 내려가 필요한 곳에 물을 들이는 일을 한다. 훈이는 검정색 항아리는 쓸모가 없을 것이라고 생각했지만 밤이 되자 세상을 어둠으로 물들이는 일을 하였다. 훈이는 어둠 속에서 풍선이 되어 하늘로 솟아오르는 아이들의 꿈을 보았다. 파랑새는 훈이에게 "검정색 가루는 아이들의 꿈이 마음껏 펼쳐지는

밤을 만들어 주었다"고 말한다.

훈이가 파랑새의 등을 타고 하늘나라로 간 구조는 꿈의 세계이기 때문에 개연성이 확보되어 있다. 훈이가 본 아이들의 꿈은 잠잘 때 꾸는 꿈인 것으로 파악되어 판타지에 힘을 실어 주고 있다. 꿈의 세계로 들어가는 도입 부분도 대부분의 독자들이 눈치채지 않게 자연스럽게 설정되어 있어 판타지에 날개를 달아 주고 있다.

> 귀에 익은 대문 소리가 들려왔다.
> 그러자 파랑새는,
> "난 갈래." 하고 몸을 파사삭 줄이더니 크레파스 그림 속으로 폴짝 뛰어들었다. 전등불이 확 들어왔다.
> "그림 숙제하다 잠을 잤니?"
> 밖에서 돌아오신 어머니가 외출복을 갈아입으며 웃으셨다.

주인공이 꿈에서 깨어 현실 세계로 돌아오는 장면이다. 꿈 이야기는 판타지의 역동성을 떨어뜨린다. 그것은 꿈의 속성인 깨고 나서의 허탈감 때문이다. 차라리 주인공의 의식 속에 상상력을 주입하는 심리적 판타지로 설정했더라면 하는 아쉬움이 남는다. 몽환적 판타지는 60년대 이전 작가들이 판타지를 도입할 때 상투적으로 사용하던 고전적 작법임을 인지해야 한다.

4. 전승적 판타지

전승적 환상은 '아주 오랜 옛날에 이런 일이 있었다'는 식의 언어적 매직 때문에 쉽게 이야기 속으로 빠져들 수 있다. 아주 오랜 옛날의 일이기 때문에 실제로 목격하거나 체험한 사람은 없지만 전해져 오는 이야기이기 때문에 사실인 것처럼 생각하기가 쉬운 것이다.

이와 같이 전승적 환상은 이질감과 거부감이 따르지 않기 때문에 어린이들에게 친화력을 준다. 전승적 판타지는 동화의 시작과 끝을 옛날 이야기의 수법과 비슷하게 전개하는 것이 보통이다.

손춘익의 『당산나무 도깨비』는 전승적 판타지를 수용하여 창작한 중편동화이다. 전승적 판타지란 옛날 이야기나 전래동화에 나타나는 공상성이 풍부한 판타지를 말한다. 전승적 판타지는 이야기의 구조는 물론 분위기까지 전래동화의 그것과 유사하다.

전승적 판타지를 수용한 동화는 옛날이야기에서 느낄 수 있는 것처럼 스스럼없이 이야기 속의 환상의 세계로 빠져 들어갈 수 있다. 이는 이야기에 등장하는 당산나무나 서낭당, 마을 제사는 물론 중심인물인 도깨비까지 공시적 통시적으로 존재하도록 이끌어 낸 작품의 배경과 인물의 성격 때문이기도 하다.

손춘익은 이야기에 환상성을 불어넣기 위하여 허두부터 전래동화의 수법처럼 신비성으로 치장하고 있다.

> 동네에서 가장 나이가 많은 것은 당산나무였지요. 오백 살이나 되었으니까요.
> 하지만 그보다 나이가 훨씬 더 많은 것이 또 있답니다. 도깨비지요. 도깨비들은 천 년 만 년 자기가 살고 싶을 때까지 살 수가 있대요. 당산나무 도깨비가 바로 그렇다고 해요.

오백 살이나 된 당산나무와 그보다 나이가 훨씬 더 많은 도깨비를 등장시킴으로써 '옛날 아주 오랜 옛날부터 있어 왔다'는 역사성을 부각시키게 된다. 그것은 언어의 주술력으로 작용하여 독자들을 자연스럽게 판타지 속으로 빠져들게 하는 구실을 한다.

『당산나무 도깨비』는 전승적 요소가 작품의 내면적 모티프로 작용하고 있으며, 구조상으로는 현대동화의 골격을 견지하고 있다. 따라서 전래동화의 재미성과 창작동화의 문학성이 어우러져 긍정적인 평가를 받을 수 있는 동화이다.

이 작품은 개발이라는 미명 아래 제거되고 사라져가는 우리것에 대한 애정과 보전의 당위성을 담고 있다. 70년대 이후 불어닥친 근대화·산업화 과정에서 파생되는 부정적 갈등 요소들이 끊임없이 제기되었다. 조상 대대로 살아온 마을 전체가 수몰되어 하루 아침에 고향을 잃게 되는가 하면 마을의 수호신 노릇을 해 온 수백 년 묵은 당산나무가 뿌리째 뽑혀 없어져야 했다. 이 과정에서 개발을 강행하려는 개혁 세력과 마을을 지키려는 수구 세력의 대립과 갈등은 필연적일 수밖에 없었다. 개혁 세력의 힘의 논리에 의해 개발이 강행 지속되면서 자연 환경이 파괴되고 생태계마저 위협받아 산업화에 따른 폐단이 도처에서 나타나기 시작했다.

『당산나무 도깨비』도 이러한 과정에서 나타나는 갈등을 그린 동화이다. 산업화에 밀려 공단으로 변하게 될 마을과 함께 베어질 운명에 처한 당산나무(느티나무)를 지키려는 마을 사람들과 관청(공단) 사람들과의 대립과 갈등을 그리고 있다.

이 동화의 줄거리를 살펴보면 다음과 같다.

① 마을 사람들이 수호신으로 여기는 느티나무 앞에 제사상을 차려 놓자 당산나무 도깨비가 느티나무 가지에 앉아 내려다 본다.

② 제사상에 오른 음식들의 맛을 본 도깨비는 사람들로부터 느티나무를 베어 없앤다는 말을 듣고 깜짝 놀란다.

③ 마을 사람들은 마을에 공단이 들어서면 당산나무가 베어 없어지게 될 것이라며 당산나무를 지킬 방법을 궁리하며 걱정한다.

④ 까마득한 옛날 마을이 생기면서 마을 사람들은 마을 앞 고개 밑에 느티나무를 심어 놓고 마을을 지키는 당산나무로 삼자, 한 떠돌이 혼이

그 소문을 듣고 달려와 느티나무 속에 깃들여 당산나무의 지킴이가 되는데, 이가 곧 당산나무 도깨비이다.

⑤ 언제부터인가 마을 사람들은 음력 대보름날 당산나무 앞에서 제사를 지내기 시작하는데 소원을 빌면 당산나무 도깨비가 도와주게 된다.

⑥ 제사를 지낸 마을 사람들이 당산나무를 살릴 대책을 세우지 못하고 눈치만 살피고 있자, 당산나무 도깨비는 마을 사람이 모두 일어나 마을을 지키라고 외친다. 이 말을 들은 당산나무도 울음소리를 내자, 마을 사람들이 날마다 모여들어 당산나무를 지키게 된다.

⑦ 마을 사람들은 공단 건설 공사를 진행하려면 반드시 나무를 베어야 한다는 공단 책임자와 맞서 물리친다.

⑧ 보름 후 공단 책임자는 보상금 백만 원을 지불한 후 나무를 베어도 좋다는 법원 판결문을 가지고 나타나 일꾼들에게 톱질을 시킨다. 젊은 일꾼이 톱질을 시작하려 하자, 당산나무 도깨비는 방망이로 젊은이를 내리친다. 그 바람에 톱날이 부러지며 젊은이의 팔목을 때려 피를 흘린다.

⑨ 다른 젊은이가 도끼를 들고 나와 느티나무의 밑둥을 내리치자, 당산나무 도깨비는 다시 방망이를 휘두르고 그 바람에 도낏자루에서 도끼날이 빠져나가 젊은이의 발목을 내리친다.

⑩ 책임자는 불도저를 불러서 느티나무를 밀어뜨리려 한다. 느티나무가　지 위에 올라앉아 있던 도깨비가 뛰어내려와 돌무덤에서 주먹만 한 돌을 주워 들고 느티나무 가지 위로 올라간다. 불도저가 느티나무 앞으로 바짝 다가오자 동네 사람들은 돌멩이를 집어던진다. 그때 도깨비가 던진 돌멩이가 운전기사의 이마를 맞추자, 운전기사는 비명을 지르며 운전대를 놓는다.

⑪ 불도저가 엉뚱한 곳으로 굴러가자 마을 사람들은 만세를 부르며 덩실덩실 춤을 춘다. 도깨비도 신바람이 나서 "만세! 만만세! 엇쇠! 잡귀들

은 썩 물러가라! 이놈! 내 앞에는 얼씬도 하지 말렸다!"하고 호통을 친다.

⑤에서처럼 마을 사람들은 오백 살 된 느티나무를 수호신으로 받들며 해마다 음력 대보름날 마을 제사를 지내는 것으로 그려져 있다.

> "살기 좋은 마을이 되려면 당산나무를 잘 모셔야 하느니라. 몇 백 년 동안이나 우리 마을을 지켜온 수호신이거던. 옛 어른들 말씀을 잊지 말아야 해. 아무리 큰 난리가 나도 우리 마을만은 아무 탈이 없었다고 하잖은가."
> "암, 일제 때 일본 순사가 긴 칼을 빼어 들고 이 당산나무를 베려다가 오히려 칼이 부러지고 제 손목만 다치는 바람에 혼비백산해 도망쳤다고 하지 않던가."

이처럼 당산나무가 신령스런 힘을 발휘할 수 있었던 까닭은 당산나무에 깃들어 사는 도깨비 때문이다. 당산나무 도깨비는 '제 욕심만 채우려고 하는 소원은 들은 척도 하지 않았지만 그렇지 않은 소원은 반드시' 도와주었다. 당산나무의 신령스런 힘은 도깨비로부터 나온다는 당위성이 있기 때문에 이 동화의 판타지는 리얼리티를 확보할 수 있는 것이다.

하지만 리얼리티를 상실한 대목도 눈에 띈다. ⑧, ⑨에 나타난 것처럼 느티나무를 베기 위해 일꾼들이 톱과 도끼를 사용하는 장면은 현장감을 고려하지 않은 넌센스일 수밖에 없다. 오백 년 묵은 몇 아름드리 느티나무를 전기톱도 아닌 일반 톱이나 도끼로 인부 한 사람이 나서서 자르려 한 장면은 어느 공사장에서도 찾아볼 수 없는 비현실적인 이야기가 아닐 수 없다. 동화가 비현실적인 이야기를 다룬다 할지라도 현장 상황을 묘사할 때에는 정확한 현실감으로 리얼리티 확보에 주력해야 한다.

등장인물의 성격은 이야기의 흐름에 중대한 영향을 끼치는 요인이 된다.
이 동화에 등장하는 당산나무 도깨비는 오백 살이라는 나이에도 불구하고
개구쟁이 같은 동심을 가지고 있다. 이러한 성격을 묘사한 장면을 구체적
으로 살펴보면 다음과 같다.

　　도깨비는 빙그레 웃는 얼굴로 어서 제사를 지내기만 기다리고 있습니다. 아무리 도깨비라고 해도 염치가 있어야지, 제사도 지내기 전에 함부로 음식을 집어먹을 수는 없거던요.

　　당산나무 도깨비는 한 해 가운데서도 제삿날이 가장 기쁘답니다. 색동옷을 입듯 별스레 치장을 하는 것도 그렇거니와 또 맛난 음식도 실컷 맛볼 수가 있습니다.

　　그는 지금 장난꾸러기처럼 느티나무 가지 위에 올라 앉아 가만히 사람들을 내려다보고 있으나 어쩐지 전혀 신바람이 나지 않습니다. 처음에는 갑자기 제사상을 받게 되어 기뻐했지만, 어느새 그도 사람들과 마음이 같아졌답니다.

　　느닷없이 당산나무 도깨비가 그 젊은이를 겨냥해 "에잇, 맛 좀 봐라!" 하고 방망이를 내리쳤어요.

　　두 젊은이가 그렇게 당하고 나자 이제는 아무도 나서려고 하지 않았습니다. '그것 좀 보라고! 헤헤헤⋯⋯' 도깨비가 이제는 또 금방 개구쟁이처럼 나뭇가지 위에 걸터 앉아 혀를 날름거리며 빈정거렸어요.

　　물론 도깨비도 가만히 있지 않았지요. 그는 지금 느티나무 가지 위에

서 벌떡 일어나 신바람이 나서 두 팔을 치켜들고 외쳐 댑니다.

이렇게 개구쟁이 같은 동심을 가진 도깨비의 성격은 이 작품의 분위기를 보다 동화답게 만들고 있다. 이 동화가 더욱 동화다울 수 있었던 것은 당산나무를 베려고 한 일꾼들이나 운전기사를 죽음으로 몰고 가지 않고 다치게만 했다는 점이다. 하지만 운전기사가 돌팔매에 맞아 머리를 감싸고 있는 상황에서 '독립운동이라도 하듯 목청껏 만세를 부르는' 장면은 생경한 느낌마저 자아내고 있다.

> 그 꼴을 본 염소수염 할아버지가 갑자기 두 손을 번쩍 들고 목청껏 만세를 부릅니다. 마치 독립운동이라도 하듯 힘이 넘쳐나는군요. 그 할아버지뿐만 아니라, 곁에 선 아저씨도 덩달아서
> "만세! 만만세! 야, 우리가 이겼다!"
> 하고 외쳤어요. 그러자 그 자리에 모인 마을 사람들이 하나같이 신바람이 나서
> "만세. 만만세! 얼씨구 절씨구. 우리 동네 만만세!⋯ 지화자 좋구나 좋네! 당산나무 만만세!"
> 하고 소리치며 덩실덩실 춤을 추기 시작했어요. 물론 도깨비도 가만히 있지 않았지요.

공단에 고용되어 업무상 느티나무를 베려고 한 노동자에게 도깨비가 응징을 가한 것까지는 무리가 없으나 돌에 맞은 운전기사가 다친 상황에서 만세를 부르고 춤을 추는 장면은 동심의 조리개로 조절을 했더라면 하는 아쉬움이 남는 삽화이다.

> 그는 지금 느티나무 가지 위에서 벌떡 일어나 신바람이 나서 두 팔을

치켜들고 외쳐 댑니다.

　"만세! 만만세! 엇쇠! 잡귀들은 썩 물러가라! 이놈! 내 앞에는 얼씬도 하지 말렸다!"

　도깨비는 할아버지처럼 쩌렁쩌렁한 목소리로 호통을 쳤으나 사람들의 귀에는 그 소리가 들리지 않았어요. 하늘과 땅 사이가 너무 넓었거든요.

　이 동화의 결미 부분이다. 앞에서 열거했던 동심을 가진 도깨비의 성격과는 대조적인 묘사가 아닐 수 없다. 인물의 성격은 일관성이 유지되도록 신중을 기해야 한다. 오백 살이나 된 도깨비가 자신이 응징한 일꾼이 쓰러지자, 만세를 부르며 '잡귀들은 물러가라'고 외치는 장면은 부자연스럽고 당산나무 도깨비의 위상과 전체적인 성격과도 부합되지 않는 대목이다. 이것은 성격이라는 말이 내포하는 도덕성(morality)과 개성(personality)이라는 개념을 염두에 두어야 하기 때문이다.

　이준연의 『도깨비가 된 허수아비』는 도깨비를 소재로 한 전승적 판타지이다. 이 동화는 현실과 환상의 세계를 무리없이 넘나들고 있다. 참새 떼들의 놀림을 받으며 빈 논벌에 서 있던 허수아비가 도깨비에 의해 뽑혀지며 친구가 되었다가 주인인 털보 아저씨의 손에 의해 집으로 가는 이야기가 이질감없이 펼쳐지고 있다. 허수아비가 도깨비에 의해 친구로 동화되는 장면이나 성황당에서 만난 술취한 털보 아저씨가 허수아비를 길동이로 생각하고 벌이는 헤프닝은 한 땀 한 땀 수놓아진 구성력에 힘입어 자연스럽기 그지없다. 판타지의 세계로 이입되는 장면이나 현실 세계로 복귀하는 장면이 자연스럽게 설정되어 판타지의 전범을 보는 듯하다.

　"허 형! 허 형! 내 어깨를 꼭 붙잡아요. 자, 자, 이렇게….."

　도깨비는 논바닥에 쓰러진 허수아비를 일으켜 세우면서 말했습니다.

　－ 중략 －

허수아비는 도깨비와 도란도란 이야기를 하는 동안 읍내로 가는 신
작로까지 와 있었습니다.

"도 형! 언제 여기까지 왔나?"

– 중략 –

이상한 일이 허수아비도 모르고 있는 사이에 일어났습니다. 허수아
비는 도깨비가 되어 용마산 도깨비의 손을 정답게 잡고 신작로를 껑충
껑충 걸어가고 있었습니다.

텅 빈 논 가운데 서 있던 허수아비가 도깨비로 변신하여 함께 밤길을 걷
는 삽화이다. 전래동화에 나타난 도깨비의 속성은 신통력을 발휘하는 존
재로 인식되어져 있다. 그 때문에 허수아비가 도깨비와 친구가 되어 어울
리는 모습이 자연스럽게 설정되어 어색하지 않다. 도깨비는 허수아비에게
'사람들은 자기한테 필요하면 어르고 달래면서 부려 먹고, 필요없을 땐 내
버린다'고 말하며 허수아비를 논배미에 버려 두고 간 털보를 비난한다. 도
깨비와 허수아비의 대화 또한 장면을 목도하듯 실감나게 그려지고 있다.
이처럼 이준연 문학에서 실감나는 대화의 구사는 동화의 흥미성과 작품성
을 고양시키는 구실을 하고 있다.

도깨비와 허수아비는 성황당 고개까지 왔습니다. 술에 취한 털보 아
저씨는 성황당 돌무더기 위에 앉아서 아리랑 타령만 목이 터지라고 하
고 있었습니다. 술 냄새가 코를 찔렀습니다.

"허 형! 털보 녀석이 돌무더기에 쓰러져서 잠이 들면 오늘 밤에 꽁꽁
얼어 죽을 테니, 허 형이 집에까지 잘 모시고 가야 해."

"여보게, 도 형! 내가 무슨 재주로 술 취한 사람을 업고 가나. 다리도
하나뿐인데."

도깨비가 술취한 사람을 골탕먹이는 장면은 민담이나 전설 등 우리 설화에 많이 등장한다. 민담뿐 아니라 실제로 술에 취하여 밤길을 걷다 도깨비에게 홀려 고생을 했다는 제보도 각종 지면에 다수 채록[57]되어 있다.

그런데 이 동화에 등장하는 도깨비는 허수아비에게 술취한 사람을 도와주라고 권하며 선행을 베푸는 도깨비이다. '참새 떼를 열심히 쫓은 허수아비를 실컷 부려 먹고 고맙다는 인사도 없이 논배미에 버리고 간' 주인을 응징하라고 하기는커녕 도움을 권하는 권선적인 도깨비인 것이다. 술에 취한 털보 아저씨는 허수아비를 옆집에 사는 길동이로 알고 붙들고 일어나고, 허수아비는 털보 아저씨의 지팡이가 되어 집으로 향한다.

털보 아저씨는 논배미에 이르자 농사가 얼마나 잘되었는지 돌아보고 가자며 논 가운데로 허수아비를 붙들고 들어간다. 허수아비는 다시 제자리로 돌아온 것이다. 아침이 되어 술이 깬 털보 아저씨는 자기가 얼어 죽지 않은 것은 허수아비 덕분이라며 허수아비를 뽑아 들고 마을로 향한다.

『도깨비가 된 허수아비』는 결국 용마산 도깨비에 의해 잠시 도깨비로 변했던 허수아비가 술에 취해 얼어 죽을 뻔했던 주인을 구하고 다시 허수아비로 돌아간 이야기이다. 전승적 판타지에 속하는 이 동화는 도깨비로 변했던 허수아비가 원래의 모습으로 돌아오기까지의 과정이 잘 짜여진 플롯에 의해 무리없이 전개되어 판타지의 역동성을 살리고 있다.

김문홍의 중편동화 『나비가 된 왕자』는 전승적 환상을 바탕으로 매직적 환상이 결합되어 있다. 이 동화는 뒤주에 갇혀 죽은 사도세자의 비극을 연상케 하는 작품이다. 김문홍 동화에는 역사적 소재를 현실로 끌어들여 환상의 피륙으로 짜낸 작품들이 다수 있다. 그는 작품의 배경이 되는 과거사적 이야기를 현실감 있게 접근시키기 위하여 동화의 문체로는 생경한 현재형 서술을 시도하고 있다.

---

57) 김평원, 「도깨비 설화 연구」, 우석대학교 교육대학원 석사학위 논문, 1991. 59~73쪽.

뒤주문이 열렸다. 정말 아무것도 없이 텅 비어 있다. 나무 틈새로 숨어 들어온 햇살 몇 가닥 있을 뿐이다.

"아니, 저건 웬 나비냐?"

정말 이상한 일이다. 뒤주 속에서 나비 한 마리가 하느적 하느적 날아 오고 있었다.

모두들 넋을 잃은 채 나비의 뒤를 쫓고 있을 뿐이다. 정말 이상한 일이다.

임금님은 왕위를 물려 받으라는 어명을 거역한 왕자를 뒤주에 가둔다. 총명하고 무술에 뛰어난 왕자는 임금님의 총애를 받는다. 어느 날 왕자와 함께 숲속에서 사냥을 하며 말을 달리던 임금님은 초가집 때문에 갑자기 말이 멈춰 서자 낙마를 하고 만다. 그러자 애꿎은 집주인(박생원) 부부와 딸 꽃분이가 죄인처럼 끌려오게 된다. 대궐로 돌아온 왕자는 꿈속에서 꽃분이를 만난다. 꽃분이를 만난 이튿날부터 왕자는 사흘 낮밤을 앓기 시작하다 낫은 후 미친 사람처럼 행동한다. 왕자는 임금이 되지 않으려고 임금의 눈밖에 나는 짓을 일삼는다. 술을 먹고 행패를 부리기도 하고, 밤이면 궁궐 담을 뛰어 넘기도 하고, 동궁에다 불을 지르는 등 미친 짓을 골라 하는 것이다. 마치 왕위를 승계하지 않으려고 광인 행세를 한 양령대군의 삽화를 떠올리게 하는 대목이다. 왕자가 임금의 보위에 오르지 않으려 한 까닭은 꽃분이를 통한 깨달음이 있었기 때문이다.

'살아서는 이 뒤주 속을 못 빠져나가겠구나……. 그렇다! 죽어서라도 자유를 찾는 수밖에 없구나.'

왕자는 열흘 동안 뒤주 속에 갇혀 이런 생각만 하다 죽게 된다. 그리하여 나비로 환생하게 되는 것이다.

뒤주 속에 갇혀 죽은 왕자가 나비로 환생하였다는 것은 요술과도 같은 것이다. 매직적인 환상이 아닐 수 없다.

나비의 한쪽 날개가 무사들이 휘두른 칼에 떨어져 나가자, 그곳에서 쏟아진 빛 때문에 임금님은 눈이 멀고 만다. 나비가 된 왕자는 꽃분이네 집 아기로 환생하게 된다. 꽃분이 동생으로 태어난 아기의 등에 나비 무늬가 새겨져 있는 것이다.

> 꽃분이가 앞으로 나서서 아기를 받아 안으며 나직히 대답한다.
> "상감마마, 놀란 게 아니옵니다. 왕위를 물러받는 게 싫다는 뜻이옵니다."
> "뭐라고?"
> 갑자기 아기의 등어리에서 나비 한 마리가 팔랑팔랑 솟아오른다. 나비는 아기의 둘레에서 몇 번인가 하느적거리다가 이내 방 안을 빠져 나간다. 아기는 어느새 울음을 뚝 그친다. 아기 등어리의 나비 무늬는 씻은 듯이 없어졌다.

『나비가 된 왕자』의 에필로그 부분이다. 아기의 등어리에서 나온 나비는 궁궐 밖으로 날아가고, 임금은 오래도록 선정을 베풀게 되며 이야기는 막을 내린다.

이 동화는 주권재민 사상을 바탕으로 자유의 소중함과 휴머니즘의 승리를 부각시킨 동화이다. "지금 이 나라의 임금님이나 왕자님께옵선, 자신들이 주인이라 잘못 생각하고 있사옵니다." 사냥에 방해가 된다고 민가를 헐어버린 임금의 잘못에 항의하는 꽃분이의 말이다. 이처럼 이 동화는 꽃분이라는 캐릭터를 통해 민중 의식의 발현과 휴머니즘의 승리를 구가하고 있다.

5. 매직적 판타지

　현실적으로 나타나 보이기는 하지만 그 사실을 도무지 믿을 수 없거나 믿어지지 않는 신비한 상황을 요술이나 마술이라고 한다. 따라서 매직적 환상은 요술이나 마술, 마법의 세계와 같은 현상은 있으나 믿기지 않는 세계를 다루게 되므로 신비감과 흥미를 자아낼 수 있다.

　강소천의 『꿈을 찍는 사진관』은 제목부터 강한 호기심을 불러일으킬 수 있는 매직적 요소로 형상화되어 있다. 이 작품은 그리움과 꿈의 미학으로 상징되는 강소천 동화를 대표할 수 있는 환상동화이다.

　『꿈을 찍는 사진관』에는 환상의 세계로 들어가는 통로가 확실하게 설정되어 있다. 그 통로의 입구와 출구는 다음과 같이 모두 매직적 환상으로 나타나 있다.

　　나는 내 눈을 의심하리만큼 놀라지 않을 수가 없었습니다. 거기에는 활짝 핀 꽃나무 한 그루가 서 있었기 때문입니다. 아직 살구꽃이 피려면 한 달은 더 있어야 할 텐데, 저렇게 연분홍 꽃이 전등이라도 켠 듯이 환히 피어 있는 것은 이상한 일이 아니겠습니까?

– 강소천, 「꿈을 찍는 사진관」 일부 –

　　내가 처음 앉았던 뒷동산에 와 앉아 다리를 쉬며 가슴속에 간직했던 사진을 꺼냈을 때, 나는 또 한번 놀라지 않을 수가 없었습니다.

　　분명히 내가 넣었던 곳에서 꺼냈는데, 내가 사진관에서 받아든 순이와 같이 찍은 사진은 아니었습니다. 그것은 내가 좋아하는 동화집 갈피 속에 끼어 있던 노란 민들레꽃 카아드였습니다.

　이상한 일과 놀라운 일은 곧 매직적 환상인 것이다. 이러한 매직적 환상의 요소는 색상으로도 형상화되어 나타난다. 소천에게 있어 그리움의 촉매 색상은 파란 하늘빛이다. 그 하늘은 늘 그리움의 대상이다. '물 한 모금 입에 물고 하늘 한 번 쳐다보는' 그런 그리움이다.

> 벽과 창문만이 아니라 지붕까지 새하얀 집—다만 정문에 커다랗게 써붙인, "꿈을 찍는 사진관"이란 일곱 글자만이 파아란 하늘빛이었습니다. – 중략 –
>
> 하늘빛 파란 까운을 입은 점잖은 신사 한 분이, 하늘빛 파아란 안경을 벗어 테이블 위에 놓으며, 회전 의자에서 일어났습니다. – 중략 –
>
> 어디서 빛이라곤 들어올 곳이 조금도 없습니다. 9포 활자만큼 작은 하늘빛 글씨가 어쩌면 그리도 잘 보입니까.

'꿈을 찍는 사진관'이라는 글자는 파란 하늘빛이고, 신사의 까운이나 안경, 책의 글씨, 만년필의 잉크까지도 모두 파란 하늘빛인 것이다. 하늘빛은 그리움의 대상을 환영시켜 주는 마력을 가지고 있다. '눈이 부시게 푸르른 날은 그리운 사람을 그리워 하자'는 미당의 싯구가 아니더라도 파란 하늘빛은 그리움을 촉발시키는 매직의 색인 것이다.

정중수의 『길』은 매직적 판타지의 흡인력을 극명하게 보여 주는 작품이다. 전날 밤까지 있었던 길이 하루 아침에 모두 없어진 것은 요술의 세계에서나 가능하다. 작가는 사실성을 각인하여 판타지의 효용을 높이기 위하여 어젯밤에 있었던 사건, 이를테면 달구지로 볏짐 나르기와 이장네 머슴의 약짓기와 돌이 어머니가 돌이를 찾으러 다녔던 일들을 반추하고 있다.

> "아니, 이럴 수가…."
>
> 돌이 어머니는 몇 번이고 눈을 비비며 무슨 꿈을 꾸는 것이 아닌가 하고 눈을 크게 뜨고 바라보았다. 역시 길은 없었다. 마치 밤새 누가 널어

놓은 띠를 몰래 거두어 가 버린 것처럼 길은 감쪽같이 없어져 버렸다.

어제 저녁때만 해도 그 길로 호영이네 달구지가 볏짐을 실어 날랐고, 옆집 이장네 머슴이 복통이라 해서 면에 나가 약을 지어 왔다. 그것뿐이 아니라 돌이 어머니가 저녁 늦도록 그 길을 걸으며 돌이를 찾으러 다녔다. 그런데 그 길이 지금 보이지 않는 것이다.

돌이 어머니는 와락 무서운 생각이 들었다. 온몸이 부르르 떨리고 가슴이 막 두근거렸다.

– 정중수, 「길」 일부 –

돌이 어머니는 길이 없어진 사실을 알리기 위하여 이장네 집으로 달려 갔고, 이장은 마을에 무슨 일이 있을 때면 치는 징을 쳐 댔다. 징소리를 듣고 공회당 뜰에 모인 마을 사람들은 마을이 생기고 나서 처음 있는 변괴라며 천지개벽이 올 징조라는 둥 겁에 질린 말들을 해 댔다. 마을 사람들이 대책을 의논하고 있을 때 앉은뱅이 아저씨만은 태연하게 안개에 감싸인 칠성산 쪽만을 바라보고 앉아 돌이 어머니가, "돌이가 어디 간다고 하지 않던가요?" 하고 자꾸 물어도 아랑곳없이 입을 다물고 있었다. 말없이 앉아 있는 앉은뱅이 아저씨의 등장은 매직적 판타지에 힘을 실어 준다. 그는 돌이와 친구처럼 지내며 돌이의 궁금증을 풀어 주는 존재이다. 이를테면 천사가 정말 있는지 물었을 때 천사가 있는 것이 틀림없다고 했다.

그 천사들 중에서는 가브리엘 천사가 으뜸이다. 가브리엘 천사는 매일 밤 이 세상의 모든 길, 학교로, 장으로, 서울로 가는 모든 마을 길들을 하늘로 끌어올려 다른 천사들에게 깨끗이 닦게 해서 사람들이 깨어나지 않은 이른 새벽에 다시 그 자리에 내려 놓는다. 앉은뱅이 아저씨는 마치 하늘에 한번 갔다 온 사람처럼 얘기해 주었다.

"그럼 아저씨, 이 세상의 길은 모두 하늘에 올라가?"

"그럼 올라가고 말고."

"아아, 그래서 그 길이 그렇게 깨끗하구나."

"깨끗하다니? 어떤 길이?"

"칠성산의 내 꽃나무한테 가는 길 말이야."

"꽃나무한테 가는 길이라니?"

"아저씨, 아무한테도 얘기하지 마. 꼭야. 칠성산에 내가 꽃나무를 기르고 있어. 세상에서 제일 아름다운 꽃나무야."

마을의 길이 없어진 것 말고도 요새 마을에선 이상한 일들이 일어나곤 했다. 마을 사람들이 한 사람씩, 두 사람씩 소리없이 사라지곤 하는 것이다. 순이네는 온 식구가 밤새 어디론지 사라져 버렸다. 사람들 얘기로는 호영이 아버지한테 빚진 것이 많은데다 흉년으로 끼니를 잇기가 어려웠기 때문이라고 했다. 이렇게 마을 사람들이 밤새 사라지는 것은 가난 때문에, 소위 야간 도주를 하는 것인데도 매직적 분위기로 연막을 치고 있다.

앉은뱅이 아저씨는 어젯밤에 칠성산 꽃나무 꽃이 활짝 핀 꿈을 생각하고 돌이가 어쩌면 칠성산에 갔는지도 모른다고 생각했다. 그는 아침에 갑자기 마을 밖으로 나가는 길이 없어지고, 돌이도 보이지 않는 까닭은 가브리엘 천사가 길을 하늘로 끌어 올렸기 때문인 것으로 믿고 있다. 이와 같은 일은 종교적 이적이다. 삽시간에 바다가 갈라지고, 죽었던 사람이 살아나는, 소위 종교적 이적 현상은 매직적 판타지와 상통한다.

이장이 "우린 섬에 갇힌거나 다름없으니 죽어도 같이 죽고, 살아도 함께 살아야 된다."고 말하자, 구두쇠로 이름난 호영이 아버지가 자신의 과거를 참회하며 집 창고에 있는 모든 식량을 마을 사람들에게 나누어 주겠다면서 눈물을 글썽인다. 호영이 아버지의 뜻밖의 말을 처음엔 믿으려 들지 않던 마을 사람들도 진심을 알고 서로를 반성하며 함께 운다.

돌이 어머니도 돌이가 늦게 들어온다 어쩐다 하고 꾸중한 일이 가슴에

맺혀와 크게 운다. 이렇게 마을 사람들은 지난 일들을 반성하며 한가족처럼 서로 끌어안고 흐느껴 운다. 결국 없어진 길이 마을 사람들을 눈물로 참회하게 한다. 이러한 눈물은 인간의 마음을 정화시키는 기능을 한다.

> 이때 앉은뱅이 아저씨가
> "여러분, 울음을 그치고 저기를 보시오!"
> 하며 손으로 칠성산 하늘을 가리켰다.
> 칠성산 하늘에서는 하얗고 긴 옷감의 띠 같은 것이 내려오고 있었다. 그 띠는 땅에 닿으면서 마을 쪽으로 펼쳐 오고 있었다.
> "돌이가 온다. 돌이가 온다."
> 앉은뱅이 아저씨는 크게 크게 소리 질렀다.
> 그 하얀 띠가 하늘에서 풀려 내려오는 것이 보이고 그 띠 위로 어떤 아이가 걸어오고 있는 모습이 눈에 보였다. 돌이가 틀림 없었다. 돌이가 한 걸음 떼어 놓을 때마다 하얀 띠가 그만큼씩 돌이가 딛는 땅 앞으로 펼쳐지고 있었다.
> 마을 사람들은 눈물기가 아직 가시지 않는 눈으로 하얀 띠가 마을 쪽으로 다가오고 있는 것을, 그 하얀 띠 위로 돌이가 걸어오는 것을 숨죽이고 바라보았다.
> 누군가가 소리쳤다.
> "길이다. 길이 다시 나타났다."
> 그것은 하얀 띠가 아니라 정말로 길이었다. 그 길 위로 돌이가 꽃가지를 들고 사뿐사뿐 걸어오고 있었다.

없어졌던 길이 다시 나타난 일은 이적이 아닐 수 없다. 이러한 이적은 분명 요술과도 같은 일이다. 그것은 꿈도 아니고, 마음속으로 상상하는 심리적 판타지도 아니다. 마을 사람들은 못박힌 듯 서서 마을 길과 돌이가 공회

당 쪽으로 함께 오는 것을 바라본다.

돌이에게 달려간 어머니가 어디에 가 있다가 오는 거냐고 묻자 하얀 옷을 입은 아줌마를 만나고 온다고 말한다.

　　돌이는 물통을 들고 갔었다. 바위 밑 비탈에 서 있는 그 꽃나무는 아랫가지에 꽃봉오리를 탐스럽게 준비하고 있었다. 돌이가 막 꽃나무에 물을 주고 있을 때였다. 돌이는 머리 위에 사뿐히 얹혀지는 손을 느꼈다. 한 없이, 명주 천처럼 부드럽고 어딘지 향내가 나는 손길이었다. 돌이는 고개를 들어 보았다. 언제 어디서 왔는지 하얀 옷을 입은 아주머니 한 분이 그윽히 돌이를 보고 있었다. – 중략 –

돌이는 깜짝 놀라서 물어보았다.

"나? 나는 저기에 살고 있지."

아주머니는 놀이 고운 산너머 하늘을 손가락질해 보였다.

돌이가 만난 흰 옷 입은 아주머니는 가브니엘 천사라는 것을 독자들은 금세 눈치채게 된다. 이 작품이 매직적 환상성을 견지할 수 있었던 것은 천사라는 튼실한 도우미가 있었기 때문에 가능하다. 돌이는 자신이 가꾸는 꽃이 피는 모습을 보고 싶냐는 아주머니의 말에 보고 싶다고 대답한다.

　　돌이와 아주머니는 바위 위에 앉아서 꽃이 피는 것을 지켜보고 있었다. 하늘의 별들은 초롱초롱 두 사람 머리 위에서 빛났고, 풀벌레들이 조용 조용히 노래를 합창해 주었다. 꽃은 마치 호숫가에 밀려 오는 물살처럼 지금 막 눈뜨기 시작하는 아침 이슬처럼 아슴아슴, 가만가만 피어났다.

어느 새 먼동이 터 왔다. 아주머니는 활짝 핀 꽃가지 하나를 돌이한테 주었다.

"자, 받아. 이 꽃은 내가 가장 아끼는 꽃이야. 그럼 우리 다음에 봐."

아주머니는 돌이에게 손을 흔들다 말고 갑자기,

"내 정신 좀 봐. 밤 사이에 여기 있느라고 길을 내려 주지 않았군."

그러고는 아침 안개 속으로 금방 소리없이 사라져 버렸다.

길이 없어졌다 다시 생겨 난 믿을 수 없는 수수께끼가 풀리는 장면이다. 결국 요술과 같은 세계인 매직적 판타지에서 벗어나 현실 세계로 돌아온 것이다. 돌이는 이야기를 마치고 앉은뱅이 아저씨한테로 가서 꽃을 준다.

아저씨는 꽃을 받아 들고 "가브리엘 천사가 돌이한테 준 꽃이군. 세상에서 제일 아름다운 꽃을." 하며 혼잣말로 중얼거린다.

"돌아, 돌아! 이 아침에 어디서 꽃을 가져왔니?"

"돌아, 거기가 어디니? 아주머니랑 함께 꽃피는 걸 보았다는 데가 말이야."

하고 마을 사람들은 돌이를 빙 둘러싸고 물었다. 돌이는 칠성산을 손으로 가리켰다. 마을 사람들은 모두 칠성산을 바라보았다. 칠성산 위로는 이제 막 붉은 해가 솟아오르고 있었다. 솟아오르는 붉은 해가 마을 길을 화안하게 비추고 있었다.

『길』의 에필로그이다. 그런데 이러한 에필로그는 웬지 아쉬움으로 다가온다. 매직적 판타지의 효과를 한껏 승화시키기 위해서는 꽃을 받아든 앉은뱅이 아저씨가 장애를 딛고 벌떡 일어날 수 있는 삽화를 설정했더라면 반전 효과를 발휘했을 것이다. 이러한 반전 효과는 매직의 확산 작용으로 인하여 더 큰 성취감과 내면화로 직결될 수 있을 것이다.

이 동화에는 매직적 환상으로 들어가고 나가는 통로가 확실하게 설정되어 있어서 문학성을 확보하게 되었다. 즉, 길이 없어진 사건과 다시 생겨난 사건이 그것이다. 그런데 그러한 기이한 매직적 환상이 역동성을 발휘할 수 있었던 까닭은 가브리엘 천사라는 후견인이 있었기에 가능하다. 매직적 환상이 힘을 발휘하기 위해서는 환상의 통로로 나가는 장면이나 현실 세계로 돌아오는 장면의 사건 전개가 지루하지 않게 전개되어야 한다. 이 동화에서 처럼 사건의 전개나 서술과 묘사가 절제되어 있어야 힘찬 동력을 얻을 수 있다.

6. 우의적 판타지

우의적 환상 작품에 등장하는 소재로는 토끼, 원숭이, 여우, 호랑이, 쥐, 고양이, 나비, 새 같은 동물이 가장 많고, 해, 달, 별과 같은 천체와 조각배, 조개껍데기 같은 무생물, 아기 용, 맥과 같은 상상적인 동물도 등장하고 있다. 어린이들의 심리적 특성 중 하나는 모든 생물과 무생물에 생명이 있다고 믿는 물활론을 들 수 있다. 살아있는 동식물은 물론 조개 껍질이나 조각배 같은 무생물도 사람과 대화하고 생각하고 사랑하며 기쁨과 슬픔을 함께 나눈다. 이처럼 물활론의 세계인 우의적 환상은 어린이들이 그 환상 속에 동화되고 몰입됨으로 더 많은 흥미와 재미를 느끼게 된다.

마해송의 『토끼와 원숭이』는 우의적 환상성이 주축을 이루는 중편동화로 저항적 현실주의 경향을 띤 작품이다. 이 작품에는 민족 의식을 고취하고 반일 사상을 확산시키려는 작가의 창작 의도가 우의적으로 내포되어 있다. 이 동화는 당 시대 우리 민족이 당면한 현실 문제를 심도 있게 다루었는데, 일제의 민족 말살정책에 따른 밀도 있는 상황 묘사가 문제되어 연재가 중단되었다가 해방 후에 완결 발표되었다.

큰 개울 동쪽에는 원숭이 나라가 있고 개울 서쪽에는 토끼 나라가 있고, 토끼는 노래하고 춤추며 즐겁게 살기를 좋아하였다.

　하루는 몇 마리 원숭이가 뱃놀이를 하다가 큰 바람에 밀려서 토끼 나라 언덕에 닿았다. 토끼들은 처음 보는 새까만 괴상한 짐승이 무섭기도 했으나 모두 정신을 잃은 것 같아서 집으로 데리고 가서 간호해 주었다.

　　　　　　　　　　　　　　　　　　　- 마해송, 「토끼와 원숭이」 일부 -

　이 동화에서 토끼 나라는 우리 나라를, 원숭이 나라는 일본을 상징하고 있다. 싸움을 좋아하는 원숭이와 가무를 즐기는 토끼가 그것을 시사해 준다. 정신을 차린 원숭이들은 토끼들을 원숭이 나라로 초대한다. 토끼들이 원숭이 까까의 집에 도착한 이튿날 '탕'이란 것을 짊어진 병정 원숭이들이 왕의 명령이라며 까까와 토끼들을 붙들어 간다.

　"나는 너희들도 알겠지만 천하의 왕이다. 천하에는 우리 원숭이 대국 밖에 없고 대국왕 내가 곧 천하의 왕이니 토끼 나라란 것이 있을 수 없다. 우리가 토끼 나라를 차지하고 다스려야 할 것이니, 캐캐, 너희들은 그 나라 형편을 잘 이야기해서 하루 바삐 쳐 없이 하게 하라. 캐캐캐."

　다음 날 병정 원숭이들은 주라를 불고 북을 울리며 탕을 짊어지고 토끼 시시, 사사, 소소와 원숭이 까까, 꼬꼬, 끼끼들을 결박한 채 앞장 세우고 서쪽으로 토끼 나라를 치러 떠나갔다. - 중략 -

　토끼들은 이리 저리 피하면서 탕에 맞아 픽픽 쓰러졌다. 잠깐 동안에 토끼 나라는 새까만 원숭이 천지가 되었다.

　무력을 앞세운 일제 침략을 형상화한 대목이다. 원숭이들은 토끼 나라의 좋은 집들은 다 차지하고 젊은 토끼들은 원숭이 말을 배우게 하고, 탕을 만들게 하고, 늙은 토끼들은 원숭이들이 먹을 것을 구해다 바치게 한다. 일제의 강압적 식민 통치를 우의적으로 묘사한 장면이다.

하루는 글방에서 선생 원숭이가 이런 말을 했다.

"세상에 제일 가는 짐승은 원숭이다. 너희들은 세상에 제일가는 짐승이 되고 싶지 않으냐?" – 중략 –

선생 방에는 큰 통에 검정물을 가득 담아 놓고 들어오는 토끼를 풍덩 넣었다. 털과 몸뚱이가 까맣게 되었다. 다음 선생은 큰 가위를 들고 토끼의 두 귀를 바싹 잘라 버렸다. 아파서 소리를 질렀다. 울고 있을 새도 없이 다음 선생은 얼굴과 엉덩이를 박박 면도칼로 깎고, 다음 선생은 거기에 빨간 칠을 해 주고 떡 한 개를 주고, "원숭이는 세상에 제일가는 짐승이라."하고 외치라고 했다.

이 장면은 토끼의 모습과 사상까지도 원숭이화시키는, 즉 우리 민족을 일본인화시키는 내선일체, 황국 신민화 정책의 실상을 적나라하게 표출한 예이다.

토끼 나라를 차지한 원숭이 나라에서는 중국을 상징하는 뚱쇠 나라를 쳐들어간다. 뚱쇠 나라는 무선 전신으로 천하에 구원을 청했지만 여우, 호랑이, 사슴들은 구경만 하다 가 버린다. 북쪽에서 센이리가 들어와서 원숭이들을 물리친다. 여기서 여우, 호랑이, 사슴, 센이리 등은 구미 열강과 러시아를 상징하고 있다. 이 동화에는 민족의 현실과 장래는 외면하고 자신의 이익만을 챙기는 친일 세력들이 상징적으로 등장한다. 그들 토끼들은 전쟁이 끝난 뒤에도 뚱쇠와 센이리라는 외세를 등에 업고 자신들의 세력 확장과 이익 추구에만 급급한다.

한편에서는, "자아, 인제 우리 토끼들은 뚱쇠님들 때문에 살아났다. 뚱쇠는 세상에서 제일가는 짐승이다. 우리들은 뚱쇠말을 배우고 뚱쇠같이 되자."

한편에서는, "자아, 인제 우리 토끼들은 센이리님들 때문에 살아났다. 센이리는 세상에서 제일가는 짐승이다. 우리들은 센이리 말을 배우고 센이리 같이 되자."이 편 저 편에서 웃음소리와 욕하는 소리가 요란했다. 늙은 토끼 슈슈는 '고이한 놈!' 하고 혓바닥을 찼다. – 중략 –

그래서 이 편 저 편에서 무안을 본 원숭이가 된 토끼들은 개울로 뛰어들어가서 몸둥이와 얼굴을 씻고 엉덩이를 씻고 귀가 작은 것을 한탄했다.

마침내 주변 강대국으로 상징되는 뚱쇠와 센이리 사이에 전쟁이 벌어지고 그 틈바구니에 낀 토끼들도 살아 남지 못한다. 그러나 작가는 재난 뒤의 소생이라는 매직적 환상을 설정하여 동화의 보편적 종결 구도인 해피엔딩으로 희망적 메시지를 구사하고 있다.

까마득한 허허 벌판에 뚱쇠와 센이리와 토끼들의 주검이 산더미같이 끝없이 누워 있었다. 하늘은 이것을 지저분하다는 듯이 여러 날 동안 눈을 날려서 하얗게 덮어 버렸다.

– 중략 –

달 속에서 떡 절구를 찧던 토끼는 땅을 내려다 보았다. 문득 절구 괭이를 내려놓고 땅으로 뛰어내리는 것 같았다. 그때다. 눈 벌판 눈더미 위에서 조그만 토끼 한 마리가 두 귀를 쪽 뻗치고 툭 튀어나왔다. 여러 해가 지나갔다. 또 여러 해가 지나갔다. 토끼는 토끼를 낳아서 어떤 산에 가든지 하얀 털에 두 귀가 쪽 뻗치고 눈이 빨간 토끼들이 대굴대굴 즐거웁게 잘살고 있는 것은 여러분이 아는 바와 같다.

우의적 성격이 강한 작품이 동화로서의 문학적 가치를 획득하기 위해서는 좀 더 밀도 있는 환상의 구사가 요구된다. 그런데 이 작품은 토끼와 원숭이를 비롯한 등장인물들을 의인화하여 은유와 상징으로 현실을 풍자했을 뿐 결말 부분을 빼고는 환상의 구사가 충분하지 못하다. 또한 문제 해결의 주체도 토끼가 아닌 보이지 않는 절대자로 설정함으로 환상의 역동성이 결여되고 있다. 동화는 꿈과 사랑의 문학이다. 꿈은 미래에 대한 희망이며 사랑은 현실에 나타나는 아픔의 치유이다. 이 동화는 폐허와 절망에서 부활하는 토끼의 이미지를 부각시킴으로써 미약하나마 동화만이 향유할 수 있는 환상성의 가치를 확인시켜 주었다.

송재찬의 『찬란한 믿음』은 주인공인 소라 껍데기를 비롯하여 파도, 봄바람, 빗물, 별, 고추잠자리, 사슴에 이르기까지 인격을 부여해 우의적 판타지로 엮어 내고 있다. 살아 있는 소라도 아니고, 속이 빈 소라 껍데기에 생명을 부여해 꿈과 사랑과 희망을 불어넣고 있는 것이다.

풀밭에 버려진 소라 껍데기이지만 그에게도 '파도의 발목에 매달려 바다를 여행하던' 지난 날의 그리움이 가슴 가득 고여 있다.

"빈 가슴으로 산다는 것은 슬픈 일이야. 다른 것이라도 채워 보렴. 그러면 고향을 조금은 잊을 수 있을 거야."

누구에게나 친절한 봄바람의 말입니다.

정말 그럴 것 같습니다. 그러나 빈 가슴을 채우기란 쉬운 일이 아니었습니다.

바람이 떨어뜨려 준 꽃잎으로 채워 보기도 했고, 하얀 새 울음으로 채워 보기도 했습니다.

그렇지만 오래 가지는 않았습니다. 그것들은 시들어 버렸고, 날아가 버렸습니다.

작지만 예쁜 꽃들이 들판을 장식하기 시작하자 나비와 벌 떼들이 마치 소문이 퍼지듯 몰려다녔습니다. 그러나 소라에게는 나비 한 마리 찾아오지 않았습니다.

아무도 찾아 주지 않는다는 것, 그것은 고향을 잃은 것보다 더 슬픈 일이었습니다.

– 송재찬, 「찬란한 믿음」 일부 –

소라 껍데기는 외톨이가 된 자신의 처지를 한탄하며 잠을 이루지 못한다. 별처럼 아름다운 것으로 가슴을 채우고 싶었던 소라는 채소밭에서 날아온 거름 냄새로 채우게 되자 끙끙 앓게 된다. 어느 날 소나기가 온 후 무지개가 걸리자 소라는 자신의 빈 가슴을 채우려는 꿈도 허무한 꿈이 아닐까 생각한다. 장맛비가 내리자 소라는 빗물에 떠내려가게 된다.

> 소라는 빈 가슴 가득 빗물을 담고 더 깊은 골짜기에 살게 되었습니다.
> '내 가슴은 이제 빗물이 되고 말았구나. 아무 향기도 없는 빗물.'
> 점처럼 별이 찍힌 하늘을 보며 소라는 울었습니다.
> 제 힘으로 가슴을 채울 수 없다는 절망감이 눈물로 쏟아집니다.
> "너무 슬퍼 말아요. 나처럼 보잘 것 없는 빗물도 때로는 큰 일을 해낼 수 있답니다. 아름답다고 다 좋은 건 아니어요."
> 가슴에 괸 빗물의 이야기입니다.
> 소라 껍데기는 대답도 하지 않았습니다.
> '암만 그래 봐야 넌 향기도 없는 빗물이야.' 이렇게 생각했습니다.

어느 고요한 밤 소라의 가슴에 별 하나가 꽃잎 떨어지듯 내린다. 소라의 가슴에 빗물이 고여 있기 때문에 가능한 것이다. 소라 껍데기에 맑은 빗물이 고여 있기 때문에 별이 내려올 수 있는 삽화는 합리성이라는 날개를 달아 주어 우의적 판타지의 역동성을 부여해 준다.

얼마 동안 아름다운 별님을 만날 수 있어 행복했던 소라는 가뭄으로 빗물이 말라 버리자 별님을 만날 수 없게 된다. 소라는 안타까워하며 비를 기다린다. 이러한 소라에게 고추잠자리가 "별이 네 가슴에 내린다 해도 너는 영원히 별을 가질 수 없어. 물은 또 마를 테니까."라고 말하며 소라 자신이 별이 되기를 권한다.

"나는 보잘것없는 소라야. 게다가 이젠 껍데기뿐이란다. 빈 가슴만 지닌 내가 어떻게 별이 되겠니?"
"아니야, 나는 별이 되어 하늘로 올라간 소라 껍데기를 알고 있어. 그렇지만 믿음이 있어야 한다. 별이 될 수 있다는 믿음이." – 중략 –
'정말 나도 별이 될 수 있을까? 그러면 나는 다시 바다에 갈 수도 있을 텐데. 별님이 그랬지. 물이 있는 데는 마음대로 내릴 수 있다고. 그래 나도 별이 되자. 그래서 고향에 가자.'
그날부터 소라는 갑자기 벙어리가 된 듯했습니다.
눈에 익은 어린 나무들이 하늘을 가릴 듯 솟아오를 때까지 소라는 별이 되지 못했습니다.

이렇게 오랜 세월이 흐르자 소라의 몸에는 구멍이 뚫리기 시작한다. 별이 되리라던 믿음에도 구멍이 생긴 소라는 슬픔과 외로움을 느끼며 세월을 보낸다. 하지만 '틀림없이 별이 될 거'라는 고추잠자리의 말을 생각하고 믿음을 포기하지는 않는다. 그러던 어느 날 사슴의 발에 밟히게 된다.

"아이, 미안해. 눈이 쌓여 보여야지. 아니, 근데 넌 소라 껍데기구나. 이 산골까지 굴러오다니 불쌍하군."
날씬한 사슴은 조금 건방지게 말했습니다.
"불쌍하긴요. 사슴님이야말로 이 추운데 웬일이셔요? 난 별이 될 거니깐 괜찮아요."
사슴은 깜짝 놀라는 눈치였습니다. 다 허물어져 가는 소라 껍데기가 그처럼 자신에 넘친 이야기를 하다니… 웃어 넘길 수 없는 믿음이 그 말 속엔 숨어 있었습니다.

소라는 사슴과 이야기를 나누다 사슴의 슬픈 눈빛이 아기를 찾아다니기 때문이라는 사실을 알게 된다. 또 사람들이 사슴의 뿔을 노리기 때문에 쫓기는 신세가 되어 아기를 잃어버렸다는 사연을 듣는다. 사슴은 소라에게 별이 되면 아기를 찾아 달라는 부탁을 한다. 이윽고 햇빛이 잘 드는 곳에 데려다 주기 위해 소라를 물고 어둠 속 길을 떠난다. 큰 길에 이르렀을 때 마차 소리가 다가오자 사슴은 소라 껍데기를 길 가운데 버리고 바위 뒤로 숨는다. 결국 소라는 마차의 쇠바퀴에 치여 온몸이 부서지고 만다.

소라 껍데기가 부서지면서 생긴 찬란한 빛 물결이 하늘로 올라가 별이 된다는 결말은 꿈을 이루는 성취 구도이다. 그것을 지켜보는 관찰자는 숨어 있던 사슴으로 설정되어 있다. 그런데 마차 소리에 놀란 사슴이 소라를 길 가운데에 버리는 삽화는 개연성의 결여라는 흠집을 남기고 말았다.

이 동화의 주제는 믿음을 갖고 갈구하면 소망을 이룬다는 것이다. 개연성을 결여시키는 필연성의 부족은 잘 짜여진 플롯과 탄탄한 주제를 손상시키는 요인으로 작용한다.

소라 껍데기는 조각조각 부서졌습니다.
사방이 갑자기 환해집니다.
달구지 소리가 어느 새 물결 소리로 찰싹이며 멀어져 갑니다.
"아. 아…."
소라는 파도의 발목을 붙잡고 어디론가 떠날 때의 기분입니다. 아니, 지금 떠나고 있습니다.
숨어 있던 사슴은 보았습니다.
소라 껍데기를 버렸던 바로 그 자리에 눈부신 빛 물결이 출렁이는 것을!

어디선가 바람이 불어왔습니다. 반짝거리던 빛 물결이 한덩이가 되어 하늘로 올라가기 시작했습니다.

소라 껍데기의 믿음이 하늘로 올라갑니다.

바람을 의인화한 판타지 중에 박성배의 장편동화 『천사를 만난 바람』이 있다. 바람은 시공을 초월하여 세상을 마음껏 떠돌아다닐 수 있고, 눈에 보이지 않는다는 은익성 때문에 동화의 소재로 선호도가 높을 수밖에 없다. 하지만 이러한 류의 동화들은 대부분 바람 자체를 의인화하는 데 머물어 판타지의 동력이 미약하다는 한계를 안고 있다. 그 때문에 단순히 나래이터에 머물거나 주변인물의 역할을 수행하는 게 고작이며, 비록 중심인물이라 하더라도 역동성을 수반하지 못하기 때문에 판타지의 한계를 극복할 수 없는 원인이 되고 있다.

하지만 『천사를 만난 바람』은 바람 자체가 사람의 혼을 지닌 정체성이 있기 때문에 리얼리티가 살아 있고, 그 결과 판타지에 역동성을 제공하여 힘 있는 동화가 되고 있다.

이 동화는 제목에서 엿볼 수 있듯이 기독교 사상의 핵인 사랑의 정신을 근간으로 하고 있다. 장래 희망이 발레리나인 지예는 꿈을 이루기 위하여 열심히 발레를 배운다. 어느 날 체육 시간에 뜀틀 운동을 하다가 친구인 희라를 사고의 위험으로부터 구하려다 다리를 다쳐 목발 신세를 지게 된다. 좌절감에 빠진 지예는 가출하여 횡단보도를 건너다가 교통사고를 당하게 되고 혼절하게 된다. 이때 빠져나간 지예의 혼을 지나가던 바람이 안게 된 것이다. 혼을 지닌 바람은 하늘 높이 올라갔다가 바람을 다스리는 천사를 만난다. 천사는 바람에게 지예의 혼은 아직 하늘나라에 올 때가 되지 않았다며 돌려줄 것을 요구하지만 바람은 욕심 때문에 듣지 않는다. 결국 바람은 앙겔리라는 천사와 함께 세상 구경을 나선다.

바람은 사고로 다리를 못쓰게 되어 휠체어를 탄 민호와 어머니의 사랑을 지켜보다 혼자라는 외로움과 슬픔을 느끼기도 하고, 성적이 떨어졌다고 자살을 한 준식이를 보며 많은 혼의 정체를 깨닫는다.

"저 불빛들이 모두 천사니?"
"천사들은 사람들의 기도를 모아 오르기도 하고 죽은 사람의 혼을 나르기도 하느라고 조금도 쉴 틈이 없이 하늘을 오르내린단다."
"그런데 왜 색깔들이 모두 다르지?" – 중략 –
"결국 사람들의 몸이란 혼을 담고 있는 그릇과 같은 거야. 물이 그릇에 담겨 있지 않으면 쓸 수 없듯이 혼도 몸 안에 담겨 있어야 쓸모가 있는 거야."
천사의 말은 이번에도 지예의 혼을 돌려줘야 한다는 말로 이어지고 있었습니다.

이렇게 천사는 바람에게 지예의 혼을 돌려줄 것을 요구하지만 바람은 번번히 그 요구를 묵살한다. 때로는 들어줄 것 같기도 하다가 들어주지 않고, 필요없는 아집과 변덕을 일삼는 바람의 행위는 열한 살 소녀의 혼을 담고 있기 때문에 오히려 자연스럽다. 그러한 아집과 묵살은 이야기에 긴장감을 조성하는 긍정적 요소로 작용한다. 풀릴 듯 풀리지 않고, 밀고 당기는 팽팽한 이야기의 긴장감은 독자들의 시선을 집중시킬 수 있다. 박성배는 이 동화를 통해 때로는 '어린 왕자'의 멘트를 연상할 만큼 울림이 있는 철학적 메시지를 제시하고 있다. 그것은 바람을 설득하는 대화에서도 나타난다.

"네 혼을 지예에게 돌려줄 수 있는 용기를 갖는다면 넌 네가 할 수 있는 가장 훌륭한 일을 하는 셈일 거야."
천사는 나의 눈치를 보며 말했습니다.
"훌륭한 일을 하게 되면 어떤 결과가 있지?"

"기억에 남게 되지."

- 중략 -

"남의 기억에 아름다운 모습으로 남아 있는 것은 행복한 일이야."

동화나 시를 쓰든, 음악을 하든 미술을 하든, 모든 예술 행위의 궁극적 목적은 결국 작가에 대한 기억을 현세나 후세에 널리 전승하는 데 있다고도 할 수 있다. 물론 예술 그 자체에 탐익하여 창작혼을 불사르며, 성취감에서 오는 희열 그 자체에 만족하는 경우도 있겠지만, 그것은 강이 아니고 지천일 뿐이다. 어디 예술뿐이랴! 세상을 전설처럼 아름답게 살다 들꽃같은 향기를 남기며 간 인물들의 삶과 추억을 향수하는 것도 같은 맥락으로 접근할 수 있다. 그러한 향수는 자신도 훗날 그러한 모습으로 기억되기를 바라는 소망이자 대리 만족의 소산인지도 모른다.

"어려운 중에서도 저렇게 서로를 위로하고 용기를 주고 있지 않니?"

"그게 사랑이라는 거야. 사람은 저렇게 '사랑'을 해야만 살 수 있지. '사랑'을 못하는 몸은 물을 주지 않은 풀처럼 시들시들 말라 가게 되지."

- 중략 -

"생각할 수 있는 혼을 갖고 있으면서도 사랑을 못하는 몸은 혼을 갖고 있을 자격이 없는 거야."

제3절
동화 구조의 미학

　동화나 소설 같은 이야기 글에는 인물이 등장한다. 중심인물인 주인공과 주변인물이 벌이는 각종 사건이 시간과 장소를 배경으로 펼쳐지면서 스토리가 전개된다. 이야기 속에 등장하는 인물은 개성이 뚜렷할수록 좋다. 개성이 없는 인물로서는 톡톡 튀는 이야기를 전개할 수 없다. 동화와 소설 창작은 결국 개성 있는 캐릭터 창작과의 싸움이다.

　이야기 속에는 갈등 구조가 나타난다. 성격이 다른 인물들끼리 서로 갈등을 겪으며 사건을 펼치게 된다. 인물의 갈등은 성격상의 갈등뿐만 아니라 주변 환경과의 갈등 때문에도 일어날 수 있다.

　동화에 등장하는 인물은 사람이 아닌 동식물이나 흙, 돌, 바위, 바람, 이슬, 별, 달, 해 같은 자연, 못, 신발, 의자, 자동차 같은 무생물, 혹은 도깨비나 요정에 이르기까지 삼라만상이 모두 포함된다.

1. 다양한 인물의 설정

1) 식물을 주인공으로 한 동화
(1) 나무
가. 굴참나무
　　　[예문]

"참이야, 부지런히 물을 빨아들이거라. 어서 쑥쑥 자라야지."

"엄마, 난 자라고 싶지 않아요."

"자라고 싶지 않다니, 참이 너 그게 무슨 말이니?"

엄마 굴참나무가 깜짝 놀라 물었습니다.

"할아버지를 좀 보세요. 이파리도 피우지 못하고 죽은 듯이 늘 주무시잖아요. 큰 나무가 된 탓이에요. 너무 가여워요."

참이는 눈을 감은 채 앙상한 가지를 드리우고 서 있는 늙은 굴참나무를 가리키며 말했습니다. 엄마 굴참나무도 안타까운 눈으로 바라보았습니다.

"그렇게 보이긴 하지만 말이다…."

엄마 굴참나무는 곧 자랑스런 목소리로 말했습니다.

"할아버진 이 산속은 물론 많은 사람들에게 영험이 큰 나무로 숭상을 받았단다."

– 이봉, 「굴참나무의 마지막 노래」 일부 –

나. 소나무

[예문]

보드라운 흙더미를 제치고 고개를 내밀었습니다. 따스한 봄바람이 살랑살랑 불었습니다. 엄마 품처럼 포근했습니다.

아, 엄마. 갑자기 엄마가 보고 싶어졌습니다. 이렇게 의젓하게 싹을 틔운 나를 보면 엄마는 얼마나 대견해 하실까요.

"얘들아, 너희들은 어서 튼튼한 나무가 되어야지. 이 아름다운 숲속에서 단단한 나무로 자라거라."

하시면서 엄마는 아낌없이 맛난 자양분을 우리 형제들에게 나누어 주셨습니다. 다른 형제들은 모두 엄마의 바람대로 충청도 철봉산 솔숲에 단단한 나무로 태어났을 것입니다.

나는 내가 태어난 곳이 어디인지 아직 모릅니다. 다만 땅이 걸고 기름진, 아릿하게 그리운 고향이 아니라는 것은 확실하게 알고 있습니다.

- 원유순, 「소나무」 일부 -

다. 감나무

[예문]

"영감님, 올해도 이 골로는 사람 그림자 하나 얼씬 거리지 않으려나 봐요."

벼랑 위에 꾸부정하니 서 있던 감나무 할머니가 말했어.

"그러게 말이유. 그러나 저러나 올해 임자 열매는 유난히 붉기도 하구려."

감나무에서 얼마 떨어지지 않은 곳에 서 있던 말바위 할아버지가 대답했지.

"붉으면 뭐 하고 달면 어쩌겠어요. 고작 까치밥 신세인데…."

초라한 모습처럼 열매가 많이 열리지는 않았지만 감은 정말 먹음직스럽고 빛깔이 고왔어. 그곳은 골이 깊은 데다 산세가 험해 그쪽으로 지나다니는 사람은 없었지.

말바위 할아버지는 그 모양이 한 필의 말과 같았어. 말바위 할아버지 자신도 혹시 자기가 말이 아닐까 하는 생각을 하곤 했지. 누군가 등에 척 올라타고 '이랴' 하고 구른다면 땅에 박혀 있던 발이 쑥 올라오고 불끈 힘이 솟아 달려 나갈 수 있을 것만 같다고 생각했어. 하지만 말바위 할아버지 다리는 몇 백 년 동안 땅속에 박혀서 한 발짝도 움직여 본 적이 없었지.

- 이 린, 「감나무와 말바위」 일부 -

라. 아카시아

[예문]

"에잉, 쓸모없는 나무!"

아저씨는 요즘 들어 심기가 사납습니다. 툭하면 발길로 나무의 무릎을 내리지릅니다.

아카시아나무는 꿍하고 아픔을 참습니다. 하지만 할말은 있습니다. 아카시아나무로 태어난 게 내 잘못인가요, 뭐?

가을이 오자 다른 집의 나무들은 주렁주렁 맛있는 열매들을 익혀 내놓습니다. 사과며 감, 한 입 깨물면 입 안 가득 향기로운 꿀배까지 그저 보기만 해도 침이 꼴깍 넘어갈 지경입니다.

하지만 아저씨네 집엔 나무라곤 이 아카시아 나무 한 그루밖에 없습니다. 진작 찍어 버릴 걸 아저씨는 후회스럽습니다.

- 조임생, 「아카시아 향기」 일부 -

마. 버들개지

[예문]

산 아래, 연못 가장자리에 버들개지가 있었습니다.

산골짜기에는 아직도 군데군데 흰 눈이 쌓여 있었지만 버들개지는 병아리 솜털 같은 송이를 달았습니다.

찬바람이 햇살에 밀려 달아나자 골짜기의 눈이 녹아 연못으로 졸졸 흘러들어 왔습니다. 그러자 연못가를 지나는 사람들의 발소리가 자주 들려왔습니다.

"버들개지가 피었구나. 봄이야, 봄!"

"보송보송한 게 예쁘네."

버들개지는 가슴이 두근거렸습니다.

'아, 내가 얼마나 예쁘길래 저렇게 좋아하는 걸까?'

버들개지는 자신이 예쁘다는 걸 누구에겐가 자랑하고 싶었습니다.

빗질하듯 내려오는 햇살을 버들개지는 듬뿍 안았습니다. 그러고는 주위에 있는 친구들을 깨웠습니다.

- 목온균, 「너무너무 좋아요」 일부 -

(2) 꽃

가. 진달래

[예문]

나는 진달래꽃 나무입니다.

내가 이곳 나리네 집에 오게 된 것은 고향 뒷산을 못 잊어 하던 나리 아빠 때문입니다. 서울 아파트촌에 살면서도 나리 아빠는 이른 봄이면 열병이 번져 가듯 삽시간에 붉게 불타오르던 고향 뒷동산의 진달래꽃을 잊지 못했답니다.

그 나리 아빠가 고향 뒷산에 올랐다가 수많은 진달래 무리 중에 아주 조그맣던 나를 화분에 담아 서울로 가져온 것입니다.

새소리와 물소리가 음악처럼 들려오고 밤마다 하얀 별가루들이 소리 없이 쏟아져 내릴 듯 아름답던 고향 뒷동산. 그 고향 뒷동산에 많은 친구들을 남겨 놓고 이 비좁고 답답한 나리네 집 거실로 이사왔을 때의 외로움을 여러분은 이해할 수 있겠어요?

- 신동일, 「별밭으로 가는 은빛 사다리」 일부 -

나. 민들레

[예문]

나는 아주 작은 풀꽃이에요.

나는 지금 막 눈을 떴어요.

내가 눈을 떠 보니 커다란 병원 앞뜰 잔디　밭이었어요. 빛나고 따스한 햇살이 내 얼굴을 어루만지고 있어요.

내가 자리잡은 곳은 영산홍꽃 그늘이에요. 나는 마치 커다란 등불처럼 곱고 화려한 영산홍꽃 그늘 아래 피어날 수 있어서 정말 다행이에요.

"넌 정말로 노랗구나. 지난해엔 안 보이던데, 어디서 온 누구니?"

영산홍이 점잖게 물었어요.

"전 민들레라고 합니다. 멀고 먼 시골에서 왔지요."

"민들레? 꽃 중에도 민들레가 있었나? 나는 민들레라기에 그 앤 줄 알았는데…. 그 애가 널 보면 꼭 영국 위병의 저고리에 달린 금단추 같다고 하겠구나."

영산홍꽃이 고개를 갸웃거렸어요.

"그 애라니요?"

나는 나랑 같은 이름을 가진 아이가 있다는 영산홍의 말에 호기심이 생겼어요.

– 신충행, 「민들레와 금단추」 일부 –

다. 봉선화

[예문]

봉선화는 날마다 꿈을 꾸었습니다.

"아이, 예뻐라! 얼른 꽃물을 들여야지!"

손가락이 하얀 여자애가 봉선화 앞에 쭈구려 앉았습니다.

"정말이어요?"

봉선화는 너무나 기뻐 소리를 질렀습니다.

바람만이 휘잉 봉선화 꽃잎을 떨구곤 사라졌습니다.

"꽃상여처럼 아주 꿈을 잊고 살까 봐!"

봉선화는 커다란 한숨을 쉬며 얼굴을 파묻었습니다.

은방울 꽃 숲을 지난 바람이 물결처럼 밀려왔습니다. 잘랑잘랑 물결

치더니 점점 크으게 다가왔습니다.

– 류근원, 「꿈꾸는 봉선화」 일부 –

라. 금강초롱

[예문]

아기 사슴 깡총이가 뜻밖이라는 듯 말했습니다.

"무슨 일이니? 우느라고 고운 꽃잎이 다 젖잖니?"

아기 토끼 도록이도 안타까운 눈길로 금강초롱을 바라보았습니다.

금강초롱은 우느라고 아무 소리도 들리지 않는 모양이었습니다.

몰려온 숲속 동물들의 목소리는 더 커졌습니다.

"무슨일인지 알아야 우리가 도울 거 아니니? 어서 말해 봐, 응?"

호랑나비가 다가가 다시 물었습니다. 호랑나비는 금강초롱을 달래듯 날개로 살짝 꽃잎을 쓰다듬었습니다.

"꽃도둑이 내일 아침 이곳으로 올 거래. 흑흑!"

금강초롱은 끝내 울음을 그치지 않았습니다.

– 민현숙, 「금강초롱과 꽃도둑」 일부 –

마. 장미

[예문]

드디어 꽃들이 온실을 나가는 날이 되었습니다.

빨간 꽃봉오리가 동그랗게 생긴 장미는 준비를 서둘렀습니다.

트럭을 타고 도착한 곳은 초등학교 앞의 작은 꽃집이었습니다.

뚱뚱한 주인아줌마는 분무기로 꽃잎을 적셔 주었습니다. 장미는 꽃 가게에 손님이 들어올 때마다 고개를 쏙 내밀었습니다.

"분명히 멋진 사람이 나를 사러 올 거야. 내가 이 중에서 가장 예쁘고 비싸니까 말이야."

장미는 꽃봉오리가 조금씩 열릴수록 더 거만해졌습니다.

며칠 후, 초등학교의 졸업식날이 되었습니다.

- 고수산나, 「장미의 소원」 일부 -

바. 기타

[예문]

붉은사랑꽃은 화려하고 행복한 삶에 도취되어, 그만 꽃의 역할마저 잊어버리고만 자신이 너무나 원망스러웠습니다.

"꽃의 신이시여, 용서해 주소서."

붉은사랑꽃은 뒤늦은 깨달음에 땅을 치고 가슴을 쥐어뜯었습니다.

"모든 게 때가 있어. 때를 놓치면 돌이킬 수 없는 것이 삶이지. 쯧쯧."

토토새들이 가엾다는 듯 혀를 차며 머리 위로 지나갔습니다.

"그래요. 꽃은 열매를 맺기 위한 것이지요. 열매를 맺기 위해선 꽃은 때를 맞춰 그 자리에서 떨어져야 합니다. 전…… 욕심으로 그만 때를 놓쳐 버렸습니다. 시들어 떨어지는 꽃이 측은하긴 해도, 가치롭고 소중한 일임을 알지 못했습니다."

붉은사랑꽃은 시들지 않은 꽃들을 달고 있었지만, 그 꽃엔 생명도 꿈도 없었습니다.

붉은사랑꽃과 비슷한 시기에 꽃을 피운 바보나무와 주위의 나무들은 어느 새 토실토실한 꿈의 열매들을 햇빛 속에 빛내고 있었습니다.

- 정목일, 「시들지 않는 꽃」 일부 -

2) 동물을 주인공으로 한 동화

(1) 벌레나 곤충

가. 하루살이

[예문]

"아! 나는 태어났어. 날개를 달은 거야."

어느 비오는 날, 갓 태어난 하루살이가 소리쳤습니다. 1센티미터도 안 되는 몸을 한껏 자랑하며 하루살이는 멋있게 날아갔습니다.

"물속은 얼마나 답답했는지 몰라. 난 다시 태어난 거야. 날개를 달은 거야."

하루살이는 다시 외쳤으나, 듣는 사람은 아무도 없었습니다.

하루살이는 태어난 연못 주변을 두어 번 돌고, 좀 더 넓은 세상을 향해 날았습니다. 그런데 비가 부슬부슬 내리는 것이 하루살이의 마음을 언짢게 만들었습니다.

"오랫동안 기다리다 나왔는데, 비가 오다니…. 어쩌면 하느님이 축복을 내려 주시는 비인지도 몰라."

하루살이는 풀잎 뒤에 앉아 쉬면서 마음을 달랬습니다.

– 소중애, 「하루살이」 일부 –

하늘 호수에 은빛 물결이 일렁였습니다.

하얀 물비늘이 햇빛에 반짝였습니다. 하늘 호수는 우리가 3년 동안이나 살던 고향이었습니다.

나는 하늘 호수의 차가운 물속에서 애벌레로 살다 힘겹게 날개돋이를 했을 때의 그 기쁨을 잊을 수가 없습니다. 붉은 해가 장군봉 위로 불끈 솟아오르는 순간, 그 거추장스럽던 허물을 벗고 예쁜 무늬가 있는 날개 옷으로 갈아 입었습니다. 우리는 누가 먼저랄 것도 없이 벅찬 자유를 한껏 누리기 위하여 정신없이 날고 또 날았습니다.

'우리에게 날개가 주어졌다는 것이 믿기지 않았습니다. 우리에게 있어 날개가 얼마나 큰 기쁨이고 행복인지….'

나는 기쁨의 눈물이 왈칵 솟구쳤습니다. 하지만 그것도 잠시, 그 기쁨의 눈물은 슬픔의 눈물로 바뀌게 되었습니다.

내가 버들옺풀에 앉아 잠시 쉬고 있을 때, 누군가가 이런 말을 했기 때문입니다.

"얘들아, 우리는 단 하루밖에 살지 못한다는구나. 그래서 이름조차도 하루살이라고 붙여진 거래."

나보다 먼저 날개돋이를 한 선배의 목소리였습니다. 나는 그 선배의 말을 듣고 눈물이 핑 돌았습니다.

- 박상재, 「백일살이」 일부 -

나. 벌

[예문]

가시래 마을 코스모스밭에 꿀벌 잉아가 자주 드러난다는 소문은 삽시간에 여뀌 꽃밭에 번졌습니다.

"나도 봤어. 해가 지는데도 꽃별이네 마을 위를 빙빙 돌고만 있더라구."

"꽃별이네 꿀맛은 별난 모양이지?"

"별나긴, 코스모스꽃 꿀이 다 그렇고 그렇지 우리보다 나을게 뭐 있겠어."

"걔네들이 유난을 떤다구. 낯선 사람 하나 지나가도 살랑살랑거리고 실바람에도 몸을 흔드는 거 못 봤어?"

여뀌밭은 온종일 꽃별이와 꿀벌 잉아의 이야기로 술렁거렸습니다.

가시래 마을 꿀벌 중에 가장 날갯소리가 우렁찬 잉아가 날아오면 풀꽃들은 낮잠을 자다가도 번뜩 눈을 떴습니다. 그것은 꿀벌 잉아의 겨드랑이에 달린 넓고 단단한 날개 때문이었습니다.

- 옥순원, 「꿀벌 잉아」 일부 -

다. 개미

[예문]

"나도 달팽이처럼 껍질이 있다면…."

그때 개미는 저쪽에 송이버섯이 있는 것을 보았습니다.

"옳지, 됐다. 저 송이버섯을 우산으로 쓰고 있으면 되겠구나."

개미는 빗속을 겨우겨우 기어서 송이버섯 밑으로 들어갔습니다. 송이버섯은 큰 우산처럼 비를 막아 주었습니다.

마침내 비가 그쳤습니다.

그래서 의사 선생님을 모셔다가 새끼 개미의 병이 낫게 진찰도 받고 약도 먹였습니다.

새끼 개미가 자리에서 일어난 날, 개미네 식구들은 모두 소풍을 나왔습니다. 개미네는 그 송이버섯을 찾아갔습니다.

쨍쨍 내리쬐는 햇볕을 송이버섯은 양산처럼 가려 주었습니다.

"야, 참 멋지다."

개미네 식구들은 장만해 간 음식을 송이버섯 밑에 펴 놓고 맛있게 먹었습니다.

그때 달팽이가 저쪽에서 어슬렁어슬렁 다가왔습니다. 집을 지고 다녀야 하는 달팽이는 조금만 더워도 땀을 뻘뻘 흘렸습니다.

- 유경환, 「송이버섯의 웃음」 일부 -

"자, 빨리 줄을 서라고! 줄을!"

맨 먼저 나온 개미가 소리칩니다. 땅속 어두운 곳에서 금방 나온 개미들이 아직 눈부신 햇빛에 어쩔 줄 몰라 할 때입니다.

"서두르라니까."

좀전의 굵직한 목소리가 다시 목청을 돋웁니다.

"대체 어디로 간다는 건가요?"

도시의 아파트 곁에 집을 가지고 있는 개미들은 잠이 적습니다. 누군가 잠이 묻은 소리로 묻습니다.

"시간이 없어! 그런 건 네가 알 바 아니야. 다만 줄을 서면 되는 거야!"

굵직한 목소리가 성내듯 소리칩니다.

개미들은 어둠에 젖은 눈썹을 털며 줄을 만듭니다. 언제나 그렇듯이 누군가 앞에서 이끄는 대로 단 한 줄로 서면 됩니다. 그리고 그 줄을 따라 기어가기만 하면 됩니다. 무엇을 위해, 무엇 때문에 가야 하는지에 관해서는 알 필요가 없습니다. 누구도 알려 하지 않습니다. 다만 줄을 서서 가면 되는 것이 개미들입니다.

줄을 짓지 않는 개미를 생각해 보셨나요. 못 보셨을 거예요. 줄을 서지 않는 개미는 살아날 수 없으니까요. 그러기에 개미들은 줄 이 외의 다른 것에 대해서는 아는 것이 없습니다. 여왕개미가 결정해 준 이 외의 줄에 대해서도 생각할 수 없습니다. 누군가 다른 줄을 만들어 나간다면 그는 곧 병정개미들의 의해 살아 남을 수가 없습니다.

– 권영상, 「개미 꼬비」 일부 –

붉은 모래가 사막처럼 넓게 펼쳐진 곳에 갈색 개미 왕국이 있엇습니다. 백성들은 서로 돕고 의지하며 넉넉하게 살았습니다. 그런데 언제부터인가 백성들의 얼굴에 근심이 쌓이기 시작했습니다. 그건 갈색 개미 왕국을 지키고 대를 이을 만한 믿음직한 개미가 없었기 때문이었습니다.

이웃 나라에는 용감한 병정개미들이 많이 있었지만 갈색 개미 왕국은 그렇지 못했습니다. 며칠 전에도 집을 짓기 위해 땅속에서 굴을 파다가 이웃 나라 개미들과 맞닥뜨리게 되어 처절한 싸움 끝에 갈색 개미 왕국은 많은 백성들을 잃었습니다.

"우리에게도 용감한 병정개미를 낳게 해 주세요!"

"이 개미 왕국을 이끌 용사를 한 명만 낳게 해 주세요!"

여왕과 백성들은 하늘을 향해 간절히 기도를 했습니다. 그러던 어느 날이었습니다. 땅거미가 질 무렵 신전에 사는 흰 수염의 노인 한 분이 궁궐로 찾아왔습니다.

– 안재영, 「개미 용사」 일부 –

라. 반딧불이

[예문]

아득하고 아득하고 깊은 숲 속입니다. 불어오는 바람에 구린내를 풍기는 개똥 무덤이 있습니다. 더러운 개똥입니다.

그런데 놀랍게도 그 속에 생명이 있었습니다.

개똥벌레였습니다.

개똥벌레는 늘 집에만 있기가 심심했습니다. 어느 날, 같이 놀 친구가 없을까 고개를 내밀어 둘러보았습니다.

'야, 날개가 아름답구나! 눈이 부신데, 저 호랑나비를 친구로 삼자.'

개똥벌레는 호랑나비를 친구로 삼고 싶었습니다. 그래서

"호랑나비야, 날개가 퍽 아름답구나. 나하고 친구가 되자."

이렇게 말했습니다.

– 윤기현, 「사랑의 빛」 일부 –

반디 마을에 등불 잔치가 열렸습니다.

비단골 반디들은 숲속의 모든 반디들에게 초대장을 보냈습니다.

오늘은 그믐밤, 고단해 잠을 자는 날입니다.

대신 우리 함께 모여 등불을 밝히고 춤추며 놀아요.

또한 가장 멋지게 춤을 추는 반디도 뽑아요.

비단골 반디 올림

숲속의 반디들은 어서 밤이 오기를 기다렸습니다.

날개옷을 다듬고, 가지고 갈 등불도 말갛게 닦았습니다.

한편, 싸리산의 꽃반디도 초대장을 받았습니다.

싸리산 꽃반디의 초대장은 다른 곳의 반디에게 보낸 초대장보다 글자가 조금 많았습니다.

"싸리산 꽃반디님. 부디 이번엔 마다 하지 마시고 꼭 와 주셔요.

마음 모아 기다리겠습니다."가 들어갔기 때문입니다.

– 김은숙, 「초대받은 꽃반디」 일부 –

마. 나비

[예문]

색동나비는 사람들의 눈길이 많은 곳을 찾아다니며 조금이라도 더 아름다운 춤을 추기 위하여 안간힘을 썼습니다.

"어머! 저 나비 좀 봐. 정말 아름다운 날개를 가졌어."

"무지개색이 너무 고와. 아주 희귀한 나비야."

카메라를 가지고 있던 사람들은 사진을 찍기에 정신이 없었습니다.

수많은 사람들의 눈길이 끊임없이 색동나비의 춤 가락을 따라다니고 있었습니다.

'저 나비를 잡아야지. 나비 학회에 보고하면 학술 가치가 큰 나비일 거야.'

두꺼운 안경을 쓴 젊은 청년이 색동나비를 향해 조심스럽게 다가왔습니다.

"나비야, 이리 온. 내가 너를 유명하게 해 줄 테니까."

색동나비는 수많은 사람들의 눈길이 자기에게 쏠리는 것을 보고 그지없이 기분이 좋았습니다. 나비는 자신의 춤에 취해 있는 듯한 청년을 보고 한껏 마음이 부풀었습니다.

– 박상재, 「나비야 청산 살자」 일부 –

바. 잠자리

[예문]

꼬마 잠자리는 그가 이 세상과 첫 대면하는 날을 잊지 못합니다. 애벌레로 물속에서 막 고개를 내밀었을 때 너무도 눈부시게 파랗던 하늘, 그리고 노오란 햇살하며 몸을 간지르고 지나던 바람하며….

마침내 꼬마 잠자리가 명아주풀 대궁에다 껍질을 벗어 버리고 기지개를 힘차게 했을 때였습니다. 그를 지켜보고 있던 장수 잠자리와 고추 잠자리의 말소리가 들려 왔습니다.

"세상에 저렇게 작은 잠자리도 있나?"

"그래서 꼬마 잠자리라 합니다. 어르신에 비하면 키가 서너 배나 작은 난쟁이지요."

"저렇게 작은 녀석이 이 세상에서 무슨 일을 할 수 있을까?"

"글세 말입니다."

꼬마 잠자리는 그들에게 한마디 쏘아 주었습니다.

– 정채봉, 「솔씨 하나 심었네」 일부 –

사. 거미

[예문]

부유스름 동녘이 트여 오자, 밤새 은실 그물을 타고 그네놀이를 즐기며 얘기 꽃을 피웠던 달님과 별님들은, 하나둘 아득한 하늘 저 편으로 떨어져 내렸습니다.

"왕거미야, 간 밤에 즐거웠어. 오늘 밤에 또 만나, 안녕."

"안녕….'

왕거미도 달님과 별님들 만큼이나 섭섭하지만, 여느 때처럼 그들이 영영 보이지 않을 때까지 손을 흔들어 배웅을 했습니다.

왕거미가 배웅하던 손을 미처 내리기도 전에, 기다렸다는 듯이 바람이 찾아와 사푼 은실 그물에 걸터 앉았습니다.

"안녕!"

이번에는 왕거미가 먼저 다정한 인사를 바람에게 건넸습니다.

그러나 바람은 아무 대꾸도 하지 않은 채 밤새껏 온 세상을 쏘다니느라 지친 모습으로, 그물에 걸려 든 밤이슬만을 후득후득 마구 따먹으며 목을 축이고 있었습니다.

- 한정규, 「별이 된 왕거미」 일부 -

아. 베짱이

[예문]

햇볕이 내리는 정원 모퉁이에 베짱이 한 마리가 엎드려 있었습니다.

"휴- 힘들어."

베짱이는 무척 피곤해 보였습니다.

"편안히 누울 곳이 없을까?"

베짱이는 이리저리 둘러보았습니다. 졸고 있는 빨간 장미꽃이 우스웠습니다. 키가 꽤 커진 푸른 잔디는 작은 숲처럼 보였습니다.

"어? 저게 뭐지?"

갑자기 베짱이의 눈이 커졌습니다. 피웅피웅 뛰며 앞으로 나갔습니다.

"오호, 잔디 위에 작고 노란 장화가 놓여 있었습니다.

- 노경실, 「베짱이와 장화」 일부 -

자. 모기

[예문]

"엣취!"

방금 알에서 깨어난 아기 모기 모구는 갑자기 불어온 찬바람에 재채기부터 합니다.

얼른 알 껍질을 뒤집어 써 보지만, 알은 이미 말라붙어서, 모구의 가느다란 목을 감싸 줄 정도밖에 되지 않았습니다.

모구는 한껏 움츠린 채 주변을 둘러봅니다. 한께 태어난 몇몇 또래들이 자신의 알껍질에 얼굴을 묻고 벌벌 떨고 있는 모습이 눈에 들어왔습니다.

저도 모르게 한숨이 터져 나옵니다.

따뜻하고 아름다운 곳에 태어나길 기도하며 이 순간을 기다렸는데, 이곳은 모구가 바라던 곳이 아니었습니다. 왜 이렇게 차갑고 어두운 곳에 태어났는지 엄마와 아빠가 원망스럽기까지 합니다.

하지만 이대로 주저앉아 있을 수만은 없습니다. 우선 찬바람도 피하고, 배를 채울 식량도 찾아봐야 할 것입니다.

– 고연옥, 「겨울에 태어난 모기」 일부 –

차. 누에

[예문]

파리똥 같은 누에알에서 작은 점처럼 생긴 아주 작은 개미누에들이 꼬물꼬물 태어났어요. 개미누에들은 아랑 아씨가 잘디잘게 썰어 주는 뽕잎을 먹으며 조금씩 조금씩 자라났습니다.

이윽고 누에들은 하나둘씩 첫잠에 빠져들기 시작했어요. 모두가 잠에 빠져들었지만 그 중에는 다른 누에들과 달리 별처럼 초롱초롱 빛나는 꿈을 꾸는 누에들이 있었습니다. 고마운 아랑 아씨의 예쁜 모습을 다시 보고, 하늘을 훨훨 날고 싶은 누에들이었어요.

그 누에들은 자기들이 다 자라 누에고치를 지으면 그것으로 사람들이 비단실을 뽑는다는 것을 알고 있었어요. 비단실을 뽑아내기 위해 고치 속의 번데기는 뜨거운 물에 삶겨 죽고 만다는 것도 알고 있었답니다.

"그렇게 죽는 것은 싫어! 나방으로 다시 태어나 하늘을 날아보고 싶어. 그리고 내가 낳은 알이 수많은 누에로 다시 태어나는 것을 보고 싶어!"

잠을 자면서도, 잠에서 다시 깨어나서도, 꿈을 가진 누에들은 정성껏 간절한 소망을 빌고 또 빌었습니다.

– 이경, 「꿈을 가진 누에」 일부 –

(2) 짐승

가. 소

[예문]

땅거미가 깔리기 시작했습니다. 어둠은 뒤란에서 나와 시누대 울타리를 타고 마당을 덮더니 금새 외양간으로 몰려들었습니다. 낮 동안 꼼짝도 않고 있던 쥐가 때 맞추어 기어 나오면서 소리쳤습니다.

"우후우! 이제부턴 우리들 세상이다."

언제나 그랬듯이 쥐는 살금살금 마당을 가로질러 외양간으로 갔어요. 거기 가마솥엔 언제나 맛있는 쇠죽이 있었습니다.

"짜아식, 또 까불고 있어. 흐흐흥! 저리 안 가?"

황소가 쇠죽을 먹다가 눈을 흘기며 콧바람을 세세 불었어요. 그 바람에 쇠죽을 얻어 먹으려던 쥐가 펄쩍 뛰면서 물러났어요.

"아이, 그러지 마라. 오늘도 또 너의 자랑을 들어 줄 테니까."

그 동안 쥐는 쇠죽을 얻어 먹으려고 황소의 자랑을 여러 번 들어주었지요. 황소는 늘 자기 선조 자랑을 늘어놓으며 으스댔어요. 그걸 들어주기만 하면 쥐가 쇠죽을 먹어도 내버려두었어요. 그래서 쥐는 재미도 없는 이야기를 얼마나 많이 들어주었는지 모릅니다.

– 장문식, 「황소네 선조」 일부 –

나. 고양이

[예문]

살아 움직이는 것들이 그림자조차 비치지 않는 한밤, 한입이는 축 늘어진 철새를 입에 물고 마을을 빠져 나왔습니다.

가르르 가르르……

아기 고양이가 자꾸만 따라왔습니다. 한입이는 아예 철새를 땅에 내려놓고, 무서운 눈초리로 노려보았습니다.

"하느님은 네게 부모 대신 혼자 살 수 있는 힘을 주었어. 넌 도둑고양이야."

한입이는 눈으로 길 끝을 가늠해 보았습니다. 달빛에 비치는 길은 아주 짧아 보였습니다. 덜컥 겁이 났습니다. 어두운 길을 얼마나 가야 할까 망설여졌습니다. 어느 새 한입이는 장군의 밥그릇에 남겨진 밥을 먹는 데 길들여져 있었던 거죠.

철새의 말이 한입이 귓가에서 울렸습니다.

"날 수 있을 때는 내려다본 땅이 참 아름답다고 생각했어. 그런데 날개를 한쪽 잃고는 올려다본 밤하늘도 예쁘다는 걸 알게 됐어."

한입이는 철새를 입에 물고 힘껏 달려 나갔습니다.

멀리서 볼 때는 까맣기만 하던 길이 가까이 다가갈수록 조금씩 드러났습니다. 길가에 늘어선 달맞이꽃이 노랗게 불을 밝혀 주었습니다.

– 정은주, 「한입이 이야기」 일부 –

다. 개

[예문]

　하얀 눈이 꽃처럼 떨어지는 날이었습니다. 잘 생기고 새끼 잘 낳는 좋은 진돗개로 소문난 엄마는, 꽃눈이 오는 날 우리 다섯 형제를 낳았습니다. 엄마는 여러 번 새끼를 낳았지만 그날 낳은 다섯 형제를 더욱 끔찍하게 여겼습니다.

　눈이 오는 날 새끼를 낳는다는 것은 보통 일이 아니지요. 그건 하느님의 특별한 사랑을 받아야 되는 일이라고 엄마는 말했습니다.

　남쪽 섬 진도는 겨울에도 좀처럼 물이 얼지 않는 따뜻한 곳이어서 눈 구경하기가 힘들지요. 더구나 그날은 겨울이 끝나가던 2월 끝 무렵이었습니다. 오랜 가뭄 끝이라 사람들은 애타게 봄비를 기다리고 있었습니다.

　"눈이 온다. 야, 봄눈이다!"

　눈 구경이 쉽지 않은 섬 사람들은 모두 눈에 정신이 팔려 있었습니다.

– 송재찬, 「돌아온 진돗개 백구」 일부 –

　누가 이 조그만 진돗개의 슬픔을 알 수 있을까요?

　밖은 지금의 내 마음같이 깜깜합니다. 간혹 불빛이 보였지만 이내 사라져 버리고 기차의 흔들림으로 뒤죽박죽된 여러 생각들로 시장터처럼 복잡했습니다.

　차창에 비치는 또 다른 사람들과 생전 처음 보는 내 모습에 놀라기도 했습니다. 차 안의 사람들이 창밖에도 있으니 이상하지요?

　창밖에 있는 것은 그림자인가요? 그림자는 모두 그림자 기차를 타고 오나 봅니다.

　밤새 시달린 기차 여행 덕분으로 진도 삼촌의 커다란 외투 주머니에서 잠속으로 꿈속으로 헤매고 있다가 갑작스런 소리에 깨어났습니다.

"딩동딩동."

나는 처음으로 '아파트'라는 이상한 집에 온 것입니다.

– 조한순, 「초롱이의 슬픔」 일부 –

라. 다람쥐

[예문]

숲속에 가을이 왔습니다. 따가운 햇빛과 맑고 찬 공기가 숲을 곱게 물들이기 시작합니다. 열매들도 단맛이 들며 여물어 들지요. 호두나무에는 호두 열매가 지천으로 달렸습니다.

가으내 호두 열매들은 껍질이 마치 돌멩이처럼 딱딱하게 여물어 이제는 땅에 떨어질 때만을 기다리고 있답니다. 아니나 다를까 문득 숲속에서 똑! 똑! 똑!…… 하는 소리가 들려오기 시작하는군요. 마침내 호두 열매들이 잇따라 땅바닥에 떨어지며 내는 소리랍니다.

이 세상에서 맨 처음 그 소리를 엿들은 것은 숲속 다람쥐였지요. 아름드리 느티나무 밑동에 뚫린 구멍 속에 숨어 있던 다람쥐는 갑자기 두 귀가 쫑긋해졌습니다. 안 그래도 다람쥐는 벌써부터 그 소리가 들려오기만을 기다리고 있던 참이었어요.

– 손춘익, 「다람쥐와 호두나무」 일부 –

쪼르르 얼마나 열심히 달렸는지 아무도 모를 것입니다. 아마 사람들이 다람쥐 쪼르가 담장을 타고 달리는 모습을 보았다면 '무슨 공이 담장에서 저렇게 빨리 굴러간담.' 하고 놀랐을 것입니다.

쪼르는 그만큼 빨리 달렸습니다. 숨이 차다고 느낄 겨를도 없었습니다. 달리고 있는 곳이 어디인지, 어디까지 달려가야 하는지 그것도 몰랐습니다.

'잡히면 안 돼. 쳇바퀴를 다시 굴리고 싶지 않아.'

속으로 외치면서, 담장이 이어져 있는 곳으로 쪼르는 그냥 앞으로만 달렸습니다.

처음에는 바로 눈 앞에 있는 듯한 산을 향해 달렸습니다. 그러나 달려도 달려도 산은 가까워지지 않았습니다.

그리고, 이제 더 달릴 수 없는 곳까지 왔다는 것을 쪼르는 알았습니다. 바로 눈 앞에서 담장은 끊어지고, 그 아래로 눈이 핑핑 돌 것만 같게 차들이 빨리 달리고 있었기 때문입니다.

– 박명희, 「쪼르와 쭈쭈르의 숲」 일부 –

마. 토끼

[예문]

숲속 나라 토끼 마을에 벌거숭이 동산이 있었습니다. 해마다 봄이 되어도 벌거숭이 동산에 풀 한 포기, 나무 한 그루 자라지 않았습니다.

"벌거벗은 동산에 푸른 옷을 입혀 줄 수 없을까?"

토끼들은 보기 흉한 벌거숭이 동산을 푸른 동산으로 만들고 싶었습니다. 흰둥이, 쑥돌이, 검둥이 토끼는 식목일에 학교 뒷산으로 놀러 갔습니다.

"초등학교 학생들이 산에 나무를 심는다! 어떻게 나무를 심는지 지켜보자."

토끼들은 소나무 숲속에 숨어서 학생들이 나무를 어떻게 심는지 자세히 살펴보았습니다. 흰둥이, 쑥돌이, 검둥이는 토끼 마을로 돌아왔습니다.

"우리들도 학생들처럼 벌거숭이 동산에 나무를 심고 씨앗을 뿌리자."

"그래, 그래. 좋아, 좋아…."

토끼들은 깡충깡충 뛰면서 좋아했습니다.

"우리들은 삽이랑 괭이가 없는데 어떻게 땅을 파지?"

"아기 나무도 없고 씨앗도 없는데, 어떻게 해?"

토끼들은 머리를 맞대고 걱정을 늘어놓았습니다.

"있다, 있어! 나한테 좋은 꾀가 있어! 알밤, 도토리, 호두, 밤, 감씨를 심으면 된다. 도토리에서 싹이 나와서 자라면 도토리 나무가 된다. 솔씨를 심으면 소나무가 되고…."

– 이준연, 「나무를 심는 토끼들」 일부 –

바. 너구리

[예문]

나는 아빠 곁에 앉아 안전띠를 매며 아까 주차장에서 너구리를 보았다는 이야기를 했어요. 그러자 아빠가 고개를 끄덕이셨어요.

"아마 배가 고파서 먹을 것을 찾아 여기까지 내려온 모양이구나. 북한산이 좀 멀기는 하지만 오자고 마음먹으면 찻길을 피해 여기까지 올 수도 있거든."

나는 갑자기 길순이가 걱정되기 시작했어요. 새끼는 잘 낳았을까? 배는 곯지 않고 다닐까?

아빠가 차를 움직이기 시작하셨어요. 바로 그때였어요. 아빠 차에서 나오는 전조등 불빛이 환해지자 10미터 앞쯤의 주차장 바닥에 개 비슷한 동물이 쓰러져 있는 게 보였어요. 아빠는 차의 시동을 끄고 튕기듯 뛰어갔어요. 나도 차에서 내려 아빠를 따라갔어요.

아, 그런데 그건……. 까만 코에 있는 하얀 반점 하나, 너구리 길순이였어요! 배가 고파 북한산에서 내려와 이곳저곳을 헤매며 서울 시내 한복판까지 왔다가 그만 기운이 없어 어떤 차를 피하지 못한 채 치이고 말았나 봐요. 그새 새끼를 낳고 키우느라 많이 시달렸는지 배도 홀쭉하고 삐쩍 말라 있었어요.

그 뒷날 아침 일찍 아빠와 나는 길순이의 시체를 길순이의 고향인 북한산 자락에 묻어 주었어요. 그리고 혹시라도 길순이의 자식들이 엄마 무덤을 찾을지도 모른다는 생각이 들어, 작고 납작한 돌에다 색연필로 '너구리 길순이의 묘'라고 써서 길순이의 무덤 위에 얹어 놓았어요. 길순이와 나의 두 번째 만남은 그렇게 서글프게 끝나고 말았어요.

– 곽옥미, 「너구리 길순이」 일부 –

사. 기린

[예문]

아주 따뜻한 봄 날입니다. 동물나라의 학교에도 예쁜 꽃들이 피었습니다.

얼룩무늬 기린은 혼자 타박타박 집으로 갔습니다. 친구들이 모두 돌아간 뒤에 선생님과 단둘이 덧셈 공부를 했거든요.

"아휴, 속상해라! 난 왜 이렇게 더하기를 못 하지?"

얼룩무늬는 아무리 생각해도 속상하기만 하였습니다. 친구들이랑 함께 집으로 가며 숲속에서 숨박꼭질도 하고, 냇물에서 물장난도 하며 신나게 놀고 싶었기 때문입니다.

잔뜩 심술이난 얼룩무늬는 터덜터덜 숲길을 지나갔습니다. 그러곤 물고기의 등처럼 반짝반짝 빛나는 냇물 쪽으로 내려갔습니다.

– 이규희, 「얼룩 무늬의 심부름 값은 얼마일까」 일부 –

아. 재규어

[예문]

아침 신문에 사회면 머리 기사가 큼직하게 실렸다.

27일 오전 5시쯤, 경기도 과천시 막계동 159-1 서울대공원 남동쪽 맹수사 뒤편에서 산사태가 일어났다. 수도권 집중 호우로 바위와 흙더미가 우리를 덮쳐, 맹수 사육장 6동 중 3동의 철책 40여 미터가 무너져 내린 이 산사태로, 사육 중이던 코요테 2마리와 재규어(일명 아메리카 표범) 1마리가 우리를 탈출, 코요테 2마리는 즉시 생포되었으나, 재규어는 청계산 쪽으로 달아났다. 신고를 받은 경찰은, 자원한 포수 10여 명과 무장한 3개 중대 3백50명의 병력으로 청계산 일대의 긴급 수색에 나섰다.

재규어의 온몸이 비에 젖었다. 엉겁결에 우리를 뛰쳐 나오기는 했지만, 사실 갈 곳이 없었다. 햇볕이라도 쬐어야, 어슬렁거린다든가, 하다 못 해 늘어지게 하품이라도 하면서 시간을 보냈을 텐데.

– 이윤희, 「그 재규어」 일부 –

자. 펭귄

[예문]

아버지 펭귄 투투가 발등에 놓인 알에게 말했습니다. 투투의 발등에는 하얗고 매끄러운 알 두 개가 가지런히 놓여져 있었습니다.

"얘, 아가들아. 너희들은 이제 곧 알에서 나와 아기 펭귄이 될 거란다. 너희들 중 아들로 태어나면 토토, 딸로 태어나면 모모라고 이름 지어 줄게. 엄마와 그렇게 약속했단다. 어때, 마음에 드니?"

알들은 알아들었는지 꼼지락거리는 것 같았습니다.

"허허! 그래야지. 그렇다면 한 가지 물어 볼게. 아빠 이름은 투투다. 그럼 엄마 이름은 무엇일 것 같니?"

–토하하!

–모하하!

알이 잘랑잘랑 흔들립니다. 아마도 알 속에서 토토와 모모가 웃어 제끼는가 봅니다.

– 심후섭, 「아무것도 먹지 않고 두 달」 일부 –

얼어붙은 땅 남극에도 5월이 왔단다. 기온이 여전히 무섭도록 낮고 아직도 밤은 너무 길었지만, 서로를 보듬어 가며 따스한 체온을 나누기에는 이곳이 오히려 좋았어.

더구나 오늘은 아주 기쁜 날이야. 황제 펭귄 부부가 기다리던 알을 낳아서 얼마 안 있으면 귀여운 식구가 또 하나 늘게 되었기 때문이지.

"수고했소! 참으로 수고했어!"

거듭해서 말하는 아빠 펭귄의 눈가에는 얼핏 눈물마저 스쳤지. 남편 하나만을 의지해서 이 낯선 땅에까지 말없이 따라와 준 엄마 펭귄의 사랑과 믿음에 새삼스레 목이 메었거든.

"우와, 정말 축하합니다!"

평소 얌전하기만 한 수염고래가 큰 덩치를 물 위로 솟구치며 자신의 일처럼 기뻐해 주었지.

– 이윤희, 「펭귄 가족의 스냅 사진」 일부 –

차. 삵괭이

　[예문]

　월악산 찔레골에 삵이라는 삵괭이가 살았습니다.

　찔레골은 찔레꽃 때문에 살기 좋은 곳입니다. 봄부터 골짜기 가득 꽃 향기가 마르지 않았습니다. 진달래꽃이 지고 나면 싸리꽃이 피고, 싸리꽃이 지고 나면 찔레꽃이 향기를 흩날렸습니다. 찔레꽃 덤불은 산골짝 개울을 따라 터널처럼 길게 이어져 있었습니다.

　삵이는 찔레꽃 향기를 무척이나 좋아했습니다. 찔레꽃 덤불에 코를 대고 냄새를 맡다가 가시에 찔린 적이 한두 번이 아닙니다. 꽃향기에 취해 쓰러져 잠이 든 날도 많았습니다.

　삵이는 송곳니가 무척이나 뾰족합니다. 다섯 개의 앞발톱과 네 개의 뒷발톱 또한 아주 날카롭습니다. 그 뾰족한 송곳니와 날카로운 발톱이

삵이의 무기입니다.

삵이는 나무 타기도 아주 잘합니다. 뒷다리가 길어서 낮은 가지에는 단숨에 껑충 뛰어오를 수 있습니다. 발바닥은 살이 많아 고무판처럼 말 랑말랑합니다. 그 때문에 높은 곳에서 뛰어내려도 소리가 나지 않습니다. 그래서 사냥을 잘할 수밖에 없습니다.

– 박상재, 「찔레꽃은 왜 향기가 밤에 진한가」 일부 –

카. 늑대

[예문]

늑대의 슬픈 울음소리가 달빛을 타고 깊은 골짜기에 아스라하게 울려 퍼졌습니다.

"아이고, 배고파…. 배고파 죽겠구나!"

늑대 컹컹이는 뱃가죽을 움켜쥐면서 얼굴을 찌푸렸습니다.

"산속에는 잡아먹을 짐승이 아무것도 없구나. 이것들이 어디로 꼭꼭 숨었을까?"

컹컹이는 눈을 동그랗게 뜨고 산속을 이리저리 둘러보았습니다.

"옳아! 내가 왜 그 생각을 못 했을까? 사람이 사는 곳엔 먹을 것이 많을 거야. 닭도 있고, 개도 있고, 돼지도 있고…. 헤헤…. 생각만 해도 벌써 군침이 도는구나."

컹컹이는 어슬렁어슬렁 산 밑으로 내려갔습니다.

"바로 저기 집이 있구나. 어디에 닭장이 있을까?"

컹컹이는 숨을 죽이고 뒷발과 앞발을 살짝살짝 들어올리면서 조심조심 마당으로 걸어갔습니다.

– 이은경, 「강아지와 늑대」 일부 –

타. 노루

[예문]

한겨울 한라산 골짝이마다 하얀 눈이 덮였을 때, 사람들 손에 길들여진 아기 노루가 산 마을로 내려왔습니다.

"어디쯤 가면 사람들을 만날 수 있을까?"

아기 노루 촐랑이는 한 발 뛰고 해님 보고 두 발 뛰고 구름 보며 촐랑촐랑 뛰어서 골짜기에 왔습니다. 길섶에는 울긋불긋 가을 옷으로 갈아입은 나뭇잎들이 방글방글 웃고 있었습니다.

"얘, 촐랑아, 너 어딜 가니?"

빨간 옷 단풍잎이 물었습니다.

"응, 사람들 보러 간다."

"뭐라고? 너 사람에게 잡히면 어쩌려고?"

누런 옷으로 단장한 떡갈나무가 두 눈이 휘둥그레졌습니다.

"걱정 없어. 눈이 폭삭 쌓일 때마다 우린 사람들과 어울려 놀았걸랑."

– 김봉임, 「아기 노루와 경찰관」 일부 –

(3) 새

가. 앵무새

[예문]

숲속에 흉내쟁이 앵무새 한 마리가 살았습니다.

"나는 어떤 목소리든지 다 흉내를 낼 수 있어."

앵무새는 숲속을 날아다니며 자랑을 하였습니다.

"뻐꾸기의 노랫소리를 흉내 내어 보겠니?"

새들이 말하면,

"그런 건 너무 쉬워."

앵무새는 얼른 뻐꾸기의 노랫소리를 흉내 내었습니다.

"뻐꾹 뻐국 뻑뻑국…."

앵무새가 흉내 낸 소리는 뻐꾸기와 똑같았습니다.

"그럼 산비둘기의 노랫소리를 흉내 내어 보렴."

"그것도 너무 쉬워."

앵무새는 목을 늘이고 산비둘기의 노랫소리를 흉내 내었습니다.

"구구 구구…."

앵무새가 흉내 낸 소리는 산비둘기와 똑같았습니다.

– 이동태, 「흉내쟁이 앵무새」 일부 –

나. 올빼미

[예문]

경치 좋은 떡갈나무 숲속에 여러 새들이 모여 살았습니다. 올빼미 금눈이도 떡갈나무 숲에서 살았습니다.

황금빛 나는 동그란 눈을 가졌기 때문에 숲속 친구들 모두가 금눈이라고 불렀습니다.

금눈이는 커다란 눈을 가졌지만 낮에는 통 보이지 않았습니다. 그러다가도 밤이 되면 또렷이 잘 보였습니다.

어느 날 금는이는 나뭇가지에 앉아 꾸벅꾸벅 졸고 있었습니다.

마침 나무 아래를 지나가던 들쥐 두 마리가 금눈이를 보았습니다.

"금눈이 올빼미는 잠꾸러기야."

"날마다 졸고만 있으니 쯧쯧쯔."

– 박상재, 「올빼미 금눈이」 일부 –

다. 갈매기

[예문]

아주 아름다운 항구가 있었습니다.

하얀 모래밭이 쫙 펼쳐져 있고, 군데군데 멋진 바위가 있는 조용한 바닷가였습니다.

바닷물은 물고기들이 노는 것이 보일 정도로 맑고 깨끗했습니다.

항구 저쪽에는 배들이 바다에서 길을 잃지 않도록 빛을 비춰 주는 등대도 있었습니다.

그곳에서 아기 갈매기는 철썩철썩 파도 소리를 들으면서 태어났습니다. - 중략 -

"저 모래밭에 떨어져 있는 게 새우 아냐?"

"맞아. 맛있는 새우야."

갈매기들은 그 새우를 아주 맛있게 주워 먹었습니다.

"이렇게 맛있는 새우를 주워 먹을 수 있다니."

갈매기들은 아주 기뻐했습니다.

- 박명희, 「아기 갈매기」 일부 -

라. 비비새

[예문]

봄을 느끼기에는 아직은 이른, 남녘 땅에서 봄소식을 제일 먼저 전해 주는 것은 동백꽃입니다. 이어서 진달래 개나리꽃이 봄소식을 북으로 북으로 띄웁니다.

이때가 되면 비비새 부부는 새로운 둥지를 틀고 귀여운 아기 새를 낳을 준비를 합니다. 그래서 비비새 부부는 새로운 보금자리를 마련할 곳을 찾느라고 이곳저곳을 날아다녔습니다. 동백 숲을 지나 비자나무 숲이 있는 곳까지 가 보았지만 마땅한 곳을 찾지 못했습니다.

이번에는 쪽빛 바다가 환히 내려다 보이는 격자봉 쪽으로 가 보았지만 썩 마음에 드는 곳은 없었습니다. 지친 날개도 쉴 겸 박달나무 가지에 내려앉았습니다. 바다 쪽에서 불어오는 소금기를 머금은 미풍이 참으로 상쾌하였습니다.

'빨리 둥지를 틀어야 귀여운 아기 새를 볼 수 있을 텐데….'

서로 말은 주고 받지 않았지만 둘은 똑같은 생각을 하고 있었습니다.

- 박찬섭, 「비비새의 기도」 일부 -

마. 참새

[예문]

숲속의 아침은 빨리 찾아왔습니다.

새들이 즐거운 아침 노래를 부르기 시작했습니다. 그러나 아기 참새 토리는 일어날 수가 없었습니다. 어깨가 아프고 다리도 후들거렸고 날개에도 힘이 없었기 때문입니다.

어제 하루 종일 엄마 참새가 둥지를 만드는 일을 도와 주었기 때문입니다.

"토리야! 토리야!"

아기 참새는 억지로 눈을 떴습니다.

토리는 자신이 눈을 뜬 게 나뭇잎 사이로 쏟아지는 햇살 때문인지, 엄마 참새의 잔소리 때문인지 분간할 수가 없었습니다.

"엄마, 조금만 더 자고 싶어요."

토리가 스르르 눈을 감으며 말했습니다.

- 정영애, 「아기 참새 토리」 일부 -

바. 비둘기

[예문]

내가 대머리 비둘기를 처음 만나게 된 것은 봄의 일이었다. 청소 시간이 되어 수돗가에 물을 뜨러 나왔다가 우연히 만난 것이다. 그때 대머리 비둘기는 수돗가 부근에서 무엇인가 열심히 주워 먹고 있었다. 힐끔

힐끔 주위를 살피며….

　유난히 비둘기가 많은 우리 학교에서 비둘기 몇 마리가 먹이를 줍는 일은 별로 대수로운 일이 아니었다. 그런 광경은 어디서나 쉽게 볼 수 있었으니까. 문제는 다른 무리와는 어울리지 않고 외톨이처럼 혼자 돌아다니는 녀석이었다. 우연히 바라보게 된 그 녀석의 머리가 이상했다. 가만히 보니 머리가 홀렁 벗겨져 있었던 것이다.

　'아니, 저 녀석 대머리 아냐?'

　나는 저절로 웃음이 터져 나왔다.

- 김학선, 「대머리 비둘기 2」 일부 -

　"얘, 댕기야. 정신이 좀 드니?"

　재잘거리는 새소리가 귓가에서 끊기다가 이어지기를 되풀이했다.

　"나야, 방울새야. 이제 눈알이 조금 움직이네. 얘들아, 댕기 좀 봐!"

　간신히 눈꺼풀은 들었지만 제대로 보이는 건 아무것도 없었다. 엎드린 등 위에 돌덩이가 얹힌 것 같이 온몸이 무거웠다. 한참 뒤에야 친구들의 형체가 흐릿하게 보였다. 친구 백로들의 흰 등이 내 주위를 서성거리고 있었다. 늘 보던 산비둘기, 박새, 까치 등 우리 동네 텃새들도 여기저기 모여 있었다. 그런데 무슨 일로 나 혼자만 여기 누워 있는 거지? 여태 늦잠을 잤었나?

　마을 새들에 애워싸인 게 뭔가 엄청난 웃음거리가 된 것같아 나는 부끄러웠다. 창피해. 얼른 일어나야지. 그러다가 그만 나는 끙! 하고 신음 소리를 내며 도로 고개를 땅에 처박고 말았다.

- 옥순원, 「모래섬의 비밀」 일부 -

사. 백로

[예문]

먼 나라에서 날아온 백로 한 마리가 눈두렁에 앉았습니다. 먼 길을 왔고, 그래서 배가 몹시 고팠습니다.

'우선 뭐든지 요기를 해야겠다.'

하고 생각하는데, 마침 진수성찬이 눈앞에 보였습니다. 먹음직하게 살이 찐 개구리 두 마리가 놀란 눈을 치켜뜨고 백로를 쳐다보는 것이었 지요.

"오오, 부처님! 내 복은 항상 이렇게 준비되어 있다니까. 너희는 나와 같이 멋진 백로의 밥이 된다는 걸 영광으로 알아라."

백로는 거드름을 피우고 나서 눈 감짝할 사이에 두 마리의 개구리를 삼켰습니다.

아아, 그러나 그 개구리가 농약을 먹고 죽은 것인 줄은 까맣게 몰랐 었지요.

"꾸우우엑 끼이억!"

백로가 비참하게 남긴 마지막 말이었습니다.

- 정진채, 「극락에 든 백로」 일부 -

아. 파랑새

[예문]

"피! 피그르르…피그르르…."

아스라히 고운 소리가 들려옵니다. 꼭 은으로 만든 피리 소리 같습니다. - 중략 -

이불의 끝자락은 아득한 곳에서 옥색 하늘과 닿아 있습니다.

'어딜까? 저 끝은 어딜까?'

어디서 본 듯한 고운 가루가 안개처럼 하늘에서 내려오고 있습니다.

- 중략 - 가지가지 색깔의 작은 새들이 되어 종종거리다가 바람처럼 하늘로 다시 날아올라갔습니다.

파랑새가 날아오더니 기쁜 목소리로 말합니다. - 중략 -

파랑새의 슬픈 울음 소리를 들으면서 소라는 그 글을 또박또박 읽어 내려갔습니다.

- 신지식, 「파랑새 이야기」 일부 -

자. 기타

[예문]

"자아, 모두들 두 발을 가지런히 모아라. 그 다음엔 날개를 활짝 펴라. 자, 이젠 발을 힘껏 박차면서 몸을 솟구쳐 올라라."

아빠 새의 호령 소리가 산을 울렸습니다.

"얘들아, 균형을 잘 잡아. 앞을 똑바로 보고 고개를 좀 숙여."

엄마 새 소리엔 걱정이 잔뜩 묻어 있습니다.

"하나 둘 셋, 어서들 날아라. 날지 못하는 새는 새가 아니다."

"힘을 내. 조심조심. 아름다운 것을 생각해. 몸이 훨씬 가벼워질 거야."

오늘은 산속의 작은 새 로삐 루삐 리삐 삼형제가 처음으로 날기 연습을 하는 날입니다. 로삐네 삼형제는 곤두박질을 하면서도 열심히 아빠를 따라합니다.

- 손연자, 「빨간 부리 하얀 새 리삐」 일부 -

"새는 꼭 날아야 해요?"

어린 새가 어미 새에게 물었어요. 어린 새는 날갯짓을 배우고 있었어요.

"날 줄 알아야 먹고 살지."

"걸어다니면서 먹을 것을 찾아 먹으면 안 돼요?"

"그렇게 사는 것은 제대로 사는 게 아니야."

어미 새가 말했어요.

어린 새는 날개를 몇 번 퍼덕여 보았어요. 몸이 땅바닥에서 떨어질락 말락했어요

"어머니, 우리 새들은 언제부터 이 바닷가 모래밭에서 살았어요?"

어린 새가 또 물었어요.

"아주 까마득한 옛날부터, 아마 이 모래밭이 생기고부터겠지."

– 김우경, 「하늘을 나는 새」 일부 –

(4) 어패 · 양서류

가. 열목어

[예문]

아빠 열목어는 쏜살같이 강 가운데를 달렸습니다. 넓은 강은 아주 조용하고 평화로왔습니다. 물은 수정처럼 맑고 투명하여 잔잔한 물속에 파란 하늘이 끝없이 펼쳐 담겨졌고, 몇 줌 하얀 꽃구름이 한가로이 흘러 다녔습니다. 엄마 아빠 열목어는 파란 물속 하늘을 훨훨 날 듯 잔잔한 물살을 일구며 달렸습니다.

"너무 아름다워요."

엄마 열목어가 들뜬 목소리로 말했습니다.

"정말 멋진 곳이요. 저쪽 산머리쪽을 보아요. 깎아지른 산벼랑에 활짝 핀 꽃들. 그리고 아름드리 나무들이 함께 물 위에 어우러져 있지요. 얼마나 멋진 한 폭의 그림이이요?"

– 이상배, 「엄마 열목어」 일부 –

나. 가재

[예문]

잔뜩 배가 고팠던 수리는 날카로운 발로 늙은 가재를 움켜잡은 채 하

늘 높이 솟아오르며 비웃었습니다.

늙은 가재는 아기 붕어를 해치려 했던 것이 아니었다는 변명 같은 것은 하려고 들지 않았습니다.

"그래, 내 생각이 맞을지도 몰라. 너는 앞날이 창창하니까 더 넓은 세상에 나가 훌륭하게 자라거라. 그러나 넓은 세상으로 간다고 해도 이 연못과 못 속 식구들을 잠시라도 잊어서는 안 된다."

늙은 가재는 아기 붕어 생각이 맞는 것도 같았습니다.

수리는 개울가에 있는 찔레 덤불을 향해 내리 날고 있었습니다. 늙은 가재는 정신을 바짝 차렸다가 수리가 개울 위를 날 때 찝었던 아기 붕어를 놓았습니다. 다행이도 아기 붕어는 물에 떨어졌습니다. 그러고는 살아났다는 듯이 물속으로 힘차게 헤엄쳐 갔습니다.

- 이동렬, 「늙은 가재의 죽음」 일부 -

다. 조개

[예문]

조용한 바다가 있습니다. 그 바닷속에는 갖가지 진귀한 보석들이 있었습니다. 그 이야기는 아무것도 가진 것이 없는 어느 가난한 진주조개에 관한 것이었어요.

'나도 보석을 갖고 싶어요.'

조개는 이렇게 생각하며 살았습니다. 어떤 조개는 가슴속에 진주라는 보석을 간직할 수 있었습니다. 그러나 진주조개라고 해서 다 보석을 가질 수 있는 것은 아닙니다.

- 강준영, 「진주조개 이야기」 일부 -

라. 게

[예문]

"와아, 드디어 우리 세상이다!"

길쭉한 바위 옆, 뻘 구멍에서 붉은발게가 나왔습니다. 한쪽만 유난히 큰 붉은 다리를 치켜 들고 어슬렁어슬렁, 누구 나보다 더 멋진 발 가진 녀석 있음 나와 봐! 자랑스럽게 뽐내며 붉은발게는 두 눈을 안테나처럼 꼿꼿이 세우고 뭐 걸리는 놈이 없나 하고 두리번거립니다.

꼭꼭 숨어 있던 갯벌 식구들이 여기저기서 나타났습니다.

뻘 덩어리가 되어 쓰르륵쓰르륵 한가롭게 산보를 가는 민챙이, 짭짜름한 갯내음을 들이마시고 있는 맛조개, 조개껍데기를 등에 업은 지게게는 어디론가 신나게 달려갑니다.

– 이희곤, 「빨간발게야, 어디 가?」 일부 –

갯벌에 사는 게나 조개들에게는 무섭기만 한 마도요가 나타나도 갯벌은 조용했다.

"숨어!"

너무 다급했다. 어디서 나타났는지 마도요가 나타나 아기 게 오누이가 있는 쪽으로 오고 있지 않는가! 당황한 목소리로 오빠 게는 누이동생 게를 향해 크게 소리쳤다.

"……."

누이동생 게는 무슨 생각에서인지 멀뚱멀뚱 엉뚱한 곳을 바라보며 몸을 피할 기미가 보이지 않았다.

"너 죽고 싶은 거야?"

"……."

"마도요가 나타났단 말이야!"

"오빠나 숨어."

누이 동생 게는 옆으로 비켜 섰다.

- 임신행, 「마도요와 아기 게」 일부 -

마. 개구리

[예문]

강산이는 아무 소리도 들리지 않는 엄마의 귀가 참 이상하다고 느끼며 제 방으로 들어와 버렸다.

상자를 열고 분무기로 개구리의 몸에 물을 뿌려 주었다. 개구리는 피곤한지 눈꺼풀만 끔벅거릴 뿐 아무것도 먹으려 하지 않았다. 강산이는 환한 전등불을 끄고 책상 위에 있는 스탠드 불을 켰다.

"다리가 나으면 다시 풀밭으로 보내 줄게."

푸른 색 전구는 비 온 뒤의 축축한 달빛 같았다.

어디선가 낯선 목소리가 들려왔다. 강산이는 눈을 비비고 방 안을 들러보았다. 상자 속의 개구리가 전과는 달리 투명한 눈빛으로 강산이를 바라보고 있었다.

"어? 개구리가 말을 하네. 도대체 어떻게 된 거니?"

개구리는 눈물이 가득한 슬픈 눈으로 천천히 말을 하기 시작했다.

- 이은하, 「개구리와 골프장」 일부 -

(5) 도깨비

[예문]

어느 마을에 나이 많은 할아버지 한 분이 살았습니다.

어떤 사람은 그 할아버지가 백 살쯤 되었을 거라고 했고, 또 어떤 사람은 마을 어귀에 서 있는 느티나무보다 더 오래 살았을지도 모른다고 했습니다.

"우리 할아버지의 할아버지 때부터 주욱 이 마을에서 살고 있었대!

어쩜 도깨비인지도 몰라. 사람이라면 그렇게 오래 살 수가 없잖아!"

아이들은 할아버지를 보기만 하면 수근수근거렸습니다. 그 할아버지가 진짜 도깨비였다는 걸 아는 사람이 아무도 없는데 말이에요. 그럴 때마다 나이 많은 할아버지는 한숨을 푹 내쉬었습니다.

– 이규희, 「나이 많은 할아버지 이야기」 일부 –

아기 도깨비가 마을에 내려왔습니다.

사람들을 친구로 사귀고 싶어서 엄마 몰래 내려왔습니다.

'윽, 밤인데 왜 이래?'

아기 도깨비는 대낮처럼 환한 거리의 불빛을 보고 놀랐습니다.

"캬! 대단하다, 대단해. 무슨 초로 불을 켰길래 저렇게 밝지?"

줄을 지어 오가는 수많은 차들을 보고는 더욱 놀랐습니다.

'저 짐승들은 왜 저렇게 촛불을 켜들고 다니는 걸까?'

공기가 탁해서 숨을 쉬기가 힘들었습니다. 그래도 호기심이 많은 아기 도깨비는 신이 났습니다.

달리는 자동차의 등 위에 올라타 보기도 하고, 지나가는 사람들의 발을 걸어 넘어뜨리기도 하였습니다.

"어, 누가 발을 걸었지, 당신이야?"

"무슨 소리야, 당신이 내 발을 걸어 놓고 무슨 소리를 하고 있는 거야?"

사람들은 서로 화를 내고 싸웠습니다.

– 김자환, 「아기도깨비의 나들이」 일부 –

단풍잎이 노을빛으로 물듭니다. 떡갈나무 우듬지에서 깨비가 손지붕을 하고 구붓한 산길을 내려다봅니다.

"왜 안오징, 올 때가 됐는뎅."

깨비는 고개를 갸웃거립니다. 나무 아래서 단풍잎 모자를 써 보던 도비가 깨비를 핼끔 쳐다봅니다.

"아직 시간이 안 됐엉, 해가 이만큼 떠야 오징."

해의 위치로 시각을 가늠하는 도비가 머리 위를 가리켰습니다.

도비 옆에는 깨비가 만들다 놓아둔 단풍잎 이불이 흩어져 있었습니다.

"오늘 오는 거 틀림없징?"

깨비는 벌써 세 번째 물어봅니다.

"내가 분명히 통나무집 아저씨 말을 들었다니깡."

도비는 가는 풀잎 줄기로 엮다 만 깨비의 단풍잎 이불을 마저 손보았습니다.

- 이재희, 「도비랑 깨비랑」 일부 -

조금만 몸을 움직여도 땀이 나는 한여름 낮입니다. 주루룩 도깨비는 잎이 무성한 아카시아 나무 그늘 밑에 앉았습니다.

"아이 시원해."

주루룩 도깨비는 아예 팔베개를 하고 누웠습니다. 아침 나절 산동네를 헤매고 다녔던 주루룩 도깨비는 와르르 쏟아지는 졸음을 이기지 못했습니다.

"뻿조시 뻿조시!"

아카시아 나뭇가지에 앉은 매미 한 마리가 주루룩 도깨비의 졸음을 쫓아냅니다.

"아이참! 도대체 뭐야?"

주루룩 도깨비는 자기를 깨운 소리가 궁금했습니다. 소리가 나는 꼭대기로 올라갔습니다. 매미는 보이지 않았습니다. 주루룩 도깨비는 아쉬운 마음에 나무 꼭대기에 앉아 여기저기를 살폈습니다. 그때, 저쪽에서 반짝 빛나는 게 눈에 들어왔습니다.

"저기에는 비가 필요할까?"

주루룩 도깨비는 구름신의 말씀대로 비가 필요한 곳을 찾기 위해 요술 방망이를 서둘러 챙겼습니다. 반짝이는 것은 아파트 창문들이었습니다. 아파트 주인은 휴가를 떠났는지 창문은 꼭꼭 잠겨 있었습니다.

"주인 없는 집에 누구한테 비를 주지?"

주루룩 도깨비는 발길을 돌렸습니다.

– 임지화, 「주루룩 도깨비」 일부 –

(6) 자연물

가. 해

[예문]

해님은 일곱 개의 주머니를 가지고 있었습니다. 겨우내 빛가루를 채곡채곡 채워 놓고 소중히 아끼던 주머니였습니다.

겨울 바람이 긴 꼬리를 거두어 어디론가 슬며시 사라진 어느 날이었습니다. 해님은 주머니를 열어 그 속에 채워 넣었던 빛깔을 꺼내기로 마음먹었습니다.

하늘은 구름 한 점 없이 맑고 따스했어요.

"자. 이젠 모두들 땅 나라로 날아가거라. 가서 좋은 일 많이 해야 한다."

해님은 빙그레 웃으면서 제일 먼저 빨간 주머니를 풀었습니다.

빨간 빛가루가 소복하게 담겨 있었습니다. 티 한 점 없는 새빨간 빛가루가 소담스러웠습니다.

"어떤 일을 할래?"

"제일 먼저 꽃나무로 가겠어요. 제 빛깔이 너무 빨갛잖아요? 그래서 봄비에 저를 섞어 진달래, 복숭아꽃을 연분홍으로 물들이겠어요."

"그래, 잘 날아가거라. 가서 세상을 아름답게 만들어라."

– 이슬기, 「아지랭이로 짠 비단」 일부 –

나. 달

[예문]

"얘, 너 계수나무 아니?"

"몰라!"

그 아이도 시큰둥하게 대답했습니다.

"달나라 계수나무 말야."

"그런 게 어딨어! 날 귀찮게 하면 재미없어! 난 바쁘단 말야!"

그 아이는 금방이라도 한 대 쥐어박을 듯이 눈을 부라리며 소리쳤습니다. 달님은 질끔해서 물러났습니다. 그는 몹시 실망하여 돌아왔습니다.

'아이들은 분화구만 알고 계수나무는 모르는구나. 도대체 언제부터 계수나무를 잃어버린걸까?'

달님은 그날 밤 잠을 이룰 수가 없었습니다. - 중략 -

"천만의 말씀이야. 금방 달보다 더 큰 전등불 위성을 쏘아올릴걸."

그 말을 듣고 보니 달님은 정말 맥이 풀렸습니다.

'그럼 이젠 진짜로 내가 필요없게 된 걸까?'

달님은 슬픔 때문에 점점 빛을 잃어갔습니다.

- 김재창, 「잃어버린 계수나무」 일부 -

다. 별

[예문]

지구별 어딘가에 내렸을 때는 사막별은 손바닥만한 구슬로 변해 있었습니다.

"내가 왜 이렇게 작아졌지?"

사막별은 작아진 자기의 몸이 너무도 초라해서 울고 싶어졌습니다. 그러나 작아지는 고통을 치르지 않고 어떻게 가슴속의 그리움을 채울 수 있을까요.

사막별을 처음 발견한 것은 낚시꾼이었습니다. 처음 만나게 된 사람 앞에서 사막별은 가슴이 설레었습니다.

"어? 이게 뭐야? 웬 구슬이라지?"

사막별은 다정스런 음성으로 속삭였습니다.

"내 가슴속에 채소밭을 만들어 주세요."

그러나 낚시꾼은 사막별의 말을 알아듣지 못했을 것입니다.

– 강정훈, 「사막별」 일부 –

라. 바람

[예문]

먼 산 깊은 동굴 속에 바람 네 남매가 살고 있었습니다.

큰 오빠는 여름바람, 큰 언니는 가을바람, 남동생은 겨울바람, 막내둥이 여자 동생은 봄바람이랍니다.

막내둥이 봄바람은,

"아! 지루한 겨울."

하고 기지개를 켜며 짜증을 부렸습니다.

"이번엔 네가 여행할 차례니까 벌써부터 설레는 모양이구나."

언니인 가을바람이 말했습니다.

"벌써부터가 뭐예요. 가을바람 언니두 참, 오늘이 벌써 입춘! 봄이 시작되는 날!"

봄바람은 나비처럼 춤추며 노래를 불렀습니다.

– 송명호, 「바람 네 남매의 여행」 일부 –

얼음의 나라에서 아기 바람이 태어났습니다. 분홍빛 도는 옅은 회색 몸 아기를 보고 아빠 바람이 걱정했습니다.

"쯧쯧, 너무 약하게 태어났구나. 나가자. 너에게 훈련이 필요해."

얼음처럼 투명하고 산처럼 큰 아빠 바람이 아기를 데리고 바닷가로 나갔습니다.

아빠가 높은 얼음산에 붙어 있는 얼음 바위를 가리켰습니다.

"이 얼음 바위를 떼어 낼 테니 보렴."

아빠는 얼음 바위를 밀기 시작하였습니다.

"어영차. 영차."

찌직. 바위에 실 같은 금이 갔습니다. 그 실 같은 금은 조금씩, 조금씩 벌어져 손가락만한 틈을 만들고 팔뚝만한 틈을 만들면서 자꾸만 자꾸만 벌어졌습니다. 깨진 얼음 모서리에 햇빛이 닿아 눈부시게 빛났습니다.

- 소중애, 「아기바람의 힘」 일부 -

어느 날 능곡 흰나비가 놀러왔습니다.

"아이쿠, 구려!"

서둘러 떠나려던 흰나비는 통배춧잎을 찾아내곤 반가운 마음으로 잎새 뒤에 알을 낳았습니다. 마침내 아기 흰나비가 세상에 나왔습니다.

"아휴, 냄새야!"

뿐만 아닙니다. 눅눅한 바람은 더듬이라도 녹일 듯 후덥지근했습니다. 숨이 막힌 아기 흰나비는 온힘을 모아 날개를 파닥였습니다. 그 날갯짓으로부터 솜털바람이 일었습니다. 쓰레기 파수꾼 생쥐의 엉덩이를 간질였습니다. 생쥐가 뒷발을 움찔대자 새털바람이 일었습니다. 헌 타이어를 깔고 자던 도둑 고양이의 콧잔등을 간질였습니다.

"엣취!"

솜털바람과 새털바람의 재채기는 한데 어울려 부드러운 강바람에 올라 탔습니다. 촉촉한 안개에 얼굴을 닦으며 서울로 서울로 올라오던 강바람은 서울 문턱에서 자동차들의 검댕방귀를 맞고 달아나야 했습니다.

너른 들에 이르러서야 한숨을 돌린 강바람은 누렁소의 잔등을 쓰다듬어 주고 들바람이 되었습니다. 떨어진 볍씨 위에 검불과 지푸라기를 덮어 주었습니다.

– 김지은, 「바람 속 바람」 일부 –

흘러가는 얼음장 위에서 놀던 아기 바람이 강둑의 제비꽃 눈망울을 터뜨렸습니다. 온통 보랏빛으로 쏟아지는 햇볕이 눈부시어 제비꽃은 그만 고개를 숙였습니다. 바람은 재미가 있었습니다. 빈 미루나무 가지를 흔들면 옛 이야기처럼 재미있게 잎새들이 쏟아져 나오고 꽃나무 가지를 흔들면 함박웃음처럼 꽃들이 피었습니다. 아기 바람은 청보리밭을 지나서 아직도 맨몸으로 선 능금나무밭으로 갔습니다.

"여기 게으름뱅이가 있었구나."

바람은 심통스럽게 꽃망울을 건드렸습니다.

"누가 우리를 깨우는 걸까? 아, 오월이구나."

회색 과수원엔 하나씩 흰 점이 박혀 갑자기 하얀 나라가 되어 버렸습니다.

– 배익천, 「달무리」 일부 –

마. 구름

[예문]

하양이가 친구들과 즐겁게 살아가는 곳, 그 모락산 기슭은 언제나 향기로 가득 차 있었지요.

낮은 산자락에 기대어 노래 부르고 숨바꼭질도, 참 그리고 은빛가루로 쏟아지는 햇살 속을 빠져나가다 오동통 살찐 몸이 걸려 빠져나오지 못하고 있던 하양이를 보고 꺄르륵 꺄르륵 웃어 대던 친구들.

하양이는 그 친구들이 좋아서 엄마 구름이 울퉁불퉁 바위만 안고 있는 관악산 위로 집을 옮긴 뒤에도 혼자 남아 있었죠.

"얘야, 이제 곧 모락산이 없어진대요. 이곳에 공장을 짓는다지? 그렇다면 이곳은 우리가 살 곳이 못 돼."

"바위산을 잃어요. 엄마."

– 강안, 「아기 구름 하양이」 일부 –

바. 섬

[예문]

섬 하나가 외로이 떠 있습니다. 아무도 살지 않고 아무도 찾아와 주지 않는, 멀리 혼자 떨어져 있는 외로운 섬입니다. 마을에도 외딴집이 있는 것처럼 바다에도 이처럼 혼자 살고 있는 섬이 있답니다.

섬은 바위투성이였습니다. 나무도 자라지 않고 꽃도 없었습니다. 나무와 꽃이 없었으니 새와 나비들도 찾아와 주지 않았습니다. 그러니 섬은 외로울 수밖에 없었습니다. 섬은 외롭게 혼자 늙어 가고 있었습니다.

언제부터 섬은 따분해지기 시작했습니다.

'외로움은 이제 지긋지긋해. 나는 이렇게 늙어 가고 싶지 않아.'

섬은 여러 섬들이 살고 있는 곳으로 가고 싶었습니다. 그 섬에는 사람이 살고 자동차들이 쉴새없이 다닌다고 했습니다. 그 사실을 어떻게 알았느냐고요? 며칠 동안 섬에서 머물다 간 산새들이 하는 말을 들었습니다. 섬은 모든 소리를 들을 수 있는 귀가 있답니다. 어느 쪽에 섬의 귀가 달려 있느냐고요? 그건 비밀이랍니다.

– 강정훈, 「울고 있는 섬」 일부 –

사. 바위

[예문]

나는 바위입니다.

한 마디 말도 못하고, 한 발자국도 움직이지 못하는 돌덩이랍니다. 조물주가 내 입을 막고, 손과 발을 꽁꽁 묶어 놓으셨으니 멍멍 바위가 될 수밖에요.

하지만 나는 아무도 모르는 비밀을 하나 가지고 있었답니다. 조물주도 빼앗아 가지 못하는 아주 소중한 꿈을 가지고 있었죠. 그게 무슨 꿈이냐고는 아직 묻지 마셔요. 때가 되면 저절로 알게 될 테니까 말이에요.

그런데 조물주가 맨 처음 나를 바위로 만드실 땐, 왜 가만 있었냐구요? 나라고 어찌 가만 있기만 했겠어요? 마구 몸부림치며 울부짖었지요.

"조물주님, 제게는 큰 꿈이 있어요. 그 꿈을 이루어 행복하게 살고 싶어요. 그런데 왜 하필 저를 우둔한 바위로 만드시나요?"

그랬더니 조물주께서는 자비로운 미소를 띠며 말씀하셨어요.

– 박숙희, 「바위의 꿈」 일부 –

아. 돌멩이

[예문]

그러던 어느 날, 쿠르르릉 하는 기계 소리가 바닷가의 고요함을 깨트렸습니다. 전에는 한번도 들어본 적이 없는 소리였지요. 까무는 무슨 일인가 싶어 고개를 들고 살펴보았습니다. 다른 자갈들도 어찌된 일인지 궁금하여 웅성거리기 시작했어요.

하지만 그 누구도 포크레인과 덩치 큰 차들이 왜 자신들을 향해 달려오는지 알지 못했습니다. 갈매기들은 하늘로 푸드득 날아올랐고, 자갈밭에서 숨바꼭질하던 게들은 눈 깜짝할 사이에 푸른 물결 속으로 도망을 쳤습니다.

"기대 이상이군. 옥자갈, 백자갈이 지천이야. 정원에 깔면 근사하겠는걸."

"콩자갈은 어떻고. 도로와 다리에 쓸 수 있겠어."

까무는 사람들이 말하는 뜻을 어렴풋게 알아차렸습니다. 곧이어 포크레인은 커다란 주먹 손으로 자갈들을 트럭에 옮겨 싣기 시작했어요. 까무는 있는 힘껏 버텨 보았지만 무지막지한 주먹 손을 당해 낼 수가 없었습니다. 까무는 몸이 공중으로 들려질 때, 더 이상 이곳이 보금자리가 아니란 걸 깨달았어요. 가슴이 쓰라리고 찢어질 듯 아파 왔습니다.

- 김기섭, 「행복한 돌」 일부 -

자. 물방울
[예문]

달빛 푸르던 밤, 구름의 집에 물방울 아기가 태어났다.

백만 개의 구름 요정들이 모여 방금 물방울 하나로 또 탄생시켰다.

그렇게 태어난 물방울들이 구름의 집에 가득했다.

새 아침, 물방울들은 눈을 뜨자마자 마을을 내려다보았다. 산과 들, 나무와 개울과 길이 보였다.

새들이 나뭇가지에 앉아 노래를 부르고 있고, 바람이 어린 잎들을 하나하나 햇빛으로 닦아 주고 있었다. 바람은 하늘에서뿐 아니라 땅에서도 바쁘게 움직이고 있었다.

물방울들이 내려가고 싶어 수선을 피우기 시작했다.

"가거라, 안 그래도 너희들을 애타게 기다리고 있다."

새털구름 할아버지의 말이 떨어지기 무섭게 물방울들은 다투어 구름의 집에서 뛰어내렸다.

- 김은숙, 「푸른 물방울」 일부 -

소나기가 한 차례 지나갔습니다. 움푹 파인 땅에 빗방울이 모여들어 웅덩이가 되었습니다. 빗방울들은 서로 옹송옹송 몸을 비벼 댔습니다.

"아, 그때가 그리워! 여기는 너무 갑갑해."

강물 길을 따라 유유히 여행을 하고 왔다는 빗방울이 푸념을 했습니다. 봇물 터지듯 빗방울들은 다투어 입을 열었습니다. 빗방울들이 본 세상은 서로 달랐습니다. 빗방울들이 되기 전까지는 모두들 다른 물방울이었기 때문입니다. 빗방울들은 어느 새 물방울로 돌아가 저마다 목소리를 높였습니다.

"으으, 악취가 나는 물에 휩슬려 죽을 뻔했어. 그래도 끝까지 버틴 걸 보면 난 참 대단해. 안 그래?"

하수구를 지나 겨우 맑은 냇가에 이르렀다는 개천 물방울이 어깨를 으쓱했습니다.

– 함영연, 「걸레 물방울」 일부 –

(7) 장난감

[예문]

공주 인형과 아기별은 한숨을 내쉬었습니다.

그래서 저는 찾아갈 집 주소도 잃어버리고, 길가에서 굴러다니다가 여기까지 왔어요.

"아기 별님! 공주 아가씨! 전 어떡하면 좋아요. 흑흑."

편지는 흑흑 흐느껴 울었습니다.

공주 인형도 아무 말없이 눈물만 쪼르륵 흘렸습니다. 아기 별은 고개르 갸우뚱거리면서 무엇인가를 골똘히 생각하고 있었습니다.

울고만 앉아 있던 공주 인형이 고개를 들었습니다.

"편지야!"

"응?"

"내가 있던 집에 소영이라는 여자아이가 있어. 국민학교 육학년에 다녀."

"어머나! 정말?"

"그래."

"그럼 왜 진작 얘기 않했어요?"

"네 얘길 다 듣고 하려고."

"그럼 인형 아가씨도 얘기를 해요. 네?"

공주 인형은 고개를 끄덕였습니다. 아기 별이 말했습니다.

"난 벌써 다 알고 있었어. 너희들이 같은 집으로 가야 될 것을."

– 이준연, 「인형이 가져온 편지」 일부 –

장난감 가게에 걸린 기둥시계가 늙어 쉬어 빠진 목청으로 열두 시를 알렸습니다. 그러자 약속이라도 한 듯이 진열장에 놓인 장난감들이 움직이기 시작했습니다. 머리에 노란 리본을 단 귀여운 각시가 두 팔을 쭈욱 펴 기지개를 켰습니다.

"아이, 지루해 죽을 뻔했어. 하루 종일 가만히 앉아 있으려니까. 얘, 원숭아. 이젠 우리 세상이지?"

각시는 곁에 있는 원숭이의 어깨를 툭 쳤습니다. – 중략 –

"가게에서 놀아두 별 수 없어. 좁아서 경주도 못하잖아. 그보다 오늘은 거리에 나가 보면 어때?"

하고 엉뚱한 말을 꺼낸 것은 몸집이 큰 코끼리였습니다.

– 최효섭, 「늙은 시계와 장난감 친구들」 일부 –

(8) 무생물

가. 등잔

[예문]

"내가 너무 오래 살았나. 왜 이리 으스스한지, 흐유!"

어둑선한 광 한 귀퉁이에 아무렇게나 뒹굴고 있는 질화로가 땅이 꺼지도록 한숨을 쉬었습니다.

처음에는 노을처럼 붉은 빛이었지만, 이제는 꺼뭇꺼뭇한 게 여간 초라해 보이지 않았습니다.

"나이 먹은 걸로 치자면 우리는 비슷할 거야. 어디 그뿐이겠어?"

기우뚱한 시렁 위에서 뽀얗게 먼지를 뒤집어 쓰고 있는 사기 등잔이 얼른 대꾸했습니다.

"아무렴! 할머니가 돌아가시자 하루 아침에 의붓자식처럼 내돌림 당한 처량한 신세가 엇비슷하구 말구."

그 옛날을 그리워하듯 질화로는 아슴한 눈길을 했습니다.

예전엔 화로는 너른 가슴 가득 이글이글한 숯불을 보듬었습니다.

빨간 장미꽃처럼 화사한 숯불 위엔 삼발이가 놓이고 뚝배기가 올려졌습니다.

- 최옥희, 「등잔불」 일부 -

나. 솟대

[예문]

솟대 오리의 재채기로 가물었던 마을이 그 해 풍년이 들어 마을 사람들은 농악을 울리고 허수아비는 춤을 추었습니다.

솟대 오리 삼 형제도 절로 신이 났습니다. 마을 사람들은 솟대 오리 삼 형제를 더욱 아껴 주었습니다. 고마운 마음을 전하기 위해 장대 밑에 돌멩이를 두고 가기도 했습니다.

해마다 가을이 되면 물오리가 떼를 지어 아라리강에 날아왔습니다. 아라리강은 물빛이 고와 물오리 떼가 겨울 동안 머물다 가기에 좋은 곳이었습니다.

물오리 떼들은 겨우내 아라리강에서 물장구를 치며 지냈습니다.

솟대 오리 삼 형제는 해마다 가을이면 떼로 저잣거리처럼 북적대는 아라리강을 바라보았습니다.

"우리들도 저 물오리처럼 신나게 물장구를 쳐 보면 얼마나 좋을까."

첫째 오리가 말했습니다.

"그러게 말이야. 날마다 같은 자리에 앉아 따분하게 먼 산이나 바라보아야 하다니…."

둘째 오리가 말했습니다.

"난 물장구 치는 건 싫어. 몸이 젖어서 감기에 걸리면 어떻게 해. 지난 가을 비가 왔을 때도 재채기한 걸 후회했다니까."

셋째 오리가 부리를 내밀며 뾰로통하게 말했습니다.

솟대 오리 삼 형제는 목을 길게 늘어뜨리고 물오리 떼들이 저들끼리 날개로 물수제비를 뜨면서 노는 모습을 구경했습니다.

– 강원희, 「마을지기새와 민들레」 일부분 –

다. 장승

[예문]

나는 나무로 만든 조그만 장승입니다.

크기는 비록 작지만 생김새만은 거칠고 못생겼던 옛날 장승 모습을 그대로 빼닮았습니다. 부릅뜬 눈과 커다란 주먹코, 어설프게 벌린 커다란 입과 훤히 드러난 허연 이, 말뚝과 다를 게 없는 거칠게 깎은 몸뚱이….

이런 못생기다 못해 우스꽝스런 모습으로 나는 지금 미나의 책상 위에서 세련되고 멋진 다른 인형들과 나란히 서 있습니다. 백설공주 인형, 피노키오, 피터팬, 병정 인형 등 이름만 들어도 고개를 끄덕일 만한 인형들과 함께 서 있는 것입니다.

그래서 미나네 방에 들어오는 미나 친구들마다 인형 속에 섞여 있는 내 모습을 보고 한 마디씩 합니다.

"에게, 인형들 틈에 웬 장승?"

"너 엉뚱한 것도 모으는 취미가 있구나!"

– 신동일, 「나는 장승입니다」 일부 –

"가만, 저게 무슨 소리지?"

할아버지 장승은 들릴 듯 들릴 듯 하면서도 들리지 않는 소리를 잡으려고 귀를 바짝 세웠습니다. 그러나 닳을 대로 닳아 버린 귓바퀴에는 좀처럼 그 소리가 모여들지를 않았습니다. 귀가 한쪽밖에 없다는 사실이 새삼스럽게 불편합니다. 귀뿐이 아닙니다. 머리도 반밖에 남아 있질 않아 뭘 깜박깜박 잊어버리기 일쑤입니다.

"그래도 내가 장승으로 태어나서 한 일 중에 제일 잘한 일이었어."

언제 적 일이었는지 기억이 가물가물하지만 마을을 덮치려는 벼락을 온몸으로 막아내다 머리가 반이나 불타 버렸던 그때 일을 떠올리며 할아버지 장승은 중얼거렸습니다.

"내 나이가 올해 몇이나 되었을꼬? 요즘엔 우리 장승들 할 일이 없어진 것 같으니 이제 편안히 누웠으면 싶구먼. 그러나 저러나 분명 무슨 소리가 들리긴 들리는데. 이보오 임자, 그만 자고 임자가 좀 들어보시게."

할아버지 장승은 몇 십 년째 잠만 자고 있는 할머니 장승을 깨웠습니다.

– 이영옥, 「바다로 간 장승」 일부 –

라. 굴뚝

[예문]

굴뚝새가 연거푸 꽁지를 발딱발딱 세우며 동동거렸습니다. 어린 굴뚝새하고 입씨름을 벌이다 저도 모르게 달아오른 굴뚝도 긴 숨을 한 번 토해 냈습니다. 굴뚝은 모처럼 자기를 찾아와 준 이 손님이 토라져 날아가 버리면 어쩌나 싶기도 했습니다. 바르르 떠는 것을 보니 금방이라도 고개를 돌려 날갯짓을 할 참이었습니다.

"그래, 그래. 내가 지나쳤다. 미안하구나. 그 대신 내 얘기나 끝까지 들어다오."

어린 새들은 옛이야기를 좋아합니다. 굴뚝새는 언제 삐죽거렸냐는 듯 두 발을 모으고 앉아 굴뚝을 바라봅니다. 굴뚝은 외양간으로 눈길을 돌려 누렁소 엉덩이에서 슬며시 물러나는 햇살을 바라봅니다. 한참 기억을 덮혀야 이야기가 흘러나올 모양입니다.

"지금이야 이렇게 아무 쓸모도 없이 뒤란에 우두커니 서 있는 신세지만 말이다. 아득한 너희 조상 새들이 날던 시절에는 나도 떵떵거리며 지내던 몸이야."

"떠엉떠엉거리며? 아저씨가요?"

"그때는 무엇이 되었든 끓이거나 삶으려면 반드시 불을 지펴야 했거든. 세 끼 밥 짓고 국 끓일 때는 물론이고 밤이면 군불이라는 것을 지펴서 온돌을 따뜻하게 달구어야 했으니까."

– 정리태, 「굴뚝에서 나온 무지개」 일부 –

마. 깡통

[예문]

"요게 뭐야. 빈 깡통이잖아. 에잇!"

지나가던 누군가 그렇게 말하며 나를 휙 걷어찼습니다. 느닷없이 당한 일이라 누가 그랬는지 얼굴도 볼 수 없었습니다. 나는 어쩔 수 없이 저쪽으로 붕 날아갔지요. 그렇게 날아가다가 요란한 소리를 내며 땅바닥에 떨어졌습니다. 옆구리가 얼얼하고 정신이 하나도 없었습니다. 얼얼한 곳을 돌아본 나는 그만 깜짝 놀라고 말았습니다. 운동화 밑에 걷어채인 옆구리가 조금 찌그러 들었기 때문입니다.

나도 모르게 눈물이 핑 돌았습니다. 아파서가 아닙니다. 아픈 것은 참을 수 있는데, 옆구리가 찌그러든 것을 보니 나도 모르게 눈물이 돈 것이지요.

– 이환제, 「행복한 날들」 일부 –

바. 못

[예문]

나는 못입니다. 남쪽으로 난 작은 창 아래 단단히 박혀 있습니다. 누가 무엇을 걸려고 했는지는 모르지만, 단단한 콘크리트 벽에 일센티미터쯤 나오게 박힌 쇠못입니다. 뭔가 걸기 위해 박은 못들은 대개 수평보다 조금 위쪽으로 기울어져 있는데, 나는 반듯하게 박혀 있습니다.

내가 있는 방은 살림집이 아니고 오층짜리 건물의 삼층에 있는, 아무 장식이 없는 그냥 네모난 공간입니다. 사무실로 쓰면 사무실이 되고, 그림을 그리면 화실이 됩니다.

어느 날 내가 있는 방의 주인이 바뀌었습니다.

"남쪽으로 창이 나 있어서 참 좋군요."

새로 주인이 된 사람이 말했습니다.

나는 새 주인을 잘 살펴보았습니다. 그가 무엇을 하는 사람인지에 따라 내 방의 이름이 정해지기 때문입니다.

이삿짐이 들어왔습니다.

책상이 한 개, 서랍 두 개가 달린 일인용 침대가 한 개, 길다란 널빤지 여러 장, 그리고 무엇이 들었는지 꽤 무거워 보이는 종이 상자가 서른 개쯤 있었습니다.

"무엇 하는 사람일까?"

두 개의 창문 사이 기둥에 박혀 있는, 그림이 걸렸던 못이 말했습니다.

– 이가을, 「가끔씩 비오는 날」 일부 –

사. 동전

[예문]

한쪽 구석에 서 있던, 얼굴이 길쭉하게 생긴 동전이 손을 내밀며 화해를 청했습니다.

"우린 프랑이라고 해. 그런데 넌 어디에서 왔니?"

나는 기분이 상했지만 계속 화를 내는 건 째째한 행동이라 생각되었습니다.

"나는 십 원이야. 한국에서 왔어."

하며 얼굴이 길쭉하게 생긴 프랑 손을 잡았습니다.

"그럼, 북한이야, 남한이야?"

코가 찌그러진 늙은 프랑이 눈을 동그랗게 뜨며 물었습니다.

"응, 남한이야."

우리는 금세 친해졌습니다. 우리가 다툰 건 서로 잘 몰랐기 때문입니다.

"미안해. 이쪽으로 와."

나는 자리를 좁혀 한쪽에 서 있던 프랑과 함께 나란히 앉았습니다.

— 장은정, 「동전의 여행」 일부 —

아. 의자

[예문]

산골 학교의 텅 빈 운동장에는 어둠이 내려와 길게 누워 버렸습니다. 그 위로 자장가 같은 달빛이 내리고 있습니다. 그러나 늙은 나무 의자는 쉬이 잠을 이룰 수가 없었습니다. 잠자리가 바뀌어서 그런가, 혼잣말을 해 봅니다.

—삐그덕 삐이—

의자는 반쯤 남은 어깨를 차가운 벽에 기댔습니다. 교실에 있을 때가 행복했지. 냄새나고 축축한 습기가 내 몸에 곰팡이를 만들었지만, 의자는 저만치 돌계단 아래에 있는 한 교실을 내려다 봅니다. 어제까지만 해도 단잠을 잤던 구석 자리엔 앙증스러운 탁자가 노오란 국화를 한아름 받치고 서 있습니다.

—삐이이—

의자는 어깨가 시려 오자 벽에서 조금 떨어졌습니다.

"에이, 시끄러워 잠을 잘 수가 있나!"

"교실 생각에 잠을 못 이루는가 본데 그런 꿈일랑 아예 꾸지 마오."

여기저기서 툴툴거리는 소리가 들리고서야 늙은 나무 의자는 창고 안을 휘 둘러봅니다.

– 이수애, 「나무 의자의 마지막 손님」 일부 –

자. 고무신

[예문]

놀이터에 어스름이 내리고 있습니다. 늦가을 바람이 쌀쌀합니다.

"아이 추워."

놀이터, 작은 나무 아래서 가냘픈 소리가 났습니다. 잠이 들었던 작은 나무가 놀라며 아래를 보았습니다.

"어머, 넌 누구니?"

작은 나무의 눈이 휘둥그래졌습니다.

"나? 나는, 택한이의 검정 고무신이야."

작은 나무가 어두워서 잘 보이지 않는 눈을 가늘게 뜨고 다시 물어봅니다.

"잠결에 뭔가 떨어지는 느낌이 들더니 너였구나. 그런데 넌 왜 여기에 있니?"

작은 나무의 말에 검정 고무신은 시무룩해졌습니다.

– 이재희, 「검정 고무신」 일부 –

차. 연

[예문]

바람이 살랑거리며 하늘이 맑았습니다.

허리동이의 네모진 몸, 허리에 그어진 빨강 파랑 노랑 줄이 햇빛에 반짝이며 무지개처럼 아름다웠습니다. 그러니 은빛 하늘에 떠 있는 허리동이의 얼굴에는 검은 구름이 가득 끼어 있었습니다. 전에는 가슴을 펴고 하늘을 날아오르는 것만으로도 허리동이는 가슴이 설레이고 마음이 고무풍선처럼 부풀어 올랐었습니다. 하지만 이제 그런 설레임이나 기쁨은 허리동이의 마음에서 떠난 지 오래되었습니다.

허리동이는 단 한번만이라도 얼레의 매달림에서 풀려나 마음대로 하늘을 날아보는 것이 소원이었습니다.

- 김자연, 「허리동이」 일부 -

(9) 기타
가. 흉터

[예문]

나는 흉터입니다. 영서라는 오학년 남자아이의 머릿속에 숨어 살고 있지요.

스스로 숨어 살고 있다는 말을 하자니 정말 기분이 상하는군요. 하지만 그게 사실이니 그렇게 말할 수밖예요. 알다시피 모두들 나 같은 흉터를 부끄럽게 생각하니까요.

영서도 마찬가지예요. 내가 다른 사람의 눈에 띄일까 봐 무척 조심을 하지요. 그래서 내가 있는 옆머리를 훨씬 길게 하여 늘 나를 가리고 다닌답니다. 아주 더운 여름철에도 말예요. 그러나 나는 머리카락 사이로 세상 구경을 다 하지요. 그리고 여러 가지 생각도 하고요.

보육원에서 살면서 학교에 다니는 영서는 늘 말이 없고 생각이 깊은 아이예요. 축구며 농구…… 못하는 운동이 없어요. 그 중에서 달리기는 특히 잘해서 학교 대표로 뽑혀 소년체전에도 나가게 되었답니다.

- 최은섭, 「나는 흉터입니다」 일부 -

나. 소리

[예문]

바로 엊그제 밤의 일입니다.

한밤중에 문득 잠이 깨인 금이는 제몸이 깜깜한 우주 공간에 내던져진 것 같은 느낌이 들었습니다. 아무리 보아도 깜깜한 어둠뿐이고 아무 소리도 들리지 않는 것이었습니다.

금이가 잠든 사이에 온 세상이 요술에 걸려 깊은 잠속에 파묻혀 버린 것 같았습니다. 온 세상을 잠재워 두고 누군가가 소리들을 거두어 사라져 버린 것 같았습니다.

대숲을 지나가는 바람소리도 골목을 뛰어가는 아이들의 발자국 소리도 강아지 미미의 장난치는 소리까지도 사라져 버렸습니다.

도대체 헤아릴 수 없이 많은 소리들이 죄다 어디로 간 것일까요?

안방에서 들려오는 젖먹이 동생이 칭얼거리는 소리도 들리지 않았습니다.

- 김수미, 「소리들의 꿈」 일부 -

2. 동화 창작을 위한 제언

1) 호기심을 자극하라

아동문학의 특성 중의 하나인 흥미성은 잘 짜여진 플롯에서 우러나오는 재미성을 말한다. 재미있는 스토리를 전개시키기 위해서는 호기심을 유발해 내는 사건을 설정해야 한다. 어른들도 마찬가지이지만 아동들은 특히 호기심이 강하다.

'왜 그런 일이 일어났을까?', '그래서 어떻게 되었을까?' 이러한 궁금증은 호기심을 불러일으키고, 그러한 호기심은 독자들을 이야기 속으로 유인하는 구실을 한다. 뒷이야기가 어떻게 펼쳐질지 궁금하게 만드는 것은 창작 기술의 기본 원리이다. 호기심을 유발하는 사건은 작품의 허두에 설치하는 것이 효과적이다.

[예문]

세상에는 시인을 모르는 사람이 없었습니다. 어찌나 유명했던지 사람들은 모이기만 하면 시인의 이야기로 꽃을 피웠습니다.

"어쩌면 이렇게 달콤한 시를 노래할 수 있을까?"

"이처럼 아름다운 시를 노래하는 시인의 마음은 얼마나 행복할까?"

"누가 아니랬니?"

"아아, 나도 시인이 되었더라면 소원이 없었을 텐데….'"

"하지만 시인은 아무나 되는 게 아니야. 누가 그러는데 시인은 우리들이 듣지 못하는 소리를 듣는 귀를 가지고 있다고 했거든? 그러니까 시인은 아무나 될 수 있는 게 아니라고."

이 무렵 한 나그네가 시인이 사는 마을을 지나가게 되었습니다. 나그네는 누덕누덕 기워 입은 남루한 옷차림에 얼굴은 며칠씩이나 세수를 하지 않았던지 여간 불편하지가 않았습니다. 게다가 먼 길을 걸어온 모양으로 나그네는 몹시 피로한 기색을 하고 있었습니다.

마을 앞에 이른 나그네는 무턱대고 시인을 찾았습니다.

시인은 마침 집에서 조용히 눈을 감고 앉아 한동안 깊은 생각에 잠겨 있었습니다.

- 김여울, 「하느님의 발자국 소리」 일부 -

이 동화는 우선 제목부터가 궁금증을 충분히 자아내게 한다. 과연 무엇을 하느님의 발자국 소리라고 했을까? 제목에서부터 독자들의 궁금증을 유발해 내는 것도 창작 기법이다. 허두부터 유명한 시인을 등장시킨 것도 호기심을 자극하고 있다. 결국 이 동화에서 작가는 눈이 오는 소리를 하느님의 발자국 소리로 묘사했다. 이런 신선한 착상이 신춘문예 당선이라는 영예를 안겨 준 것이다.

[예문]

쉿! 놀라지 마. 그래, 난 사슴이야. 아스라이 먼 옛날 '나무꾼과 선녀'에 등장하는 미남 사슴 메록이. 그 사슴이 왜 왔냐구? 이야길 들려주기 위해서지. 나무꾼도 날개옷을 입었다는….

하루는 내가 사는 다래봉을 샅샅이 누비는 검은 그림자가 있었어. 이어서 날 찾는 소리가 들렸지. 메록아, 부르는 소리 말야. 날쌘 이 메록이가 너럭바위 뒤에 납작 엎드려 훔쳐보니 울퉁불퉁하게 생긴 얼굴에 시커먼 구렛나루, 그때 그 나무꾼이야. 이름이 나무쇠라던.

- 양경진, 「나무꾼도 날개옷을 입는다」 일부 -

이 동화는 전래동화인 '나무꾼과 선녀'를 패러디하여 재미있게 창작했다. 제목부터가 신선하고 착상이 기발하다는 느낌을 주고 있다. 나무꾼은 선녀와 아들 둘을 떠나보낸 후 사슴에게 하늘나라로 올라갈 수 있는 날개옷을 만들어 달라고 조른다. 전래동화에서는 사슴이 하늘나라에서 물을 긷기 위하여 내려보낸 두레박을 타고 올라가는 것으로 설정되어 있다. 하지만 이 동화에서 나무꾼은 사슴의 그런 제의를 거부하고(두레박이 다 올라갈 때쯤 상제님이 요술을 피워 두레박을 떨어뜨릴 거라는 생각으로) 한사코 날개옷만을 만들어 달라고 고집한다. 결국 사슴 메록이는 잠자리의 날개를 모아 만든 날개옷을 나무꾼에게 주어 하늘나라로 갈 수 있게 한다는 내용이다.

사슴의 이름을 메록으로, 나무꾼의 이름을 나무쇠라고 붙인 것도 재미있다. 산에 사는 사슴이어서 메록이, 돌쇠라는 이름을 패러디하여 나무꾼인 주인공의 이름을 나무쇠라고 한 것도 투철한 작가정신의 일면을 엿볼 수 있다.

[예문]

이것은 임진왜란 때 일본의 수군을 무찌른 조선의 거북선에 관한 이야기입니다.

거북선은 이름 그대로 거북의 모양을 한 철갑선으로, 비록 크기는 일본의 전함에 비해 작았지만 속력이 빠르고 회전이 용이하여 싸움이 있을 때마다 승전고를 울렸던 바다의 왕자였습니다.

그런데 안타깝게도 거북선의 그 뒤 이야기를 아는 이는 한 사람도 없습니다. 워낙 오랜 세월이 흐른데다 이 세상에는 한 척의 거북선조차 남아 있지 않았으니까요.

누구는 오랜 세월의 비바람에 모두 부서졌을 것이라고도 했고, 또 누구는 깊은 바닷물 속에 가라앉았을 것이라고도 했습니다. 그러나 한산도 사람들은 그렇게 생각하지 않았습니다. 우리나라 남해에는 지금도 거북선이 푸른 바다 위를 떠다니고 있을 것이라고 믿고 있는 것입니다.

한산도 사람들이 그렇게 믿는 데에는 그만한 까닭이 있습니다. 안개가 끼는 날이면 바다 쪽으로부터 거북선들의 노 젓는 소리가 들려오곤 했습니다.

아니, 그것 말고 또 있습니다. 몇 해 전에 세상을 뜬 봉출 노인이 어렸을 때 꼭 한번 보았다는 거북선!

바다 안개를 거느리고 늠름한 모습으로 지나갔다는 그 거북선을 이곳 한산도 사람들은 오늘도 심심찮게 이야기하곤 한답니다.

– 윤수천, 「거북선」 일부 –

안개 낀 날이면 거북선의 노젓는 소리가 들리고, 몇해 전에 세상을 뜬 한 노인이 어렸을 때 떠가는 모습을 직접 보았다는 거북선이다. 이러한 삽화는 신비스러움을 자아내어 독자들의 호기심을 유발하기에 충분하다.

고인이 된 마을 노인이 어렸을 때 꼭 한번 보았다는 화제는 노젓는 소리라는 청각적 환상과 안개라는 시각적 환상이 씨줄과 날줄로 교차되면서 환상의 효과를 증폭시키고 있다.

[예문]
까마귀는 호루라기를 갖고 싶었습니다.

햇볕이 쨍쨍한 어느 날, 까마귀는 도시에 내려간 적이 있었습니다.

그때 처음 호루라기를 보았습니다. 경찰 아저씨가 길 한가운데에 서서 호루라기를 불 때마다 사람들이 멈추어 섰습니다.

차들도 끼익 소리를 내며 꼼짝 못했습니다. 신기했습니다. 그때 까마귀는 사람들의 겁먹은 얼굴을 보며 이렇게 중얼거렸습니다.

"호루라기를 갖고 싶어."

까마귀는 호루라기를 갖고 싶었습니다. 그것만 있으며 숲속 동물을 모두 꼼짝 못하게 할 수 있을 것 같았습니다.

– 오윤현, 「호루라기 부는 까마귀」 일부 –

까마귀가 호루라기를 분다는 삽화의 설정은 여간 흥미롭지 않을 수 없다. 까마귀가 호루라기를 갖고 싶어 하는 동기 또한 자연스럽게 그려져 있어 이야기의 도입이 산뜻하다. 까마귀는 호루라기를 불며 교통 법규 위반 운전자들을 단속하는 모습을 보며 호루라기만 있으면 자신도 숲속 동물들을 다스릴 수 있다는 생각을 한 것이다.

결국 까마귀는 어린아이로부터 호루라기를 빼앗는 데 성공한 까마귀는 호루라기를 불며 숲속의 동물들을 골탕먹이게 된다. 그러다가 자신의 새끼들을 공격하는 구렁이를 보고 놀라 호루라기를 떨어뜨리는 바람에 새끼들을 잃고 만다. 이 작품은 호루라기 부는 일에 매료된 까마귀가 자신의 목소리를 잃고 결국은 새끼들마저 잃게 한 구성이 돋보인다. 새끼들이 위험한 지경에 처하게 되어 소리를 질렀지만 목소리가 나오지 않게 되는 삽화의 설정은 이 동화의 품격을 높이고 있다.

　　[예문]
　　그 밤도깨비가 처음 우리 집을 찾아든 것은 작년 꼭 이맘때였습니다.
　　그날 우리는 처음으로 새 집을 사서 이사를 했는데, 그날 밤 그 여자가 우리 집에 찾아온 것입니다.
　　이사를 도와주러 왔던 친척들이 막 떠나고 식구끼리 둘러앉아 이야기를 나누는데, 갑자기 벨 소리가 났습니다.
　　우린 모두 방금 떠난 친척 중 하나가 무언가 흘려 놓고 간 것을 찾으러 온 줄로만 알았습니다. 그래서 누구냐고 묻지도 않고 현관문을 덜컥 열어젖혔던 것입니다.
　　"어머나!"
　　문을 열던 어머니가 갑자기 비명을 질렀습니다.
　　어머니의 비명 소리에 놀란 우리는 자리에서 벌떡 일어나 현관 앞으로 달려갔습니다. ─ 중략 ─

현관문 밖엔 머리를 풀어헤친 낯선 여자가 서 있었습니다. 희미한 가로등 불빛에 비친 그 여자의 모습은 흡사 '전설의 고향'에 나오는 귀신 같았습니다.

– 강민숙, 「외로운 밤도깨비」 일부 –

허두부터 밤도깨비가 찾아왔다고 서술하고 있으니 독자들은 궁금하면서도 한편으로는 긴장할 것이다. 더구나 밤도깨비의 행색은 '전설의 고향'에 나오는 귀신 같지 않은가? 그런데 실상 그 밤도깨비의 정체는 아래층에 사는 외로운 아주머니이다. 고교 시절 백일장에서 상이란 상은 다 휩쓸고, 성적도 우수하여 명문대학을 나왔지만 정신 이상자가 된 불쌍한 여자이다.

[예문]
석 교수는 대학의 미술 교수였습니다.

젊어서부터 그가 배우고 익혀 닦아 온 미술의 분야는 조각이었습니다.

천성이 고집스런 조각가는 교수가 되고 나서도 나무와 다른 재료들은 아예 거들떠보지도 않은 채 작업하기 힘드는 석재만을 골라 즐겨 다루었습니다.

그의 본 성은 '김씨'였지만 돌만을 상대하는 그를 보고 학생들은 '석 교수님'이라고 불렀습니다. 누가 뭐래도 꼼짝달싹 않는 석 교수의 고집은 그것만이 아니었습니다.

그가 제작하는 작품의 소재는 오직 하나, '여인상'으로 정해져 있었습니다. 그것도 나이 어린 소녀가 아니라 세상의 어머니를 닮은 여인들이었습니다.

– 윤사섭, 「어느 조각가」 일부 –

석공예를 전공하는 대학 교수를 모델로 쓴 동화이다. 돌조각만을 고집하기 때문에 석 교수라는 별명이 붙여진 김 교수인 것이다. 제작하는 작품도 유독 어머니라는 데에 흥미가 있다. 허두 부분부터 베일에 가려져 있는 이 야기 때문에 관심을 끌게 한다. 석수장이를 모델로 한 동화들은 더러 있지 만 돌조각가인 교수를 등장인물로 설정한 작품은 많지 않기 때문에 궁금증 과 함께 새로운 맛이 느껴진다.

2) 재미있게 접근하라

'모든 길은 로마로 통한다'라는 말이 있다. 의미야 다르겠지만 모든 이야 기 글은 재미로 통한다. 재미없는 이야기는 외면당할 수밖에 없다. 아무 매 력 없는 상품을 소비자인 독자들이 구매할 이유가 없다.

동화는 전체적인 스토리 자체가 재미있어야 하겠지만 처음부터 재미있 게 접근하는 것이 중요하다.

[예문]

내 이름은 오른쪽이야. 똘이의 오른쪽 운동화지. 타박타박 걷기도 하 고, 다다다다 달리기도 해.

나의 눈에 띄는 것은 뭐든 뻥 하고 차는 버릇이 있단다.

똘이가 나를 신고 처음 밖으로 나갔을 때였어. 길에 버려진 음료수 캔을 무심코 툭 찼어. 그러자 왈그랑달그랑 요란한 소리가 나지 뭐야. 어찌나 우습고 재미있던지.

그때부터 이것저것 툭툭 차 보는 취미가 생겼단다.

"앞만 보고 얌전히 다닐 수 없니?"

왼쪽이는 못마땅해 하며 불평을 했어. 걷어차는 것마다 모두 다른 소 리를 내는 게 신기하기도 한가 봐. 내 취미를 이해하고 아주 좋아하는 친구도 있어. 똘이의 유치원 신발장에서 내 옆자리에 앉은 빨간 구두야.

그 애는 늘 내게 묻곤 해.

"빈 요구르트병 차 보았니? 무슨 소리를 내니?"

"또르르르!"

"헌 신문지는?"

"치이익!"

"대문은?"

"텅!"

난 그 애가 묻는 것은 뭐든지 막힘 없이 대답할 수 있어. 그리고 그 애가 묻지 않은 것도 많이 알지.

놀이터 모래를 발로 차면 먼지구름이 부옇게 인다. 비가 그친 뒤 어린 나무를 걷어차면 촤악 소리와 함께 물벼락을 맞지.

"신발은? 신발도 차 보았니?"

빨간 구두는 요건 못 해 보았겠지 하는 표정이었다.

"그럼. 소리는 별로야. 근데 공중으로 붕 떴다가 투욱 떨어진다."

"와! 넌 참 대단하구나!"

빨간 구두가 놀라는 표정을 지으면 나는 마음이 우쭐했지.

"너 강아지도 차 보았겠지?"

빨간 구두의 말에 나는 말문이 딱 막혔어.

내가 왜 진작 그 생각을 못 했을까?

집에 돌아가는 대로 똘이네 '동네한바퀴'를 걷어차 봐야지

'동네한바퀴'는 똘이네 강아지 이름야. 심심하면 동네 한 바퀴 휙 돌아오기 때문에 붙은 이름이지. 강아지가 안 보이면 식구들은 웃으며 이렇게 말해.

"동네한바퀴가 또 동네를 한 바퀴 도는 모양이야."

"집 대문을 들어서자 동네한바퀴가 꼬리를 흔들며 달려왔어. 나는 얼른 옆구리를 걷어찼단다. 동네한바퀴는 깨갱거리며 발딱 누웠어.

그날부터 나는 동네한바퀴를 보기만 하면 걷어찼단다. '깨갱' 하는 그 소리가 너무나 마음에 들었거든.

– 백미숙, 「오른쪽이와 동네 한바퀴」 일부 –

신발인 운동화를 의인화하여 쓴 동화이다. 두 짝의 신발 중에서도 오른쪽 신발이 주인공이 되어 1인칭 주관자의 시점으로 서술하고 있다. 이 동화는 우선 발상이 재미있다. 운동화의 이름을 오른쪽이라고 한 것이나 강아지의 이름을 동네한바퀴라고 지은 것이 신선하다. 오른쪽이는 똘이의 분신이다. 똘이의 의지대로 움직이는 오른쪽 운동화지만 독립된 개체처럼 행동하고 있다. 이야기를 구연체로 이끌어 가는 솜씨도 퍽 자연스럽다.

[예문]

욕심쟁이 임금님이 살고 있었습니다.

임금님은 무엇이든지 이상한 것이 있으면 기어이 갖고야마는 성질을 갖고 있었습니다.

그래서 임금님에게는 다른 사람들이 갖고 있지 않는 것들이 많았습니다.

무지개빛이 나는 여의주, 타조 털로 만든 속옷, 일곱 가지 보물을 넣어서 만든 칠보 신발, 안으로 쏙 들어갈 수 있는 거울, 부르면 살짝 나와서 심부름을 하는 그림 속의 아이…….

어느 따뜻한 봄날이었습니다.

"흠, 흠, 흠……. 오늘은 왜 이렇게 기분이 좋을꼬?"

아침 일찍 일어난 임금님은 숨을 크게 들이마시면서 대궐 뜰로 내려섰습니다.

– 이슬기, 「봄바람과 임금님」 일부 –

임금은 절대 권력의 소유자이기 때문에 무엇이든 할 수 있다. 그 때문에 옛이야기나 동화에 널리 회자되어 왔다.

욕심쟁이 임금님이 갖고 있는 귀한 물건들을 보면 호기심이 생기고 이야기가 어떻게 전개될지 궁금해진다. 이 이야기는 전래동화 수법을 빌어 시작부터 재미있게 펼쳐지고 있다.

[예문]

옛적 사람들이 모여 있는 하늘나라에서, 네로 황제와 세종대왕이 마라톤 경주를 했습니다.

네로 황제는 워낙 뚱뚱해서 키와 배의 둘레가 똑같이 1미터 65센티입니다. 세종대왕은 하늘나라에 가서도 계속해서 한글 연구를 몹시 했기 때문에 훌쭉이가 되어 있었습니다.

두 선수가 출발점에 섰습니다. 피스톨을 하늘 높이 들고 출발 신호를 알린 사람은, 운동을 좋아하는 케네디 대통령이었습니다.

드디어 경주가 시작되었습니다. 날씬한 세종대왕은 바람처럼 빨리 쏴아 달려갔습니다. 뚱뚱이 네로 황제는 망짝만한 엉덩이를 실룩거리며 뒤뚝뒤뚝 달려갑니다. 그렇지만 네로 황제는 자신만만한 듯이 싱글싱글 웃으며 달리고 있었습니다. 이만저만한 자신이 아닙니다.

"달려라, 세종아!"

"기운 내라, 네로야!"

친구들의 응원도 대단했습니다. 잠깐 사이에 세종대왕은 네로 황제를 1천미터나 떼어 놓았습니다.

강가에 도착했습니다. 몹시 목이 탑니다. 세종대왕은 물가에 앉았습니다. 맑은 물이 흐르고 있습니다. 무릎을 끓고 손으로 물을 뜨려는데, 갑자기 물결이 흔들리더니 물속에서 아름다운 여자가 나타났습니다.

– 중략 –

"아직 나를 모르시나 봐. 이래뵈도 이름을 조금은 날린 여자라우."

"글쎄, 뉘시더라?"

"클레오파트라여요!"

클레오파트라는 정말 아름다웠습니다. 머리 끝에서 발끝까지 흠잡을 데가 없는 미인입니다.

세종대왕은 마음이 흔들렸습니다. 그래서 자개상 앞에 털썩 앉앗습니다. 그렇지만 그 다음 순간 우뚝 일어서 버렸습니다. – 하략 –

– 최효섭, 「임금들의 마라톤 경주」 일부 –

독자의 시선을 붙잡을 수 있는 가장 큰 요인은 재미성이다. 이야기 글의 생명은 재미에 있다. 재미가 없는 스토리는 독자들로부터 외면을 받을 수밖에 없다. 재미있는 글을 쓰기 위해서는 발상의 폭을 넓혀야 한다. 비슷한 소재, 비슷한 이야기는 식상함만을 줄 뿐이다.

남이 좀처럼 다루지 않는 새로운 소재와 기법을 연구하여 신선하게 다가갈 때 재미있는 이야기를 창작할 수 있다. 하지만 재미성을 너무 앞세우다 보면 이야기가 가벼워질 수 있다. 문학은 코메디나 개그 대사와는 차별화되어야 한다. 문학성을 훼손시키지 않으면서 스토리에서 우러나는 재미여야 한다.

3) 참신한 소재를 찾아라

동화의 소재는 무한하다. 그런데 소재 찾기로 고민하는 작가들은 대개 눈에 보이는 현상에서만 소재를 찾으려 하기 때문에 실패하고 만다. 새로운 소재를 찾기 위해서는 눈에 보이지 않는 소재를 찾기에 차원을 높여야 한다. 소설은 현실에서 있음직한 이야기를 소재로 골라야 하기 때문에 동화에 비해 폭이 좁다고 할 수 있다. 현실에서는 실현 불가능하고, 존재할 수 없는 제재들도 동화의 글감이 될 수 있다. 누구나 생각할 수 있는 글감

보다는 아무도 발견할 수 없는 참신한 소재가 좋다.

진부하고 상투적인 소재로는 흥미를 유발시킬 수 없다. 상상의 폭을 넓혀 새로운 소재를 찾는 일이 중요하다.

> [예문]
> 지구 끝 모양 나라에는 세모, 네모, 동그라미 마을이 있습니다.
> 각 마을에는 마을을 대표하는 촌장이 있고, 촌장들은 번갈아가며 그 나라의 왕이 되었습니다.
> 올해는 세모 마을 촌장 차례입니다.
> 그런데 세모 마을을 떠나기 한 달 전부터 성대한 축하 잔치를 벌였습니다.
> "난 다른 촌장들하고 달라!"
> 촌장은 세모 마을에 사는 세모 모양들에게 하루도 빠짐없이 축하의 꽃을 가져오게 했습니다. 그 바람에 세모 마을 안에 피어 있던 온갖 꽃들은 남김없이 꺾이고 말았습니다. 한 달이 지난 뒤 세모 마을 촌장이 왕궁으로 들어가는 날입니다.
>
> — 김혜리, 「세모 왕과 동그라미 선생」 일부 —

세모, 네모, 동그라미와 같은 도형들을 의인화하여 쓴 동화이다. 도형들이 사는 마을에는 촌장도 있고, 나라를 대표하는 왕도 있다. 이처럼 도형들을 사람에 빗대어 등장인물로 설정하고, 주제를 부각시키기 위하여 인간 세상을 풍자하는 것이다. 동그라미를 의인화하여 판타지로 그려 낸 다음 작품을 살펴보자.

> [예문]
> "아, 너무 깨끗해!"

예쁜 아이가 파도가 지나간 모래 위에 작은 동그라미 하나를 그려 두고 갔습니다.

모래 위에 동그마니 그려진 작은 동그라미는 심심했습니다. 햇볕이 쨍쨍 내리쪼였습니다. 바람이 슬쩍슬쩍 지나갔습니다. 작은 모래 위에서 선명하던 작은 동그라미가 점점 희미해졌습니다.

"하필 여기에다 남겨 두고 갈 게 뭐람."

심심한 동그라미가 투들거렸습니다.

- 배익천, 「작은 동그라미의 모험」 일부 -

이 작품은 아이가 바닷가 모래밭에 그려 놓고 간 동그라미 하나를 의인화하여 한 폭의 선명한 수채화처럼 깔끔하게 그려 낸 판타지이다.

심심해진 동그라미는 자기를 남겨 두고 간 아이를 원망하다가 커다란 파도가 밀려오자 도망을 간다. 편안히 쉴 곳을 찾던 작은 동그라미는 빵가게로 가서 케이크 위에도 앉아 보고 햄버거 위에도 앉아 본다. 도넛에 앉아 쉬던 동그라미는 도넛을 사러 온 아이 때문에 그곳을 튀어 나온다. 하품을 하는 빵가게 아저씨의 입에 앉아 보기도 하고 자동차 바퀴에 앉아 잠을 자던 동그라미는 자동차가 출발하는 바람에 풀밭에 나동그라지고 만다. 정신을 차린 후 둥그런 달을 보고 그곳을 찾고 싶어하지만 녹슨 병뚜껑으로부터 올라가지 못할 나무는 쳐다보지도 말라는 충고를 듣는다.

이 동화는 헛된 꿈을 꾸지 말고 분수에 맞게 사는 것이 행복한 삶이라는 교훈을 담고 있다.

[예문]

가로등은 시내로 들어가는 구멍가게 옆 비탈진 곳에 홀로 외롭게 서 있었습니다.

지나던 자동차에 심하게 받친 듯 상체가 기우뚱해 있는 전신주 바람

에 갓등 역시 고개가 앞으로 구부러진 게 꼭 말썽을 피우다 꾸중을 들은
아이 같았습니다.

그렇더라도 전구의 촉수가 높았더라면 지금보다는 훨씬 나았을 것입
니다. 언제 갈아 끼웠는지 흐릿해질대로 흐린 불빛에다 거리의 오만 먼
지는 다 뒤집어 쓰고 있었습니다.

오늘은 즐거운 성탄절. 하얀 크리스마스가 될 거라던 기상청의 말에
맞추기라도 하듯 저녁이 되자 눈이 펄펄 내리기 시작했습니다.

– 윤수천, 「가로등은 보았어요」 일부 –

구멍가게 옆 전신주에 외롭게 서 있는 낡은 가로등을 의인화하여 쓴 동
화이다. 거리의 먼지를 뒤집어 쓴 채 희미한 불빛을 밝히고 서 있는 오래된
가로등을 주인공으로 설정한 것이다. 성탄절날 밤 눈 내리는 배경은 낡고
희미한 가로등과 대조를 이룬다. 가로등 관찰자로 내세워 이야기를 조망하
는 것이다.

[예문]

요선천익이라는 옷이 해인사 비로지나 불상 안에서 나왔습니다. 이
옷은 고려 시대(1326년)에 지어진 사내아이 옷이라 알려졌습니다.

이 이야기는 그 옷이 들려주는 이야기입니다.

나는 송부개라는 아이의 옷이야. 부개 어머니의 손끝에서 태어난 나
는 그분을 어머니라 불러.

어머니가 모싯대 껍질로 만든 실로 길쌈을 하고 마름질하여 나를 꿰
매기까지 얼마나 고단한 품을 팔았는지 나는 알아. 한 땀 한 땀 바느질
에 들인 정성을 값으로 매긴다면, 아마도 나는 세상에 둘도 없는 귀한
옷이 될 테지.

밤마다 어머니는 나를 꿰매면서 입버릇처럼 말했단다.

"부처님을 모시게 되거든 불쌍한 우리 부개 앞길 좀 빌어다오."

'어머니도 참, 내게 무슨 힘이 있다고⋯⋯.'

나는 말을 안했지만 은근히 걱정이 되었어.

- 김향이, 「날개옷 이야기」 일부 -

작가는 시사성 있는 뉴스에도 밝은 눈과 귀를 가져야 한다. 신문이나 잡지, 텔레비전, 인터넷 같은 각종 정보 매체를 이용하여 작품의 소재를 얻을 수 있다. 이 작품은 해인사 불상 안에서 나온 '요선천익'이라는 고려 시대의 옷을 글감으로 썼다.

작가의 상상력은 고려의 아기 옷을 매체로 시공을 초월하여 고려 시대로 날아간다. 이 작품의 특징은 모시옷을 주인공으로 설정하여 이야기의 전달자로 내세우고 있다는 점이다. 이 동화는 소재가 이색적이고 이야기의 전개 방식도 독특할 뿐만 아니라 '날개옷'이라는 제목의 매력 때문에도 흡인력을 발휘하기에 충분하다.

[예문]

어느 날, 하느님께서 숲속 마을에 수레를 끌고 나타나셨어요.

숲속 동물들이 우르르 몰려 들었지요.

"하느님, 그게 뭐예요?"

"흙이란다. 너희가 이것으로 그릇을 좀 빚어 주겠느냐?"

"그릇이오?"

모두 영문을 몰라 고개를 갸웃거렸어요.

"세상에서 가장 아름다운 걸 담을 그릇이 필요하단다."

동물들은 서로 얼굴만 바라보았어요. 누구도 그릇 빚기에 자신이 없었어요.

하느님께서 다시 말씀하셨어요.

"그릇을 가장 잘 빚은 이에게는 좋은 상을 주마. 세상에서 제일 아름다운 것을."

"와아."

– 최은섭, 「하느님이 찾는 그릇」 일부 –

하느님이 수레를 끌고 마을에 나타난 삽화는 친근한 인상을 주어 흥미롭다. 하느님과 숲속 마을 동물들과의 대화가 자연스럽게 펼쳐지기 때문에 생동감이 넘친다. 그릇 빚기에 자신 없어 해 하는 동물들이나, 그릇을 가장 잘 빚은 이에게 세상에서 제일 아름다운 상을 준다고 한 하느님의 성격 묘사가 빈틈이 없어 보인다. 하느님이 찾는 그릇은 과연 무엇일까 하는 제목에서 오는 호기심도 흡인력을 제공해 주는 단초가 된다.

[예문]

하느님은 요즘 들어 부쩍 눈이 침침함을 느꼈습니다. 그래서 안경알의 도수를 높여 쓰기로 마음먹었지요.

눈이 더 나빠지기 전에 하루라도 빨리 새 안경으로 바꾸는 편이 좋겠다는 생각을 한 것입니다.

그런데 안경점을 하는 더벅머리 총각이 가게문을 잠그고 꽃놀이를 떠나는 바람에 꼬박 닷새나 기다려야 했지 뭐겠어요.

– 윤수천, 「병신 하느님」 일부 –

제목부터가 참 파격적이고 이채롭다. 전지전능의 대명사인 하느님을 병신이라고 했으니 독자들의 흥미를 유발하기에 충분하다. 하느님을 안경을 쓴 인물로 설정한 것이나 눈이 침침하여 안경알의 도수를 높이려는 생각을 하도록 한 것이 우리 이웃에 사는 여느 할아버지를 대하는 느낌이 드는 삽화이다. 하느님은 안경의 도수를 높여 쓰고 발밑의 세상을 살펴보고 돌쇠를 부른다. 심부름꾼인 돌쇠의 이름이 토속적인 것이 흥미롭다.

> "이리 좀 와 봐라. 저기 보이는 저 아이들은 어떤 아이들이냐? 아까부터 몸을 저렇게 비틀기만 하고 있단다. 게다가 저 얼굴 표정들을 좀 봐라. 무슨 표정들이 저러냐?"
> 하느님의 말에 돌쇠는 손으로 입을 가리고 킥킥 웃었습니다.
> "저 아이들은요, 병신들이에요."
> "뭐, 병신?"
> 하느님은 놀라 물었습니다.
> "네, 뇌성마비 장애자들이라고요, 뇌성마비 장애자 모르세요?"

하느님은 돌쇠와 함께 뇌성마비 장애아들이 모여 사는 천사네 집으로 간다. 그곳 아이들과 함께 동화되기 위하여 아이들과 같은 몸짓으로 춤을 추고 어울려 노래도 하고, 장난감 선물을 주기도 한다. 결국 이 동화는 장애아들과 친밀감 있게 어울리기 위하여 장애인 흉내를 낸 하느님이라고 해서 『병신 하느님』이라고 붙인 것이다. 그들 곁으로 가장 가까이 다가가 격의 없이 어울리기 위하여 장애인 흉내를 낸 것이다.

작가는 제목의 극적 효과를 거두기 위해서 이와 같은 제목을 붙인 것으로 생각된다. 동화의 기저는 사랑의 정신의 구현이다. 하지만 장애아들을 다룬 동화에서 지체장애인들이 가장 듣기 싫어하는 '병신'이라는 용어를 내세운 것은 고려해야 할 문제이다. 아무리 동기와 목적이 순수하더라도 그 글을 읽는 장애인 독자들에게 마음의 아픔을 준다면 순수한 목적과 동기가 훼손될 수 있을을 잊지 말아야 하겠다.

[예문]

　나는 나비입니다. 노란 나비요. 참, 날개 끄트머리에 갈색 반점이 촘
촘 앉아 있으니 몽땅 노랗지는 않고요. 나의 꿈은 하늘을 날아 보는 것
입니다. 하늘을 날 수 있다면, 날 수만 있다면 얼마나 좋을까요? 서랍
안에서 긴 잠을 자는 일이란 정말이지 싫증나는 일이거든요. 그래요. 나
는 그냥 나비가 아니라 우표 위에 그려진 나비입니다. 날개가 아프도록
날아 보고 싶은 우표 위 작은 나비.

　아주 가끔은 그런 상상도 해봅니다. 요정이나 천사, 마법사, 팅커벨,
아무튼 그런 종류의 것들이 내게 은가루를 뿌려 생명을 주는 거예요. 그
럼 나는 아주 깜짝 놀라는 척을 하면서 날갯짓을 시작하지요.

– 유영소, 「나비 드디어 하늘을 날다」 일부 –

　이 동화에 등장하는 나비는 우표에 도안되어 있는 나비라는 점이 인상적
이다. 나비를 소재로 창작을 하게 되면 1차적으로 살아 있는 나비를 생각
하게 된다. 하지만 이렇게 우표나 그림 속의 나비나 표본 상자 속의 나비로
발상을 전환하게 되면 참신한 소재를 얻을 수 있게 된다. 참신한 소재라야
상투성에서 벗어난 흥미 있는 이야기를 전개할 수 있는 것이다.

4) 사건을 중심으로 써라

　이야기는 사건의 흐름을 연결해 놓은 것이다. 사건이 없는 스토리는 존
재할 수 없다. 사건은 사건을 낳고, 그 사건은 또 다른 사건에 의해 해결을
보기도 한다.

　이야기를 사건 중심으로 펼치지 않고 설명 위주로 전개시키면 지루하게
느껴진다. 사건 중심으로 빠르게 진행될 때 이야기의 흥미가 살아나게 되
는 것이다.

[예문]

까마귀 아저씨는 백양나무 위에 집을 짓기 시작했습니다. 호숫가의 양지바른 곳이었습니다.

어느 날, 어머니 까마귀가 말했습니다.

"아가, 죽기 전에 경치 좋은 호숫가에 가서 한번 살아 보았으면 원이 없겠다."

날짐승 마을에서 효자로 소문난 까마귀 아저씨가 어머니의 부탁을 들어주지 않을 리가 없었습니다.

아저씨는 정성을 다해 집을 지었습니다. 그러고는 나이가 많은 어머니를 아주 조심스럽게 모셔 왔습니다. 새로 지은 집에 이사를 온 어머니는 크게 기뻐하였습니다.

"내 마음에 꼭 드는구나. 역시 우리 아들 집 짓는 솜씨는 훌륭해. 얘야, 그런데 내가 자꾸만 물고기가 먹고 싶으니 어떡하면 좋니? 너는 물고기를 잡을 수가 없지 않니?"

– 박상재, 「까마귀 아저씨」 일부분 –

이 동화 역시 까마귀를 주인공으로 등장시키고 있다. 어미가 늙어서 거동을 하지 못하게 되면 어미 새를 봉양할 만큼 효조로 알려진 까마귀를 의인화하여 쓴 동화이다. 까마귀가 호숫가의 백양나무 위에 집을 짓기 시작한 사건을 중심으로 이야기가 펼쳐지고 있다. 사건을 중심으로 이야기를 전개시키면 이야기의 템포가 빠르고 다음 사건에 대한 기대감으로 흡인력을 유발시키게 된다.

[예문]

둑길 옆 '보리밭공원'에 야생 너구리 한 마리가 나타났어요.

"이건 중대한 사건입니다."

새빛 동네 동장님은 회의를 열었어요.

"너구리가 나타나다니, 이건 우리 동네의 경사예요."

부녀회 회장님은 떡을 해서 잔치를 벌이자고 하고, 예비군 중대장님은 당장 신문사, 방송국에 전화를 하자고 했습니다.

"아니, 흥분하지 마시고…… 너구리가 오래오래 새빛 동네를 떠나지 않고 살 수 있는 방법을 이야기해 주세요."

회의는 두 시간이 넘도록 끝나지 않았어요. 어떤 좋은 방법이 나왔을까요?

'보리밭공원'이 '너구리공원'으로 이름이 바뀌자 마자 너구리들 사이에 소문이 쫙 퍼졌습니다.

– 임정진, 「구리구리 빙빙빙」 일부분 –

강둑길 옆 둔치를 지나다 보면 유채꽃 밭이나 보리밭, 밀밭을 만든 곳이 많아졌다. 이러한 산책 공원들은 공한지를 효율적으로 활용하고 시민들의 정서에도 도움을 주고 있다. 이곳 '보리밭공원'에 너구리가 나타난 사건이 이야기의 발단이 된다.

너구리를 소재로 한 동화인만큼 제목도 『구리구리 빙빙빙』이라고 흥미롭게 붙여 리듬감과 호기심을 이끌어 냈다. 도시의 공원에 야생 너구리가 나타난 일은 '중대한 사건'임에 틀림없다. 새빛 동네 사람들은 이 문제로 회의를 열고, 결국 공원 이름도 '보리밭공원'에서 '너구리공원'으로 바뀌게 된다.

[예문]

"할머니, 이 샘이 잊어버린 사람의 모습을 되살려 주는 물거울이어요?"

할머니는 아이의 얼굴을 뜯어보며 조용히 고개를 끄덕였습니다.

"아, 그럼 할머니. 엄마의 모습을 되살려 주세요, 네? 제 머릿속예요."

아이의 눈망울은 눈벌 위에 살아나는 햇살처럼 밝아졌습니다.

"왜, 엄마가 없니?"

"네, 다섯 살 때 저세상으로 가 버리셨어요." - 중략 -

"그렇게 보고 싶니 엄마가?"

"네. 하늘만큼요. 철없을 땐 몰랐는데 여덟 살, 아홉 살이 되니까 못 견디게 보고 싶어져요."

"생각나게 해 주지."

할머니는 달걀 같은 아이의 얼굴을 쳐다보며 자신에 찬 목소리로 나직히 말했습니다. - 중략 -

할머니는 박달나무 막대기로 물거울을 휘젓기 시작했습니다.

- 권용철, 「물거울」 일부분 -

고요한 샘물은 거울의 속성이 있기 때문에 피사체의 모습을 반사시켜 볼 수 있다. 죽은 어머니를 그리워하는 아이는 어머니의 사진을 한 장도 갖고 있지 않다. 아버지의 설명에 의하여 모습을 그려 보려 하지만 무리일 수밖에 없다. 그 때문에 어머니에 대한 그리움은 더욱 사무친 것이다. 샘물을 막연히 바라보고 있으면 어머니의 얼굴이 떠오르는 것으로 설정했다면 판타지는 역동성을 잃고 만다. 박달나무 막대기로 샘물을 휘젓기 시작하는 할머니의 행동은 독자들을 판타지 세계로 끌고 가는 주술적 체면 효과인 것이다. 이처럼 판타지는 작가의 치밀하게 의도된 기법에 의하여 구사될 때 효용성을 발휘할 수 있는 것이다.

[예문]

순이 귀에는 어디선가 '쿨쿨' 하고 코고는 소리가 들리기 때문이다. 그 소리는 바로 앞에서 들리는 것 같기도 하고, 멀리서 꽃향기처럼 풍겨 오는 것도 같았다.

"쿨쿨- 쿨쿨-."

순이는 두 손을 귀에 대고 들어 보았다. 그 소리는 꽃시계 옆에 피어 있는 흰 찔레꽃 덤불 속에서 들려오는 것 같았다.

순이는 팔랑팔랑 뛰어갔다. 찔레꽃 향기가 이마에 서늘했다. 순이가 가만히 살펴보니 찔레꽃 덤불 속에 조그만 바위 굴이 있고, 쿨쿨 소리는 바로 거기서 흘러 나오고 있었다.

"굉장히 고단한 사람인가 봐. 내가 가서 깨워 주어야지."

순이는 살금살금 굴 속으로 들어갔다. 굴 속은 컴컴했다. 바위로 된 천장에서 물이 뚝뚝 떨어져 몸이 으스스 추웠다.

"감기 들면 어쩌려고 이런 데서 잘까?"

순이는 쿨쿨 소리를 따라 한 발 한 발 들어갔다. 얼마를 들어갔을까? '접근 엄금'이라는 붉은 글씨가 씌어 있는 하얀 문이 보였다. 쿨쿨 소리는 그 속에서 흘러나오고 있었다.

– 남미영, 「거인과 꽃시계」 일부 –

코고는 소리에 끌려 순이가 동굴 속으로 들어가는 장면이다. 이러한 삽화는 독자들의 궁금증을 유발하기에 충분하다. 그런데 컴컴한 굴 속에서 들리는 코고는 소리를 듣고 그 사람을 깨우러 아무런 두려움 없이 혼자 들어가는 순이의 행동은 부자연스럽게 느껴진다. 등장인물의 행동은 보편타당하게 묘사될 때 독자들과 밀착될 수 있고, 친화력을 얻을 수 있는 것이다. 물론 인물은 평범한 것보다는 독특하고 개성 있게 그려질 때 캐릭터로서의 가치가 있는 것이다. 그렇다고 어떠한 특수 상황에서 누구나 느낄 수 있는 특별한 감정을 너무 안일하게 처리하게 되면 설득력을 잃게 됨을 유념해야 한다.

5) 사랑의 정신을 추구하라

동화문학의 기저에는 사랑의 정신이 자리잡고 있다. 억눌리고 소외되고, 불편하고, 부당하게 대접받는 이웃이 있다면 그들을 외면해서는 안 된다. 그들의 아픈 곳을 감싸 주고, 가려운 것을 긁어 줄줄 아는 배려가 필요하다.

동화가 사랑을 근간으로 하고 있다고 해서 그 주제가 노출되는 것은 문학성을 폄하하는 일이다. 주제가 겉으로 노출되어 교훈적으로 흐르지 않도록 유념해야 한다.

[예문]

선생님은 요즘 며칠 내내 마음이 좋지 않았습니다. 누구보다도 착하고 예쁜 송희를 이웃 학교로 떠나 보내야 했기 때문입니다.

"샌니임, 난 가기 싫다."

"그래, 알아……."

선생님은 아무 말도 할 수가 없었습니다. 송희네 학교 아이들이 바보라고 놀려 대도 늘 웃는 송희였습니다.

선생님이 아침에 바쁘게 교문을 들어서면, 송희는 하루도 빠짐없이 교문 안쪽에서 기다리고 있다 뛰어나옵니다.

"샌님, 잘 잤어? 밥 마이 먹었어?"

"그러엄, 송희 보고 싶어 빨리 왔지."

"흐응. 조아, 조아."

선생님은 3월에 새학년을 맡고는 다른 아이들보다 말썽도 많이 피우고, 4학년인데도 한 자리 덧셈도 할 줄 모르는 송희 때문에 속이 무척 상했습니다. 그렇지만 늘 웃고 마음씨 착한 송희를 누구보다도 사랑하게 되었습니다.

다른 친구들이 공부할 때에도 송희는 자기가 하고 싶은 대로 합니다.

– 김은희, 「난 바보 아냐」 일부 –

기초 학력도 많이 모자라고 말썽은 많이 부리지만 웃는 얼굴에 마음씨 착한 아이, 송이는 그늘지고 소외당하는 아이일 수밖에 없다. 이런 아이를 아이들은 바보라고 놀리지만 선생님은 사랑하게 된다. 이런 송희가 전학을 간다니 선생님의 마음이 좋을 리가 없다.

그런데 이 작품에서는 송이가 예쁘고 마음씨 착한 아이라는 것을 설명으로 표현하였다. 주인공이 교문 안쪽에서 선생님을 기다리는 삽화는 선생님을 좋아하는 것을 그렸을 뿐이다. 등장인물이 어째서 예쁘고 마음씨 착한가를 말과 행동을 통해 그려 내야 하는 것이다.

[예문]

스님들은 세한이를 멍충이라고 불렀습니다. 고아원에서 온 아이들도 세한이를 바보라고 불렀습니다. 멍충이 세한이. 그는 어디서나 업신여김을 당하는 애였습니다. 고아원을 떠날 때 원장님은 말했습니다.

"세한아, 절에 가서도 바보짓 하면 다시 고아원으로 쫓겨 온다. 그러면 넌 정말 쓸모없는 인간으로 낙인 찍히게 되니 명심해."

세한이는 고아원에서 좀 착실하다는 아이들 다섯과 함께 절로 왔습니다. 부모 형제도 없는 불쌍한 그들을 좋은 사람으로 만들어 보겠다는 큰스님의 뜻이었습니다. 아이들은 낮에는 절 아래에 있는 학교에 다니고, 저녁에는 작은 스님에게 부처님 말씀을 배웠습니다. 작은 스님은 매우 깐깐한 성품이어서 그날 배운 것은 반드시 시험을 보아 성적이 나쁜 아이는 사정없이 벌을 주었는데, 벌은 맡아 놓고 세한이 차지였습니다.

– 김재창, 「세한이」 일부 –

고아원에서 생활하던 세한이는 공부도 못하고 바보짓을 하는 아이이다.

절에서 학교도 다니고 불경도 배우며 생활하는 세한이는 늘 성적이 안 좋아 벌을 받는 처지이다. 그 때문에 세한이는 또래들에게도 바보 멍충이로 통하고 있다.

아무리 부족한 아이라 하지만 스님들에 의해 멍충이로 불린다든지, 고아원 원장이 세한이에게 한 '바보짓 하면 쓸모없는 인간으로 낙인 찍히게 된다'는 말은 생경한 분위기를 자아내게 하여 아동문학의 지향점과는 거리를 두게 된다. 아동문학에서 문장 하나하나에까지 세심한 주의를 기울여야 하는 까닭이 여기에 있다.

[예문]
기다리던 주일 아침입니다.
은주는 콧노래를 부르며 세수를 하고 머리 단장을 했습니다.
"너 새 옷 입고 자랑하고 싶어서 그렇게 서두르니?"
아침밥도 몇 숟갈 뜨는 둥 마는 둥 하고 옷을 꺼내는 은주를 보고 있던 어머니께서 놀리듯 말씀하셨습니다.
"어머니도 참, 그럼 제가 입던 옷을 그대로 입고 교회에 갔으면 좋겠어요. 교회 선생님께서도 교회에 올 때는 자기 옷 중에서 가장 좋은 옷을 입고 오라고 하셨단 말이에요."
"그래. 알았다, 알았어."
어머니는 은주의 수다에 손을 흔들며 웃고 맙니다.
은주는 거울 앞에서 새 옷을 입고 옷에 어울리는 모자도 썼습니다.
"어때요."
은주는 제자리에서 뱅그르르 돌았습니다.
"야, 옷이 날개라더니 우리 은주 공주님 같은데."
아버지께서 눈을 뜨고 놀라는 시늉을 했습니다.
"교회에 다녀오겠습니다."

– 박성배, 「사랑의 빵」 일부 –

은주는 새 옷을 입고 교회에서 나누어 준 '사랑의 빵' 저금통에 정성껏 모은 용돈을 가지고 주일학교에 간다. 은주는 교회에서 준미를 만나자 왜 자기를 생일잔치에 초대하지 않았냐며 따진다. 그런데 준미가 가지고 온 '사랑의 빵 저금통'에는 동전 대신 만 원짜리가 십만 원도 넘게 들어 있었다. 준미는 신문에서 본 소말리아의 굶주린 아이들을 돕기 위해 자신의 생일잔치를 하지 않고 성금으로 가져온 것이다.

"그래, 네 생일에 꼭 필요한 친구들을 초대했구나."
선생님은 신문을 접으며 손수건을 꺼내 눈물을 훔쳤습니다.
– 중략 –
"은주 참 예쁜 옷 입었구나."
사찰 집사님이 은주를 보고 말씀하셨습니다. 그러나 은주는 못 들은 척 걸었습니다.
'할 수만 있다면 옷을 벗어서 사랑의 빵 저금통에 넣고 싶어.'
은주는 아까부터 이런 생각을 하고 있었습니다.

준미가 가져온 신문에 난 소말리아 어린이들의 뼈만 남은 사진을 보고 선생님이 우는 장면과 함께 준미를 오해했던 은주의 마음을 그린 이 동화의 에필로그이다. 그런데 이러한 삽화는 주제를 노출시켜 문학성을 훼손시키는 요인이 될 수도 있다. 그럼에도 불구하고 이 동화는 빈틈없는 구성에 힘입어 문학성의 폄하를 찾아보기 힘들다. 이것은 동화에서 짜임새 있는 구성의 역할이 중차대함을 반증하는 예이다.

6) 새로운 캐릭터를 창조하라

구태의연이란 말이 있다. 예나 지금이나 조금도 변함없이 여전한 것을 이름이다. 시장 경제의 원리에서도 도태되지 않기 위해서는 답보 상태에 머무르지 않고 신제품 개발에 끊임없이 노력해야 한다.

창작에서도 새로운 캐릭터를 개발하는 일은 참으로 중요하다. 도깨비의 모습은 으레 이마에 뿔이 나고 얼굴에는 털이 나고 험상궂게 생긴 것으로 묘사한다. 이러한 천편일률적인 캐릭터는 식상할 수밖에 없다.

[예문]

어느 마을에 나이 많은 할아버지 한 분이 살았습니다. 어떤 사람은 그 할아버지가 백 살쯤 되었을 거라고 했고, 또 어떤 사람은 마을 어귀에 서 있는 느티나무보다 더 오래 살았을지 모른다고 했습니다.

"우리 할아버지의 할아버지 때부터 주욱 이 마을에서 살고 있었대! 어쩜 도깨비인지도 몰라. 사람이라면 그렇게 오래 살 수가 없잖아!"

아이들은 할아버지를 보기만 하면 수근수근거렸습니다. 그 할아버지가 진짜 도깨비였다는 걸 아는 사람이 아무도 없는데 말이에요. 그럴 때마다 나이 많은 할아버지는 한숨을 푹 내쉬었습니다.

— 이규희, 「나이 많은 할아버지 이야기」 일부 —

이 작품은 도깨비인 나이 많은 할아버지를 주인공으로 설정하였다. 도깨비의 형상은 대개 험상궂고 뿔이 나 있는 것으로 묘사되는 것이 보통이지만 이 동화 속에 등장하는 도깨비는 단지 나이가 백 살쯤 되는 할아버지일 뿐이다.

이렇게 캐릭터를 설정할 때에는 일상과 보편에서 일탈하는 것도 필요하다. 그렇게 함으로써 뜻밖의 새롭고 흥미 있는 이야기를 펼쳐 나갈 수 있는 것이다.

7) 소재의 폭을 넓혀라

소재 때문에 고민하는 작가들을 많이 볼 수 있다. 의인화 동화를 쓰자니 비슷한 내용 같고 도깨비 이야기를 쓰자니 소재가 진부한 것 같다. 소재의 영역을 확장하여 컴퓨터를 매체로 하거나 공상과학의 세계를 다뤄 볼 수도 있다.

공상과학동화는 상상력의 보고이다. 한국의 SF(science fiction)동화는 한낙원이 개척하였고, 김문홍도 많은 작품을 창작하였다. 한낙원은 『폐기별의 타임머신』, 『돌아온 지구 소년』, 『마라 3호』 등의 SF동화를 썼다. 김문홍도 계몽아동문학상 당선작인 장편 『머나먼 나라』를 비롯하여 중편인 『백 년 동안의 잠』과 단편인 『미래의 아이들』, 『시인의 마을』, 『독재자의 실수』 등의 SF동화를 썼다.

SF동화는 미래와 우주 세계를 지향하기 때문에 얼마든지 많은 소재로 다룰 수 있는 판타지 문학의 보고이다.

[예문]

정한별은 한국 우주소년단원이다. 나이는 열세 살. 한별이에게는 누나가 있는데 누나 새벽이 역시 같은 소년단원이다.

두 남매의 아버지는 저명한 우주천문학자 정승일 박사이다. 정승일 박사는 지금 지구 궤도를 돌고 있는 우주 망원경을 직접 설계하고 제작을 감독하신 분이다. 그러니 그분의 아들, 딸에게 우주 훈련을 시키는 것은 너무나 당연했다.

한별이는 얼굴이 둥글고 몸은 토실토실하다. 어머니를 닮았나 보다. 그러나 누나 새벽이는 얼굴이 갸름하고 날씬하다.

두 남매는 늘 바늘에 실 따르듯 함께 어울려 다녔다. 한 가지 색다른 점이 있다면 동생이 누나를 쫓아다니는 것이 아니라 누나가 동생을 쫓아다닌다는 점이다. 우주 훈련에서는 한별이가 앞선 때문인가 보다.

- 중략 -

방을 나갔던 비디오 로봇 챔버가 돌아왔다.

"야, 너 왜 또 나타났니?"

한별이가 투덜거렸다.

– 한낙원, 「폐기별의 타임머신」 일부 –

이 작품에서는 외계 로봇 폐기와 지구의 우주소년단 새벽이와 한별이 남매의 시공 여행이 펼쳐진다.

이 작품은 과학 지식과 공상성을 배합하여 환경문제를 다루고 있다. 남극의 오존층 파괴가 앞으로 몰고 올 대재난에 관한 이야기로부터 넓은 우주 공간에 인간들이 버린 우주 쓰레기 문제 등 온 인류가 안고 있는 공통의 문제를 다루고 있다.

[예문]

민구가 정신이 들었을 때는 원판형으로 생긴 어떤 비행체 속이었다. 옆에 진나가 겁먹은 얼굴로 흐느껴 울고 있었고, 머리가 인간보다 두 배쯤 되는 두 명의 우주인이 민구를 물끄러미 내려다보고 있었다. 두 눈은 다이아몬드를 막은 듯 빛나고, 머리털이 없는 대머리 모습이었다. 팔은 무릎까지 내려올 정도로 길었으나 다리가 짧아 키는 그다지 크지 않았다. 푸른색의 우주인들은 보기만 해도 무섬증이 들었다. 순간 민구의 팔목시계에서 신호음이 울렸다.

– 중략 –

민구는 재빨리 번역 스위치를 눌렀다.

"우린 사리폰에서 온 우주인이다. 안심해라, 해치지는 않을 테니까!"

– 중략 –

말은 통하지 않았으나 서로 간의 텔레파시는 번역기에 우주 공용어로 나타났다. 조금도 불편없이 대화가 통했다.

"사리폰이 어디예요?"

진나는 몸을 부르르 떨면서 간신히 말했다.

– 정목일, 「초록별 사리폰」 일부 –

  민구와 진나는 우주 선진국인 사리폰인들로부터 납치를 당한다. 사리폰
에 도착한 민구와 진나는 우주인들의 안내를 받으며 그들의 나라를 구경하
게 된다. 거리는 둥근 원형의 건물들로 들어차 있었고, 푸른 색깔의 우주인
들이 분주하게 움직이고 있다. 땅은 광활한 황무지인데, 공기가 없어 꽃이
나 나무가 자랄 수가 없었다. 길가에 심어 놓은 꽃과 나무들은 모조품들인
것이다.

  [예문]
  인호가 로봇의 머리를 쓰다듬어 주며 소리쳤습니다.
  "얘들아, 정말 수고가 많다. 며칠 후 우리 함께 집 뒤 언덕의 풀밭에
서 재미있는 놀이를 하며 하루를 보내자꾸나. 어때, 괜찮지?"
  작업을 하고 있던 로봇들이 팔을 들어올리며 고개를 끄덕여 주었습
니다. 인호도 손을 들어 보이며 씽긋 웃어 주었습니다.
  '그런데 웬일이지? 로봇 삐삐가 보이지 않으니 말이야. 어디, 창고에
들어간 건 아닐까?'
  로봇 삐삐는 이 공장의 작업 감독이었습니다. 다른 로봇들도 다 그러
했지만, 인호가 특히 좋아하는 게 로봇 삐삐였습니다.

– 김문홍, 「머나먼 나라」 일부 –

  인조인간인 로봇이 작업을 하고, 사람과 함께 놀이도 하며, 대화도 나누
는 장면이다. 인호는 기계인간인 삐삐와 친구처럼 지낸다. 그들 앞에 황금
빛 새가 나타난다. 황금빛 새는 우주의 제노아 별에서 온 주노 왕자인 것이
다. 주노 왕자는 지구에 놀러 왔다가 지구인들에게 붙잡혀 동물원에 갇히

게 되는데 인호와 삐삐가 몰래 탈출시켜 주게 된다. 그런 인연으로 인호는 삐삐와 함께 우주 여행길에 오르게 된다.

[예문]
"비밀 번호…? 까짓것 문제 없지."

달기는 비밀번호 해체 프로그램을 가동시켰습니다. 두어 번 반복하자 금새 비밀번호가 나왔습니다.

"0808이라, 그럼 이제 슬슬 들어가 볼까."

달기가 막 으뜸은행 잔고란으로 들어가기 위해 엔터 키를 누르려는 순간이었습니다.

"도대체, 관리를 어떻게 한 거야?"

어디선가 성난 목소리가 들려왔습니다. 달기는 재빨리 뒤를 돌아보았습니다.

아무도 없었습니다. 낮에 은수한테서 복사해 온 최신 게임 디스켓이 침대 위에 이리저리 널려 있을 뿐이었습니다.

"내가 잘못 들었나?"

달기는 다시 비밀번호를 입력하고 엔터 키를 눌렀습니다. 그때였습니다.

"은근슬쩍 자기네 것으로 만들 심산이지?"

탁자를 치는 듯한 소리와 함께 성난 목소리가 들려왔습니다. 아까보다 더 큰 소리였습니다. 달기는 무섬증이 일며 머리카락이 쭈뼛쭈뼛 섰습니다.

자리에서 일어나려고 안간힘을 썼지만 몸이 말을 듣지 않았습니다.

"으으…… 큰일이야. 몸이 꼼짝을 안 해."

달기는 다시 몸을 일으키기 위해 온몸에 힘을 잔뜩 주었습니다.

– 이경순, 「찾아라, 고구려 고분벽화」 일부 –

인용문은 인터넷 시대를 살아가는 아동들의 기호에 걸맞는 개성 있는 작품으로 1997년 삼성문학상 장편동화 부문 당선작의 허두(『사라진 고구려 고분벽화』)이다. 달기와 그의 친구들이 컴퓨터 속의 '아! 고구려'방이라는 비밀의 문을 통해 고분벽화 속으로 들어가, 고구려 역사를 직접 체험하고, 우리 문화와 민족의 소중함을 깨닫는다는 줄거리를 가진 장편동화이다.

이 작품은 컴퓨터를 매체로 현실에 바탕을 두면서도 시공을 초월한 환상의 세계에까지 이야기의 지경을 확대시키고 있다. 즉, 현실과 컴퓨터의 가상 공간이라는 환상의 세계를 넘나들며 네 명의 친구들이 벌이는 모험의 세계가 역동적으로 펼쳐진다.

8) 타임머신 여행을 하라

역사소설은 역사라는 사실성과 허구라는 문학성이 결합되어 탄탄한 서사력을 갖는다. 사실을 바탕으로 허구화되었기 때문에 더 많은 흥미를 끌 수 있다. TV를 통해 방영되는 사극이 인기를 끄는 이유가 여기에 있다. 월탄의 역사소설은 물론 박경리의 대하소설 『토지』나 조정래의 『아리랑』, 『태백산맥』, 김주영의 『객주』 최인호의 『상도』 등도 일정한 시대를 역사적 배경으로 하고 있다. 아동 소설에도 역사소설이 많이 등장해야 한다.

독자들은 역사소설을 통하여 우리의 선조들이 굳세게 지켜온 산하를 되돌아보고 우리 것을 지키기 위한 각오도 새롭게 할 수 있을 것이다. 아동을 위한 역사소설의 당위성이 여기에 있다.

[예문]

묵은 해는 갔다. 갑오년(1894년)이 열렸다. 하지만 변한 것은 아무것도 없었다. 긴 겨우내 백성은 때이른 봄을 꿈꾸며 기다렸지만, 밖은 여전히 칼바람 부는 추위뿐이었다.

겨울 해는 짧다. 구름 가득한 하늘에는 불그레한 저녁 노을이 번져 갔고, 정월 바람은 매운 기운을 누그러뜨리지 않았다.

　짚낱가리가 어지럽게 쌓여 있는 텅 빈 타작 마당에서 열 살 안팎의 사내아이들이 허연 입김을 훅훅 뿜어 대며 놀고 있었다. 바짓가랑이가 흙으로 뒤범벅된 아이, 짚북데기 위에 엎어졌다 일어났는지 온통 검불을 뒤집어 쓴 아이, 그 중에는 한쪽 짚신이 다 헤져서 발 동작이 자유롭지 못한 아이도 있었다.

　아이들은 굴뚝에서 하나둘씩 연기가 피어 오르는 것을 흘낏흘낏 곁눈질하면서도, 아무도 먼저 나서서 놀이를 끝내고 집으로 돌아가려 하지는 않았다.

　- 중략 -

　한참 신명이 오른 '비석 까기'는 요즘 들어 고부 근처에 사는 아이들이 부쩍 즐겨 하는 놀이였다.

　"야아, 이번에는 막까기라니까!"

　은강이는 그어 놓은 금에서 슬쩍 한 걸음 나가서 시작하려는 솔부엉이의 어깻죽지를 확 잡아당겼다. 솔부엉이보다 머리 하나는 작았지만 잡아채는 손길이 암팡졌다.

　　　　　　　　　　- 이윤희, 「네가 하늘이다」 중 「비석 까기」 일부 -

　이 작품은 동학농민전쟁을 배경으로 한 역사소설이다. 제목부터가 '사람이 곧 하늘'임을 내세운 동학의 인내천 사상을 바탕으로 하고 있는 것을 알고 있다. 이 소설은 11세 소년 정은강을 주인공으로 내세워 그 아이의 눈으로 세상을 보며 농민군의 격전지를 조명하고 있다. 또한 그 당시 농민들의 곤궁하고 비참한 생활상과 부패 관리의 횡포, 그에 따른 민초들의 항거를 실감나게 그리고 있다.

　작가는 이 작품을 쓰기 위하여 당 시대의 역사를 고증하고 문헌을 연구하는 등 철저한 공부를 한 것으로 안다. 역사소설은 생생한 역사적 사실을 바탕으로 해야 리얼리티를 확보할 수 있다.

[예문]

"마적단 짓이여, 마적단."

"빌어먹을 땟놈들, 소출이 적다고 이렇게 불을 질러 놔."

천벌을 받을 놈이라고 마적단을 욕하는 마을 사람들이었다. 당장이라도 보복을 할 듯 언성을 높였지만, 한 차례 원망을 쓸어내자 사람들의 가슴은 더욱 스산해졌다.

"이게 다 남의 나라, 남의 땅을 부쳐 먹고 사는 설움이지."

"제 땅 부쳐 먹고 산다면야 이런 천대가 있을라구. 쯧쯧."

곰삭을 대로 곰삭은 설움을 내 보내는 사이, 어느새 지평선 너머로 새벽이 찾아왔다.

이곳은 서간도. 만주 땅이다. 언제부터인가 조선 사람들이 그믐달을 기다려 하나둘 압록강을 건너왔다. 떠돌이, 화전민, 구식 군인, 농민들이 남루한 이불 보따리와 가마솥을 이고 지고 국경을 넘었다. 그믐달이 국경수비대를 몰래 따돌리고 있는 동안, 압록강은 그들을 가만히 보내 주었다. 저 넓디넓은 만주땅으로 말이다.

부들이의 부모님도 젊어서 두만강을 건넜다. 평생 흙 파는 재주밖에 없었던 부모님은 만주 땅에서 추수와 함께 첫아들을 얻었다.

"여보. 아기 이름을 뭘로 할까요? 귀한 이름을 주면 빨리 죽는다잖아요."

– 안주영, 『고려 소년 부들이』 중 「조선으로 가는 길」 일부 –

1999년도 삼성문학상 장편동화 부문에 당선된 아동소설의 허두이다. 이 소설은 1894년 동학혁명을 역사적 배경으로 하고 있다.

주인공 부들이는 간도 지방으로 이주한 농민의 아들이다. 전염병으로 부모를 잃고 남의 집 머슴살이를 하다가 부모의 나라가 그리워 압록강 건너에 있는 무역 시장인 고려문으로 도망을 친다. 거기에서 인삼 장수 곰보 영감을 만나 함께 평양으로 돌아와 그 집 일을 도와주며 청일전쟁의 험한 고비를 넘기는 이야기이다.

9) 현실 감각을 살려라

문학은 현실 반영의 산물이다. 동화가 아무리 비현실적인 환상의 세계를 다룬다 할지라도 그 근본은 현실에 뿌리를 두지 않으면 안 된다. 은유와 상징, 풍자 기법을 도입할 때 작가는 현실 인식을 바탕으로 한다.

작가는 소외되고 그늘진 이웃의 신음소리에 귀기울이고, 그들이 아파하는 환부를 찾아내어 도려내 줄 수 있는 외과의사도 되어야 한다.

사회문제로 떠오르는 환경, 이농, 노인, 결손가정, 소외 계층 문제를 외면하지 말고 동화와 소설의 소재로 끌어들여 담론화해야 한다.

[예문]

숲과 온갖 꽃들로 뒤덮인 은초롱골!

마을 어귀 언덕에는 빈 집 하나가 쓸쓸하게 있습니다.

3년 전 서울로 이사 가 버린 바로 수나네 집입니다.

그동안 돌보아 주는 이가 없어 낡을 대로 낡아 빠졌습니다. 벽도 허물어지고 녹이 슬어 버린 양철 지붕이 썩고 있습니다. 그뿐이 아닙니다. 집 안팎이 온통 무성한 잡초에 싸여 흉칙스럽기까지 합니다.

보기만 해도 으스스하고 무슨 유령이라도 금방 튀어 나올 것 같기만 합니다.

수나의 단짝이었던 수동이는 그런 모습을 보며 얼마나 마음 아파하는지 모릅니다. 마음 아파하는 사람은 수동이 말고 또 한 명 있습니다. 바로 수동이 할아버지입니다.

수동이 눈동자 속에는 그리움이 가득 차 있습니다. 그리고 할아버지에게는 가끔 마음속 깊은 곳에서 나오는 한숨이 있습니다.

모두 떠나가 버린 수나네 생각과 폐허가 되어 가는 집 때문입니다.

– 이영두, 「빈 집」 일부 –

은초롱골 수나네가 살던 빈 집을 배경으로 이야기가 펼쳐지고 있다. 산업사회의 도래와 물질문명의 발달로 인한 농어촌 기피 현상은 마침내 이농현상을 초래하였고, 농어촌을 공동화(空洞化)시키고 황폐화시키기에 이르렀다. 은초롱골을 떠나 도시로 간 수나네 집, 그 때문에 폐허가 되어 쓰러져 가는 수나네 집은 우리나라 농어촌 어디에서나 볼 수 있는 이농의 현주소이다. 이 작품은 이농현상에 따라 오늘날의 농촌에서 쉽게 볼 수 있는 빈 집을 실감나게 묘사하고 있다.

10) 어린이의 눈높이로 접근하라

어린이의 심리를 바르게 파악하지 못하고 제대로 반영하지 못하면 좋은 글을 쓸 수 없다. 특히 생활동화를 쓸 때에는 어린이의 눈높이로 사물을 보는 눈이 중요하다. 등장인물의 행동이나 대화의 내용을 묘사하고 서술할 때 어린이의 눈높이를 십분 이해하고 접근하는 것이 중요하다. 작품의 배경이 되는 당 시대 어린이들의 기호나 관심도, 유행, 흥미도 등을 바르게 파악하여 작품에 반영해야 현장감을 살릴 수 있을 뿐 아니라 독자와 작품 간의 친밀도를 높일 수 있다.

[예문]
"흠, 요술 의자네."
민우는 그네에 '요술 의자'라는 이름을 붙였다. 그리고 다른 놀이 기구에도 하나씩 새로운 이름을 붙였다.

미끄럼대는 '낙하산', 그물은 '늪의 왕거미줄', 흔들다리는 '마법의 다리'라고 이름지었다. 쇠로 된 길고 둥근 봉들을 끼워 만든 미끄럼대는 특히 재미있었다. 타고 내려올 때 그것들은 엉덩이 밑에서 굉장한 소리를 냈다.

봉들이 돌아갈 때 엉덩이에 우둘두둘하게 닿는 느낌도 재미있었지만 그 쇳소리는 훨씬 상쾌한 기분을 만들어 주었다. 마음을 한결 가볍게 해 준 그것에게는 '뼈다귀 미끄럼대'라는 이름을 붙였다.

"그리고 너는…,"

민우는 나무를 쳐다보았다. 방에서 볼 때보다 훨씬 더 거대하게 보였다. 들릴 듯 말 듯 이상한 소리를 내는 것 같은 나무, 잎사귀 하나도 가지지 못한 썰렁한 나무, 비틀려 올라간 나뭇가지가 수백 개는 됨직하고 덩치는 커도 군데군데 검은 구멍이 보이는 죽은 나무.

"너는 마녀의 나무야."

민우는 어쩐지 무서움을 주는 나무를 향해 가슴을 내밀며 말했다.

                                         - 황선미, 「앵초의 노란 집」 일부 -

황선미는 어린이의 심리를 파악할 줄 아는 작가이다. 주인공은 그네의 움직이는 특성을 살려 요술의자라고 명명했다. 미끄럼대, 그물, 흔들다리, 쇠봉들을 끼워 만든 미끄럼대에도 재미있는 별명을 붙여 준다. 이와 같은 삽화는 아이들의 심리를 파악할 줄 아는 작가의 용의주도함이다. 아이들은 별명 붙이기를 좋아한다. 재미있는 별명을 붙이고는 즐거워하고 만족해 한다. 별명을 붙일 때에는 아이들의 눈높이에서 아이들의 시각으로 붙일 때 효과적이다.

11) 풍자와 상징을 활용하라

풍자란 현실의 부정적 현상이나 모순 등을 빗대어 비웃으면서 폭로하는 것을 말한다. 작가는 풍자 기법을 통해 독자들에게 인물의 부도덕이나 허영심, 위선 등을 고발하며 그 인물에 대해 비난하기를 요구한다.

상징은 은유와 함께 시의 비유에 많이 쓰인다. 상징이란 두말 할 것도 없이 추상적인 사물을 구체적으로 나타내는 것이다. 남북이 갈라져 있는 분단 현실을 직접 드러내지 않고 빨강 나라와 파랑 나라로 표현하는 것은 상징이라고 할 수 있다.

[예문]

그런데 원님은 회오리바람 때문에 모자를 쓰고 다닐 수가 없었습니다. 문밖에만 나가면 모자는 공중으로 날아가 버렸습니다. 질긴 끈으로 달아 매어도 모자는 망가져 날아가 버렸습니다. 모자를 쓰지 않고서는 원님으로 봐 주는 사람은 아무도 없었습니다. - 중략 -

원님은 당장 쇠모자를 만들었습니다. 회오리바람에 날리지 않으려니까 그 무게가 아무래도 스무 근은 되어야 했습니다. 원님은 그 무거운 모자를 쓰고 다녀야 했습니다. 하루가 지나자 원님은 목이 퉁퉁 붓고 허리가 구부러지고 눈알이 툭 튀어나올 것 같았습니다. 잠잘 때만 빼놓고 그 무거운 쇠모자를 쓰고 있어야 하니 죽을 지경이었습니다. 그러나 그런 고통을 누구에게도 말할 수가 없었습니다.

- 장문식, 「회오리바람」 일부 -

이야기 글에서 풍자가 지나치게 도덕적이거나 윤리적일 때 문학적 흥미와 응집력이 떨어지게 된다. 지나치게 풍자가 드러날 때 교훈성에 떠밀려 윤리나 도덕에 종속되게 되면 문학성이 손괴됨을 명심해야 한다.

이러한 예는 당 시대의 정치 현실을 극명하게 풍자한 마해송의 『물고기

나라」에서도 찾아볼 수 있다. 아이러니(irony) 역시 풍자와 비슷한 개념인데, 작가는 예술혼으로 승화된 한 차원 높은 비판 정신으로 풍자 기법을 구사해야 한다.

[예문]

"우리쪽부터 다리를 놓습니다. 그러면 대보름 나라에서도 틀림없이 다리를 놓을 것이오." - 중략 -

"백성이 하나가 되면 나라가 하나가 되야지요."

"그렇담 우리 두 사람이 문제이겠습니다."

"문제요?"

대보름 임금님이 넌지시 되물었습니다.

"네, 한 나라에 임금이 둘 있다면 좀 우습지 않을까요?"

한낮에는 벽오동 임금님이 꽃관을 쓰고 - 중략 - 한밤에는 대보름 임금님이 나라를 다스리자는 것이었습니다. 그렇게 되면 백성들은 하나의 왕관을 쓴 한 임금님을 갖는 셈이지요. 두 임금님은 이제 손만 맞잡지 않고 뜨거운 가슴을 맞대며 서로의 볼을 비볐습니다. 그러고 나서 왕관을 벗어 하나 둘 셋! 하고 강물에 던졌습니다.

– 김은숙, 「빨간 왕관의 나라 하얀 왕관의 나라」 일부 –

한 백성에 임금이 둘인 나라는 분단의 나라인 한국을 상징하고 있다. 문학에서는 이처럼 드러내기보다는 감추기를 통해 상징의 효과를 만끽할 수 있다. 특정 나라를 지칭하지 않고 빨간 왕관의 나라와 하얀 왕관의 나라라고 지칭하며 상징적으로 표현하고 있는 것이다. 남한과 북한이라고 직접 표현한다면 문학적 상상력은 파괴되고, 동화의 분위기는 거칠고 냉랭해질 것이다.

지구별에서 가장 평화롭게 사는 사람들이 있었습니다. 바로 온달 나라 사람들이었지요. 그들은 산과 들, 그리고 나무와 짐승들과 같이 살았습니다. 욕심 없이 살았습니다. 그래서 걱정도 없었습니다.

　　그런데 어느 날, 먼 나라에서 색깔 장수들이 찾아들었습니다. 빨강과 파랑을 파는 장수들이었어요.

　　"자, 빨강을 사세요. 얼마나 예쁩니까? 이 빨강으로 여러분의 집을 꾸며 보세요. 정말 아름다운 집이 될 거예요. 빨리빨리 사세요."

　　이에 질세라 파랑 색깔 장수도 큰소리로 떠들었습니다.

　　"자, 이 파랑을 사세요. 이 얼마나 활기찹니까? 예쁘면 뭣해요? 건강해야 행복합니다. 이 파랑을 사면 여러분의 가족이 모두 건강하고 행복할 겁니다."

　　생전 처음 보는 빨강과 파랑의 고움에 홀려 온달 나라 사람들은 정신이 나가 버렸습니다. - 중략 -

　　온달 나라 사람들은 각자 자기가 좋아하는 색깔이 최고라고 우겼습니다. 그러다 보니 저절로 두 패로 갈라지고 말았습니다.

　　두 패로 갈라지니 서로 다투기 시작했습니다. 마침내 땅을 가르고 울타리를 둘러쳤습니다. 그리고 서로 미워하는 사이가 되어 버렸습니다. 이제 지구별에 평화로운 온달 나라는 사라졌습니다. 그 대신 두 개의 반달 나라가 생겨났습니다. 빨강 반달 나라와 파랑 반달 나라로 갈라진 것입니다.

- 장문식, 「날아가는 호랑이」 일부 -

　　외세의 개입으로 남북이 분단되는 우리나라의 역사를 극명하게 드러내고 있다. 온달 나라에 들어온 빨강과 파랑을 파는 장수들은 어느 나라를 의미하며, 온달 나라 사람들이 두 패로 갈라져 땅을 가르고 울타리를 친 후 빨강 반달 나라와 파랑 반달 나라로 갈라진 것은 무엇을 상징하는가!

이 작품은 이처럼 은유와 상징으로 한반도의 분단 과정을 적나라하게 그려 냄으로써 읽는 재미와 문학적 상상력을 획득하고 있다.

[예문]
뒷산 골짜기가 희끗합니다.

그 눈은 여러 가지 짐승의 모습을 띠어 보이며, 잔뜩 웅크려 있습니다. 머리를 푹 숙인 채 근심에 쌓여 있습니다.

'봄이 왔는데, 왜 아직 날아가지 않을까…'

소년은 머리를 갸우뚱했습니다.

겨우내 내렸던 눈들이 이미 다 날아가 버렸습니다. 녹아 없어진 게 아니라, 아무도 보지 못하는 동안에 어디론가 날아가 버렸습니다.

– 이효성, 「눈과 소년」 일부 –

이 동화에서 작가는 때묻지 않은 순수한 동심을 지닌 소년을 희고 순결하며 순환의 상징인 눈의 이미지와 상치시키며 인간과 자연의 합일정신을 그려 내고 있다.

산지기집 소년은 산 주인인 사냥꾼의 길라잡이로 따라나설 수밖에 없게 되자 일부러 동물들이 없는 곳으로 안내한다. 사냥꾼이 하산길에 산토끼를 발견하고 총을 쏘려 하자 소년은 방해를 한다. 하지만 산토끼는 총알을 맞고 눈 위에 빨간 피를 내뿜으며 죽어 나자빠지고, 그 후부터 소년은 산토끼의 죽음이 자기 때문에 생긴 일이라며 죄의식에 빠지게 된다.

소년은 토끼의 죽음이 있었던 눈 쌓인 골짜기를 자주 쳐다보는 버릇이 생긴다. 그곳의 눈이 좀처럼 날아가지 않고 있는 이유를 토끼의 죽음을 차마 새겨 가지고 날아갈 수 없다는 뜻이라고 생각하며 겨우내 슬퍼한다. 그러던 어느 날 그 골짜기의 눈이 어디론가 날아가 사라지게 되자, 봄기운이 가득한 냇가로 간다. 소년은 그곳에서 하얗게 눈으로 뒤덮인 산토끼 한 마리가 목욕을 하다 뜻밖에도 구름처럼 흘러 하늘로 날아가는 모습을 보게 된다. 소년은 그 산토끼를 봄 시냇물에 깨끗이 씻겨 산토끼의 고향인 산골 짜기로 데려다주지 못하는 것을 안타깝게 생각한다. 그렇게 해야만 그 산토끼가 다시 살아날 수 있고, 또 눈은 다음에도 이 세상에 찾아와 소년과의 아름다운 삶 이야기를 담을 것이라고 믿고 있었기 때문이다.

이러한 줄거리가 바탕이 되는 이 이야기는 눈이 주는 환상적 분위기를 심리적 판타지로 연결시켜 생명의 외경과 인간 자연의 합일정신이라는 내밀한 주제를 제시하고 있다.

3. 허두 쓰기

1) 대화체로 시작하기

대개 작품의 허두는 서술과 묘사로 시작하는 경우가 많다. 하지만 이런 경우 자칫 이야기가 지루하게 흐를 우려가 있다. 처음부터 대화로 시작하면 이야기가 더욱 생생해지고 박진감있게 전개할 수 있다.

대화체로 시작할 때에는 평범한 말보다는 무언가 쇼킹하거나 관심과 흥미를 끌 수 있는 내용이어야 효과적이다.

[예문]

"야, 너 왜 자꾸 쫓아오니?"

나는 신발 주머니를 한 손으로 휘두르며 뒤를 흘깃 쳐다보았다. 어깨에 멘 책가방이 몸체에 흔들려 앞으로 불룩 튀어나왔다. 바로 뒤따라오던 예슬이가 한 발짝 뒷걸음쳤다.

"왜 내 뒤를 따라오는 거야. 동네 아이들 보면 어떡하라고. 재수 없게 계집애가……."

"……"

"맞고 싶어?"

나는 눈을 크게 뜨고 주먹까지 불끈 쥐어 보였다.

"괜히 그래, 우리 집도 그쪽 방향이라고."

"거짓말 마! 할 일 없이 남자 애 뒤만 따라다니는게……."

"정말이야! 저 중대 본부가 있는 산 너머 군인 사택에 산다고. 우리 아빠 중사거든."

그 앤 묻지도 않은 말에 설명을 덧붙였다.

"피이, 아무튼 바짝 따라오지 말라고, 기분 나쁘니까."

"알았어, 그 대신 이거 받아……."

예슬이는 한 발짝 다가서며 호주머니에서 무엇인가 꺼냈다.

- 임옥순, 「은빛 종이학의 비밀」 일부 -

대화글로 시작하되고 있는 이 작품은 사건이 박진감있게 펼쳐지고 있다. 이야기 글을 쓸 때 너무 설명 위주로 쓰게 되면 이야기가 지루해져 흥미를 떨어뜨릴 수 있게 된다. 내가 예슬이에게 바짝 따라오지 말라고 했을 때, 예슬이가 나에게 호주머니에서 꺼내 준 것은 무엇일까? 그것은 아마도 은빛 종이학일 것이다. 그것은 제목이 주는 예견성 때문이다.

비밀이라는 낱말이 주는 신비성은 이야기에 흡인력을 더해 준다. 독자들은 종이학에 담겨져 있는 비밀이 무엇인지를 알고 싶어 할 것이다.

[예문]

"이제 어떻게 하는 건지 알았지? 그럼 문제를 낼 테니까 조용히 풀어 봐요."

선생님이 칠판으로 돌아서서 서너 글자도 못 썼을 때였어요.

"선생님, 동찬이 때문에 진짜 못살겠어요."

갈래머리 유나가 바늘에 찔린 듯 아주 날카로운 소리를 냈어요.

"자리 바꿔 주세요."

유나는 책상에 엎드려 훌쩍이기 시작했어요.

'공부 잘하고 야무진 유나도 동찬이하곤 이틀을 못 넘기는군.'

선생님은 혀를 찼어요.

"도대체 넌 어떻게 된 애가 그러냐? 가는 곳마다 싸움이고 말썽이니."

선생님은 가르침대로 동찬이의 책상을 땅 내리쳤어요.

동찬이는 어깨를 움찔하더니 자세를 고쳐 앉았어요. 그리곤 멀뚱멀뚱한 눈으로 선생님을 바라보았어요.

2학년 2반 골칫거리. 엉뚱한 말로 수업 분위기를 망쳐 놓기 일쑤고 공부는 꼴지인 아이. 여기저기 집적거려서 소란을 몰고 다니는 녀석. 몇 번이고 어머니를 모시고 오라고 했지만 한 번도 듣지 않는 아이.

– 최은섭, 「무지개 다리」 일부 –

이 동화의 허두 역시 선생님이 아이들에게 던지는 말로 시작되고 있다. 공부도 못하고 언제나 말썽만 부리는 동찬이, 수업 분위기를 흐려 놓고 아이들을 일삼아 괴롭히는 동찬이가 주인공으로 등장한다. 동찬이는 이른바 문제아인 것이다. 하지만 착하고 모범생인 아이를 주인공으로 등장시켜 이야기를 전개시킨다면 갈등 구조 설정에 문제가 있을 것이다. 소외된 계층을 따뜻한 시선으로 감싸 주는 사랑의 정신이야말로 동화문학이 추구하는 대주제인 것이다.

[예문]

"당신은 막노동판에, 난 파출부로 나간대도 지금보다 못살라고요."

오늘도 준호 엄마는 아빠를 달달 볶아 댔다.

잠자코 마루에 걸터앉아 말이 없던 아빠가 담배 한 개비를 꺼내어 물었다.

"마음대로 해. 난 이 마을에서 한 발짝도 떠나지 않을 테니 말이여."

아빠의 고함 소리와 함께 뛰어나온 담배 연기가 흰 줄이 되어 길게 길게 이어졌다.

"내 혼자 잘 살아 보자고 떼쓰는 건 아니에요. 우리 준호가 내년이면 중학생이 된다는 걸 당신도 빤히 아는 일 아니오."

말싸움에 불리해지면 엄마는 언제나 준호를 들먹거렸다.

- 권영호, 「할머니의 산」 일부 -

준호 부모의 대화로 시작되고 있는 이 작품을 읽으면 부부 사이에 펼쳐지는 갈등이 무엇인지를 어렵지 않게 짐작하게 된다. 도시로 나가 살기를 원하는 엄마와 시골 마을을 떠날 수 없다고 버티는 아빠의 갈등이 명쾌하게 나타나고 있다.

설명하는 지문을 지루하게 쓰는 것보다 대화글을 살려 실감나게 써 나가는 것도 허두를 효과적으로 쓰는 한 방법이다.

2) 정경 묘사로 시작하기

동화는 비유와 상징을 바탕으로 창작하는 문학 양식이라는 점에서 시적인 문체를 지향한다. 시적인 문체는 깔끔하고 군더더기가 없어야 한다. 깔끔하게 다듬어진 동화를 읽다 보면 아름다운 시를 읽는 것처럼 느껴진다.

동화적인 분위기를 연출하고자 할 때 흔히 미려한 정경 묘사를 떠올리게 된다. 서정적인 문체가 엮어 내는 시적 판타지는 동화적 분위기를 고조시킬 수 있다. 하지만 묘사 위주의 설명적 문장은 이야기 자체를 지루하게 만들게 될 위험 요소를 수반함으로 마땅히 경계해야 한다. 이야기가 느슨하고 지루하게 되면 흡인력을 떨어뜨리기 때문이다.

[예문]

　떡가루처럼 곱게 날리던 첫눈이 뚝 그쳤습니다. 동시에 하늘은 송편
모양의 달과 여러 개의 별을 가슴에다 내다 걸었습니다. 아저씨는 언덕
길을 몇 번이나 오르내렸습니다. 어린아이처럼 가슴이 두근거려 도저히
잠이 오지 않는 밤이었습니다. 조금 전까지만 해도 더욱더 그랬습니다.
　아저씨는 창문 쪽에 놓인 의자에 걸터 앉아 있었습니다. 벽난로의 한
가운데에선 장작불이 활활 타오르고 책상 위엔 원고지와 푸른색 잉크,
그리고 깃털로 장식된 펜대가 꽂혀 있었습니다. 아저씨는 창밖에 내리
는 하이얀 꽃송이를 보면서 그렇게 몇 시간을 보냈습니다. 원고지 위엔
고작 '눈, 눈, 눈,'이라고 썼을 뿐입니다.
　"정말 시가 쓰여지지 않는 밤이군."
　낮은 소리로 중얼거리며 아저씨는 눈으로 덮인 마을을 내려다보았습
니다. 마을은 한 장의 얇은 도화지처럼 어둠 속에서 하얗게 빛났습니다.
자정이 가까워지면서 마을의 등불들도 하나둘씩 꺼져 갔습니다. 그런데
여태껏 등불이 꺼지지 않고 있는 집이 딱 한 곳이 있었습니다.

　　　　　　　　　　　　　　　　　　　　　　- 강현호, 「별」 일부 -

　떡가루처럼 날리는 눈, 송편 모양의 달, 별을 하늘에 내다 건 하늘, 어둠
속에서 도화지처럼 하얗게 빛나는 마을, 이러한 비유적 표현은 시적인 판
타지를 연출하여 동화적 분위기를 고조시키게 된다. 이 작품을 읽으며 동
화적 분위기에 한껏 빠져들 수 있는 것은 그 때문이다.
　흰눈 덮인 시골 밤, 밤이 깊어 가면서 마을의 등불은 하나둘 꺼져 가고
어둠 속에 시인의 방만 홀로 불을 밝히고 있다. 벽난로에는 불이 활활 타오
르는 시인의 방에서 시인은 시를 쓰기 위해 끙끙대지만 쓰지 못하고 밤을
지새운다. 시적인 문체에 시인까지 등장시키고 있으니 시적 판타지에 빠져
들 수밖에 없는 상황이다.

[예문]

　바다가 보이는 언덕에 나무 한 그루가 서 있습니다. 나무는 왜 자기가 이곳에 서 있어야만 하는 것인지 알 수가 없었습니다. 그래서 나무는 외로웠습니다. 밤이 지나고 새벽이 눈을 비비며 살금살금 다가옵니다. 너울 같은 안개가 걷혀 가고 아침은 장난꾸러기처럼 깡총거리며 옵니다. 이때 언덕은 온통 이슬밭입니다. 풀들은 모두 생기 있게 빛나고 있습니다. 그런데 보십시오. 두 살난 아기의 뺨처럼 빠알간 장미꽃 한 송이가 이제 막 피어난 것입니다.

　"안녕!" 하고 장미가 인사를 합니다.

　"안녕!" 하고 나무가 대답했습니다.

　"나는 외로와요."

　그러나 장미는 고개를 살래살래 저었습니다.

　"세상은 이렇게 아름다운 걸요!"

　그래서 나무는 더 이상 아무 말도 할 수가 없었습니다. 나무는 장미처럼 향기로운 꽃을 갖지 못한 자신을 생각합니다.

- 김정빈, 「나무와 아이」 일부 -

　눈을 비비며 살금살금 다가오는 새벽, 장난꾸러기처럼 깡총거리며 오는 아침, 이슬을 머금고 생기 있게 빛나는 풀, 아기의 뺨처럼 빨간 장미꽃. 이러한 정경 묘사가 시적인 분위기를 연출하고 있다.

　이 작품은 1981년도 《조선일보》 신춘문예 당선 동화의 허두이다. 바다가 내려다 보이는 풀밭 언덕에 나무가 서 있고, 이슬 맺힌 풀밭에 빠알간 장미꽃이 피어 있는 모습이 그림처럼 선명하다. 이처럼 작품의 배경이 되는 정경을 그림을 그리듯 묘사하면서 시작할 수도 있다.

[예문]

널따랗게 펼쳐진 조약돌 밭 위에 초가집 한 채가 엎드려 있다. 집 옆에는 물레방아가 푸른 이끼를 벗어 내려는지 짬 없이 달캉거리고 있다. 물레방아 뒤로는 거대한 촛대바위가 하늘을 찌르듯 웅장하게 버텨 서 있고, 그 아래에는 소라게가 집을 업고 기어간다.

이 한가로운 어항 속 풍경은 연둣빛 물풀에 가려 파스텔로 문질러 놓은 듯 포근하게 비친다.

선생님은 아이들의 성적표를 또박또박 적어 나가시다 조금동 성적표와 마주치자 잠시 용궁 속을 들여다보셨다.

검둥이.

선생님은 물풀들을 눈 끝으로 하나하나 헤치며 마지막 한 마리 남은 검둥이가 어디 있나 하고 살펴보았다. 그러나 녀석은 부드러운 지느러미 한 자락도 내비치지 않았다.

'혹시 다른 금붕어를 따라 자살한 건 아닐까.'

그런 생각 사이로 순간 물풀을 헤치고 녀석이 까아만 모습을 드러냈다.

– 서하원, 『검둥이의 성적표』 일부 –

조약돌이 깔려 있고, 물레방아가 돌고 있는 초가집, 촛대바위를 연상할 만큼 멋진 돌과 물풀로 장식된 어항 속 풍경을 그림 그리듯 묘사하였다.

어항이 있는 교실을 배경으로 한 동화이다. 까만 금붕어가 살고 있는 어항 속을 용궁으로 표현하였다. 어항 속 어딘가에 숨었다 물풀 사이로 모습을 드러낸 까만 금붕어와 조금동이라는 아이는 어떤 관계가 있을까 하는 궁금증을 유발해 내게 하는 삽화이다.

3) 심리 묘사로 시작하기

현대 동화나 소설일수록 성격 창조와 인물 묘사, 심리 묘사 등에 비중을 두게 된다. '작품의 성공 여부는 오로지 성격 묘사의 교묘함과 졸렬함에 있다'고 한 허드슨의 말은 심리 묘사의 중요성을 웅변한 말이다.

뛰어난 작가일수록 등장인물의 심리 묘사를 정확하고 실감나게 할 줄 안다. 동화와 아동소설에서 심리 묘사를 잘하기 위해서는 어린이를 비롯한 등장인물의 심리를 바르게 파악하고 그들의 눈높이로 접근하는 것이 중요하다.

[예문]

"옛다."

엄마는 기차표 두 장과 종이 쪽지를 현지와 현수에게 주었다.

기차표는 삼촌이 사는 시골까지 가는 찻삯이고 종이 쪽지는 시골 정거장에서 삼촌 집까지 가는 길을 그린 쪽지다.

'단둘이서 한 번도 여행을 해보지 않았는데……'

현지는 겁이 났다.

'아빠 엄마 따라 딱 한 번 가 본 데를 우리끼리 찾아갈 수 있을까?'

현수도 겁이 났다.

그러나 한편 가고 싶기도 했다.

"혼자서도 갈 나이다. 함께 가 보는 거다."

어젯밤, 엄마는 삼촌의 겨울 옷을 배낭에 담으며 현지와 현수에게 이렇게 일렀다.

'누나랑 함께라면 난 갈 수 있어.'

현수가 먼저 생각의 다짐을 했다. 현지도 슬며시 가고 싶어졌다.

'현수랑 함께라면 나도 갈 수 있어.'

둘은 마음을 뭉쳤다.

그리고 기차를 탔다.

– 김은숙, 「삼촌의 종소리」 일부 –

남매 단둘이서 처음으로 삼촌 집이 있는 시골을 찾아가기까지의 과정을 그리고 있다. 어른들과 함께 가지 않고 아이들끼리 먼 길을 가려 하면 두려운 생각에 걱정이 앞서기 마련이다. 아이들의 이러한 심리를 잘 묘사해 내고 있다.

서로 의지하며 서로에게 힘이 되어 주는 꾸밈 없는 동심을 읽어 나가는 또래의 독자들에게는 용기와 자신감을 심어 줄 수도 있는 작품이다. 이 작품은 짧게 이어져 있는 단문들이 이야기의 박진감을 높여 주고 있다.

4) 구연체로 시작하기

구연체의 발화 방법은 이야기를 이끌어 가는 화자가 독자에게 자신의 이야기를 들려주듯 말하는 방식으로, 독자들에게 친근감을 주며 감정이입을 쉽게 할 수 있다는 장점이 있다. 이러한 방법으로 이야기를 이끌어 나가기 위해서는 문장의 종결 어미를 변화 있게 구사해야 자연스러운 문장이 될 수 있다. 즉, '~야.', '~나.', '~지.' '~어.' '~단다.'처럼 변화 있는 종결로 매끄럽게 서술해 나가야 한다.

> [예문]
> 아주아주 오래된 이야기야. 지금부터 50년쯤 전이 되는구나. 몹시 어려운 시절이었지. 어른들은 아침부터 밤늦게까지 밭에서 일을 하고, 아이들은 아이들대로 엄마 대신 어린 동생들을 돌보아야 했어. 동생을 등에 업고 소나 염소를 끌고 멀리 나가기도 했고, 땔나무를 구하러 지게를 지고 근처 야산을 오르기도 했어.
>
> 이 개울가 작은 둔덕에 그 아저씨가 서 있었단다. 전봇대 아저씨였지. 지금은 전봇대를 시멘트 기둥으로 세워 놓지만 옛날에는 나무로 했어. 사실, 이 전봇대 아저씨는 전봇대도 아니었어. 전깃줄을 연결하려다가 길이 다른 곳으로 가는 바람에 그냥 버려 둔 거야. 맨 나무만 덩그러

니 박혀 있는 꼴이었지.

내가 소학교 3학년인가 4학년 때였는데, 전기가 처음 마을에 들어온다며 전봇대를 동네 어귀에 박을 때는 어른 아이 할 것 없이 죄다 나와 빙 둘러 서서 구경을 했어. 그때 전봇대 아저씨가 얼마나 멋있었는데! 그렇게 크고 늠름한 나무는 모두들 처음 보았을 거야. 아이들은 "야아, 나무 참 크다.", "야아, 정말 희한하다." 하며 목이 빳빳해지는 것도 모르고 계속 올려다보았었지.

– 채인선, 「전봇대 아저씨」 일부 –

누나가 그 아이를 처음 만난 것은 첨성대 앞에서였어.

생각나니? 1992년 8월 8일 아침 여덟 시. 우리나라가 처음으로 인공위성 '우리별 1호'를 쏘아 올렸던 날.

그래서 누나가 기자로 일하는 어린이 잡지사에서는 거기에 대한 특집을 내기로 했거든. 「첨성대에서 우리별 1호까지」. 이게 특집 제목이지. 누나는 그 중에서 첨성대 부분을 취재하게 되어 경주에 내려왔던 거야.

경주 도서관과 박물관에 들러 자료를 모으고, 경주시 인왕동에 있는 첨성대를 찾았을 때는 햇살이 한창 따가운 오후였어.

지금부터 천삼백 년 전 신라 선덕여왕 때 만들어졌다는 첨성대. 그 첨성대는 세월의 징검다리를 건너 1992년 8월 20일, 늦여름의 햇볕을 듬뿍 받으며 묵묵히 서 있더구나.

'그 옛날 첨성대를 만들고, 여기서 별을 지켜보았던 옛 사람들은 어떤 분이었을까?'

그 옛분들의 모습을 떠올리려고 애를 쓰며 사진기의 셔터를 막 누르려는 순간, 첨성대 앞에 웬 아이가 서 있는 게 보였단다. 아이는 등을 돌린 채 첨성대에 바짝 붙어 서 있었어. 박박 민 머리에 스님들이 입는 회색 장삼을 입고.

한참을 기다려도 아이는 첨성대에서 물러나지 않는 거야.

"애, 사진을 찍게 좀….”

이렇게 말하며 다가가자, 아이의 말소리가 또렷이 들렸어.

"할아버지 약속했잖아요. 어서 내놓으세요. 어서요. 오늘이 마지막 날이에요.”

누나는 주위를 둘러보았어. 그러나 어디네도 아이 할아버지처럼 보이는 사람은 없었어.

"내일이면 여름방학도 끝나고 다시 학교 가야 하는데, 빨리 내놓으란 말예요. 할아버지이이이이….”

아이는 단풍잎 같은 손으로 첨성대를 탁탁 두드리며 떼를 쓰고 있었어.

– 최은섭, 「향기나는 바람개비」 일부 –

원숭이 마카카

박상재

내 고향 보르네오

마카카의 고향은 인도네시아의 보르네오라는 섬이었습니다. 이 이야기는 라야 산 부근의 밀림에서부터 시작됩니다. 라야 산은 우리나라의 한라산보다는 조금 낮지만 보르네오에서는 가장 높은 산입니다.

그런데 라야 산 부근은 적도를 지나고 있어서 날씨가 무척 덥고 밀림이 우거져 있어 사람들도 전혀 살지 않습니다.

마카카는 라야 산 기슭의 밀림 지대에서 30여 마리의 다른 원숭이들과 함께 살고 있었는데, 이들은 라야 원숭이라고 불리었습니다.

대장 원숭이 세메루는 정확히 30마리의 부하를 거느리고 있었습니다. 그런데 그는 불행하게도 애꾸눈이었습니다.

부대장 노릇을 하는 원숭이 슬라멧을 비롯한 30마리의 원숭이들은 대장 원숭이 세메루에게 온갖 충성을 다했습니다. 그것은 대장 원숭이 세메루의 성격이 아주 사납고 무서운데도 원인이 있었지만, 그것보다는 부대장 슬라멧의 매서운 감시의 눈과 처벌이 더 두려웠기 때문입니다. 그 외에도 또 다른 특별한 이유가 있는데, 그 이야기는 차차 나중에 하기로 하지요.

"우리는 목숨을 바쳐 위대하신 세메루 대왕님께 충성을 다한다."

라야 원숭이들은 부대장 슬라멧의 외침에 따라 하루에도 수십 번씩 이와 같은 구호를 따라 부르짖어야 했습니다.

슬라멧은 맨 처음엔 세메루를 대장님이라고 칭하더니, 몇 달 전부터는 아예 대왕님이라고 불렀던 것입니다.

― 하략 ―

― 제2회 새벗문학상 수상작

황룡사 방가지똥

임신행

황룡사지로 가는 길

책을 펴기 바란다.
국민학교 사회과 부도를……
집게손가락에 살짝 침을 발라 책갈피를,
한 장.
두 장.
석 장째 책갈피를 넘기려다 멈칫해질 것이다.
너무나 청청한 바다가 출렁이고 있기 때문에.
그 청푸른 바닷물에 몸을 척 담그고 〈우리나라 전도〉가 가로 누워 있을 것이다.
힘들여 세우면 쪽빛 바다가 드높은 파도 소리와 함께 일어서 온다.
그리운 동해바다.
그 동해바다를 거느리고 있는 경주 국립공원이라는 굵은 글씨가 진달래 꽃물로 보일 것이다.

　서라벌. 아니 신라. 신라의 서울 경주.

　경주—

　어쩌나, 자세히 보이지 않으니 이 일을 어쩌나?!

　다시 집게손가락에 침을 살짝 묻혀

　하나.

　둘.

　아! 배추잎 같은 푸른 바다와 함께 남부 지방이 시원히 펼쳐질 것이다.

　오른쪽 파아란 동해바다를 코앞에 두고 불국사, 수중왕릉, 석굴암, 토함산, 지림사, 보문관광단지라는 글씨가 까만 진드기처럼 붙어 꼬물거리고 있을 것이다.

　　– 하략 –

– 제1회 황금도깨비상 수상작

천등산 이야기

류근원

박달재 이야기

"혹시 천등산을 아시나요?"

"천등산이요? 글쎄요."

잘 모르시면 아빠에게 슬쩍 여쭤보셔요. 이렇게 말입니다.

"아빠, 울고 넘는 박달재라는 노래 알아요?"

그러면 이렇게 말씀하실 것입니다.

"아하, 그 노래? 아다마다. 아빠가 기분 좋은 날은 꼭 부르곤 했지. 왜, 너도 몇 번 들었을 텐데……. 그 천등산엔 아름다운 전설이 있는 고개가 있지. 바로 박달재라는 고개야."

우리들이 박달재의 전설을 들은 때는 겨울밤 화로 곁에서였다.

할머니의 구수한 이야기에 밤이 깊은 줄도 몰랐다. 그날 들었던 수리부엉이 울음 소리는 아직도 우리들 가슴에 남아 있을 정도였다.

까맣게 먼 옛날.

박달이라는 도령이 살았다. 박달 도령은 과거를 보러 가기 위해 집을 떠났다.

물을 건너고 산을 넘고 어느덧 천등산에 닿았다. 천등산 고개만 넘으면 험한 길은 끝나기 때문에 박달 도령은 피곤한 다리에 힘을 주었다.

그러나 험한 고개를 넘기도 전에 날이 저물었다.

– 하략 –

– 제4회 새벗문학상 수상작

하얀 저눈 언덕 너머

이윤희

멀리 보이는 산은 아직도 자욱한 안개에 싸여 있었다. 신비했다. 산은 언제나 자신의 발가벗은 모습을 보여 주지 않았다. 새벽 안개로, 질푸른 숲으로, 밤 사이 쌓인 눈으로 한 겹씩 휘장을 드리운 채, 말없이 서 있을 뿐이었다.

"다 모였나? 자기 짝이 아직 오지 않은 사람은 손을 들어라."

선생님이 손나팔을 하고 물었다.

"없어요, 없어요."

아이들이 새끼제비처럼 입을 벌렸다.

"그럼 출발이다. 말썽 피우는 녀석이 있으면 가을 소풍은 없다."

선생님의 말에 아이들이 우, 소리를 쳤다.

"자, 가자. 줄에서 벗어나지 말고, 장난치지 말고."

선생님이 말고, 말고를 연거푸 강조하면서 앞장을 섰다.

타박타박 울리는 아이들의 발소리에 산이 부스스 깨어나고 있었다. 골골이 피어오른 뿌연 안개는 이제 막 퍼지기 시작하는 환한 햇살에 밀려나 가리웠던 산의 모습을 조금씩 조금씩 드러냈다.

노란 달맞이꽃이 지지 않고 있었다. 때아닌 아이들의 발소리에 붉은 배새매가 푸드득 날아올랐다. 채 마르지 않은 아침 이슬이 아이들의 아랫도리를 적셨다.

– 하략 –

– 제9회 새벗문학상 수상작

달님은 알지요

김향이

무당집 아이

멀리 보이는 산은 아직도 자욱한 안개에 싸여 있었다. 신비했다. 산은 언제나 자신의 발가벗은 모습을 보여 주지 않았다. 새벽 안개로, 질푸른 숲으로, 밤 사이 쌓인 눈으로 한 겹씩 휘장을 드리운 채, 말없이 서 있을 뿐이었다.

"다 모였나? 자기 짝이 아직 오지 않은 사람은 손을 들어라."

선생님이 손나팔을 하고 물었다.

"없어요, 없어요."

아이들이 새끼 제비처럼 입을 벌렸다.

"그럼 출발이다. 말썽 피우는 녀석이 있으면 가을 소풍은 없다."

선생님의 말에 아이들이 우, 소리를 쳤다.

"자, 가자. 줄에서 벗어나지 말고, 장난치지 말고."

선생님이 말고, 말고를 연거푸 강조하면서 앞장을 섰다.

타박타박 울리는 아이들의 발소리에 산이 부스스 깨어나고 있었다. 골골이 피어오른 뿌연 안개는 이제 막 퍼지기 시작하는 환한 햇살에 밀려나 가리웠던 산의 모습을 조금씩 조금씩 드러냈다.

노란 달맞이꽃이 지지 않고 있었다. 때아닌 아이들의 발소리에 붉은 배새매가 푸드득 날아올랐다. 채 마르지 않은 아침 이슬이 아이들의 아랫도리를 적셨다.

– 하략 –

– 제9회 새벗문학상 수상작

싸리울의 분홍 메꽃

심후섭

황소도 들 수 있다

"얘, 뿌똘아, 어디 한번 안아 보아라. 얼마나 귀엽니?"

내가 태어나자마자 덕천 어른은 이렇게 말하며 나를 안아 올렸다고 합니다. 그리고 보니 생각납니다. 지금은 어른이 되어 버렸지만 그때에는 열 살 남짓 하던 뿌똘이가 나를 안고 기뻐하던 모습이…….

"요 코 좀 보세요, 아버지."

뿌똘이는 까맣게 반들거리는 나의 코를 들여다보며 어쩔 줄 몰라하였습니다.

"그래, 정말 귀엽구나. 앞으로 하루 한 번씩 매일 요녀석을 들어올려 보아라. 그럼, 이 녀석이 황소가 되어도 들어올릴 수가 있게 된다."

"네에?"

뿌똘이는 믿어지지 않는다는 표정을 지었습니다.

"자, 이 송아지는 방금 태어났기 때문에 매우 가볍지. 어제 어미의 젖을 먹으면서 조금씩 몸무게가 늘어날 것이다. 너는 매일 이 송아지를 서너 번씩 안아 올리는 것이다. 그럼 너의 힘은 저절로 늘어나는 것이란다."

"그렇지만……."

"뭐가 그렇지만이냐? 송아지 무게가 늘어날 동안 너는 가만히 있을 셈이냐? 너의 무게도 늘어나는 것이 아니겠느냐?"

"조금만 있으면 재빠르게 달아날 텐데요?"

"그러니까 너도 매일 달려야지. 송아지가 아무리 빨리 달리더라도 따라잡을 수 있도록 너도 부지런히 달려야지."

– 하략 –

– 제1회 MBC창작동화대상 수상작

천사가 부르는 노래

한예찬

소녀 가장

"언니, 배고파!"

"조금만 기다려. 빨래 다 해 놓고 라면 끓여 줄게."

"싫어, 라면은 이제 질렸어. 밥 먹고 싶단 말이야!"

"쌀이 얼마 안 남아서 아껴 두어야 하는데. 그래, 조금만 기다려. 밥 해 줄게."

"빨래 나중에 하고 밥부터 줘."

"그래, 알았어."

슬아는 빨다 만 옷들을 물속에 담가 두고는 쌀을 씻기 시작했습니다.

"슬비야, 밥 올려놓았으니까 조금만 기다려. 그 사이에 빨래를 마저 해야겠다."

슬아가 마당에서 빨래를 하고 있는데, 주인집 아주머니가 슬아네 부엌을 들여다보시더니 말씀하셨습니다.

"슬아야, 지금 뭐 하니? 밥이 타고 있는데."

"네? 밥이 타고 있어요?"

"이걸 어쩌나, 까만 밥이 돼 버렸네."

"어쩌면 좋아."

슬아가 냄비를 열어 보니 밥은 온통 누룽지가 되어 있었습니다.

"그래도 그럭저럭 먹을 수는 있겠다. 슬비야, 어서 밥 먹자."

"쯧쯧, 어린 것이 밥을 짓는다고. 어서 먹어라."

슬아와 슬비는 점심을 먹기 시작했습니다. 상 위에 올라 있는 반찬이

라야 달걀 프라이와 김치뿐이었습니다. 슬비는 까맣게 탄 밥인데도 맛
있게 먹었습니다.

밥을 다 먹은 뒤 슬아는 외투를 챙겨 입었습니다.

"언니, 어디 가려고?"

"넌 집에서 놀고 있어. 바깥은 추우니까."

– 하략 –

– 제2회 대교문학상 수상작

하늘나라 가시나무

유효진

할아버지와 세 가시나무

할아버지 댁 바깥마당은 굉장히 넓어졌습니다. 대문은 무척 컸으며
나무로 만든 문이었는데 열고 닫을 때마다 "삐그덕" 하고 소리가 났습
니다. 할아버지와 할머니 두 식구가 살고 있었으니까요.

대문 안에서 바깥마당을 바라보자면 오른쪽으로 크고 작은 돌로 쌓
아 놓은 돌담이 있었고, 돌담 앞엔 그리 크지 않은 화단이 있었습니다.

할아버지 댁은 우리들의 주인집이었습니다. 우리는 장미꽃처럼 가시
가 많은 나무입니다. 그렇지만 장미꽃처럼 어여쁘고 화려하지는 않았습
니다. 그리고 국화꽃처럼 우아하거나 철쭉꽃처럼 깜찍하지도 않아서 사
람들의 많은 사랑을 받지도 못했습니다. 꽃이라기보다는, 가시를 많이
지닌 우리를 세상 사람들은 가시나무라고 불렀습니다. 봄이 되면 빨간
꽃잎에 노란 술을 달고 피어나긴 하지만 향기가 없기 때문에 아름답다

는 말을 들어보지도 못 했습니다. 다닥다닥 붙은 가시 때문에 향기를 맡아 보려고 가까이 다가오는 사람도 거의 없었으니까요. 그래서 우리 가시나무 친구 가운데 그 누구도 드넓은 정원이나 잘 다듬어진 화단에서 살지 못했습니다. 가시나무는 정원사나 사람들의 손길이 없어도 아무 곳, 어느 곳에서나 잘 자랐습니다. 이런 우리 가시나무를 이곳에 심어 준 사람은 다름 아닌 할아버지였습니다. 언니 가시나무와 막내 가시나무는 엄마 가시나무의 뿌리가 뻗고 뻗어 이곳에서 태어났기 때문에 잘 모르는 일을 엄마 가시나무가 말해 주었습니다.

– 하략 –

– 제5회 계몽사 아동문학상 수상작

몽당고개 도깨비

정성란

마을은 온통 귀신 천지

'그런 얘기를 누가 믿어.'

두호는 이불을 목께로 끌어올리며 생각했다.

'흥, 쥐가 어떻게 손톱을 먹어.'

애써 고개를 저으시면서도 온몸에는 오스스 소름이 돋았다. 낮에 두리가 한 얘기가 하루 종일 두호를 따라다니고 있는 것이다.

"오빠 오빠. 민지네 할머니가 그러시는데 밤에 손톱을 깍으면 쥐가 그걸 먹는대. 그리고선 그 손톱 주인으로 변한대."

두리는 눈을 똥그랗게 뜨고는 호들갑을 떨었다.

"아유, 바보야, 그걸 진짜 믿냐? 그건 미신이야. 밤에 손톱 깎지 말라고 옛날 사람들이 만들어 낸 거라구."

"진짜랬는데……."

두리는 의심스런 표정이었다. 삼촌이 오자마자 삼촌한테 그 얘기를 했다.

"할머니가 손톱 얘기만 하시든? 발톱도 마찬가지란 얘긴 안 해 주셔?"

삼촌은 한술 더 떴다.

"에이, 삼촌. 그런 게 어딨어? 만약 그게 사실이라면 이 세상이 복제 인간으로 득실거리게? 그럼 굳이 많은 돈 들여 가지고 복제 양이니 뭐니 그런 거 만들 필요도 없잖아."

"두호 너, 밤에 손톱 깎아 가지고 밖에 버린 적이 있구나?"

삼촌은 갑자기 정색을 했다.

"아, 아니, 그런 적은 없지만."

– 하략 –

– 1998 삼성문학상 수상작

눈새

강숙인

꿈꾸는 푸른 별로

할머니는 많은 것을 알고 계셨다. 우리 눈나라와 전혀 다른 세상의 일까지도 살림살이에 훤하시듯 그렇게 훤히 알고 계셨으므로 할머니의 이야기는 언제 들어도 새롭고 재미있다.

나는 깊은 바닷속으로 자맥질해 들어가 고기들과 헤엄치는 것만큼이나 할머니의 이야기를 좋아한다. 내가 할머니의 이야기를 듣는 때는 거의가 밤 무렵이지만 다른 때도 나는 틈만 있으면 할머니를 졸라 이야기를 들었다.

할머니의 이야기 가운데서 가장 재미있는 것은 3차원에 대한 이야기이다. 그날도 나는 할머니를 졸라 3차원에 대한 이야기를 들었다.

할머니의 이야기에 따르면 3차원 세상에도 크고 뜨거운 불덩어리인 해가 있어 그 해를 중심으로 많은 별들이 돌고 있고, 그 별들마다 그 별에 어울리는 사람과 생물들이 살고 있다는 것이다. 그 별들 가운데 우리와 같은 모습의 사람들이 살고 있는 별은 지구라는 이름을 가진 푸른 별이라고 하셨다.

"우리 눈나라는 4차원의 별이고 지구는 3차원의 별이다. 3차원 별들의 숫자와 우리 4차원 별들의 숫자는 같으며 모든 별들은 서로 다른 차원에 하나씩 짝이 있다. 우리 눈나라와 짝이 되는 3차원 별은 지구라는 별이다. 우리 눈나라와 가장 가까운 거리에서 떠도는 꽃별의 짝이 되는 3차원 별은 토성이라는 이름의 별이지."

"그럼 할머니, 지구에 우리와 같은 모습의 사람들이 살고 있듯 토성에는 꽃별에서와 같은 모습의 사람과 생물이 살고 있겠네요."

할머니는 부드럽게 웃으시며 고개를 끄덕이셨다. 나는 계속해서 우리 눈나라와 지구가 다른 점, 그러니까 4차원과 3차원이 다른 점이 무엇이냐고 물었다.

— 하략 —

— 제2회 계몽아동문학상 가작

솔밭골 별신제

류선열

보리 때문에

　만일 한별이가 보리가 무엇인지 알고 있었더라면 아마 이 이야기는 아주 달라져 있을 것입니다. 아닙니다, 지난번 교외에 나갔을 때 들판 가득히 파릇파릇 자라고 있는 보리를 보고, "저건 어떤 목초의 일종일 거야, 가축의 사료로나 쓰이는……." 하는 정도로 그냥 지나치기만 했었더라도 아무 일도 일어나지 않았을 것입니다.

　그런데 모든 것은 한별이가 보리밭을 가리키며,

　"아버지, 저건 무슨 풀이기에 저렇게 줄을 맞춰 심어 놓았을까요?"

　하고 그저 지나가는 말로 질문을 했기 때문이었습니다.

　"뭐라고? 저게 뭔지 모른단 말이냐?"

　뜻밖에도 아버지는 화를 버럭 냈습니다. 그렇게도 아끼던 이조 백자 항아리를 깨뜨렸을 때에도, 밤새워 만든 회사 서류에 보리차를 엎질렀을 때에도 전혀 화를 내지 않았던 분이었는데, 정말 뜻밖이었습니다.

　여느 때 같으면,

　"저건 보리라고 하는 거다. 벼 다음 가는 중요한 농작물이야. 쌀에 섞어 보리밥을 짓거나, 너는 매일 먹잖니? 맥주, 된장, 빵 등의 원료로 쓰이지. 특히 영양가가 많아 서양에서는 주식으로 하는 나라도 있단다. 우리나라에서는 벼의 뒷그루로 가을갈이를 하지만 지방에 따라서는 봄갈이를 하는 경우도 있지. 집에 가서 백과사전이라도 찾아 보렴."

　이렇게 설명하는 것으로 끝났을 텐데, 정말 알 수 없는 일이었습니다.

　그런데 알 수 없는 일은 그날 이후 아버지의 화난 얼굴이 좀처럼 펴

지지 않을뿐더러 전에 없이 신경질을 내는 것이었습니다.

－ 하략 －

－ 제7회 계몽사 아동문학상 수상작

초록빛 꿈을 꾸는 아이

정안나

서울닭, 촌닭

"안녕하세요? 제 이름은 하인해입니다. 앞으로 새 친구들과 잘 지내고 싶어요."

경기도에 있는 무방국민학교 5학년 5반에 서울에서 새 친구가 전학을 왔습니다.

선생님이 인해에게 자리를 마련해 주고 나가자 교실은 갑자기 참새 방앗간이 되었습니다. 조잘조잘조잘…… 짹짹짹…… 수런수런수런……. 아침 자습 시간은 노는 시간이 되어 버렸습니다.

깡마르고 키가 큰 인해는 창가의 뒷자리에 앉았습니다. 흰 블라우스에 분홍색 멜빵 바지를 예쁘게 차려 입은 인해를 아이들은 자꾸 흘끔흘끔 훔쳐봅니다. 하지만 인해는 아랑곳하지 않고 책가방을 풀고 있습니다. 가끔 커다랗고 까만 눈동자를 굴리며 교실 여기저기를 두리번거립니다.

그때, 복도 쪽의 1분단에서 누군가가 소리칩니다.

"야! 김보리! 니가 웬일로 책을 읽고 있냐? 너 공부하고 담쌓았잖아?"

"김보리! 너 속으로 읽을 때는 안 더듬냐?"

키득키득, 교실 안에 아이들의 웃음소리가 하나둘 번지기 시작합니다. 그런데 꼭 한 사람 웃지 않은 사람이 있습니다. 바로 그 우스갯소리의 주인공인 김보리입니다. 보리는 1학기 때 강원도 산골에서 전학을 온 아이입니다.

여태껏 혼자 앉아 있다가 오늘에야 인해를 짝꿍으로 맞이했답니다.

– 하략 –

– 제2회 MBC 창작동화대상 수상작

이여도를 찾는 아이들

박재형

불꽃매

해님이 햇살을 듬뿍 쏟아부어 바다가 파랗게 빛나고 있었다. 육지를 향하여 키를 세우며 달려오던 잔물결이 바위에 부딪혀 물방울을 튀기며 솟아올랐다가 물러가고, 다시 달려와 바위를 때리곤 물러가고, 먹이를 찾는 갈매기가 끼룩거리며 날고 있을 뿐, 밀물과 무더위가 아이들을 집으로 쫓아 보내 바다는 한가롭게 누워 있었다.

형우는 선창가 돌무더기께로 다가가 들고 있던 양동이를 내려놓았다. 그리고 왼손에 들고 있던 팽나무 막대기에다 미끼로 가져온 아지를 실로 동여매고 나서 주위를 둘러보기 시작했다. 바윗돌로 쌓은 선창 위에는 여기저기에 작은 구덩이가 있었다. 한참 동안 살피던 형우의 눈에 게를 낚기에 알맞은 구덩이가 들어왔다.

'여기가 좋겠어.'

형우는 구덩이 옆에 앉아 비닐에 싼 멸치젓을 꺼내 문질렀다. 무른 멸치젓이 형우의 손에서 으깨어지며 물속으로 퍼져 나갔다. 진한 멸치 냄새가 선창가의 돌무더기를 뚫고 나가며 게들을 불러 모을 것이다.

'이제 곧 게들이 나타날 거야.'

어머니의 찡그린 얼굴을 떠올리며 형우는 모자를 바로 썼다. 해녀인 어머니는 늘 두통과 신경통에 시달렸다. 하루에도 몇 번씩 약을 먹었다. 비가 올 조짐이라도 보이면 몸이 쑤신다며 더 괴로워하시는 것이다.

멸치젓 냄새를 흘린 지 얼마 되지 않아 게들이 모여들기 시작했다. 꽃을 찾아 나비가 날아오듯이 먹이를 찾아 게들이 나타난 것이다.

– 하략 –

– 제10회 계몽사 아동문학상 수상작

은빛 날개를 단 자전거

김혜리

고개를 젖혔다.

그러자 기다렸다는 듯 파란 하늘이 턱 밑까지 내려와 내 몸을 덮었다. 보송보송하고 기분 좋은 그 느낌은 나도 모르게 저절로 다리의 힘을 풀게 하고 있었다.

"후후."

목덜미가 간지러운 나는 고개를 사방으로 돌려 댔다.

"반듯이 앉거라."

아버지는 자전거의 손잡이를 이리저리 움직이고 있었다. 손잡이를 따라 발 밑에 있는 바퀴도 이쪽 저쪽으로 비틀거렸다. 금방이라도 넘어질 것만 같았다.

나는 똑바로 앉아 다시 다리에 힘을 주었다.

눈부신 아침 햇살이 자전거 앞바퀴에 와서 자르륵자르륵 감기고 있었다. 자전거는 어느 새 은빛 날개를 달고 은빛 모랫길을 가고 있었다.

"허야!"

나는 다시 꿈을 꾸고 있는 것 같았다.

어제 오후 늦게, 아버지는 자전거 앞에 조그마한 의자 하나를 달고 집으로 돌아왔다.

"누구 자리예요?"

동생 혜성이와 나는 자전거 주위를 빙빙 돌았다.

아버지는 그런 우리를 바라보며 빙긋이 웃기만 했다.

"내일 이 아빠랑 갈 곳이 있다."

혜성이가 집 안으로 들어간 사이에, 아버지가 내게 가만히 말했다.

"어딘데요?"

"읍내를 벗어나면 널따란 들이 있단다."

"구경하러 가는 거예요?"

"가 보면 안다."

"와! 신난다!"

– 하략 –

– 제25회 삼성문예상 수상작

날개 없는 천사의 노래

김인만

‘추억의 산’에서

우리는 산에서 만났습니다. 그 산은 본래의 이름이 있지만, 나는 오래 전부터 ‘추억의 산’이라고 따로 이름을 지었습니다. 나 혼자만 부르는 이름입니다.

‘추억의 산’ 아리 골짜기에서 숙녀 한 사람을 만났습니다. 골짜기에서 우리는 작은 바위에 걸터앉아 참으로 오래도록 이야기를 나누었습니다. 나도, 그 숙녀도 서로 모르는 사이입니다. 아마 다른 장소였다면 숙녀가 낯선 사람끼리라도 마음을 탁 소리가 나게 터놓고 이야기하고 싶어지는 곳이었습니다.

“따님인가 보군요?”

“아뇨.”

“그런데 어쩐 일로……?”

숙녀가 처음에 그렇게 물었을 때 나는 갑자기 말문이 막혀 당황했습니다. 내가 머뭇거리자 숙녀는 생각이 난 듯이,

“그러시겠죠. 이곳에 오면 어쩐지 발길이 멈추어져요. 누구나 마찬가지일 거예요. 얼굴 모르는 소녀지만…….”

라고 말했습니다.

(아닌데, 그게 아닌데.)

나는 어디부터 어떻게 말해야 좋을지 몰랐습니다. 잠시 비석의 글씨를 바라보며 생각을 가다듬었습니다.

아버지가 못 잊을 사랑하는 우리 미경아.

이렇게 비석에 씌어 있습니다.

– 하략 –

– 제3회 동쪽나라 문학상 수상작

달리는 거야, 힘차게

배선자

아버지는 어디에

전화벨이 요란스럽게 울렸다.

힘찬이는 방바닥에 엎드려 수학 문제를 풀다가 엄마를 쳐다보았다.

창밖을 보고 있던 엄마는 어깨를 흠칫 떨면서 전화기 쪽으로 고개를 돌렸다.

힘찬이는 천천히 일어나 전화기에 손을 뻗었다.

"받지 마."

엄마는 전화기가 무슨 불결한 것이라도 되는 듯 수화기를 잡으려는 힘찬이의 손을 떨쳐 냈다.

"네 방에 가서 공부해. 전화는 엄마가 받을 테니."

엄마는 흘러내린 머리칼을 쓸어 올리며 가시 창밖으로 고개를 돌렸다.

힘찬이는 볼을 씰룩거리면서 책과 공책을 챙겨 방을 나왔다. 요즘 집 안 분위기는 마치 살얼음판 위를 걷는 것 같았다.

현관문이 벌컥 열리며 슬비가 우당탕탕 뛰어 들어왔다.

"왜 그렇게 방정맞게 뛰어다니냐!"

힘찬이는 잔뜩 인상을 쓰며 소리를 질렀다. 요사이는 속에서 뭔가가 폭발할 것처럼 신경이 곤두서 있는 터였다. 그런데 슬비는 무신경한 것인지, 철이 없는 것인지 집안 분위기 따위는 아랑곳하지 않았다.

"오빠는 괜히 화를 내고 그래."

샐쭉해진 슬비가 입을 삐죽거렸다.

"쬐그만 게 분위기 파악도 못 하고."

힘찬이는 슬비의 머리를 주먹으로 쥐어박는 시늉을 하였다.

"오빠는 뭐 얼마나 커서. 메롱."

– 하략 –

– 제5회 눈높이아동문학상 수상작

꿈을 찾아 한 걸음씩

이미애

마술에 걸린 손

자, 이제 시작이야.

앞치마를 두르자 가슴이 다 두근거렸다. 냉장고에서 달걀을 꺼냈다. 고명으로 느낌이 묵직하게 손바닥에 전해져 왔다.

외할머니랑 내가 키우던 암탉은 기특하게도 따끈한 달걀을 매일 낳아 주었다. 가끔은 쌓아 둔 짚더미 위에서 달걀 무더기를 발견했다. 수십 개나 되는 알을 소복이 숨겨 둔 걸 보면 입이 딱 벌어졌다.

"두보이 니, 달걀 꺼낼 때 한 개는 꼭 남겨 둬야 된대이. 안 그라만 알

놓는 자리 대번에 옮겨 버린다카이. 알겄재?"

'알겄재' 하는 외할머니의 목소리가 달걀을 통해 손바닥으로 전해져 왔다. 식탁 위에 달걀과 홍당무, 버섯, 양파, 시금치, 돼지고기, 크고 작은 양념병들을 올려 놓았다. 모두 침을 꼴깍 삼킨 채 내 손길을 기다리는 것 같았다.

거실로 가서 전신 거울을 보고 왔다. 웃음이 났다.

앞치마 두른 곰 손두본. 나는 학교에서 줄곧 뒷자리에 앉았다. 또래 중에서도 몸집이 큰 편이다.

두 손을 맞잡고 싹싹 비볐다. 손바닥의 열기가 온몸으로 퍼졌다.

내 손은 어머니 손을 그대로 복사해 놓은 것 같다. 주름투성이 외할머니 손도 이렇게 생겼었다. 외삼촌의 큰 손도 모양은 똑같다. 네 사람 모두 손끝이 가늘게 쭉 뻗었다. 손가락이 손등으로 버들가지처럼 잘 젖혀졌다.

"이런 손은 재주가 있다카이. 우리 두보이는 무슨 재주가 있을랑고?"

외할머니는 조그마한 내 손을 이리저리 매만져 보곤 했었다.

– 하략 –

– 2000 삼성문학상 수상작

선생님 울지 마세요

나윤빈

설레는 첫 만남

"월요일날 새 담임 선생님이 오시기로 했어요."

교감 선생님이 우리들의 반응을 궁금해하며 말했어.

"와!"

우리들은 약속이나 한 듯이 일제히 환호성을 울렸어. 민구를 비롯해 남자애들 몇은 손바닥으로 책상을 두드리기까지 했고. 사실 이 순간이 오기를 우리들은 그동안 얼마나 기다렸는지 모르거든.

"아, 조용 조용! 그래서 오늘은 새 담임 선생님을 맞이하기 위한 대청소를 실시하기로 하겠어요."

황금 같은 토요일 오후의 대청소. 예정에도 없던 대청소였지만 불평하는 친구는 아무도 없었어.

종례가 끝나고 대청소가 시작되었어. 아니나 다를까. 요령 피우는 아이는 단 한 명도 찾아볼 수가 없었어.

"너희들. 새 담임 선생님이 오시는 게 그렇게도 좋아?"

평소와는 달리 열심히 청소 잘하는 우리들을 시무룩한 표정으로 지켜보던 교감 선생님이 물었어.

"예!"

"물론이죠!"

아마도 새 담임 선생님에 대한 막연한 기대와 호기심 때문이었을 거야. 아니면 지긋지긋한 교감 선생님과의 작별 때문이었는지도 모르겠고. 아이들은 이구동성으로 새 담임 선생님을 벌써부터 열렬히 반기고 있었어.

− 하략 −

− 2001 삼성문학상 수상작